GLI INSUPERABILI

48

Della stessa autrice:
Innamorarsi a Notting Hill

Tutti i personaggi e gli eventi descritti in questo libro, tranne quelli di pubblico dominio, sono frutto dell'immaginazione dell'autrice e qualsiasi somiglianza con persone reali, viventi o defunte, è puramente casuale.

Titolo originale: *Breakfast at Darcy's*

Traduzione dall'inglese di Manuela Francescon
Prima edizione in questa collana: maggio 2013

Roma, Casella postale 6214

ISBN 978-88-541-5063-8

www.newtoncompton.com

Realizzazione a cura di Il Paragrafo, Udine
Stampato su carta prodotta con cellulose senza cloro gas provenienti da foreste controllate e certificate, nel rispetto delle normative ecologiche vigenti

Ali McNamara

Colazione da Darcy

Newton Compton editori

Per coloro che credono.
E per coloro che un giorno crederanno.

Uno

Mi sono sempre piaciuti i funerali.
Tutto è certo, inequivocabile, rassicurante.

Non come i matrimoni. Per quanto siano deliziosi, così traboccanti d'amore, ottimismo e belle speranze, mi lasciano sempre l'insidioso tarlo del dubbio: la coppia felice sarà ancora tale fra qualche anno? Oppure i due divorzieranno, pagando somme esorbitanti ai rispettivi avvocati per decidere chi debba prendersi quel lussuoso regalo di nozze ancora in attesa che qualcuno lo apra?

Comunioni e battesimi mi fanno più o meno lo stesso effetto. Mi sorprendo a chiedermi: questo bambino, o questa bambina, riuscirà davvero a mantenere intatta la sua fede quando avrà diciotto anni e sarà sensibile alle tentazioni della carne? Soprattutto quando vedo il padrino in piedi accanto al fonte battesimale che aggiorna il suo stato su Twitter mentre la madrina studia il proprio riflesso nell'acqua santa.

D'altronde io sono fatta così: mi piace sapere sempre quello che succederà dopo. È importante essere preparati, lo dicono anche i boy scout, e a me piace esserlo davanti a ogni evenienza, sempre. Sebbene mi renda conto che difficilmente un capo scout mi concederebbe di portarmi dietro sei cambi per un fine settimana all'aria aperta, quando con tutta probabilità ne basterebbero tre.

Il funerale è quello di mia zia Emmeline, o zia Molly, come la chiamavo da bambina. Se penso a quanto eravamo legate quando ero piccola e al fatto che ho perso il conto degli anni trascorsi dall'ultima volta che l'ho vista, mi vergogno tremendamente. Di tanto in tanto mi ripromettevo di farle visita quaggiù, ma le settimane si trasformavano in mesi e i mesi in anni, e sapete quanto passa in fretta il tempo, al giorno d'oggi.

Quando è cominciata? È forse uno di quei regolamenti europei, tipo l'obbligo di misurare tutto in chilogrammi e in litri? Bruxelles ha deliberato ufficialmente di far scorrere il tempo più in fretta, e io mi sono persa il grande annuncio del governo?

Quando dico "quaggiù", mi riferisco all'Irlanda. Dublino, per l'esattezza. Al momento mi trovo poco lontano dalla capitale, nel paesino in cui mia zia ha trascorso gli ultimi anni della sua vita. Non ho ricordi di lei in questo piccolo cottage dove ha luogo la veglia funebre. La casa in cui l'ho vista io era un'enorme, caotica dimora sul mare nella contea di Kerry. Da bambina lasciavo l'Inghilterra per passare le vacanze con lei mentre mia madre lavorava. Ricordo giorni felici, trascorsi perlopiù all'aperto, sotto un sole splendente. C'è sempre un gran sole nei ricordi che ho di zia Molly, anche quelli in cui era inverno e ci imbacuccavamo per difenderci dal vento sferzante che saliva dal mare.

Perché nei ricordi d'infanzia il sole splende sempre più del normale? Anche questo ha a che fare con l'Unione europea?

Mentre sono lì che ci penso, una signora dai riccioli bianchi interrompe la mia meditazione: «Vuole un'altra tazza di tè, cara?». Mi si è piantata di fronte con il suo grembiule a fiori e mi fa cenno con una teiera in mano.

«Oh, no, grazie, ne ho già prese due», dico mettendo la mano sopra la tazza.

«Un dolce, allora?». E indica un tavolo che geme letteralmente sotto il peso delle cibarie.

«No, sono a posto così, davvero, grazie».

«Non è di queste parti, vero?». Mi osserva attentamente attraverso un paio di lenti dalla montatura d'argento.

«No. Sono venuta da Londra per il funerale».

«Oh, capisco. E come mai conosceva Emmeline?», mi domanda con aria sospettosa, studiandomi da capo a piedi.

«Sono sua nipote».

Tutt'a un tratto la donna cambia espressione: adesso sembra piacevolmente sorpresa. «Oh, ma allora tu devi essere Darcy! Perché non me lo hai detto subito, bambina?»

«Sì, sono io», le sorrido. «Come mai sa il mio nome?»

«Sono Maeve. Molly e io eravamo vicine di casa». Gli occhi azzurri le si riempiono di tristezza mentre pensa alla sua amica, ma si illuminano di nuovo non appena comincia a parlarne. «Molly raccontava sempre di te e di quando aveva quella grande casa giù nel Kerry. Peccato, però, che tu non sia più venuta a trovarla...». Mi lancia un'occhiata di rimprovero.

«È solo che... sono stata impegnata col lavoro e tutto il resto». Vengo investita da un'altra ondata di quel senso di colpa che mi opprime dall'inizio della giornata.

«Cos'è che fai? Molly diceva che sei una giornalista, o sbaglio?»

«Una specie... mi occupo di salute e bellezza per una rivista femminile».

«Salute e bellezza, hai detto?». Maeve sembra pensierosa. «Bah. Non c'è poi tanto da scrivere sull'argomento. Una bella strofinata con del sapone disinfettante e acqua fredda, ecco cos'è che mi tiene in forma da più di ottant'anni».

Guardo Maeve con stupore. Non ha certo l'aspetto di un'ultraottuagenaria. Le avrei dato al massimo sessantacinque, settant'anni, ma a giudicare dalla pelle sembrerebbe ancora più giovane.

«Proprio così. Sei sorpresa, vero?». Si sistema con orgoglio le gale del grembiule. «Niente creme e intrugli costosi per la sottoscritta! Non ce n'è bisogno». Mi si avvicina. «Accetta un consiglio, bambina. Smettila di pitturarti la faccia in quel modo. Alla lunga ti rovinerà la pelle. Per restare giovane e bella servono solo un po' d'aria buona e vita sana».

La mia mano corre involontariamente alla microscopica Mulberry che tengo accanto. È piena di rossetti, ombretti, pennelli, portacipria; di norma il mio beauty-case da solo è più grande di questo affarino. Ma oggi ho scelto questa perché il colore si abbina alla perfezione con le mie nuove scarpe grigio peltro di Louboutin. Volevo essere perfetta per il funerale della zia Molly, anche se lei non è qui per vedermi.

«Bene!», dice Maeve tutta allegra, improvvisamente dimentica del suo grave monito. «È splendido che qualcuno del ramo inglese della famiglia di Molly sia riuscito a venire a salutarla».

«Sì, ormai siamo rimasti in pochi», faccio per replicare, ma l'attenzione di Maeve è catturata da un uomo grande e grosso, intento a contemplare un dolce alla frutta su un vassoio.

«Posso tagliarti una fetta di dolce, caro?», gli chiede, grata di poter essere utile a qualcuno almeno al reparto cibarie.

Mentre Maeve taglia con destrezza una grossa fetta di dolce per il tizio, io do un'occhiata alla variopinta compagnia che si sta stipando nella cucina del piccolo cottage di pietra appartenuto a mia zia. Dall'età deduco che si tratta perlopiù di amici e conoscenti di Molly. Ho pensato una cosa simile anche in chiesa, colpita dal fatto che fossero tanto più vecchi di me. Di solito, l'età di coloro che partecipano ai funerali è piuttosto variabile, invece a quello di Molly tutti hanno più o meno l'età che aveva lei. Ho immaginato che fossero amici e conoscenti perché so per certo che non aveva fratelli o sorelle a parte mia madre e che quando lei è morta – sette anni fa, quando io ne avevo venti – di quel ramo della famiglia sono rimasta soltanto io. Cerco disperatamente di ricordare qualcuna delle storie che Molly mi raccontava quando ero piccola, le storie della sua infanzia in Irlanda, ma per quanto mi sforzi, al momento non mi viene in mente nulla. Trovo frustrante che i ricordi che voglio tenere con me restino sepolti insieme a quelli di cui invece mi sbarazzerei volentieri.

Sospirando spazientita bevo le ultime gocce di tè al latte rimaste nella tazza. Come ho potuto lasciare che accadesse? Zia Molly è stata così importante per me quando ero più giovane; come ho potuto lasciarla scivolare via dalla mia vita in questo modo? Avrei dovuto fare di più per rimanere in contatto... Avrei dovuto fare lo sforzo di venire qui a trovarla. Non è che abbiamo mai rotto i rapporti, o cose del genere. Ci siamo allontanate, semplicemente. No, non è esatto: *io* ho lasciato che ci allontanassimo.

«Mi scusi».

Mi volto e vedo un tipo magro dall'aria formale, in giacca e cravatta, in piedi accanto a me. «Sto parlando con la signorina McCall?»

«Sì».

«La signorina Darcy McCall?»

«Sì».

Sembra sollevato. «Ah, bene. Allora mi permetta di presentarmi». Mi porge la mano. «Niall Kearney, al suo servizio, miss McCall».

«Piacere di conoscerla, signor Kearney». Ricambio la sua stretta con una certa esitazione.

Lui annuisce.

Sorrido nella speranza di incoraggiarlo a venire al punto.

«Mi scusi, probabilmente il mio nome non le dice niente, mi sbaglio?». Si infila la mano nel taschino della giacca e ne estrae un biglietto da visita. «Ecco il mio biglietto. Mio padre, Patrick Kearney, è stato per anni avvocato e amico di sua zia. Le manda le sue più sentite scuse per non aver potuto essere qui oggi, ma purtroppo non sta molto bene, così io rappresento lo studio al posto suo». Mentre mi offre queste informazioni con aria solenne, raddrizza le spalle esili sotto la giacca leggermente fuori misura.

«Ho capito». Abbasso per un secondo lo sguardo sul biglietto da visita. «Ma che cosa vuole da me, signor Kearney?».

Il ragazzo guarda a destra e a sinistra con aria furtiva prima di chinarsi verso di me. «Per prima cosa, signorina McCall», mormora, «devo insistere perché mi chiami Niall. Sono un avvocato, ma preferisco di gran lunga un approccio più *personale*». Si guarda di nuovo intorno con quell'aria da clandestino. «In secondo luogo, forse potremmo trovare un altro posto, un po' più riservato, dove continuare la nostra conversazione».

«Non ne sono sicura...», temporeggio; questo tizio mi sembra un po' strano.

«È solo che...». Torna a scrutare i presenti invitandomi con un gesto a fare altrettanto. E in effetti, sebbene gli invitati si sforzino di sembrare assorti nella conversazione e intenti a sorseggiare tè, diverse paia d'occhi saettano rapide verso di noi per poi posarsi altrove altrettanto rapidamente. Anche le orecchie sono senza dubbio tese verso di noi, e c'è chi si sistema meglio l'apparecchio acustico, mentre Niall e io rimaniamo all'altro capo della cucina. «Ho da riferirle alcune cose di natura, diciamo, delicata. Non credo sia opportuno che ne vengano a conoscenza tutti gli invitati nonché, nel giro di dieci minuti, il paese intero».

«Allora dovremo trovare un posto più tranquillo». Mi guardo intorno. «Se andassimo qui fuori?», suggerisco indicando con un cenno il giardino della zia. «Dubito che ci sia qualcuno in una giornata come questa. Fa troppo freddo».

Mi infilo il cappotto militare grigio scuro, felice di avere la possibilità di indossarlo di nuovo. Ho comprato questo gioiellino di Vivienne Westwood poco tempo fa su Internet, con lo sconto del settantacinque per cento, un vero affare. Ci ho girato intorno a lungo, indecisa se comprarlo o meno, ma in questo gelido gennaio posso dire che vale tutti gli zeri che ci sono sul suo cartellino.

Usciamo in giardino uno alla volta, a distanza di qualche minuto, così da non destare altri sospetti. Appena metto piede fuori vengo investita da un freddo polare e dal vento tagliente che mi solleva i lunghi capelli dalle spalle e me li schiaccia sul viso in ciocche disordinate.

Vento maledetto. Di tutti gli agenti atmosferici è quello che odio di più. Mi sorprende puntualmente quando mi sono appena fatta i capelli, il che vuol dire, nel mio caso, dopo che ho passato ore a lisciare e stirare pazientemente la mia lunga chioma bionda. Esco di casa e un vento impetuoso mi aspetta nascosto da qualche parte nel cielo, come una di quelle buffe personificazioni che si vedono nei libri per bambini.

Mi sorride maligno prima di avventarsi sulla mia messa in piega appena fatta. Con la pioggia, almeno, si può opporre una minima resistenza aprendo un ombrello. Ma con il vento è inutile cercare di difendersi, il che lo rende di gran lunga il più temibile fra i due demoni.

Già io e gli spazi aperti non siamo grandi amici; in gennaio, poi, la rottura è completa. Eppure, dopo aver respirato l'aria stantia della casa sovraffollata, persino io sono felice di godermi l'aria fresca, frizzante, che mi sferza il viso e mi riempie i polmoni mentre mi rivolgo a Niall.

«Allora, qual è questo gran segreto?», gli chiedo educatamente mentre cerco di infilarmi i capelli nel collo del cappotto. Questo incontro nel giardino di Molly ha un sapore molto clandestino. È un peccato che Niall non sia più attraente, altrimenti questo furtivo appuntamento con uno sconosciuto avrebbe potuto avere risvolti piuttosto eccitanti.

Mi mordo metaforicamente la lingua. Devo abbandonare questa abitudine di giudicare la gente dall'aspetto, abitudine che ho preso da quando ho cominciato a lavorare per la rivista «Goddess». Lo so, è quello che fanno tutti: ci si forma un'opinione su una persona nei primi secondi in cui la si incontra. Ma quando, come me, si lavora nel settore della bellezza, in cui l'aspetto fisico è tutto, questa tendenza diventa morbosa.

Dopotutto non è colpa di Niall se non è... come dirlo con tatto? Diciamo che non è un Adone. Indossa un semplice completo grigio, giacca monopetto e pantaloni, che ha abbinato a una camicia bianca e una cravatta bordeaux a tinta unita, una combinazione che non brilla certo per originalità. Circa un metro e sessantotto di altezza, corporatura esile, diciamo pure che è pelle e ossa. Porta occhiali dalla semplice montatura d'argento e ha corti capelli ondulati grigio topo, insomma tutto ciò che si conviene a un giovane avvocato dublinese emergente. Non è proprio brutto, concludo dopo averlo esaminato meglio, ma di sicuro non è attraente. È solo... insignificante.

«Non è un gran segreto, signorina McCall», mi dice Niall, interrompendo i miei pensieri. «È solo che dobbiamo fissare un appuntamento, tutto qui».

«Perché?»

«Per dare lettura del testamento di sua zia».

Al momento sono leggermente distratta dalla necessità di impedire che i tacchi delle mie Louboutin sprofondino nel fango del prato. Solo perché le ho comprate come nuove su eBay da una tizia che aveva deciso di venderle per pagare le nozze della figlia, non significa che debba usarle per scavare buche in giardino. «Molly ha lasciato un testamento?»

«Sì, e molto dettagliato, se posso permettermi. Aveva le idee molto chiare sulla destinazione del suo patrimonio dopo la sua dipartita».

«Il suo patrimonio?». Drizzo le orecchie: gli avvocati di solito usano la parola *patrimonio* solo se ci sono in ballo un bel po' di soldi. «Aveva un po' di contante infilato nel materasso, la zia Molly?», dico ridendo a Niall.

«La prego, signorina McCall», mi ammonisce lui guardandomi tutto serio da dietro le lenti. «La lettura del testamento di un defunto non è mai argomento da trattare alla leggera».

«No, no di certo, signor Kearney, volevo dire... Niall». Mi sforzo di apparire seria e professionale. «Allora, quando avrà luogo la lettura?»

«Dipende da lei, signorina McCall». Niall si guarda intorno con la stessa aria furtiva che aveva poco prima, in casa. Quando si protende verso di me, gli occhi azzurro pallido saettano di nuovo a destra e sinistra. «Perché», sibila a voce talmente bassa che faccio fatica a capire, «ho il piacere di informarla, signorina Darcy McCall, che lei è l'unica beneficiaria dell'intero patrimonio appartenuto alla signorina Emmeline Ava Aisling McCall».

Due

«Io sono *che cosa*?», grido, così forte che un pettirosso alla ricerca di scorte per l'inverno su un agrifoglio corre a rifugiarsi in cima a una grondaia. Ci lancia occhiate circospette nel tentativo di capire se i due intrusi nel suo giardino costituiscano o meno una minaccia per il suo sostentamento invernale.

Niall mi agita le mani davanti alla faccia per dirmi di abbassare la voce. «Signorina McCall», sibila. «Per favore, evitiamo di attirare l'attenzione».

«Perché?», chiedo mentre cerco di liberarmi il viso dai capelli che, sfuggiti al collo del cappotto, mi svolazzano di nuovo intorno alla testa. «Qual è il problema?».

Sempre più agitato, Niall si guarda intorno per accertarsi che nessun altro sia uscito in giardino. Ma c'è solo il pettirosso che ci osserva dal suo angolo sulla grondaia, e si gode lo spettacolo con la testolina inclinata.

«Perché non voglio che quella gente», fa un cenno in direzione della casa, «sappia di cosa stiamo parlando. C'è qualcuno, lì dentro, che forse si aspetta di essere nominato nelle sue ultime volontà e che probabilmente non sarà felice di scoprire che non è così».

«Oh», dico voltandomi verso la casa e poi di nuovo verso Niall. «*Adesso* ho capito».

«Bene». Niall si sistema gli occhiali sul naso. «Mi fa piacere che abbiamo chiarito almeno questo. Ora che ha capito di che si tratta, quand'è che possiamo vederci per sbrigare tutte le formalità?»

«Formalità?»

«La lettura del testamento».
«Giusto. Certo. Be', lei quando preferirebbe?»
«Che ne dice di domani, nel mio ufficio?»
«Ma domani ho il volo di ritorno per l'Inghilterra».
«Capisco... A che ora?»
«Il volo è alle otto e trenta del mattino».
Il viso di Niall si incupisce. «Ah, questo complica le cose, temo».
«Non potrebbe dirmi adesso di che si tratta?», suggerisco, pensando che potrebbe spedirmi un assegno, o qualcosa del genere. Dopotutto, se davvero sono l'unica beneficiaria, cosa che fatico ancora a credere, non dovrebbe essere così complicato, no?
«Signorina McCall, la lettura delle ultime volontà di un defunto deve avere luogo nella maniera appropriata, con le procedure del caso. Non possiamo sbrigare un atto tanto importante e significativo così, io e lei da soli nel giardino di casa della defunta!».
Mi sforzo di restare seria mentre Niall fa il suo sermone. Del tutto incurante del lato comico della scena, rimane per tutto il tempo serissimo. Ma quando gli angoli della mia bocca si sollevano un poco, capisce che le parole che ha scelto per illustrare il suo punto di vista si prestano a fraintendimenti, e allora le sue guance si tingono di un colore che non ha nulla da invidiare al petto del simpatico pennuto che ci sta osservando.
«Mi... mi scusi, signorina McCall», balbetta. «Non volevo... non mi passerebbe mai nemmeno per la mente di... e a un funerale, poi! Non che lei non sia una donna estremamente attraente... oh, cielo».
«Niall», dico con voce calma, posandogli gentilmente la mano sul braccio. «Per favore, va tutto bene, davvero. Ho capito quello che vuole dire. Senta, posso suggerire una possibile soluzione al nostro problema?».
Niall annuisce in fretta e furia e il colore del suo viso si attenua, attestandosi su un rosa salmone.

«Forse non sarà il luogo più consueto, o il più corretto, per espletare la normale procedura, ma credo che in Irlanda molte decisioni vengano prese proprio lì. Quindi perché non ci incontriamo più tardi al pub del paese?».

Niall esita.

«Non mi pare che abbiamo molta scelta», aggiungo, dopo aver lasciato andare il braccio di Niall così da potermi raccogliere i capelli con le mani, dato che il vento soffia più forte. «La veglia probabilmente andrà avanti fino più o meno all'ora del tè, e io parto domani mattina presto. Altrimenti può sempre venire nel mio albergo». Alzo le sopracciglia e lui arrossisce di nuovo. «Ma non so come reagirebbero i pettegoli locali».

«No», ribatte Niall con una voce che, se prima si sforzava di mantenere un piglio autorevole, ora è ridotta a un misero squittio. «No, il pub Mulligan, qui in fondo alla strada, va benissimo, signorina McCall. Ci vediamo lì, diciamo... intorno alle sette?».

Annuisco. «Alle sette va bene. Però posso chiederle di fare un'altra cosa per me?»

«Sì, signorina McCall», replica tornando ad agitarsi.

«Puoi chiamarmi solo Darcy, per favore?».

Tre

Il Mulligan è un locale accogliente che serve alla sua vasta clientela genuini piatti irlandesi nonché, oltre a varie bevande alcoliche, l'immancabile Guinness. È un tipico pub irlandese; ma non come tanti bar che si spacciano per tali, con festoni di trifoglio ovunque e bandiere tricolore appese ai dosatori. Non è nemmeno l'estremo opposto, come quei locali con la segatura sul pavimento e qualche anziano avventore appoggiato al bancone, dove mia zia mi portava da bambina quando voleva concedersi un paio di birre il venerdì sera. Non che mi dispiacesse, comunque: mi veniva offerta una bottiglia di Coca-Cola con tanto di cannuccia e un pacchetto di patatine con sale e aceto, due cose che a quei tempi bastavano a farmi contenta per un bel pezzo. Ora sorrido al ricordo: la sensazione di fare un cosa proibita infilandomi in quel pub e sapendo perfettamente che se mia madre fosse venuta a conoscenza di dove mi portava la zia, le mie vacanze in Irlanda sarebbero terminate di colpo.

Lascio con piacere che qualche ricordo della mia infanzia riemerga dal filtro della coscienza: una fetta troppo grande della mia memoria è chiusa in una scatola interiore con su scritto "non aprire". I miei genitori divorziarono quando avevo sette anni, e i miei primi ricordi sono perlopiù legati alle urla che sentivo dalla mia stanza al piano di sopra, oppure al rumore della porta che sbatteva ogni volta che mio padre usciva di casa dopo una lite. La volta peggiore fu quando la porta sbatté e lui non tornò più. Mia madre non fu più la stessa. Ma ho anche ricordi in cui c'è zia Molly: sono i più felici. È davvero ora di iniziare a lavorare su quel filtro, in modo che i ricordi di Molly non restino invischiati in mezzo agli altri. La zia è stata una delle cose belle della mia infanzia e mentre me ne stavo seduta in chiesa, oggi, ad ascoltare il prete che raccontava la sua vita, sono stata pervasa dal rimpianto di averla lasciata scivolare in quella scatola, quando invece avrebbe dovuto essere al mio fianco.

Bevo un rapido sorso di birra e penso che mi ci vorrebbe ben altro che una densa Guinness scura. Bevo di nuovo, poso il bicchiere sul bancone e faccio un lungo respiro.

No, non si piange in un pub, mi dico severa. *Se dovevi piangere, perché non lo hai fatto in chiesa?*

Avrei voluto piangere in chiesa, davvero. Seduta su una delle panche in fondo a guardare le figure chine davanti a me che singhiozzavano e si tamponavano gli occhi, ho provato una pena profonda. Pena per la fine della vita di mia zia, per il lutto di quelli seduti intorno a me e per non aver fatto maggiori sforzi per rimanere in contatto con questa donna che è stata così generosa con me, quando ero piccola. Ma per qualche ragione le lacrime non sono uscite.

Invece adesso, seduta nientemeno che in un pub, le sento affiorare. E mentre cerco disperatamente di trattenerle, la voce stridula di mia madre mi risuona nelle orecchie: «Non si mostrano le proprie emozioni in pubblico, Darcy». Proprio non mi va che mi vedano seduta in un angolo del bar del paese a singhiozzare come fossi l'ubriacona del villaggio, così faccio vagare lo sguardo intorno a me nel tentativo di distrarmi, e con mio grande sollievo vedo Niall spuntare dalla grande porta di legno del Mulligan. Si ferma sull'uscio e si guarda intorno nervoso.

«Niall, sono qui!», lo chiamo agitando una mano e invitandolo al mio tavolo vicino al caminetto.

Mentre cammina spedito verso di me, noto che non si è cambiato l'abito che indossava al funerale, come invece ho fatto io. Ora indosso un paio di strepitosi jeans neri scoloriti Diesel, un maglioncino di morbida lana rosa baby di French Connection e un paio di stivali di pelle nera Jimmy Choo coi tacchi così alti che bisogna prendere lezioni di volo per poterli indossare (che il cielo sia ringraziato per i saldi e le carte di credito). Peccato: ero curiosa di vedere cosa avrebbe scelto come tenuta casual. Ma noto anche che ha con sé una valigetta di cuoio a completare il look da avvocato, che rende il tutto molto più interessante.

«Signorina McCall». Mi fa un cenno di saluto con la testa.

Alzo le sopracciglia.

«Oh, chiedo scusa: Darcy, me ne ero completamente scordato».

«Molto meglio». Sorridendo gli faccio cenno di sedersi di fronte a me. «Posso ordinarti da bere prima di cominciare, Niall?»

«Oh no, non bevo mai sul lavoro, per così dire». Niall scosta una sedia e vi posa sopra la valigetta.

«Ma scommetto che di solito non lavori in un pub, o sbaglio? Dunque c'è una prima volta per tutto. Devi assolutamente bere qualcosa. Una Guinness va bene?».

Niall lancia un'occhiata allarmata alla mia pinta semivuota. «Magari un gin tonic, allora. Solo per educazione. No, no, ci penso io», insiste allungando una mano quando faccio per alzarmi. «Tu ne gradisci un'altra, Darcy? O forse preferisci qualcos'altro?»

«Un'altra di queste andrà benissimo, Niall».

Visibilmente agitato, Niall comunica l'ordinazione a Michael, il barista. Poi resta in piedi a giocherellare con un sottobicchiere mentre aspetta impaziente che la Guinness si depositi e assuma la caratteristica doppia colorazione, poi Michael la consegna a Niall perché la porti al nostro tavolo.

«Ecco», dice prendendo posto di fronte a me e occhieggiando sospettoso il denso liquido scuro. «La Guinness non è mai stata il mio genere».

«Nemmeno il mio, quando sono in Inghilterra», ammetto. «Là ha un sapore diverso. Ma nelle rare occasioni in cui mi capita di venire in Irlanda, ne bevo sempre un pinta. È una specie di tradizione...».

La verità è che, a Londra, preferirei morire piuttosto che essere vista con un pinta di qualunque cosa in mano. Di solito la mia mano stringe un bicchiere dalla forma elegante, che contenga preferibilmente un cocktail di tendenza.

«Bene». Niall beve un sorso del suo gin tonic. «Dunque, al lavoro». Prende la valigetta, la apre con uno scatto e tira fuori alcuni documenti dall'aria importante. Poi si guarda intorno, proprio come faceva qualche ora fa in casa e poi in giardino.

«Siamo abbastanza al sicuro qui, Niall. Non credo che molti dei presenti al funerale di zia Molly frequentino questo pub».

Sorride. «Probabilmente no. Però il barista mi ha chiesto se volevo una ciliegia nel gin tonic, perciò forse qualche volta hanno anche una clientela più selezionata».

Mi do un pizzicotto sotto il tavolo per non scoppiare a ridere. Informare Niall che le uniche ciliegie che Micheal abbia mai visto qui dentro sono probabilmente quelle disegnate sulle slot machine e che il barista lo stava prendendo in giro sarebbe non solo una perdita di tempo, ma anche una piccola crudeltà. I locali che frequenta Niall saranno i wine bar alla moda di Dublino, tutti sgabelli cromati e luci azzurrine. Il tipo di posto in cui mi ritrovo anch'io quando esco di sera coi miei colleghi della rivista, a Londra. Forse è meglio se tengo per me le mie riflessioni.

«Allora», prosegue, «com'è andato il resto della veglia? Mi dispiace di essere andato via, ma avevo altre questioni da sbrigare, e poi quando hanno scoperto per chi lavoro molti ospiti si sono messi a farmi domande imbarazzanti e piuttosto impegnative».

«È andata così come vanno di solito le veglie, immagino». Mi fermo, sperando che prenda la parola lui. «Dunque?». Lo guardo con fare incoraggiante.

«Dunque». Mi rivolge uno sguardo inespressivo. «Sì. Certo. Vorrai sapere del testamento». Sistema le carte di fronte a sé, ne prende una come se fosse sul punto di leggerla, poi si blocca, mi guarda e la mette giù.

«Prima di cominciare, Darcy, voglio dirti quanto tutti nel

nostro ufficio ammiriamo l'abilità con cui tua zia ha saputo gestire i propri affari. Ciò ha semplificato molto sia l'organizzazione del funerale, sia questo testamento leggermente *insolito*. Se posso dirlo, è un vero piacere per noi».

Tento di mostrarmi lusingata dalle parole che ha usato nei confronti della zia, ma una ridda di interrogativi mi distrae. *Che vuol dire "insolito"? Il fatto che io sia l'unica beneficiaria non dovrebbe rendere il tutto piuttosto semplice?* Questo pomeriggio non ho proprio avuto il tempo di pensare alle ultime volontà di mia zia, e di sicuro non ho mai desiderato farlo. Dopotutto, abbiamo passato la giornata a dirle addio. Ma adesso che mi trovo qui in compagnia di Niall, sono curiosa. Forse la proprietà in questione è il piccolo cottage dove siamo stati oggi, ma cosa c'è di insolito in questo? Non ci capisco niente.

«Se sei d'accordo, procederei con la lettura». Solleva nuovamente il documento e si sistema gli occhiali prima di cominciare. «Io, Emmeline Ava Aisling McCall, nel pieno possesso delle mie facoltà mentali...», recita in tono solenne.

«Niall», lo interrompo. «Non mi dispiacerebbe se per stasera ti togliessi la toga da avvocato. Dopotutto, il luogo non è dei più indicati». Indico il locale con un cenno.

Mi fissa per un istante, poi dà un'occhiata alla gente che stasera è venuta a rilassarsi al Mulligan.

«Magari potresti leggere solo i pezzi più importanti, se è più semplice, e tagliare le formule di rito...». Metto la mano sopra la sua, sul tavolo. «Spiegamelo con parole semplici». Prendo in considerazione la possibilità di aggiungere un battito di ciglia, ma decido che sarebbe un po' troppo.

Esita, poi abbassa gli occhi sulla mia mano e fa un cenno di assenso. «Va bene. Immagino che per una volta non sia grave».

«Stupendo, ti ringrazio». Ritiro di scatto la mano. «Procediamo».

Per un momento Niall mi fissa sospettoso da dietro le lenti. «Pare che tua zia fosse una donna molto ricca».

«Davvero?». *Questa mi giunge nuova*. «Quanto ricca?»

«Molto ricca. La vita modesta che conduceva nel piccolo

cottage dove eravamo oggi nascondeva una vera fortuna, accumulata in molti anni di ottimi investimenti».

«Investimenti... che tipo di investimenti?»

«Proprietà immobiliari, soprattutto. Aveva una grossa proprietà giù nel Kerry, mi pare». Niall dà la caccia a un documento in particolare fra quelli sparsi sul tavolo.

«Sì, ci andavo spesso con lei, da bambina. La comprò quando morì mio zio».

Trovato il documento in questione e tornato nelle vesti di avvocato che lo mettono tanto a suo agio, Niall riprende il controllo della situazione. «Oh, no, possedeva anche vasti terreni nella stessa zona, alcuni coltivabili, altri edificabili su cui sono state costruite molte abitazioni. Perciò quando è dovuta tornare a Dublino cinque anni fa...», riprende a consultare le carte, «... mi pare necessitasse di speciali cure mediche, o sbaglio?», si interrompe per guardarmi.

Io annuisco, ma mi rendo conto con vergogna di non sapere di che cosa stia parlando. *Avrei dovuto proprio farlo, uno sforzo in più...*, penso per la centesima volta da stamattina.

«Ha venduto gran parte dei terreni per pagare il trasloco e le cure», prosegue Niall, «e ha saggiamente reinvestito il resto del denaro».

A questo punto sono davvero sbalordita. Non avevo idea che Molly fosse una specie di genio della finanza. La consideravo più che altro un'eccentrica.

«Il suo consulente finanziario le ha dato ottimi consigli, a quanto pare». Prende un altro foglio, e stavolta noto che è pieno di cifre.

«Ebbene», chiedo, dopo aver bevuto un sorso dal mio bicchiere, «di che numeri stiamo parlando esattamente?». Faccio di tutto per rimanere calma e indifferente, anche se in realtà bevo per tranquillizzarmi. Mi auguro solo che non si accorga di come mi trema la mano quando mi porto il bicchiere alla bocca.

«In effetti, al momento, non sono autorizzato a comunicarti la cifra esatta». Si agita nervosamente sulla sedia. «Ma posso dirti che il patrimonio nel suo complesso raggiunge…», si guarda intorno così come ha fatto qualche ora fa in giardino, poi si protende sul tavolo e abbassa la voce, «… una somma di almeno sette cifre».

Quanto odiavo la matematica quando andavo a scuola! Veramente odio i numeri di ogni tipo, anche adesso. Che vuol dire *sette cifre*? Cerco di fare un rapido calcolo mentre sorseggio tranquilla la mia birra. *In 100.000 ci sono sei cifre, dunque qual è il numero massimo che si può contare in migliaia? È 999.999, con una cifra in più fanno…*

«Oh mio Dio, è più di un milione di sterline!», strillo sputacchiando spruzzi biancastri sul tavolo e su Niall. Uno di essi si posa sulla sua camicia bianca, ma i più atterrano sulla cravatta di seta bordeaux, disegnando un ampio motivo astratto a Guinness.

«Niall, quanto mi dispiace!». Balzo in piedi e vado a prendere uno degli asciugamani sul bancone. Mi impossesso della cravatta e mi metto a strofinarla come una pazza. «Sono quasi sicura che non macchia, se la togliamo subito».

Il collo di Niall è stretto in una specie di cappio improvvisato, dato che gli sto tirando con forza uno dei lembi della cravatta. E mentre tampono freneticamente il nastro bordeaux che ci unisce, lui non può far altro che tenere gli occhi bassi e guardarmi terrorizzato. Poi vedo il suo sguardo alzarsi lentamente. «Smettila!», rantola. Solleva una mano. «Smettila, Darcy, per favore».

Mi fermo e lo guardo.

Ormai la cravatta non è che un'informe striscia umidiccia tra noi, e Niall me la sfila lentamente di mano. Poi, con la stessa calma, prende l'asciugamano e lo posa sul tavolo, distendendo gli angoli prima di tornare a guardarmi. Non si mostra particolarmente sconvolto mentre mi osserva da dietro le lenti chiazzate di birra. «Pare che io abbia finalmente una scusa per togliermi questo dannato affare», dice sorridendo inaspettatamente.

Grata che abbia colto il lato buffo della situazione, tiro un gran sospiro di sollievo. «Per fortuna non è un granché...». Le parole mi sfuggono di bocca inavvertitamente e subito vorrei rimangiarmele. «Voglio dire, non è firmata». Sento il viso avvampare come il fuoco che arde vicino a noi.

Niall alza le sopracciglia, ma non sembra offeso. «No, non sono il tipo da cravatte firmate». Mentre sorride mi siedo di scatto, facendomi piccola piccola.

Si pulisce gli occhiali con il fazzoletto, e io vorrei mettermi a saltare. *Non dovrò più preoccuparmi di andare in rosso!* Un'ondata di affetto mi riempie il cuore. *Grazie, zia Molly. Grazie!* Cerco di rimanere impassibile mentre aspetto che Niall prosegua nella lettura.

«Dunque, dov'eravamo?», chiede rimettendosi per la seconda volta gli occhiali. «Ah, sì, ecco, stavo dicendo: tua zia ha lasciato un cospicuo patrimonio vincolato ad alcune condizioni dettate nel testamento, e se tali condizioni verranno soddisfatte, sì, Darcy, potresti diventare una donna molto ricca».

Mi appoggio allo schienale e sorrido tutta contenta: finalmente potrò pagare i conti delle carte di credito, non dovrò più raschiare il fondo del barile in attesa del prossimo stipendio, potrò comprarmi un bell'appartamentino senza doverlo più dividere con nessuno. Però non voglio separarmi dalla mia coinquilina Roxi; forse potrei comprarne uno vicino anche per lei! E poi, finalmente, basta con le svendite affollate! D'ora in poi andrò direttamente negli atelier degli stilisti, dove solerti assistenti si faranno in quattro per soddisfare ogni mio...

«Aspetta un momento». Drizzo nuovamente le antenne. «Di che condizioni stiamo parlando?»

«Be'». Niall si spinge gli occhiali contro la radice del naso. «Vedi, questa è la parte più interessante», dice, con aria nervosa, unendo le punte della dita davanti a sé.

Comincio a provare una terribile sensazione alla bocca dello stomaco.

«Va' avanti, Niall».

«Quando tua zia ha venduto gran parte dei suoi possedimenti nella contea di Kerry, ha tenuto per sé un'area piuttosto vasta – pare avesse un valore sentimentale – da cui non ha voluto separarsi». Fa una pausa per assicurarsi che io lo stia seguendo. Soddisfatto, riprende a parlare. «Perciò tra le sue ultime volontà c'è la richiesta che tu, Darcy, vada a vivere laggiù prima di ereditare il denaro. Credo lei volesse che tu...», fruga tra le carte sul tavolo e prende un foglio. «"Che tu viva ciò che ho vissuto io nella mia infanzia e possa ricreare un po' della magia che abbiamo condiviso nella casa nel Kerry, e forse anche, chissà, una tua nuova e personale magia"».

Mi commuovo nel sentire le parole di mia zia dalla bocca di Niall. Non mi ero resa conto di quanto fosse stato importante il tempo trascorso insieme, ma suppongo che sia proprio così, dato che ha lasciato a me tutto quello che aveva, e di nuovo vengo assalita dal rimorso e dal senso di colpa. Ma non è ancora tutto.

«Perciò devo andare a stare nella vecchia casa per una lunga vacanza estiva, si tratta di questo?». Dopotutto l'idea non mi dispiace e in più è il minimo che possa fare per rimediare a tutti i momenti in cui non sono stata presente. Una lunga vacanza in Irlanda sarebbe divertente. Ci sono diverse città, non sarebbe solo vita di campagna. Posso farcela. Dublino e Cork sono città cosmopolite, tanto per cominciare.

«Ehm, no. Si tratta di qualcosa di più che una semplice vacanza estiva».

«Quanto di più?».

Vedo i suoi occhi correre verso il mio bicchiere, che con suo sollievo stavolta è al sicuro sul tavolo. «Un anno», dice a bassa voce.

«Un anno!», esclamo. «Come faccio a staccare la spina per venire a vivere in una casa quaggiù? Che ne sarà della mia vita a Londra? I miei amici, il mio lavoro, il mio appartamento? Non posso mollare tutto così!».

«Temo che un anno sia precisamente il periodo di tempo specificato nel testamento, Darcy, e non si tratta esattamente di una casa, tra l'altro». Niall porta la mano al collo, dove solitamente c'è la cravatta, come per allentarla. Ma trova solo il bottone del colletto, perciò si accontenta di aprire quello.

«E dove andrei a stare per un anno?», chiedo con veemenza.

Niall scartabella i suoi documenti.

«Niall?»

«Su un'isola», mormora a voce così bassa che fatico a sentirlo.

«Sì, lo so che è in *Irlanda*, ma dove di preciso?»

«No», dice, stavolta guardandomi dritto in faccia. «Una vera isola, poco lontano dalla costa occidentale».

Mi appoggio allo schienale scuotendo piano la testa. «Perdonami, Niall, ma ho l'impressione che tu mi abbia appena chiesto di andare a vivere su un'isola per un anno intero».

Mentre annuisce, Niall solleva un altro documento. «Sì. Temo sia tutto scritto qui». Picchietta il foglio per indicare il paragrafo in questione. «A quanto pare è cresciuta presso una piccola comunità. Poi, quando la popolazione ha cominciato a diminuire perché la gente abbandonava l'isola in cerca di pascoli più verdi, la famiglia di tua zia ha fatto come gli altri ed è tornata in Irlanda. Ma tua zia non ha mai smesso di amare l'isola, così quando è stata messa in vendita a metà degli anni Ottanta l'ha comprata ed è andata a viverci. Ed è ancora di sua proprietà».

«Credo che mi ci abbia portato una volta o due». Vaghi ricordi di viaggi in traghetto cominciano ad affiorarmi alla memoria, per poi svanire all'istante. «Ma non posso andare lì e starci un anno intero, come una specie di reclusa».

«Oh, no, lei non vuole che tu vada a vivere lì da sola», si affretta a precisare mentre io finisco di vuotare il mio bicchiere. «Vuole che tu metta insieme una comunità di persone che vivano laggiù con te».

«Che cosa? No, aspetta un momento». Sta diventando un po' troppo da mandar giù. «Fammi riassumere, tanto per controllare se ho capito bene».

«Certo, posso immaginare che sia piuttosto sconvolgente».

È l'eufemismo dell'anno! «Mi hai detto che mia zia Molly

nel suo testamento ha lasciato a me e a me sola un vasto patrimonio?», dico lentamente.
Niall annuisce. «Molto, molto vasto».
Sgrano gli occhi, ma proseguo. «E che per ereditare devo andare a stare su un'isola per un anno in compagnia di un gruppo di estranei?»
«Devi costituire una comunità che prosperi e cresca nell'arco di un anno. Ma direi che sì, si tratta più o meno di questo».
«E se accetto, che succederà alla fine dell'anno?»
«Secondo quanto scritto nel testamento, se rimarrai sull'isola per dodici mesi insieme a una comunità che non scenda mai sotto le quindici persone, erediterai l'intero patrimonio di tua zia».
«E dopo potrò fare quello che voglio con l'isola e con i soldi?»
«Sì, credo di sì. Le condizioni fissate nel testamento riguardano solo il primo anno».
«E se decido di non farlo… se rifiuto di andare a stare sull'isola?»
«In questo caso, credo che non avresti nulla. L'isola andrebbe a Heritage Ireland e il resto del denaro di tua zia a un istituto di beneficenza da lei stessa indicato».
Mi abbandono sullo schienale, esterrefatta, cercando di pensare in modo lucido.
«Non intendo in alcun modo influenzare la tua decisione, Darcy», dice in tono gentile, mentre, in preda al panico, passo mentalmente in rassegna le mie opzioni. «Ma se tua zia ha scritto tutto questo nelle sue volontà, doveva desiderarlo davvero. Raramente capitano casi del genere, nel nostro studio. In effetti è stato mio padre ad aiutare tua zia nella stesura del testamento, perciò sento di avere la responsabilità di accertarmi che venga rispettato».
Interrompo le mie riflessioni e mi rivolgo a Niall.
«Lo so e ti ringrazio: hai fatto tutto in maniera corretta e rigorosa. Non avrei potuto desiderare un avvocato che mi spiegasse meglio questa situazione pazzesca».

Niall sorride fiero.
«Ti prometto che ne terrò conto mentre decido cosa fare».
Niall ha ragione. E mentre immagini di vaste dimore, macchine di lusso, abiti firmati e carte di credito illimitate mi sfrecciano veloci nella mente, l'unico pensiero costante che si fa sempre più nitido e intenso è quello di zia Molly.

Quattro

«Per il numero del prossimo mese, dobbiamo coprire i seguenti argomenti», annuncia la direttrice, comodamente seduta alla sua scrivania mentre noi tutti ce ne stiamo in piedi accalcati nel suo ufficio alla fine della riunione editoriale settimanale. «La top ten delle pettinature primaverili, *Top of the Crops*. L'ultima novità in fatto di saloni di bellezza: la possibilità di portare il tuo cagnolino a farsi coccolare con te, *Beauty Bau: belli e scodinzolanti*. E poi la nostra consueta rubrica che mette a confronto i prodotti di marca e i rispettivi prezzi; il prossimo mese sarà dedicata agli autoabbronzanti: *Baciati dal sole… o fate da soli*».

«Credevo volesse chiamarlo *Baciati dal sole o fate schifo*», mormora la mia collega Sophie mentre ascoltiamo Jemima snocciolare il Vangelo di «Goddess».

Le sorrido.

«C'è qualcosa che vuoi condividere con noi, Sophie?», domanda Jemima, guardandoci da dietro i suoi grossi occhiali di tartaruga.

«No, Jemima», cinguetta tutta innocente Sophie dal fondo della stanza.

«In tal caso, Sophie, la top ten dei tagli primaverili la farai tu». Jemima socchiude gli occhi. «Mi sembri la persona più adatta, vista la chioma che sfoggi».

«Questo taglio mi è costato novanta sterline», borbotta Sophie rivolta a me, mentre si passa la mano sui capelli. «Sì, grazie, Jemima, comincio a lavorarci oggi stesso», dice a voce alta, sorridendo serafica.

«Lucy, tu farai lo speciale sugli autoabbronzanti. Un po' di colore su quella pelle cadaverica non può farti che bene. Il pallore non ti rende più interessante, tesoro, è solo di una noia mortale».

Mi volto di nuovo verso Sophie, che ha alzato le sopracciglia esterrefatta. A Jemima deve essere sfuggito che Lucy è appena rientrata da un periodo di malattia dopo aver donato un rene a sua sorella.

«E tu, Samantha». Jemima si volta verso la donna che potrebbe dare il suo nome alla rivista: eccola, splendida nel suo metro e settantacinque, in piedi alle nostre spalle. Oggi come sempre, Samantha è impeccabile e il suo contegno freddo e distaccato la avvolge come una nube di raffinato profumo. Potrebbe quasi levitare a mezz'aria in quell'aura angelica di perfezione, se non fosse che oggi indossa il più fantastico paio di Miu Miu rosse e nere che abbia mai visto. Le ho ammirate di nascosto prima, mentre mi passava davanti diretta al boccione dell'acqua, e sono andata subito su net-a-porter.com per vedere da dove arrivano. Be', di certo non avevo intenzione di chiederglielo.

«Tu, Samantha», prosegue Jemima, «farai il servizio sui saloni di bellezza delle celebrità. Non avrai problemi a entrare».

Un sorriso enigmatico prende forma sotto il perfetto strato di rossetto MAC di Samantha a conferma che Jemima non si sbaglia.

Stupendo, penso mentre Jemima assegna gli incarichi meno importanti per il numero del prossimo mese. Pare che questa volta si sia completamente dimenticata di me. Voglio dire, non mi aspettavo certo il servizio sui saloni di bellezza. I lavori migliori vanno sempre a Samantha – è uno dei numerosi vantaggi di cui si gode a essere la nipote di uno dei proprietari della multinazionale che stampa «Goddess» – ma mi aspettavo almeno gli autoabbronzanti. Così è scorretto.

Mentre sono lì che mi crogiolo nell'autocommiserazione, mi accorgo che Jemima sta cercando di rivolgermi la parola. «Darcy, ci sei?», domanda, con quel suo tono melenso e glaciale al tempo stesso.

Mi affretto ad annuire.
«Bene, cominciavo a dubitarne. Allora, Darcy, a te ho riservato qualcosa di speciale». Jemima sorride, regalandoci una fugace panoramica sulla sua nuova, costosissima e abbagliante dentatura.
Ora, va precisato che quando Jemima sorride non si tratta necessariamente di un buon segno. Osservo l'angolo descritto dalla curva della sua bocca per capire se quel sorriso porta buone o cattive nuove.
Jemima spinge indietro la sua sedia ergonomica di design e si alza.
Brutte notizie, non c'è dubbio.
«Voglio inaugurare una nuova rubrica». I suoi occhi emettono lampi minacciosi da dietro le lenti. «È un territorio che non abbiamo mai esplorato prima d'ora, ma che è sempre più popolare presso il grande pubblico». Fa una pausa a effetto mentre trattengo il respiro in attesa dell'ennesimo metodo rivoluzionario per ringiovanire o per diventare magrissime in tre giorni. Se vuole farmi provare qualcosa, di sicuro non si tratta di una settimana in un resort termale della Champneys.
«Medicina olistica», annuncia con un gesto solenne della mano. «Pensavo che potremmo cominciare con una delle terapie più note, tipo il *reiki*, l'agopuntura e l'omeopatia, e poi passare a cose come la cristalloterapia, e metterci anche qualche articolo di vita vissuta con interviste a persone che hanno intrapreso percorsi spirituali, magari addirittura con gli angeli, se riusciamo a trovare volontari disposti a raccontarci le loro storie».
Mi volto verso Sophie con gli occhi sgranati.
Lei mi sorride, solidale.
«Allora, che te ne pare, Darcy?», domanda Jemima puntandomi addosso un immaginario riflettore.
Sento gli sguardi dei miei colleghi che mi trapassano, come se anche loro fossero in attesa di una risposta. La piega della bocca truccata di Samantha adesso è molto meno enigmatica

e più compiaciuta, mentre mi osserva da sotto ciglia che hanno goduto di un deciso rinforzo in post-produzione, mentre gli altri si limitano a provare un brivido di fronte al mio imbarazzo, grati di non trovarsi al posto mio.

«Di certo è una novità, Jemima». Punto sulla diplomazia. «Ma credi che funzionerebbe su "Goddess"?». È difficile scorgere il lato spirituale in un articolo sui segreti per far durare il rossetto tutto il giorno senza doverlo applicare più volte o su come, mangiando un gambo di sedano, si brucino più calorie di quelle effettivamente contenute nel sedano stesso. «Voglio dire, è il tipo di argomento che può interessare i nostri lettori?»

«Darcy». Jemima si toglie gli occhiali, un chiaro segnale del fatto che fa sul serio. «La medicina olistica è l'argomento del giorno; ormai se ne parla dappertutto. Proprio l'altro ieri qui a Londra, a Earls Court, c'era un grosso evento su Anima, Corpo e Spirito. Ce ne sono parecchi ogni fine settimana, in tutto il Paese. I lettori di "Soul Sister", una delle riviste del nostro gruppo editoriale, sono sempre più numerosi, e credo che fra poco queste idee interesseranno un sacco di gente».

«Ha ragione lei, sai», interviene Maggie, la segretaria di Jemima, che di solito non apre bocca quando stende i verbali delle riunioni. «L'altro giorno ero da Selfridge, e adesso hanno un medium. Proprio al centro del negozio, mica nascosto in un angolo».

Jemima rivolge a Maggie un cenno di approvazione. «Sì, grazie, Maggie. Ora...».

«Ormai tutte le celebrità hanno un posto nell'ordine cosmico», osa aggiungere Daisy, una delle stagiste. È qui da troppo poco tempo per sapere che non si interrompe Jemima quando il fiume è in piena. «L'ho letto l'altro giorno su una delle riviste. Tom Cruise, John Travolta. Persino Noel Edmonds ha ammesso di essere tornato in tivù grazie a queste cose».

«E questa dovrebbe essere una bella notizia?», mi bisbiglia in un orecchio Sophie.

«Sì, grazie a tutti per le informazioni», taglia corto Jemima sollevando una mano prima che qualcun altro provi a prendere la parola. Si volta verso di me. «Dunque vedi, Darcy, la medicina olistica è l'argomento del giorno. Se ne parla dappertutto». Il suo sguardo si posa per un attimo su Sophie. «Persino nei programmi televisivi del pomeriggio, a quanto pare, e noi, come rivista, dobbiamo essere pronti a cogliere la palla al balzo, prima che lo faccia qualcun altro. Perciò ti ho prenotato una seduta di agopuntura per la prossima settimana, Darcy, così potrai scrivere il primo articolo».

«Benissimo, ti ringrazio, Jemima». Il solo pensiero mi fa inorridire. Non so cosa mi terrorizzi di più, se l'idea di essere infilzata con centinaia di aghi oppure la prospettiva di dovermi sorbire una parata di guru in tela di sacco e con il rosario al collo che mi invitano in tono salmodiante a dar sfogo al mio mondo interiore e a respirare nella luce. «Sono certa che sarà un'esperienza... illuminante».

Terminata la riunione, Jemima mi chiede di fermarmi mentre tutti escono dal suo ufficio, in modo da darmi alcuni contatti che potranno tornarmi utili per l'articolo. I nomi che Jemima elenca citandoli dal taccuino nero mi lasciano di sasso: sta prendendo questo nuovo corso di «Goddess» molto sul serio, penso, mentre torno al tavolo stringendo gelosamente le preziose informazioni. Prima di sedermi devo togliere un vecchio numero della rivista che è stato appoggiato sulla mia sedia. La modella in bikini sulla copertina è stata ricoperta di puntine da disegno, e dalla bocca le esce una nuvoletta, come nei fumetti, con la scritta: "Ahi!".

Mi guardo intorno sperando di sorprendere il responsabile mentre sghignazza nascosto dietro uno schedario. Ma come c'era da aspettarsi, tutti sembrano all'improvviso molto occupati, con gli occhi incollati allo schermo del computer. *Mmh... questo scherzo sembra sempre divertente quando è qualcun altro a farne le spese.*

Messa via la rivista, mi lascio cadere sulla sedia dietro alla scrivania. Non appena la mia mano sfiora il mouse, l'immagine della mia attuale Mulberry preferita, che uso come salva schermo, scompare per fare posto a una delle tante foto dell'isola irlandese che ho trovato con Google Immagini. *Agopuntura? Terapie alternative?* Al confronto la prospettiva di trascorrere un anno su quell'isola diventa quasi piacevole.

Ma che le è venuto in mente, a Jemima? Ai nostri lettori non interessa curarsi da dentro: il lettore tipo di «Goddess» vuole essere bello "fuori". So già come andrà a finire.

Non è certo quello che mi aspettavo quando mi hanno offerto questo lavoro. Ero eccitatissima all'idea di poter finalmente scrivere per una vera rivista femminile, dopo anni passati a lavorare per una pubblicazione di settore che si occupava di attrezzi per il fai da te. Era così mortalmente noioso che una volta mi addormentai alla scrivania: quante parole si possono mettere insieme per parlare di un cacciavite? Poi ho lavorato in una rivista per teenager, ed è stato divertente finché non hanno deciso che ormai ero troppo vecchia per scrivere per loro. *Troppo vecchia!* Quando ti fanno capire che alla tua età – ventisei anni – è meglio se ti dedichi all'uncinetto, be', ci metti un po' a riprenderti. Ma poi, ormai quasi un anno fa, ho ottenuto questo lavoro a «Goddess» e mi è sembrato di aver vinto alla lotteria. Finalmente il mio agognato biglietto d'ingresso per lo sfavillante mondo della moda! Che importa, mi sono detta, se «Goddess» parla più di bellezza e salute che non di moda? Avevo fatto delle ricerche e sapevo che nel gruppo c'erano riviste più patinate alle quali sarei potuta approdare. Forse un giorno avrei avuto la possibilità di assistere alle sfilate più importanti e di scrivere articoli sulle ultime collezioni. Quando si lavora in una rivista di moda, si ricevono omaggi di ogni genere, ma sopratutto scarpe e borse. Gli omaggi sono uno degli aspetti più gratificanti del mio lavoro, sempre che si tratti di cose che una donna può usare. Se un'azienda si mette in testa di vendere rossetti verde chiaro, non ci vuole un genio per capire che il suo target è la strega diretta a un addio al nubilato, più che la mammina che va a prendere i figli a scuola. Non dovrebbero aver bisogno di farselo dire da una rivista di bellezza.

Mentre fisso l'immagine dell'isola sul monitor, il mio cellulare comincia a squillare nella borsa appesa allo schienale.

«Darcy McCall», dico distrattamente, dopo averlo ripescato.

«Darcy?». Un accento irlandese si propaga lungo la linea. «Sei tu?».

Do un'occhiata veloce allo schermo. *Niall.*

«Ciao, Niall. Che posso fare per te?»

«Dato che non ti ho ancora sentita, Darcy, immagino che tu non abbia ancora preso una decisione».

«No. Non ancora».

«Ci stai pensando?».

Se ci sto pensando? Non smetto un attimo di pensarci. Per dirla tutta, negli ultimi giorni ho passato talmente tanto tempo davanti al computer, a casa, a cercare informazioni su come si vive su un'isola, che se uno si mettesse a scorrere la mia cronologia Internet penserebbe che sono una fan invasata di *Lost*.

«Certo che ci penso, Niall, ma è una decisione enorme quella che devo prendere».

«Lo capisco, Darcy. Il fatto è che oggi hanno consegnato qui allo studio un pacchetto. Dico pacchetto, ma forse tu la considereresti una scatola…».

«Niall, sto lavorando». Abbasso la voce perché una delle nuove redattrici si è avvicinata al mio tavolo, e vedendo che sono al telefono mi ha fatto cenno che tornerà dopo.

«Scusa, ma vedi, il fatto è che dentro ci sono le ceneri di tua zia».

«Le *cosa*?», sibilo nel telefono.

«Nel testamento, tua zia ha richiesto che sia tu a spargere le ceneri nel luogo in cui riposerà in eterno».

«Io?», chiedo sbigottita. «E dove… no, aspetta, non me lo dire». Appoggio i gomiti sul tavolo e mi reggo la fronte con la mano. «Sull'isola, dico bene?»

«Sì. Ma sarebbe anche un'ottima opportunità per visitare il posto, Darcy. Per vedere con i tuoi occhi di che si tratta prima di prendere una decisione. Il tempo è magnifico quaggiù per essere la fine di gennaio; sono certo che il traghetto non avrebbe problemi».

Sospiro e con la mano torno al computer. Sul monitor la Mulberry sparisce e ricompare l'isola. Questo è il massimo che si possa ottenere da un'immagine digitale. Come posso considerare seriamente l'idea di trascorrere un anno intero in un posto di cui ho solo un vago ricordo?

«D'accordo. Immagino che una semplice visita non possa farmi male».

«Stupendo, che ne dici di questo fine settimana?», replica Niall un po' troppo in fretta.

«Perché proprio questo fine settimana?». La sua impazienza mi ha messo sul chi vive. «Abbiamo tempo, credo...»

«Per prima cosa, non vogliamo che tua zia resti qui nel nostro ufficio troppo a lungo. Le ragazze trovano la sua presenza un tantino, come dire, inquietante. Secondo...». Esita.

«Secondo?», lo incalzo.

«È solo che non sono certo che tu stia prendendo la decisione abbastanza sul serio, Darcy. Se hai pensato a dove andresti a vivere sull'isola, sempre che tu decida in questo senso», si affretta ad aggiungere. «Il fatto è...».

«Qual è il fatto, Niall?». Ho la sensazione che stia per spuntare un altro problema.

«I miei genitori hanno ristrutturato casa di recente. Si è trattato di una grossa ristrutturazione, in effetti, ed è appena terminata. Per caso, ho parlato di te al tale che ha seguito i lavori. Certo, non gli ho detto del testamento ma solo che stai pensando di investire su un'isola, e gli ho chiesto cosa comporterebbe imbarcarsi in un progetto di questo tipo. Darcy, non hai idea di quanti problemi ci siano da risolvere se decidi di trasferirti: gli alloggi, il carburante, l'acqua...».

Se decido di trasferirmi, ripeto mentalmente mentre Niall sta ancora snocciolando la lista della spesa del bravo isolano. Non ho nemmeno deciso, non ancora. Dovrebbe essere facile: vado sull'isola e ci resto un anno, così esaudisco gli ultimi desideri della zia e rimedio a tutti gli anni in cui non ci siamo viste. Come se ciò non bastasse, trascorsi i dodici mesi, i miei sforzi saranno premiati. Semplice. Invece non è semplice affatto. Non voglio andare a vivere su un'isola fredda e battuta dal vento con un pugno di estranei. Io voglio stare nel mio caldo e confortevole appartamento di Londra insieme a Roxi. Con tutte le comodità a cui siamo abituate: i negozi, la tivù, Internet e… be', a essere onesta, dopo Roxi, più di tutto mi mancherebbero i negozi.

«E inoltre…», prosegue Niall mentre io cerco di venire a patti con l'improvvisa prospettiva di non fare shopping per un anno, «… se vieni questo fine settimana, so per certo che Dermot ci accompagnerebbe a visitare l'isola, mi ha già detto che è libero. Lui può darti un'idea di quello a cui andrai incontro. Sono sicuro che ti aiuterà a prendere una decisione. Il testamento dice che hai solo un mese per decidere, ricordi?».

Come potrei dimenticarmene? Niall mi ha esposto con pazienza tutti i termini e le condizioni quella sera al pub, dopo che mi sono ripresa dallo shock iniziale.

«Allora, Darcy, che ne dici?», mi incalza dall'altro capo della linea.

Alzo gli occhi al cielo. Niall è dall'altra parte del mare, ma è come se fosse qui in carne e ossa, vestito da pirata, a puntarmi contro una spada facendomi arretrare fino all'estremità della plancia.

Sophie si avvicina con in mano alcune riviste di acconciature. Si siede su un angolo del tavolo, raccoglie dal pavimento la vecchia rivista e scuote la testa nel vedere la copertina crivellata di puntine da disegno.

«Puoi aspettare solo un secondo, Niall?». Allontano il telefono dall'orecchio. «Che succede?», le domando.

«Volevo solo sapere se stasera vieni a bere qualcosa. Andiamo tutti in quel nuovo wine bar che ha aperto in fondo alla strada. Dicono che prima delle sette puoi bere due cocktail al prezzo di uno, un vero affare. Però devi metterti in tiro;

Samantha ci ha incluse tra gli ospiti di un party privato che inizia più tardi, organizzato da qualcuno della sua famiglia».

Oh, mi domando, *chissà che non si tratti di suo zio, quello che possiede una parte di «Goddess»*... Non ho bisogno di pretesti per mettermi in tiro, posso farlo anche senza dover ringraziare Samantha per avermene data l'opportunità. «Certo, mi pare una buona idea», acconsento. «Ci vediamo lì?»

«Sì», Sophie lascia cadere la rivista sul tavolo. «Divertente, eh?». Spalanca gli occhi. «Non sono riusciti a pensare a qualcosa di meglio?»

«Evidentemente no». Indico con un gesto il telefono che ho in mano.

Sophie annuisce e riprende il suo fascio di riviste di acconciature. «Pare che qualcuno trovi molto divertente il fatto che tu debba farti riempire di aghi per amore del giornalismo. Ti lascio alla tua telefonata; io devo trovarmi un taglio di capelli decente!». Salta giù dalla scrivania e si mette a vagare per l'ufficio.

«Scusami tanto, Niall», dico mentre faccio sparire una volta per tutte la rivista vandalizzata nel cestino della carta straccia. «Una collega doveva sottopormi una questione che non poteva essere rimandata».

«Nessun problema», replica Niall. «Senti, almeno vieni a spargere le ceneri questo weekend, che ne dici, Darcy? È quello che voleva tua zia. Poi, dato che ci sei, vai a dare un'occhiata all'isola. Che male può farti?».

Ha ragione: devo solo spargere delle ceneri. Almeno questo glielo devo, a Molly, no? Non significa necessariamente che dirò di sì.

«D'accordo», dico con un sospiro. «Hai vinto tu. Verrò questo weekend. Fissi tu un appuntamento con quel tizio delle ristrutturazioni?»

«Dermot. Certo, ci penso io. Non te ne pentirai, ne sono certo».

Chissà, penso mentre Niall mi spiega per filo e per segno, tutto euforico, come si arriva all'isola. Ma credo davvero che una breve gita a metà gennaio possa aiutarmi a decidere se andare o no a vivere in una sperduta isola al largo della costa irlandese? Potrebbe funzionare solo se il viaggio persuadesse il mio cervello a liberare un po' di quei ricordi di zia Molly che se ne stanno ostinatamente nascosti in una scatola chiusa, che tengo chissà dove nella mia testa.

Cinque

Quando la sera arrivo a casa e raccolgo la posta sparsa sullo zerbino davanti alla porta, capisco subito, senza nemmeno bisogno di aprirle, cosa contiene la maggior parte delle buste: conti da pagare. Le poso sul tavolino vicino alla porta insieme alle altre, che hanno iniziato a formare un discreto mucchietto bianco e marrone, e vado a vedere se Roxi è in casa. Ma il silenzio che regna dovrebbe essere il primo indizio della sua assenza, insieme al fatto che la casa ha un aspetto decente, così come l'ho lasciata stamattina. Se Roxi fosse qui, sul divano vedrei l'ultimo numero di «Heat» o di «OK!» e ci sarebbe il televisore acceso a tutto volume su MTV. La tivù satellitare è un lusso di cui farei a meno; preferisco spendere il mio sudato stipendio in scarpe e borse nuove, ma Roxi ha frequentato per un po' un tizio che ci ha installato un sistema grazie al quale vediamo tutto gratis, e io sul momento devo aver pensato che era meglio non fare troppe domande. Funziona così con la mia coinquilina: conosce talmente tanta gente nel pub in cui lavora che non si sa mai chi può portarsi in casa. Ma non è il caso di preoccuparsi per lei: Roxi cade sempre in piedi. È fatta così.

Così mi preparo per uscire in un silenzio irreale, tanto per cambiare, e mentre prendo dall'armadio il mio abito di Stella McCartney nuovo di zecca chiuso nella sua custodia protettiva, pregusto il piacere di avvolgermi in quella favolosa creazione. È da quando l'ho visto da Selfridge, poco prima di Natale, che aspetto l'occasione giusta per indossarlo. È un tubino color cipria, ricoperto da cima a fondo di favolose paillette in tinta. Quando ho visto l'etichetta con il prezzo per poco non mi è venuto un infarto. A mia difesa va detto che sono rimasta in camerino per almeno un minuto dopo averlo provato, a prendere in considerazione la possibilità di aspettare e di acquistarlo in saldo dopo Natale. Ma se nel frattempo lo avessero venduto? Se fosse stato l'unico disponibile? Come avrei potuto permettere che un capo di tale perfezione mi scivolasse via tra le dita? Non potevo.

Mi giro e mi rigiro di fronte al nostro unico specchio a figura intera (praticamente copre mezza finestra, ma tanto a chi serve la luce del sole?), e mentre osservo il riflesso so che la mia carta di credito e io abbiamo preso la decisione giusta. Stasera farò un figurone.

E sì, forse avrei potuto anche fare a meno delle scarpe abbinate, ma quando la solerte commessa me le ha portate dicendo che erano le ultime rimaste della mia misura, ho capito che dovevano essere mie.

Il bar Atlantis (pare che in questi giorni io sia perseguitata dalle isole) è arredato in modo da somigliare a un fondale marino. Le pareti blu oltremare sono ricoperte da uno strato sottile di plexiglas, dietro il quale scorrono cascate vere. Il rumore costante dell'acqua è piuttosto rilassante, finché non ti viene voglia di fare pipì. Allora si trasforma in una tortura, e mi tocca andare alla toilette con una frequenza del tutto insolita. Sotto le poche sedie disponibili, sempre di plexiglas, invece del flusso d'acqua gorgogliante c'è un paesaggio sottomarino, fatto di coralli, alghe e rocce. Mi ricordano un po' quelle improbabili assi per il water con dentro pezzi di filo spinato e conchiglie.

La cosa migliore del locale è che è frequentato da gente che lavora nel mio stesso settore, il che mi fa sempre molto piacere. Non si sa mai chi si può incontrare, e soprattutto è sempre possibile che qualcuno accenni a qualche opportunità di lavoro presso una redazione un po' più interessante di «Goddess».

«Allora, quando andiamo a questo party privato, Soph?», chiedo mentre butto giù l'ultimo sorso del mio ennesimo cocktail due-al-prezzo-di-uno.

«Appena arriva Samantha, immagino». Sophie sta succhiando una cannuccia verde chiaro a forma di polipo.
«Che fine ha fatto? L'happy hour è quasi finito». Do un'occhiata all'orologio. Non si sarà mica rotto? Non è proprio il momento. Scuoto il polso.
«Al riguardo ho da darti una notizia brutta e una bella». Sophie guarda verso l'ingresso del bar affollato, dove i buttafuori si stanno facendo da parte per lasciar entrare un gruppetto di persone.
«Come sarebbe, una notizia buona e una cattiva?». Sono ancora preoccupata per il mio orologio. Stupido eBay, il venditore aveva anche il cento per cento di affidabilità. Perché becco sempre fregature quando compro qualcosa di firmato?
«La buona notizia è che Samantha sta arrivando. E la cattiva...». Sophie fa un pausa in attesa che alzi gli occhi per constatare di persona il motivo della sua esitazione.
«Ha il mio stesso vestito!», strillo.
Samantha avanza regale verso di noi con i suoi tirapiedi al seguito e indossa esattamente lo stesso abito e, quel che è peggio, le stesse scarpe.
E le stanno mille volte meglio, borbotto tra me e me.
«Darcy, cara», sorride dall'alto del suo piedistallo marmoreo, splendente di perfezione. «Avremmo dovuto fare due chiacchiere stasera prima di uscire dall'ufficio. Così non va proprio bene».
Sento le guance avvampare, sebbene stia facendo del mio meglio per mantenere la calma. «Dicono che le grandi menti ragionano tutte allo stesso modo. Forse si può dire lo stesso delle grandi icone della moda, no?».
La bocca di Samantha si torce in un falso sorriso benevolo. «Hai ragione. L'hai preso in saldo?», mi chiede mentre i suoi occhi mi studiano come se mi stessero passando ai raggi X in cerca dell'etichetta con lo sconto. «Pare che l'abbiano scontato parecchio dopo Natale».
La mia bocca si comporta in modo analogo alla sua. Dall'ester-

no sembra che io stia sorridendo, ma dentro di me sto digrignando i denti come un cane idrofobo che difende il territorio. «No, veramente l'ho comprato a dicembre, a prezzo pieno. Solo che non avevo ancora avuto l'occasione di indossarlo».

Samantha fa per replicare, ma viene distratta da un tale con una cartellina in mano che avanza verso di lei.

«Samantha, tesoro», dice, baciandola su entrambe le guance. «È questa la nostra piccola truppa? Dobbiamo spostare tutti di là al più presto».

«Certamente, Henry». Samantha si guarda intorno. «Sì, ci siamo tutti, direi. Andiamo, allora».

Come una mandria di turisti che arranca dietro una guida con l'ombrello in mano, seguiamo Henry con la cartellina alzata sopra la testa. Quando il nostro gruppo approda sano e salvo all'ingresso della sala dove si tiene la festa, Samantha si piazza vicino alla porta insieme a Henry e lo aiuta a controllarci uno per uno prima di farci entrare.

Mentre aspetto il mio turno, sbirciando attraverso la porta vedo un'enorme scultura di ghiaccio a forma di sirena che svetta leggiadra al centro della sala. Accanto alla sirena c'è un lungo tavolo ricoperto da una tovaglia bianca, con vasi di vetro alti e affusolati pieni di orchidee e foglie verdi. Gente elegante e raffinata si aggira reggendo flûte di champagne mentre i camerieri circolano indaffarati portando altri bicchieri di bollicine e vassoi di tartine dall'aspetto squisito. *Questo sì che è un posto adatto a me*, penso avvicinandomi alla porta. *Altro che assi del water di plastica.*

Finalmente è il mio turno di entrare in paradiso.

«No. Tu no, Darcy», mi sento dire quando ho già un piede dall'altra parte.

«Come?»

«Ho detto: tu no».

Mi volto a guardare Samantha. *Non dirà sul serio?* «Ma perché?»

«Non possiamo entrare qui con lo stesso vestito addosso. C'è gente su cui mi piacerebbe fare buona impressione stasera, e se ci sei tu vestita uguale l'effetto non sarà lo stesso. Puoi sempre andare a casa a cambiarti». Un sorriso da gatta morta le si allarga sulle labbra pallide e lucide. «E quando torni, basta che bussi alla porta e mi assicurerò che Brian ti faccia entrare».

Un corpulento buttafuori con la testa pelata mi rivolge un piccolo cenno di approvazione.

Getto un'occhiata adorante alla sala prima di voltarmi a guardare l'espressione compiaciuta e arrogante di Samantha, che aspetta una mia risposta. Mi sforzo disperatamente di escogitare una replica mordace, ma come sempre non trovo le parole giuste. Così, per evitare scenate, giro sui miei tacchi color cipria e me ne vado senza una parola. Arrivata al bar, mi arrampico su uno sgabello ricoperto di alghe marine.

Come ha potuto Samantha avere la faccia tosta di dirmi una cosa del genere? Chi si crede di essere? E, soprattutto, come ho potuto permetterle di farlo? Avrei dovuto dire qualcosa. Avrei dovuto... Ma come al solito non ho detto niente.

È proprio da me. Non sono mai stata brava a farmi valere. Non ricordo di averlo mai fatto. Credo abbia a che vedere col divorzio dei miei genitori; liti, gare a chi fa la voce più grossa, scenate plateali non fanno per me. Meglio farsi da parte che scatenare litigi. Meglio non agitare le acque, mai.

Merda, penso mentre aspetto che il barista si accorga di me in modo da poter ordinare. Roxi non glielo avrebbe mai permesso; le avrebbe fatto vedere chi è che comanda. Roxi non si lascia umiliare da nessuno. Cosa avrebbe fatto lei al posto mio?

La mattina dopo, quando mi sveglio, mi viene il sospetto di aver preso un po' troppo alla lettera la metafora del mare in tempesta, perché ho la sensazione di trovarmi su una nave che beccheggia dolcemente in mezzo ai flutti. Apro gli occhi uno alla volta, e sì, mi dico riconoscendo l'ambiente familiare della mia camera da letto, almeno sono a casa mia. Ma perché le pareti vacillano e il soffitto ondeggia sopra di me?

Richiudo gli occhi per un istante e, al posto delle onde gentili che poco fa si infrangevano contro il mio letto, vengo travolta da un'ondata gigantesca e dal ricordo di cosa è successo ieri sera.

Dopo aver deciso che avrei affrontato la situazione alla maniera di Roxi, sono rimasta seduta sullo sgabello ricoperto di alghe e ho bevuto per tutta la sera fino a sbronzarmi sonoramente. Fin qui tutto bene. Ho un vago ricordo di Sophie e altri due o tre colleghi che ogni tanto lasciavano il party per controllare se stavo bene, ma la mia memoria si ferma qui, fino a quando una seconda ondata non mi riporta alla mente che li ho cacciati via dicendo che non avevo bisogno di loro, perché i miei nuovi amici del bar mi stavano tenendo compagnia. Probabilmente mi riferivo ai cocktail multicolore che avevo bevuto uno dietro l'altro, perché non ricordo di aver parlato con nessuno in particolare, a parte uno dei baristi. Si è preso grande cura di me per tutta la serata, in primo luogo perché stavo spendendo un sacco di soldi e poi perché stavo bevendo da sola. È stato così paziente da ascoltare le mie farneticazioni mentre serviva gli altri clienti, e un vero tesoro quando sono caduta dallo sgabello. Ma anche lui adesso è avvolto nella nebbia dello stordimento.

Mi sforzo di mettermi seduta sul letto ed ecco che la stanza comincia a girare ancora più forte.

Mi volto verso il comodino, pregando che ci sia dell'acqua nel bicchiere che di solito riempio prima di andare a dormire. Ma dal momento che non ricordo nemmeno di essere rientrata a casa ieri sera, e meno che mai di essermi buttata sul letto, non mi sorprende che il bicchiere non sia al suo posto.

Non ci siamo, Darcy, adesso devi arrivare in cucina, magari strisciando, ma ti tocca arrivarci.

Riesco non so come a raggiungere la cucina, barcollando e andando a sbattere contro mobili e porte come una macchinina all'autoscontro del luna park. Una volta tanto sono grata di vivere in un piccolo appartamento e non in una vasta dimora dove la cucina si trova due piani sotto e a mezzo chilometro di distanza. Sto per aprire la credenza in cerca di un bicchiere quando sento un rumore.

«Hai superato la notte, allora», dice Roxi ritta sulla soglia, con addosso solo una maglietta del tour di Beyoncé e un paio di vaporose pantofole rosa col tacco a rocchetto. Ha la mascherina da notte tirata indietro sulla chioma corvina. «Visto lo stato in cui eri ieri sera quando sei rientrata, bambola, non ne ero affatto sicura».

«Ero messa tanto male?»

«Darce, ti sei messa a fare certe mosse di ballo, qui sotto i miei occhi, da fare invidia perfino a me. No». Solleva una mano e si scosta la maglietta dal seno florido. «Macché a me, J.Lo in persona non avrebbe saputo fare di meglio».

«Oh mio Dio, Roxi, ballavo? Non mi ricordo».

«Il fatto che non ricordi gli eventi di ieri sera non è un enigma che richieda l'intervento di un esperto». Roxi attraversa la cucina ciabattando e prende il bollitore. «Sappiamo entrambe, credo, cosa ha causato tutto questo. Ma se a condurre le indagini dovesse essere un certo Will Smith in total black», dice abbandonandosi a un sogno a occhi aperti. «In quel caso credo che anche io perderei all'improvviso la memoria... un po' di tè?», mi chiede agitandomi il bollitore davanti alla faccia.

«Grazie, Roxi, ma no... devo reidratarmi in modo più rapido. Molto più rapido, in effetti». Prendo un bicchiere dalla credenza e vado al lavello. Mentre apro il rubinetto, nello stato di stordimento post-sbronza in cui mi trovo, dimentico che i rubinetti della nostra cucina sono di temperamento instabile e che bisogna aprire quello dell'acqua fredda con molta cautela, altrimenti il getto è fortissimo. Ne esce un violento schizzo d'acqua che mi inzuppa il davanti del pigiama.

«Darcy, che stai facendo?», grida Roxi mentre me ne sto immobile davanti al lavandino con l'acqua che schizza dappertutto. Corre verso di me per riprendere il controllo del rubinetto impazzito.

Mi volto a guardarla, e mentre l'acqua gelida filtra attraverso la stoffa del pigiama e mi ghiaccia la pelle, un altro ricordo di ieri sera comincia ad affiorare nitido nella mia testa dolorante…

«Roxi, tutto sommato credo che l'intervento di Will Smith non sarà necessario».

«Che vuoi dire?», domanda perplessa.

«Mi sono appena ricordata tutto quello che è successo ieri sera, e non è un bel ricordo. Proprio per niente».

Sei

Racconto a Roxi quello che è successo con Samantha e il buttafuori. Come prevedevo, la reazione di Roxi è nettamente più energica della mia.

«Se solo fossi stata lì», dice mentre i suoi occhi color cioccolata si riducono a fessure al pensiero di come mi avrebbe difesa, «le avrei fatto sparire quel sorriso dalla faccia».

«Sì, lo so che *tu* avresti fatto così». Non posso che sorridere all'idea di Roxi, vestita Zara o H&M da capo a piedi, mentre dice il fatto suo a Samantha, impeccabile in Gucci e Jimmy Choo. So già su chi scommetterei. «Ma tu sai come sono fatta, Rox. Comunque è proprio a te che ho pensato quando di colpo mi è esplosa in testa un'altra idea. E dico "esplosa" non a caso…».

Roxi mi lancia un'occhiata sospettosa. «Darcy, cominci a preoccuparmi. Che cos'hai fatto?». Dà un morso al sandwich al bacon. «Sicura che non vuoi che ti prepari qualcosa? Ti aiuterebbe a smaltire la sbornia».

Scuoto la testa e ho un fremito di disagio, seduta sul divano con la vestaglia che mi sono messa dopo essermi tolta il pigiama fradicio. «No, davvero, Rox, lo sai che non digerisco la colazione nemmeno quando sono al massimo della forma, e mettermi a mangiare proprio stamattina non renderà di sicuro più piacevole il ricordo».

«Potrei attingere alla scorta di cioccolata che tengo nascosta in camera, se vuoi».

«No, credo che nemmeno la cioccolata sia in grado di aiutarmi, oggi».

Per poco non lascia cadere il panino dallo sbalordimento.

«Dio santo, allora la cosa è seria: hai rifiutato la cioccolata. Racconta tutto alla zia Roxi, forza…».

Faccio un profondo sospiro e mi accingo a ripercorrere gli eventi di ieri sera. «Allora, ero nel bagno delle donne, e mentre mi lavavo le mani è entrata Samantha…», comincio.

«Stai passando una bella serata?», mi chiede Samantha guardando il mio riflesso nello specchio.

Ha ancora in faccia quell'insopportabile espressione compiaciuta e io sento un'improvvisa ondata di rabbia montarmi dentro, una cosa mai provata prima. «Presto sarà ancora meglio», le rispondo allontanandomi dal lavello. Il rubinetto dell'acqua fredda sotto cui mi stavo lavando è al massimo, e il getto schizza su tutto ciò che incontra sul suo percorso.

«Aah!», strilla Samantha mentre gli spruzzi infradiciano il suo vestito color cipria. «Che cavolo stai facendo?»

«Scusa, devo aver girato il rubinetto dalla parte sbagliata. Che sciocca».

«Ma guarda il mio abito. È fradicio… è praticamente trasparente, adesso!». Samantha esamina disperata il proprio riflesso nello specchio, cercando di staccare il tessuto zuppo dal seno.

Inclinando la testa da un lato, mi fingo interessata guardandola allo specchio. «Forse dovresti fare un salto a casa a cambiarti», suggerisco. «E quando torni, basta che bussi alla porta e sono certa che Brian ti farà entrare».

Adesso, mentre finisco di raccontare a Roxi la triste vicenda, mi copro la faccia con le mani per la vergogna. «Dio mio, Rox, non posso credere di averlo fatto. Non so cosa mi abbia preso».

«Tutto qui?». Roxi sorride divertita. «Credevo le avessi ficcato la testa nella tazza del gabinetto o qualcosa del genere. Che diavolo, nella scuola dove andavo noi ragazze ci facevamo ben di peggio. Dove hai studiato, Darcy? All'accademia delle brave ragazze educate?», dice con una smorfia. Ma visto che non riesce a strapparmi un sorriso, prosegue: «Però hai ragione, non è da te. Forse è il fatto che sei sotto pressione al momento, con questa storia dell'isola...».

Annuisco. «Ma non è una buona scusa. Zia Molly diceva sempre: "Se fai del male, le cose ti andranno male, invece se fai del bene ti andrà tutto bene". Karma, lo chiamano. Adesso Samantha mi renderà la vita un inferno in ufficio, dopo questo scherzetto. Forse, dopotutto, mi conviene andare a stare sull'isola».

Roxi prende la sua tazza di tè. «Che cosa ti trattiene, in fondo? Fosse per me, io sarei già lì».

«No, non è vero. Saresti dilaniata quanto me. Come farò un anno intero laggiù senza tutto questo?». Indico con un gesto l'appartamento. «E come farò senza di te?»

«Darce, andrai alla grande. Non hai più bisogno che io ti tenga per mano. Ormai credo di averlo fatto abbastanza a lungo. Forse è tempo che tu muova i primi passi da sola. Puoi farcela, e sai che è quello che vuoi davvero, qui dentro». Mi punta un'unghia blu elettrico contro il petto.

«Immagino...».

«Non immaginare. Va' su quell'isola e paga il debito con tua zia, poi potrai realizzare i tuoi sogni, fare quello che vuoi della tua vita. Io me ne starò qui, a prendermi cura della nostra casetta finché non arriverà quel giorno. Deve essere stata importante per te, Darce, stando a quello che mi hai raccontato».

«Sì, sì... è stata importante».

«E allora vai». Posa con convinzione la tazza sul tavolo e cerca di infilare le gambe color ebano sotto la cortissima camicia da notte. Roxi indossa sempre cose minuscole. «Vai e... *Just do it*, come dice il signor Nike».

«Sai Roxi, dubito che esista veramente un signor Nike. Nike era la dea greca della vittoria. Credo che il nome venga da quello».

«Vedi? Te lo dicevo che hai fatto una scuola migliore della mia», dice sorridendo. «Non so niente di storia. A scuola morivo dalla noia. Adesso me ne torno a letto. Lavoro di notte in quella fogna di pub e posso poltrire a letto tutto il giorno, e invece sto qui con te a giocare alla confidente giudiziosa a quest'ora pazzesca».

«Lavori in quel pub perché ti piace farti abbordare dagli uomini», le rammento. «Poltrire di giorno è solo un beneficio secondario».

Roxi finge di pensarci su mentre sbadiglia e si stiracchia. «C'è anche quello», ammette sedendosi sul divano. «Non sono immune al fascino del maschio nelle sue forme più evolute».

«In qualunque forma, mi pare», la sfotto.

«Darcy McCall, dovrò considerare il tuo come un grave affronto alla mia educazione secondo i princìpi del Vangelo, dopodiché me ne andrò immediatamente a letto. Anche se probabilmente hai ragione tu», aggiunge ammiccando mentre esce dalla stanza.

Guardo Roxi barcollare sulle sue pelose pantofole rosa, e mi ritrovo a pensare a quanto sentirò la sua mancanza se andrò a vivere sull'isola. Lei è la mia migliore amica sin dal primo impiego come giornalista, per il quale ho lasciato tutti i miei amici della cittadina del Kent in cui sono cresciuta. Anche noi ci siamo incontrate in un pub, una sera in cui per poco non mi ritrovavo nel bel mezzo di una rissa per aver urtato incidentalmente una ragazza rovesciandole addosso la vodka e coca che stava bevendo. La ragazza faceva parte di una banda di motociclisti che trascorreva la serata in quel locale, ma, fortunatamente per me, Roxi conosceva il capo ed è riuscita a calmare le acque. È venuta in mio soccorso quella sera, e da allora siamo amiche. Ma ha ragione lei, forse è arrivato il momento che io vada avanti con la mia vita, che rimedi ai miei errori e riequilibri il mio karma. O si tratta dello ying e dello yang? Insomma, il principio secondo il quale se succede qualcosa di brutto, deve succedere anche qualcosa di bello per bilanciare le cose.

Mentre prendo il mio bicchiere e la tazza di Roxi per portarli al lavello, sento un rumore, un gocciolio nel silenzio del primo mattino.

«Che cavolo...», dico guardandomi intorno.

Plic, plic, plic. Eccolo di nuovo. Ma da dove arriva?

Seguendo il rumore arrivo nel piccolo ingresso e, sull'intonaco del soffitto, vedo un'enorme macchia che gocciola sul tavolino accanto alla porta d'ingresso. Le buste intatte con dentro i conti delle mie carte di credito hanno assorbito provvidenzialmente tutta l'acqua. *Almeno servite a qualcosa*, penso mentre guardo l'inchiostro chiazzarsi man mano che la carta assorbe l'acqua.

Mi sposto sotto la macchia grigia per esaminarla meglio. Pare che il nostro soffitto si sia riempito d'acqua per puro e semplice divertimento, come un grosso palloncino grigio. Ma quando insieme alle gocce d'acqua cominciano a cadere anche piccoli pezzi di intonaco, capisco di essere il primo ostacolo sulla traiettoria del soffitto, perché di punto in bianco il pallone sospeso sopra di me esplode e litri di tiepida acqua mi si riversano addosso in uno strano miscuglio di intonaco, pittura e bagnoschiuma.

«Roxi!», grido con la voce rotta. «Vieni qui, corri!».

E mentre me ne sto lì bagnata fradicia a fissare quella nuova riserva d'acqua che il nostro soffitto ha pensato bene di elargirci, sento vicino a me la voce di Roxi che esclama: «Caspita, Darce, avevi ragione su quella faccenda del karma... non ha perso tempo, eh?».

Sette

«Devo salire lì sopra?». Osservo preoccupata la piccola motobarca rossa che ondeggia sotto i miei occhi in attesa del suo ultimo passeggero.

«Certo, Darcy, andrà tutto bene». Niall è già seduto sull'imbarcazione, con addosso una mantella impermeabile rossa e un giubbotto di salvataggio arancione in cui nuota letteralmente.

L'altro passeggero mi guarda con un'espressione annoiata. «Che fa, sale o no?», chiede a Niall.

«Certo che sale. Forza, Darcy», mi esorta Niall incoraggiante, invitandomi con un cenno. «È l'unico modo per raggiungere l'isola, in questa stagione».

«È solo che mi ricordavo una barca più grande, quando ero bambina». Mi stringo nel giubbotto di salvataggio. «Questa sembra così piccola. Siete sicuri che non sia pericoloso arrivare fin laggiù in una giornata simile? Quelle onde sembrano terribilmente alte».

Lo skipper, in attesa di mollare gli ormeggi, mi sorride paziente. «Nella mia vita ne ho portate di barche fino all'isola, e oggi è una buona giornata. Anzi», aggiunge dopo aver gettato un'occhiata al cielo, «il mare è piuttosto calmo, soprattutto per essere in gennaio».

Gli sorrido, grata per quelle parole di incoraggiamento. Tuttavia mi sembra spaventosamente giovane; di solito a guidare queste barche ci sono dei vecchietti nodosi, con la pelle scura e raggrinzita e pochi denti in bocca. Forse sarebbe stato meglio avere qualcuno con un po' più di esperienza. Questo tizio, sebbene assai carino con quei capelli biondo scuro e i suoi limpidi occhi azzurri, sembra più portato per fare il modello in un servizio fotografico che per guidare una motobarca. Adesso che finalmente mi sono decisa ad andare sull'isola, vorrei almeno salire su un mezzo guidato da qualcuno che ha l'aria di sapere quello che fa.

D'accordo, il destino, il karma o quello che volete voi ci ha messo del suo per facilitare la mia decisione di intraprendere questa avventura. È venuto fuori che per il disastro in casa nostra dovevamo ringraziare il vicino, che aveva lasciato l'acqua aperta in bagno prima di tornarsene a letto e addormentarsi. Perciò Roxi e io abbiamo deciso che, mentre il padrone di casa discute con gli operai di costi e preventivi per le riparazioni, piuttosto che dover evitare di alzare lo sguardo per non cogliere fugaci visioni del signor Jenkinson che si aggira per casa in vestaglia, era meglio lasciare temporaneamente l'appartamento. Roxi alloggia in una stanza sopra il pub, e io mi arrangio sul divano piuttosto scomodo di Sophie. Perciò quel weekend già pianificato in Irlanda, con la promessa di dormire in un vero letto in un albergo irlandese, è diventato una prospettiva allettante.

«D'accordo, o sale lei o scendo io», dice l'amico di Niall, alzandosi e facendo beccheggiare la barca al punto che Niall deve aggrapparsi al bordo.

«No, non farlo! Vengo, davvero. Devo solo cambiarmi le scarpe».

Mi abbasso, mi sfilo le mie ballerine preferite e prendo dallo zaino un paio di stivali UGG.

«Perché si mette le pantofole?», domanda il tale a Niall mentre torna a sedersi.

«Non sono pantofole», ringhio. «Veramente sono stivali UGG. E mi terranno i piedi caldi e asciutti mentre siamo laggiù».

«Forse ti terranno caldo, ma dubito che rimarranno asciutti», borbotta il nostro compagno di viaggio scuotendo il capo. «Hai idea di che tipo di terreno c'è su quell'isola?».

«Senta, signorina...», ci interrompe il tipo della motobarca.

«Darcy. Chiamami semplicemente Darcy, per favore».

«Conor», dice lui, sfoggiando una dentatura perfetta, impeccabile come tutto il resto. «Senti, Darcy, che ne diresti se i due gentiluomini qui facessero quello che devono fare e, da gentiluomini appunto, ti aiutassero a salire in barca, così possiamo andare? Dobbiamo precedere la marea. Tu non vuoi rimanere bloccata sull'isola, nel caso in cui il tempo dovesse cambiare, o sbaglio?».

È l'ultima cosa che vorrei. Metto con cautela un piede sulla barca mentre i miei due compagni di viaggio mi aiutano a rimanere in equilibrio.

Mentre mi infilo il giubbotto di salvataggio (certo che potrebbero farli anche di qualche altro colore oltre all'arancione acceso), Conor slega la barca con movimenti esperti, salta a bordo e facciamo rotta verso l'isola. Mi siedo tesa di fronte a Niall e al tizio che si è portato dietro sulla panca di legno a lato della barca. Quando siamo stati presentati poco fa, Dermot O'Connell – il costruttore amico di Niall – mi ha fatto sapere che preferisce definirsi un "project manager". Gli lancio un'occhiata furtiva, mentre se ne sta infagottato nel suo giaccone impermeabile con sopra il giubbotto di salvataggio che è riuscito a malapena ad allacciarsi. Non perché sia sovrappeso, tutt'altro: Dermot è più quello che si definisce un uomo *imponente*. Muscoli sviluppati grazie ad anni e anni di lavoro nei cantieri, se è vero quel che mi ha raccontato Niall. Di primo acchito mi è sembrato anche piuttosto avanti con gli anni, un uomo di mezza età, diciamo. Ma adesso, a guardarlo con più attenzione, decido che deve avere intorno ai trentacinque anni. È il suo contegno in generale che lo fa sembrare più vecchio di quanto non sia, mi dico; e anche i capelli corvini che stanno cominciando a ingrigire alle tempie.

«Il nostro Niall mi ha detto che potresti essere tu la nuova proprietaria dell'isola, Darcy», grida Conor dalla prua della barca mentre la conduce abilmente tra i flutti.

Lancio un'occhiata a Niall. «Forse», gli grido di rimando. «Ancora non ho deciso nulla».

«È un'isola meravigliosa. Sai già cosa farci?»

«No. Veramente no… come ho detto, non c'è ancora niente di definito. È più o meno il motivo per cui sto andando laggiù adesso, per dare un'occhiata».

«Ah, be', gennaio non è il mese migliore», continua Conor mentre vira in direzione dell'isola. «Certo, se fossi venuta in primavera, con i bucaneve che fioriscono in tutta la valle, o in estate, quando il sole tramonta dietro le colline colorando tutto di rosso… O in autunno, anche, quando le foglie cadono dagli alberi con mille sfumature di marrone…».

«Ma non è così, giusto?», lo interrompe Dermot. «È venuta oggi, perciò vedrà l'isola nello stato in cui è adesso, non in una specie di idillio da cartolina».

«Sei un tipo pratico, mi sembra di capire, no?», domanda Conor, girandosi un secondo a guardarlo. «Oltre che inglese».

«Sono un tipo pratico, sì». Da sotto la visiera del berretto da baseball, gli occhi marroni di Dermot lanciano a Conor un'occhiata inespressiva. «E me ne vanto. Ma non capisco cosa c'entri il fatto di essere inglese. E per tua informazione, sono per metà irlandese. Da parte di padre».

Osservo Dermot. Questo spiega il nome e la mancanza di accento.

«Gli uomini molto pratici non vedono i colori, il paesaggio, la poesia dei luoghi», prosegue imperterrito Conor. «Vedono solo edifici, cavi e possibilità di miglioramenti».

«E che c'è di sbagliato in…».

«Sentite, ragazzi», li interrompo prima che la cosa degeneri. Preferirei che Conor si concentrasse sulla guida. *Stai o no guidando una barca? No, forse si dice "reggere il timone", o qualche altro termine nautico che non conosco.* «Oggi sto andando lì solo per spargere le ceneri di mia zia Molly e per dare un'occhiata all'isola in cui ha vissuto da bambina. Qualunque altra decisione riguardante il futuro dell'isola, o il mio, sarà presa più avanti, va bene?»

«Per me va bene», bofonchia Dermot scrollando le spalle e tirandosi sugli occhi la visiera del berretto. Incrocia le braccia e torna a studiare il mare.

Conor si volta per farmi l'occhiolino. «Niente da dire, Darcy. Tu sai quello che devi fare. Mi limiterò a fare il mio lavoro e a portarti sana e salva sulla terra di Tara».

«Tara? Chi è Tara?», chiedo confusa. «Niall, mi sembrava che mi avessi detto che l'isola è disabitata».

Niall fa spallucce e alza le mani.

«È così, infatti», grida di nuovo Conor dalla prua della barca. «Tara è il nome che le abbiamo dato noi persone del luogo. In realtà l'isola si chiama Glentara, Tara è una specie di nomignolo».

«Ah, ho capito, quindi è vero che non ci abita nessuno?»

«Nessuno tranne il vecchio Eamon».

«Eamon?»

«Vive sull'isola da anni; è come se facesse parte del paesaggio. Non la lascia mai».

«Credo sia una sorta di custode», spiega Niall. «Penso che tua zia lo pagasse per prendersi cura dell'isola».

Conor scoppia a ridere. «Avrei proprio voluto assistere alla scena, se avesse cercato di cacciarlo via!».

Ormai siamo vicini alla costa, perciò mi sporgo per vedere meglio l'isola che si avvicina. Come sempre il vento ha fatto scempio dei miei capelli prima ancora che ci imbarcassimo. Ho avuto il buon senso di legarli dietro la nuca prima di lasciare il porto, ma anche così le ciocche ribelli mi svolazzano intorno al viso mentre cerco di osservare con attenzione il luogo che mi è stato chiesto di chiamare casa per i prossimi dodici mesi.

A una prima occhiata, mi accorgo che è molto più grande di quanto mi aspettassi: su Internet avevo letto che erano 1100 acri, benché io non sappia dire con precisione quanto sia un acro. E man mano che ci avviciniamo, devo ammettere che l'isola mi sembra bella, mentre attende silenziosa l'arrivo della nostra barchetta rossa. Vedo alcune case in rovina sul fianco di una delle colline, e quando stiamo per approdare e posso apprezzare i colori del paesaggio, all'improvviso mi torna in mente una canzone country irlandese, *Forty Shades of Green*, che mia zia metteva spesso sul vecchio giradischi di casa sua.

Mentre approdiamo in un porticciolo di fortuna e guardo Conor saltare senza fatica giù dalla barca con una corda in mano, vengo travolta da una strana sensazione. È quasi un ricordo, ma non riesco a metterlo a fuoco.

«Quanto vuoi fermarti sull'isola?», chiede Conor legando saldamente la cima all'esile molo di legno.

Mentre sono sul punto di rispondere che mezz'ora sarà sufficiente per spargere le ceneri della zia, sento Niall che dice: «Due ore». *Due ore!* Durante il viaggio in barca ha fatto freddo, ma almeno avevo il giubbotto di salvataggio che mi scaldava un po'. Adesso, mentre me lo sfilo e lo lascio sulla barca, il vento che soffia dal mare mi penetra direttamente nelle ossa. Un bel cappuccino al caramello sì che mi scalderebbe. Ma dubito che da queste parti qualcuno abbia sentito il bisogno di aprire uno Starbucks Coffee.

«Sentirai meno freddo quando ti sarai allontanata dall'acqua», dice Conor, leggendomi nella mente. «Il vento si sta alzando dal mare proprio adesso. Il sole uscirà fra una quindicina di minuti. Ti scalderai in fretta».

Osservo il cielo, ma vedo solo dense nuvole grigie. Non scorgo alcuno spiraglio che possa suggerire l'apparizione di un sole caldo e splendente nell'arco dell'intera giornata, figurarsi fra un quarto d'ora.

Mi abbottono fino al collo il piumino Nike, pentendomi di non aver portato con me i paraorecchi Burberry o almeno quella pelliccia sintetica che non ho mai l'occasione di indossare.

Conor sembra essere l'unico a non soffrire il freddo. Dopo aver tolto il giubbotto salvavita resta in jeans, stivali e un pesante maglione delle isole Aran. «Allora ci vediamo qui all'una e trenta?», dice dopo aver consultato l'orologio.

«Benissimo, Conor», replica Niall. «Sarebbe perfetto».

«Dunque, eccoci». Dermot si guarda lentamente intorno mentre osservo Conor sparire su per la collina con una canna da pesca in spalla. «Da dove vuoi cominciare, Darcy?»

«Non saprei... potremmo andare per di qua?». Al momento ogni direzione mi sembra uguale alle altre. Dopo essermi convinta a visitare l'isola, avevo sperato che una volta arrivata mi sarei innamorata perdutamente del posto, avrei capito esattamente il motivo per cui Molly ha voluto che venissi qui e non avrei mai più voluto andarmene. Ma adesso che ci sono, mi sembra tutto verde, freddo e solitario. Indico con un gesto vago la direzione opposta a quella in cui si è avviato Conor e ci incamminiamo su per un sentiero sassoso. Sembriamo Dorothy, lo Spaventapasseri e l'Uomo di latta che arrancano lungo la Strada dai Mattoni Gialli, solo che non siamo nel regno di Oz, ma sull'isola di Glentara.

Di certo mi sento un pesce fuor d'acqua quanto Dorothy, con Niall da una parte, un piccoletto dai capelli color topo, e Dermot dall'altra, un omone dai capelli neri alto un metro e ottanta. Sono come il giorno e la notte; non riesco a immaginare due uomini più diversi. E mentre percorriamo il sentiero che fa il giro dell'isola, ci sembra davvero di essere in una favola, con animali selvatici che spuntano ovunque posiamo lo sguardo. Grossi uccelli dal piumaggio scuro spuntano dal nulla. Non somigliano ai passeri o alle sparute rondini che mi capita di vedere se metto delle briciole fuori dal davanzale a Londra, che volano via spaventati alla semplice vista di un essere umano. Oh no, queste sono poderose creature gracchianti che piombano sulle nostre teste dall'alto delle scogliere e non sembrano curarsi della nostra momentanea presenza sulla loro isola.

«Che cavolo è quello?», chiedo, sobbalzando dallo spavento quando qualcosa sfreccia sul nostro cammino e sparisce nella sterpaglia.

«Credo fosse un coniglio». Niall esamina il cespuglio in cui si è dileguata la creatura.

«Qua?», esclamo pensando immediatamente ai soffici coniglietti che si vedono nei negozi di animali. «Poverino».

Dermot sbuffa. «Sanno come cavarsela anche fuori da una gabbia, lo sapevi? Sempre che una volpe non decida di farsi uno stufato di coniglio per cena. Comunque non credo che fosse un coniglio: era troppo grosso e troppo veloce, probabilmente era una lepre».

Lancio un'occhiata a Dermot, ma decido di non rispondergli. Preferisco averlo dalla mia parte adesso, perché, pur essendo un cafone, sta dimostrando, man mano che ci inoltriamo nell'isola, di essere una miniera di informazioni pratiche.

«Dunque», domanda Dermot dopo che ci siamo fermati di fronte a un gruppo di case fatiscenti in cui, a detta di Niall, un tempo vivevano gli isolani, «dove pensi di stabilirti una volta che avrai traslocato sull'isola, Darcy?»

«Ehm...».

«Se intendi restaurare uno di questi cottage, non sarà poi così complicato portare corrente elettrica e acqua per una persona. È piuttosto semplice in realtà. Pensavi...».

«Aspetta», lo interrompo. Lancio un'occhiata a Niall. «Niall non è stato del tutto sincero quando ti ha detto che dovevo preparare l'isola per venirci a stare da sola».

Mi rivolgo di nuovo a Dermot.

Solleva un sopracciglio. «In che senso?»

«A dire il vero non ha nemmeno proprio mentito», mi affretto ad aggiungere vedendo l'occhiataccia che ha rivolto a Niall. Dermot è un omone, non vorrei fosse anche uno facile a venire alle mani. «E tu ci sei stato così d'aiuto questa mattina, che mi sembra corretto dirti la *vera* ragione della mia presenza qui».

Dermot si guarda intorno nervoso, come se dalla boscaglia potessero sbucare di colpo cinque o sei telecamere. Sollevato nel constatare che dai cespugli non è saltato fuori nessun presentatore televisivo col microfono in mano ad annunciargli che è su *Candid Camera*, mi guarda attentamente mentre gli spiego in poche parole il vero motivo per cui sono venuta qui.

Quando ho finito, Dermot mi fissa, non del tutto convinto.

«Ha detto la verità, Dermot», dice Niall affrettandosi a darmi man forte. «Sono il suo avvocato».

Sorrido a Niall. Così adesso è anche il *mio* avvocato?

Dermot, che per il momento è sollevato di non essere il bersaglio di qualche beffa destinata alla tivù nazionale, ci osserva con diffidenza. «Adesso la cosa mi sembra un po' più credibile. Non sembri il tipo di donna che decide di venire in un posto come questo di testa propria».

Non so se prendere la sua osservazione come un complimento o come un'offesa.

«Che cosa te lo fa credere?».

Rivolge uno sguardo eloquente ai miei stivali UGG, che, devo ammetterlo, dopo la nostra passeggiata sull'isola non mi sembrano più una scelta così saggia. Anche se abbiamo camminato perlopiù lungo il sentiero, il terreno è molto più fangoso di come lo avevo immaginato e ora, al posto di quell'incantevole sfumatura caramello, c'è un color cioccolato sporco con tanto di macchie verdi, non esattamente un classico della UGG.

Grazie a Dio non ho messo il mio modello migliore!

«Sì, be', forse non avevo previsto che il terreno fosse così umido, ma questo non influenza la mia decisione di andare avanti e alla fine stabilirmi qui».

E che scarpe indosserai se persino gli UGG non sono sufficienti? Ah, ho visto degli stivali di gomma carini su Net-a-Porter l'altro giorno. Ma non potrei mai indossarli tutti i giorni per un anno intero...

«Allora per quale motivo mi hai fatto venire qui oggi?», domanda Dermot interrompendo il mio dilemma sulle scarpe. Adesso comincia a sembrare irritato e se ne sta in piedi con le braccia incrociate su quel torace enorme.

Decido rapidamente di provare una tecnica che ho visto usare da Roxi più volte, e con successo, con gli uomini. Con Niall ha funzionato, quella sera al pub. Ma Dermot è un tipo completamente diverso da Niall.

«Niall mi ha suggerito che, considerando le tue vaste conoscenze e la tua competenza nel settore edilizio, sei la persona più adatta per aiutarmi a prendere una decisione: trasferirmi qui oppure rinunciare». Gli sorrido in un modo che spero risulti suadente. «Vista la tua esperienza, è normale che la gente si rivolga a te». Di nuovo, come con Niall, decido di fare a meno del battito di ciglia. Pare che a Roxi riesca piuttosto bene, ma Roxi è Roxi.

Un paio di penetranti occhi neri mi fissano per qualche secondo prima che il loro proprietario si decida a replicare. «Signorina McCall, con l'adulazione da me non otterrai proprio niente. Comunque la tua supposizione è corretta, ho una certa esperienza in questo campo. La cosa migliore è che mi spieghi con esattezza che cosa vorresti fare su quest'isola nel caso decidessi di restare, in modo che possa farmi un'idea più precisa del progetto e consigliarti per il meglio».

Dermot e io ci mettiamo a discutere delle richieste di mia zia. Mi chiede come penso di portare acqua ed elettricità sull'isola, o che tipo di alloggi intendo fornire alle persone una volta che saranno qui. E poi mi fa la domanda più importante: quanto sono disposta a spendere per il progetto.

Non è questo il motivo per cui sei venuto? Aiutarmi a trovare una risposta a questo genere di domande? penso mentre mi sforzo di rispondere in un modo che suoni intelligente. Dermot capisce al di là di ogni ragionevole dubbio che sta sprecando il suo tempo cercando di spiegare nei dettagli a me e a Niall quant'è semplice portare l'acqua in ogni alloggio dell'isola. Il suo errore sta nell'esordire usando la parola *fisica*, che su di me ha lo stesso devastante effetto di *matematica*: la mia mente comincia a vagare smarrita.

«Ecco, funziona tutto grazie alla legge di gravità», fa Dermot. «L'acqua piovana si raccoglie in un lago su quelle montagne laggiù, poi scorre a valle grazie ai canali costruiti dai vecchi isolani. Li vedi, Darcy?».

Guardo in su, verso il punto che sta indicando, e vedo in lontananza un sottile rivolo d'acqua scorrere zigzagando intorno alla collina. «Oh, sì».

«Dunque non resta che intercettare l'acqua nel lago prima che scenda a valle, usando tubature di dimensioni sempre più piccole in modo da potenziare l'azione della gravità, ottenendo così che l'acqua scorra a una pressione tale da consentire l'utilizzo quotidiano».

Forse devo mostrarmi impressionata dalla spiegazione di Dermot.

«Perciò possiamo avere acqua corrente e riscaldamento se ristrutturiamo i vecchi cottage che sono già qui?».

Dermot mi fissa. Poi rivolge il suo commento successivo a Niall. «Non l'ho forse appena spiegato a entrambi?»

«Sì, sì, Dermot, e se posso aggiungere, in modo molto chiaro e dettagliato». Niall mi assesta un colpetto con il gomito.

«Mi dispiace, Dermot», mi scuso. «Non credo di essere molto tagliata per le questioni tecniche, come hai acutamente sottolineato poco fa».

Dermot annuisce. «Sì, è vero. Senti, forse è meglio se vai a rendere il tuo estremo omaggio, prima che sia ora di tornare». Indica con un cenno lo zaino che porto in spalla, con dentro l'urna. «Te la cavi da sola o vuoi che uno di noi due venga con te?»

«È gentile da parte tua, ma me la caverò, grazie. Resta qui con Niall; lui saprà rispondere alle tue domande molto meglio di me».

Date le condizioni climatiche, la nostra passeggiata sull'isola si è svolta perlopiù nell'entroterra, ma ora che ho lasciato Niall e Dermot e mi sono incamminata verso il promontorio capisco che, inspiegabilmente, Conor aveva ragione. Il sole si è liberato da quella prigione di nuvole e ora riversa il suo splendore sull'erba e sulle rocce, riscaldando non solo i colori del paesaggio, ma anche i miei sentimenti nei confronti dell'isola. Mi riempio i polmoni di aria fresca e profumata di mare che, devo ammetterlo, è decisamente meglio di quella pesante e inquinata che si respira in città, e imbocco uno stretto sentiero che si snoda lungo la costa dell'isola di Glentara.

Com'è che ha detto Conor? La gente del posto la chiama... ah sì: Tara.

Dopo un po' faccio una piccola sosta per ammirare il panorama. Da questo lato dell'isola non si vede la costa irlandese, né nessun'altra terra. Solo una vasta, interminabile distesa di mare che instancabile infrange le sue onde possenti contro la costa rocciosa di Tara, che le respinge verso il largo in una specie di ipnotica partita di tennis. Il pubblico è costituito da uno stormo di queruli gabbiani che volano a pochi metri di altezza in attesa che dalle onde emerga una pallina, o più probabilmente un pesce.

Mi volto per dare un'altra occhiata all'isola. Quel poco che abbiamo visto ha convinto persino me che questo posto, oltre a essere selvaggio e isolato, è anche di una bellezza mozzafiato. Ma viverci per un anno intero... be' questo è un altro paio di maniche.

Niall mi ha spiegato che Molly ha stanziato un sostanzioso budget per attrezzare l'isola con abitazioni decenti e alcune comodità di base; non dovrò accamparmi in una tenda e cucinare su un fuoco all'addiaccio, e nel caso in cui non ce la facessi a restare per un anno intero non sarei obbligata a restituire il denaro già speso. Ma io sono abituata a vivere in città, con tanta gente e cellulari e Internet. A Londra qualunque cosa ti serva, ce l'hai a portata di mano. Che farò se mi verrà voglia di una manicure o di una ciambella da Krispy Kreme?

Scuoto la testa. No, non è proprio il momento. Ho cose più importanti di cui occuparmi. Mentre mi volto di nuovo verso il mare, mi tolgo lo zainetto Nike dalle spalle e con delicatezza apro la zip dello scomparto principale. Ne estraggo il cofanetto di legno che porto con me da quando ho lasciato la terraferma.

Quando Niall mi ha detto che aveva in ufficio le ceneri della zia, mi sono immaginata una grossa urna nera posata sulla sua scrivania, come quelle che si vedono nei film. Ma quando oggi me l'ha data, è venuto fuori che invece era una semplice scatola di legno. Pare fosse una richiesta della zia, voleva un materiale biodegradabile, che si disperdesse nell'ambiente.

«Certo che sapevi quello che volevi, eh, zia Molly?», dico a voce alta, e le parole fanno appena in tempo a uscirmi di bocca per essere subito spazzate via dal vento e disperse in mare. «E non solo su questo».

«Ah, puoi ben dirlo», sento replicare. Per poco, dallo spavento, non volo anch'io giù dalla rupe, nel mare sottostante.

«Ehi, reggiti». Di nuovo quella voce, poi una mano forte mi afferra il braccio allontanandomi dal ciglio della scogliera. Mi giro e vedo un paio di occhi color fiordaliso su un volto scavato dagli agenti atmosferici, occhi che fissano decisi i miei, sgranati ora.

«Grazie». Mi libero della stretta e arretro per guardarlo bene in faccia. «Dunque lei conosceva mia zia?».

L'uomo si è allontanato un poco e noto che, a differenza di me, indossa abiti dalle tinte neutre e sfumate che ben si abbinano ai colori della terra. L'esatto opposto del mio goffo tentativo *nautico chic*: jeans aderenti True Religion, felpa bianca col cappuccio DKNY, piumino Nike color argento e stivali UGG, ormai pieni di fango.

«Sì, la conoscevo. Una vera signora, ecco quel che era. Non sapevo niente di quello che era successo finché non ho ricevuto la lettera l'altro giorno».

«Lettera?». Sono incuriosita. «Che lettera?».

L'uomo rovista nella tasca della giacca di tweed ed estrae due fogli stropicciati. «Me l'ha mandata un certo Niall Kearney». Strizza gli occhi guardando in cima al primo foglio. «Non ho con me gli occhiali», dichiara. «Dice che ha richiesto lei stessa che mi fosse recapitata questa lettera dopo la sua morte». Si interrompe per farsi il segno della croce. «Purtroppo l'ho ricevuta solo la scorsa settimana, quando sono andato a ritirare tutta la posta e a fare provviste. Mi arriva tutto in ritardo quaggiù, sa? Altrimenti avrei fatto almeno lo sforzo di venire a renderle l'ultimo omaggio».

«Certo», annuisco mentre mi domando cos'altro avrà scritto la zia su quella lettera. A quanto pare anche negli ultimi giorni non le è mancato un certo piglio organizzativo.

«Darcy, suppongo».

«Sì, sono io, e lei deve essere Eamon». Mi sento un po' goffa a starmene qui mentre l'uomo mi studia. Forse il piumino argento è stato una scelta azzardata. Al negozio però non sembrava. L'ho preso per andare a sciare. Be', in teoria non avevo in programma di andare a sciare quest'anno, ma non si sa mai: avrebbe sempre potuto presentarsene l'opportunità.

«Sono io, Eamon Murphy». Sposta nella mano sinistra il vecchio bastone da passeggio e mi porge la destra. «Sono il custode di Tara. Nella lettera sua zia diceva che probabilmente sarebbe venuta».

«Diceva così?», chiedo mentre stringo la mano ruvida e ossuta.

Pare che mia zia abbia previsto un sacco di cose. Mi domando quanto sappia Eamon di tutto il resto. Niall mi ha detto che la zia lo assunse molti anni fa perché si prendesse cura dell'isola, ma adesso ho l'impressione che fossero amici.

«È quello che penso sia?», domanda Eamon indicando la scatola di legno.

«Sì, proprio così».

«Le dispiace se resto? Per rendere l'ultimo saluto a Molly, dato che non sono venuto al funerale?»

«Ma certo, rimanga pure».

Eamon arretra di qualche passo, si toglie il cappello e si liscia la chioma bianca.

Mi volto verso il mare senza sapere di preciso cosa fare. Sollevo la scatola di fronte a me, cercando disperatamente di farmi venire in mente qualcosa da dire. Ma non ho la minima esperienza di cose del genere, e la presenza di Eamon alle mie spalle non è di grande aiuto.

Mi rivolgo a lui. «C'è qualcosa che vorrebbe dire, Eamon? Sa, non sono molto brava in questo genere di cose».

«Nemmeno io», dice, riavvicinandosi con passo mesto al ciglio della scogliera.

«Non conosce una formula di commiato irlandese... non so, una specie di preghiera?».

Ci pensa su un attimo. «Conosco delle formule che si usano per brindare, ma ci vorrebbe una bottiglia di *little green man*, perché funzionino».

«*Little green man*?»

«Vuol dire una bottiglia di whisky Jameson. Sa, è per brindare...».

«Ce n'è qualcuna che faccia al caso nostro?».

Riflette un istante. «Proprio no». Ma poi un sorriso si apre sul suo volto abbronzato. «Sa una cosa, Darcy? Ho una specie di preghiera che è perfetta».

«Sicuro?».

Annuisce. «Allora, pronta con la scatola?»

«Sì». La sollevo di nuovo e faccio un gran respiro. È così difficile. Ci sono tante cose che vorrei dire, ma proprio non so da dove cominciare. Vorrei che la scatola sepolta dentro di me potesse aprirsi con la stessa facilità di quella che ho in mano in questo momento. «Addio, zia Molly, so che questo è ciò che volevi: passare l'eternità su quest'isola, a Tara. Spero che essere tornata ti porti pace e serenità».

Apro la scatola e lancio nel vento le ceneri di mia zia. E proprio come le mie parole, anche lei viene immediatamente trasportata via dalla brezza e dispersa nel cielo limpido dove si librerà in eterno come uno dei gabbiani che volteggiano nel cielo, sopra le nostre teste.

Mentre eseguo le sue volontà, sento Eamon recitare:

> Possano le colline d'Irlanda accarezzarti.
> I suoi laghi e i suoi fiumi guidarti.
> Possa baciarti la fortuna d'Irlanda.
> Ti benedica san Patrizio.

Entrambi restiamo in silenzio a guardare, assorti nei rispettivi, personali ricordi di Emmeline Ava McCall.

Mi volto verso Eamon.

«Era davvero perfetta. Grazie».

«Lei era così, Darcy», dice, con voce tremante. E quando guardo nei suoi occhi vedo con stupore che sono bagnati di lacrime. «Lei era così».

Otto

Più tardi, quello stesso pomeriggio, siamo di nuovo sulla terraferma, seduti al banco del pub del paese. Dermot e io abbiamo di fronte due pinte di Guinness, mentre Niall stringe tra le mani un terapeutico brandy, perché il viaggio di ritorno ha messo a dura prova il suo stomaco.

«Allora, Darcy», mi chiede Dermot, schietto come al solito. «Hai preso una decisione?».

Dopo aver lasciato che le ceneri di mia zia andassero alla deriva nel mare agitato che circonda Tara, Eamon e io siamo tornati verso il piccolo e malfermo pontile per ricongiungerci agli altri. Mentre camminavamo insieme verso la barca, Eamon mi ha detto che ha vissuto a Tara praticamente tutta la vita, ma che negli ultimi anni è stato sempre da solo. Il suo unico contatto con il mondo esterno sono le trasferte occasionali sulla terraferma per sbrigare faccende varie, andare dal medico e fare provviste.

Eamon e Dermot non hanno fatto i salti di gioia quando li ho presentati, soprattutto quando Dermot si è messo a spiegare a Eamon quanto sarà facile ottimizzare il sistema idrico e portare la corrente elettrica sull'isola. Non volevo che Eamon pensasse che stavamo per rovinare per sempre la sua tranquilla vita a Tara, perciò ho rapidamente diretto il mio piccolo gregge verso la barca rossa. Non c'era motivo di metterlo in agitazione, non prima di aver discusso a fondo ogni dettaglio e deciso finalmente cosa fare.

Bevo un gran sorso di Guinness prima di rispondere alla domanda di Dermot. Ho preso la mia decisione?

Dovrebbe essere semplice: come potrei rifiutarmi di esaudire le ultime volontà di mia zia e di ereditare del denaro di cui ho bisogno solo per il timore di affrontare qualche privazione per un anno? Sarei pazza, o sbaglio? Ma l'escursione di oggi mi ha fatto capire quanto è effettivamente selvaggia l'isola. È talmente sperduta, talmente lontana dalla vita che conduco normalmente a Londra. Come farò a viverci, un giorno dopo l'altro, per un anno intero?

E poi, dopo aver conosciuto Eamon e aver capito quanto fosse importante Tara per mia zia, sono piombata di nuovo nella confusione più completa. Sono in debito con Molly per tutto il tempo in cui non ci siamo viste. Gli ultimi anni della sua vita, in cui avrei dovuto assisterla. Se ha voluto offrirmi un'opportunità simile – e una responsabilità così enorme – vuol dire che teneva a me più di quanto immaginassi.

Nella mia borsa comincia a squillare il telefono, spezzando il clima di tensione che si è creato intorno al tavolo.

«Scusate un momento», dico a Niall e Dermot, mentre afferro il cellulare e mi allontano verso la porta.

È Roxi.

«*Per quanto tempo*?», esclamo nel telefono dopo essere stata informata che gli operai, in cerca di scuse per alzare il preventivo, hanno trovato dei travetti di legno marcio e che adesso il nostro appartamento e quello del signor Jenkinson saranno messi completamente sottosopra, e passeranno settimane, forse mesi, prima che tornino agibili. A quanto pare non è la prima volta che il bagno del signor Jenkinson si allaga.

«Ma Mohamed non ha un altro appartamento dove possiamo stare per un po'?»

«A quanto pare al momento è al completo. Ha detto che il fratello avrebbe un posto con una sola stanza a Hackney dove potresti stare per un po', se non ne puoi più di dormire sul divano della tua collega. Io per ora me la cavo nella stanza sopra il pub, ma sembra che per un po' sarà difficile abitare insieme, Darce».

Sospiro. Detesto stare da sola. E a Hackney, per giunta. Io

e Roxi stavamo così bene nel nostro bicamere a Wanstead: dovevo immaginarlo che non sarebbe durata per sempre.

«Digli che lo ringrazio, ma la risposta è no, Rox. Credo di aver finalmente deciso dove trascorrerò il prossimo anno».

«Hai deciso, allora! Così ti voglio!».

«Sì, però mi mancherai».

«Anche tu mi manchi, tesoro, ma forse il destino ha voluto darti una spintarella nella giusta direzione».

«Sì, ho deciso». Dico con piglio sicuro, dopo aver chiuso la telefonata con Roxi ed essere tornata al tavolo dove siedono Niall e Dermot. Guardo a turno i due uomini con aria fiduciosa, anche se dentro di me si sta proiettando tutto un altro film.

Niall si protende ansioso di sentire le prossime parole che mi usciranno di bocca. In jeans, camicia bianca e un maglione con il collo a V blu scuro, sembra molto più rilassato oggi che l'ultima volta in cui ci siamo seduti insieme in un pub. Tiene i gomiti sul tavolo. Dermot siede comodamente appoggiato allo schienale, e non pare affatto ansioso di sentire quanto sto per dire.

«E...», annuncio con solennità benché dentro di me mi senta tutt'altro che sicura, «lo farò. Andrò a stare a Tara per un anno».

«Sì!», strilla Niall. Arrossendo posa sul tavolo il pugno che ha sollevato in un eccesso di entusiasmo. Si guarda intorno in fretta per controllare che nessuno lo stesse osservando.

«Ne sei certa?», domanda Dermot dopo aver alzato gli occhi al cielo al gesto di Niall. «C'è da fare molto più di quel che sembra».

«E che faresti tu al mio posto?». Proprio quello che mi serve, uno che mi metta la pulce nell'orecchio adesso che finalmente ho deciso.

«Andrei sull'isola, certo. Ma tu non sei me».

«E questo che vorrebbe dire?»

«Ma ti sei vista?». Dermot mi addita con disprezzo.

Lo ricambio con uno sguardo altrettanto gelido. «Stai forse insinuando che io, in quanto donna, non sia adatta a raccogliere questa sfida? Perché mi sono venuti in mente molti aggettivi per descriverti da quando ti ho conosciuto, Dermot, ma *maschilista* non è fra questi».

Dermot non si mostra particolarmente offeso dalla mia provocazione. «No. Non voglio dire questo. Non si tratta del fatto che *sei* una donna, Darcy, ma del *tipo* di donna che sei. Guardati: le unghie finte, tutta quella roba firmata! Non dureresti cinque minuti su quell'isola senza un salone di bellezza, un solarium e una boutique nel raggio di cinque miglia».

Mi sistemo le maniche della giacca Whistles che mi sono messa una volta tornata dall'isola. Ha la faccia tosta di fare dei commenti sul mio modo di vestire, lui che sembra appena uscito da uno spot della Lumberjack, con quei jeans larghi, gli stivali marroni e la camicia a scacchi. Lo guardo prima di replicare.

«Per prima cosa», gli tendo la mano perché la guardi, «le mie unghie non sono finte, sono vere. Secondo, niente di quello che porto oggi è griffato, è tutta roba comprata in comunissimi negozi. Terzo, ma più importante, come puoi trarre delle conclusioni su che tipo di persona sono? Ci siamo conosciuti soltanto oggi».

«Oh, certo», fa lui con un sorrisetto compiaciuto, ignorando a bella posta la mano che gli ho teso.

La chiudo a pugno, e poi la ritiro lottando contro la forte tentazione di usarla contro di lui. «Bene».

«Quello che voglio dire», prosegue, «è che è stato chiaro fin da stamattina che non hai la minima idea di come allestire anche la più elementare struttura di sopravvivenza per le persone che dovranno stabilirsi su quell'isola».

«No, lo ammetto», dico scuotendo lentamente la testa. «Hai ragione. Non ho idea di come si facciano queste cose».

Dermot sorride soddisfatto mentre sorseggia la sua birra.

«Tu sì, però. È per questo, Dermot, che vorrei che tu supervisionassi i lavori sull'isola. Non solo», proseguo mentre osservo la sua faccia passare dal compiacimento allo stupore.

«Mi servirà di certo qualcuno che segua il progetto per tutto l'anno che trascorrerò laggiù. Dopotutto, come hai acutamente puntualizzato, cosa ne so io di come si tiene in funzione un impianto idrico o elettrico e di cosa bisogna fare se qualcosa va storto? Per questo motivo ti propongo di entrare a far parte della comunità di coloro che abiteranno con me sull'isola. Che ne dici, Dermot? Ci stai o temi di spezzarti un'unghia?».

Sento Niall ridacchiare dall'altro lato del tavolo, ma non stacco gli occhi da Dermot.

Riavutosi dalla sorpresa, Dermot torna alla sua posizione rilassata contro lo schienale della sedia.

«Accetto la sfida», dice asciutto, prendendo in mano la pinta. «Se il guadagno è all'altezza».

Resto sbalordita dalla prontezza con cui Dermot ha accettato. Non ha praticamente avuto il tempo per pensarci, mentre io mi sono presa intere settimane per decidere se andare o meno a stare sull'isola. «I soldi non sono un problema, vero, Niall?», dico spostando lo sguardo verso di lui in cerca di una conferma.

Niall scuote la testa.

«Bene. Allora pare proprio che lei si sia procurata un direttore dei lavori, signorina McCall». Dermot allunga un braccio e ci stringiamo la mano. «Spero solo che tu sappia quello che stai facendo».

«Sono sicura che non rimpiangerò di averti assunto, Dermot», dico ignorando deliberatamente il senso della sua frase. «Farai senz'altro un ottimo lavoro».

Dopo qualche altro bicchiere, cominciamo ad arrovellarci su alcuni dei problemi tecnici in cui Dermot prevede di imbattersi quando dovrà dotare l'isola delle infrastrutture necessarie perché delle persone possano viverci per un anno. Trovo difficile non distrarmi mentre parla di cose tipo serbatoi per il combustibile. Ma quando inizia a confrontare i costi dell'eventuale installazione di turbine eoliche con quelli di generatori singoli, il mio interesse si ravviva.

«Quanto?!», grido sconvolta, mentre vedo il budget previsto volatilizzarsi prima ancora che abbia messo piede sull'isola.

«In teoria, il generatore sembra la soluzione più economica sul breve periodo», spiega Dermot. «Ma da un punto di vista ambientale le turbine eoliche sono l'opzione più ecologica e quindi più conveniente sul lungo periodo».

«Quel budget deve bastarmi per tutto l'anno che passerò sull'isola, perciò vada per i generatori».

Dermot fa spallucce. «Sei tu il capo. Naturalmente per ora sono solo supposizioni. Dovrò sottoporti un prospetto completo con costi dettagliati e preventivi che dovrai sottoscrivere, prima di iniziare qualunque lavoro sull'isola».

«Quanto tempo credi che ci vorrà per rendere l'isola abitabile?», domanda Niall.

Lo osservo. È stato insolitamente silenzioso, finora.

Dermot si produce nell'espressione tipica del costruttore: una lunga inspirazione. «Oh, be', è difficile dirlo. È un progetto molto insolito, questo...».

«Una stima approssimativa, Dermot. Insomma, come farà Darcy a spargere la voce e invitare la gente a venire a stare a Tara senza poter dare almeno una vaga idea di quando potranno trasferirsi nelle loro nuove case?».

Non ci avevo pensato. Come diavolo farò a convincere quindici persone a venire a stare su un'isola? Io per prima ho avuto mille dubbi, come farò a convincere gli altri che si tratta di un grande progetto?

«Qualche mese, forse, se avrò la manodopera necessaria a completare tutti i lavori, e naturalmente se il tempo ci assiste».

«Aprile?», suggerisce speranzoso Niall.

Dermot fa cenno di sì con la testa. «Mmh, forse. Per completare i lavori, ma come ho detto dipende da tante cose. Alcuni alloggi saranno pronti e abitabili anche prima, però, nel caso tu voglia venire a vedere come procede il tutto, Darcy». Sorride.

«Ne terrò conto. Grazie», sorrido tesa. Ma la primavera è una stagione decisamente più piacevole dell'inverno per lanciarsi in un'impresa del genere, perciò dubito che approfitterò della sua offerta.

Alla fine decidiamo che per stasera abbiamo discusso abbastanza e ce ne andiamo a letto.

La camera di Dermot è la prima che incontriamo lungo il corridoio, così Niall e io gli auguriamo la buonanotte e procediamo verso le nostre stanze. Quando arriviamo di fronte alla mia, mi fermo fuori dalla porta.

«Stai bene, Niall?», gli chiedo con la mano sospesa sopra la maniglia della porta. «È che sei stato molto silenzioso da quando siamo tornati dall'isola».

Niall abbozza un sorriso. «È gentile da parte tua notarlo, Darcy, ma va tutto bene». Ci pensa un momento. «Sai, mi fa davvero piacere che tu abbia deciso di rispettare le volontà di tua zia».

«Forza, Niall», lo incoraggio sospettando che il suo sia un tentativo di cambiare argomento. «L'ho capito che hai qualcosa che non va».

Alza gli occhi dal motivo geometrico del tappeto che ha fissato negli ultimi secondi. «Vuoi saperlo davvero?»

«Certo che voglio, altrimenti non te lo avrei chiesto».

Niall punta gli occhi grigio azzurri dritti nei miei. «Sono geloso».

«Sei *geloso*? Geloso di che?»

«Di te. Di Dermot».

«Ma perché?»

«Perché anche a me piacerebbe essere invitato a trasferirmi sull'isola, Darcy. Ecco perché ci tenevo tanto che tu afferrassi quest'opportunità. È stato così bello oggi, a Tara». Il volto di Niall si illumina al ricordo. «Per tutta la vita ho vissuto in città, piccole o grandi, ma ho sempre desiderato respirare ogni giorno aria pura, sporcarmi le mani della terra che Dio ha creato, impegnarmi in qualcosa di più fisico che far scorrere una penna su un pezzo di carta».

«E il tuo studio di avvocato?». Sono sbalordita dalla rivelazione. «È l'attività di famiglia».

«Sì, lo so». Niall china il capo. «E questo peggiora tutto. Ma non ho mai davvero desiderato farlo; se lo aspettavano da me, volevano che prendessi in mano lo studio di famiglia. Ed è quel che ho fatto, senza mai battere ciglio».

«Ma, Niall, se tu non sei felice...».

«Ma chi lo è di questi tempi, Darcy? Voglio dire chi, se glielo chiedi, ti dirà di essere felice?».

In effetti, mi sa che i mesi che mi aspettano saranno piuttosto impegnativi da questo punto di vista...

«Ma tu, Darcy, tu hai avuto questa fantastica opportunità di liberarti. Non sai quanto sei fortunata. E adesso anche Dermot si è accodato, quel fortunato bastardo, be', ecco... insomma». Niall avvampa.

Ha ragione, in tutta questa storia mi sto comportando da ingrata. L'ho vista più come un'imposizione che come una meravigliosa opportunità per dare una svolta imprevista alla mia vita.

«Be', fallo anche tu, allora», dico senza pensarci due volte.

«Fare cosa?»

«Accodati anche tu. Vieni a stare sull'isola. Se è davvero ciò che vuoi».

Niall si prende del tempo per riflettere, come avrei dovuto fare anch'io prima di aprir bocca.

«La tua è davvero un'offerta generosa, Darcy», dice sorridendo. «Ma non posso».

«E perché mai?»

«Tanto per cominciare, che cosa dirò a mio padre? Sarebbe devastato dal fatto che abbandoni la carriera; il lavoro è tutto per lui. E poi, che cosa ho da offrirti? Il possibile contributo di Dermot è evidente, a prima vista. Ma io... be', guardami, di che utilità potrei essere su un'isola deserta in mezzo al nulla?».

È la verità. Se l'esile corpo di Niall dovesse ritrovarsi troppo vicino al ciglio di una di quelle scogliere, basterebbe un alito di vento per farlo volare via. Ma è stato davvero buono con me, e io ero talmente concentrata sulla mia decisione che non ho apprezzato come si deve il suo aiuto. Perciò, se è davvero quello che desidera...

«Non potresti dire a tuo padre che ti prendi un anno di pausa, come si fa dopo il diploma, prima di iscriversi all'università?», suggerisco in un impeto di ispirazione. «Scommetto che non lo hai mai fatto. Scommetto che sei passato dal liceo al college e poi all'università e poi allo studio legale».

Niall annuisce. «È vero, ma...».

«Niente ma. Se è veramente questo ciò che vuoi, Niall, allora che cosa ti impedisce di farlo? Hai detto che tuo padre si è quasi ripreso dalla sua malattia. Una pausa te la deve concedere, se è vero che hai mandato avanti lo studio da solo».

Alzo un dito quando fa per controbattere. «E l'altra tua scusa, scordatela. Di che utilità credi che possa essere io, quando saremo su quell'isola? Impareremo insieme, vivendo lì. Sono certa che farò mille errori durante il percorso. Tu, dopotutto, potrai aiutarmi a gestire gli aspetti finanziari della faccenda quando saremo laggiù, no? Probabilmente potresti farlo meglio lì che a Dublino».

Niall ci riflette.

«In più, mi servirà qualcuno che mi spalleggi quando dovrò discutere con Dermot. Il che, temo, accadrà con una certa frequenza, a giudicare da oggi».

Sorride a quest'ultima parte del mio discorsetto, poi torna serio. «Non lo so», dice scuotendo il capo.

«Ti prego, Niall. Posso farcela se ho accanto a me un amico. Altrimenti, l'unico che conosco sull'isola sarà Dermot».

«Non dimenticare Eamon». Adesso Niall sorride.

Alzo gli occhi al cielo. «Grazie per avermelo ricordato. Un anno su un'isola insieme a un Big Jim alle prese con gli ormoni della crescita e un Robinson Crusoe in versione irlandese. Che prospettiva esaltante!».

Niall ride apertamente. «Riesci sempre a farmi ridere, Darcy.

Oh, basta. Ci sto. Sempre che riesca a farlo capire a mio padre…».

Gli butto le braccia al collo e lo abbraccio forte. Per qualche ragione, l'idea di avere Niall con me fa sembrare il tutto meno spaventoso.

«Così adesso siamo in tre», dico separandomi da lui. «Ne mancano solo dodici».

Nove

«Sicura che ti serva tutta questa roba?», mi chiede Niall lanciando l'ennesima occhiata al sedile posteriore della monovolume su cui stiamo viaggiando lungo la stradina stretta che conduce al molo. «Mi rendo conto che staremo fuori per un anno, ma riuscirai a indossare tutto?»

«Non sono *tutti* vestiti». Tengo gli occhi fissi davanti a me mentre guido. Queste strade irlandesi sono tutte curve e tornanti e non voglio scontrarmi con una pecora che attraversa la strada. «Ci sono cosmetici e altri prodotti di bellezza, più le provviste».

«Che genere di provviste? La spesa potremo farla, lo sai, c'è un traghetto che passa per l'isola una volta alla settimana».

Niall e io stiamo percorrendo insieme l'ultimo tratto del nostro viaggio e siamo in procinto di lasciare il mondo civilizzato e di stabilirci sull'isola per un anno; il mio stomaco si comporta come se fossi sul punto di salire su una di quelle giostre da luna park che ti fanno vomitare l'anima pagando anche per il disturbo.

Nei pochi mesi trascorsi dalla mia prima visita a Tara insieme a Niall e Dermot, ne sono successe talmente tante che faccio fatica a tenere il conto.

Sono tornata in Inghilterra, e il giorno dopo, senza perder tempo, sono andata a rassegnare le mie dimissioni da «Goddess». Sono entrata dritta senza guardarmi intorno, per non darmi il tempo di cambiare idea e per non dare a Samantha l'opportunità di mettermi i bastoni fra le ruote dopo l'incidente dell'acqua. Non ho detto a nessuno dei miei colleghi, nemmeno a Jemima, quello che sto per fare; ho solo fatto sapere di avere altri progetti per il futuro. E una volta svanito l'iniziale stupore per le mie dimissioni, è bastato un attimo perché si passasse alle discussioni su chi avrebbe preso il mio posto. Non che mi aspettassi molto di più, ma è stata una delusione constatare che al mio capo e ai colleghi con cui ho lavorato per tanto tempo importasse ben poco che non avrei più fatto parte della squadra di «Goddess». Sophie è stata l'unica alla quale abbia raccontato la verità, dopo che ho dovuto chiederle di poter restare ancora un po' nel suo appartamento visto che il mio lo stavano facendo a pezzi. Non aveva molto senso cercare di prenderne in affitto un altro per poche settimane, e anche Sophie, come Roxi, mi ha detto che ero pazza. Pazza per aver solo preso in considerazione l'idea di *non* accettare.

Dermot, procurati i macchinari e messa in piedi la squadra, vive già sull'isola in una delle poche case già agibili, insieme agli operai che lo affiancano nei lavori. Dopo il ritorno in Inghilterra si è messo a elaborare un piano d'azione dettagliato e si è premurato di aggiornarmi puntualmente via e-mail e di tanto in tanto per telefono. Ma io gli ho dato il mio benestare praticamente su ogni questione, così dopo un po' ha preso in mano lui le redini della questione. Mi bastava che sapesse quello che faceva. Mi preoccupava di più la prospettiva di dover mettere in valigia i vestiti necessari per un anno. Gran parte della mia roba si trovava già in un magazzino perché Sophie non aveva abbastanza spazio in casa sua, così, dopo non so quante liste, pomeriggi di shopping e notti passate su Internet, finalmente sono riuscita a mettere insieme un guardaroba appropriato per un anno da trascorrere nel più remoto e selvaggio angolo d'Irlanda.

Di noi tre, quello che ha avuto più difficoltà a tagliare i ponti è stato Niall, soprattutto per via di suo padre. Ma dopo svariati scambi di opinioni – così li ha definiti Niall per evitare di chiamarli litigi – un giorno ha annunciato orgogliosamente che si era preso un anno di pausa dallo studio legale, e che si sarebbe unito a Dermot e a me sull'isola, in aprile. Niall si è anche assunto l'incarico di mettere annunci su tutti i quotidiani nazionali irlandesi e anche su alcuni di quelli inglesi, per trovare gente interessata a dare il proprio contributo alla costruzione di una nuova comunità sull'isola.

Sogni di fare una vita sana?
Di fuggire da tutto e fare qualcosa di completamente nuovo?
Perché non entri a far parte della nuova comunità di abitanti dell'isola di Glentara, al largo della stupenda costa occidentale dell'Irlanda?
I colloqui si terranno a Dublino.
Per fare domanda e per ulteriori dettagli, si prega di contattare Darcy McCall e Niall Kearney.

Abbiamo deciso di non accennare alla questione dell'eredità e dell'anno da trascorrere sull'isola. Gli unici informati della faccenda saremo Dermot, Niall e io. Dopotutto, se le cose funzioneranno, non ci sarà motivo di vietare che altri restino sull'isola una volta trascorso il mio anno, se lo desiderano. In un secondo momento mi assicurerò di vendere l'isola a qualcuno che sia disposto a farsene carico. Sono io l'unica ad avere un periodo di tempo prefissato da trascorrere a Tara.

La mia parte del lavoro preparatorio si è svolta interamente su Internet e più precisamente sui social network. Avevo già i miei profili personali su Facebook e su Twitter e così, oltre a creare nuovi profili per dare visibilità all'isola e al mio progetto, quello che ho fatto è stato perlopiù parlare ossessivamente in rete di entrambe le cose, alla ricerca di persone a cui potesse piacere l'idea di sperimentare la vita da isolani per un anno.

Sulle prime sono rimasta sbalordita dal fatto stesso di ricevere qualche risposta. Di certo non mi aspettavo l'enorme quantità di messaggi e e-mail che abbiamo ricevuto da persone pronte a fare carte false pur di essere scelte e andare a stare a Tara. A essere onesti, molti messaggi provenivano da tipi leggermente strampalati con cui avrei paura a trascorrere due minuti dentro un ascensore, figurarsi averli come coinquilini su un'isola per un anno. Ma io e Niall siamo riusciti a scremare la massa degli svitati e dei fuori di testa, filtrando i candidati che valeva la pena incontrare.

Abbiamo tenuto i colloqui con i fortunati prescelti tutti e tre insieme, a Dublino: alcuni di loro sono risultati idonei alla vita sull'isola, altri meno. Certo, il mio ideale di persona con cui trascorrere un anno su di un'isola non corrispondeva esattamente a quello di Dermot. Come sempre, Niall ha scelto di non schierarsi.

Conclusi i colloqui, avevo le idee abbastanza chiare su chi dovesse essere scelto e chi no per venire a condividere quell'esperienza con noi. Ma, come di consueto, Dermot ha dovuto complicare le cose.

«Ma perché?», gli ho chiesto per la centesima volta mentre eravamo seduti a discutere intorno a un tavolo nella hall dell'hotel dove abbiamo tenuto i colloqui. «Che cos'hanno che non va, stavolta?». Ho dato un'occhiata al modulo di domanda che Dermot stava sventolando; incollata sopra c'era la foto di un tale dall'aria simpatica con le guance paffutelle.

«Mi dici che ce ne facciamo di un omino Michelin ingordo a Tara?», ha detto agitandomi in faccia il modulo. «Darcy, a noi serve gente che sia in grado di lavorare per rendere l'isola il più autonoma possibile, non uno che si pappi tutti i profitti prima ancora di averli intascati».

Ho cercato di restare calma, ma si dà il caso che fosse stata una lunga giornata, che minacciava di sfociare in una serata altrettanto lunga e difficile. *Avrò fatto bene a chiedere a Dermot di venire con noi?* mi sono chiesta. *Sta già causando un mucchio di problemi, e non ci siamo ancora trasferiti.* «Dermot, non selezioniamo le persone in base a chi è in grado di fare i lavori più duri, come fossero bestie da soma o roba del genere. Dobbiamo convivere con questa gente per un anno, dovremo pur avere qualcosa da dirci».

Dermot mi ha fissato per alcuni secondi, poi ha scosso la

testa. «Mi chiedevo quanto ci avresti messo a tornare alla solita solfa», ha detto lasciando cadere sul tavolo la pila delle domande compilate. «Ti sei già scordata tutto quello che ti ho spiegato a proposito del lato pratico della vita sull'isola, pensi solo a trasformarla in una specie di soap opera irlandese in cui non facciamo che piombare l'uno in casa dell'altro la mattina e bere tazze di tè».

«Non è così!». Ormai la calma non era che un pallido ricordo. «So esattamente che cosa stiamo cercando di fare qui, ho il controllo totale della situazione. E non permetterti mai più espressioni come "la solita solfa". Tu non sai che tipo di persona sono, tu... tu mi conosci appena!».

«Bene», ha ribattuto Dermot con una smorfia. «La tua reazione non fa che confermare la mia tesi».

Sono rimasta a fissarlo, poi ho afferrato di scatto il bicchiere dal tavolo.

Dopo qualche minuto, grazie alle sue raffinate arti diplomatiche, Niall è riuscito a far riaprire i negoziati.

Ma dato che a tarda notte eravamo ancora seduti senza aver concluso granché, ho creduto fosse il momento di puntare un po' i piedi.

«Dermot», ho esordito sforzandomi di essere diplomatica, «ho ascoltato le tue motivazioni, e sì, riguardo ad alcune di queste persone riconosco che hai ragione. Ma...», ho proseguito, mentre gli si disegnava in faccia il solito ghigno di trionfo, «... riguardo agli altri, non capisco proprio quale sia il problema. Per esempio, che hai da dire su Conor?».

L'ultima persona a entrare nella stanza dei colloqui, quel giorno, era stato Conor, il belloccio che ci aveva portato in barca sull'isola la prima volta. Non era nel nostro elenco, ma come ha osservato Niall mentre gli facevamo riempire in fretta il modulo di richiesta, come persona del luogo doveva sicuramente conoscere l'isola meglio di chiunque altro, perciò abbiamo deciso di ammetterlo comunque al colloquio.

«Grazie per avermi concesso questa opportunità», ha esordito Conor mentre si sedeva sorridente davanti a noi. Mi è parso molto diverso da come lo ricordavo in barca, al punto che quasi l'ho scambiato per un'altra persona. Non so esattamente dove e quando, ma per un secondo ho avuto la netta sensazione di averlo già visto da qualche parte. Conor era ben rasato, portava una maglietta bianca aderente, jeans puliti e stivali Caterpillar marroni. I capelli biondi mossi, che quel giorno erano del tutto scarmigliati, ora erano accuratamente pettinati e tenuti sotto controllo da uno strato di gel, e la maglietta a maniche corte offriva lo spettacolo piuttosto piacevole di un paio di bicipiti allenati e abbronzati, che, in quella giornata di gennaio in cui ci vedemmo per la prima volta, erano gelosamente nascosti sotto il maglione di Aran. «È stato divertente aspettare con gli altri che verranno a stare a Tara insieme a noi».

«Sembri piuttosto sicuro di essere scelto», ha commentato Dermot col sopracciglio alzato. «Questo è solo un colloquio».

«Certo, scusatemi. Sono stato presuntuoso. Ma se uno non ha fiducia in sé, come può aspettarsi che ne abbiano gli altri?». Conor mi ha strizzato l'occhio e mentre distoglievo lo sguardo mi sono resa conto di essere arrossita.

«Giusto», ha chiosato Dermot. «Allora, Conor, che cosa ti fa credere di essere un candidato adatto a venire a stare sull'isola?».

Conor si è fatto serio. «Per i primi diciotto anni della mia vita ho avuto costantemente Tara nel mio campo visivo. Ai miei tempi ci andavo spesso: a pescare, a passeggiare, a far la corte a qualche ragazza, come avrebbe detto il mio vecchio nonno». Per una frazione di secondo i suoi occhi azzurri hanno incrociato i miei. «Credo di poter dire che solo due persone al mondo conoscono Tara meglio di me».

«E chi sarebbero?», ha chiesto Niall, mettendo mano alla penna. «Giusto per sapere».

«Eamon, per cominciare, dato che vive lì da sempre. Nessuno conosce Tara meglio di lui, questo è certo». Conor si è rivolto di nuovo a me. «E tua zia sarebbe l'altra, Darcy. Me la ricordo quando veniva in visita; era chiaro quanto amasse l'isola».

Quell'ultima osservazione di Conor mi ha costretta a tenere gli occhi nei suoi più a lungo di quanto avrei dovuto. Per un attimo ho rivisto le onde infrangersi sulle scogliere che circondano Tara: così tante sfumature di azzurro, limpide e invitanti. Mi sono affrettata a rivolgere lo sguardo da un'altra parte, rendendomi conto di averlo guardato troppo a lungo. Così ho finto di leggere il modulo con la sua domanda.

«Hai detto che hai avuto Tara davanti agli occhi per i primi diciotto anni della tua vita, Conor», ha proseguito Dermot mentre io tornavo padrona di me. «Che è successo dopo?»

«Quello che succede a tanti di noi a quell'età: è subentrata la voglia di viaggiare, Dermot. Va bene se ti chiamo Dermot?».

Dermot ha annuito.

«Volevo vedere il mondo. Per la disperazione di mia madre ho fatto le valigie e mi sono messo in viaggio».

«Per quanto tempo?», gli ha domandato Niall.

«Dieci anni».

«Dieci anni? Che cos'hai fatto in dieci anni?». Ero rimasta sbalordita all'idea che si fosse svegliato una mattina e avesse deciso di mollare tutto. A me sembrava di commettere chissà quale follia, e in fondo non avevo fatto altro che attraversare il mare fino all'Irlanda.

«Oh, un po' di tutto», ha risposto sorridendo. «Sarebbe troppo lunga da raccontare. Ho fatto tante cose per tante persone».

Ho riletto il modulo con la sua richiesta. Ecco perché la parte riguardante la carriera lavorativa era così vaga.

«Come si spiega questo desiderio di tornare, proprio adesso?», gli ha chiesto Niall. «Dopo aver viaggiato così a lungo?».

L'espressione di Conor è cambiata in modo repentino, come un attore teatrale che passa da una maschera comica a una tragica. «Mia madre è morta, proprio nel gennaio scorso», ci ha detto abbassando lo sguardo. «Ha avuto una bella vita, però, e abbiamo trascorso l'ultimo Natale insieme. Si è spenta serenamente il giorno di Capodanno, poco prima della vostra gita a Tara». Un paio di occhi azzurri colmi di tristezza si sono alzati verso di noi. «Sono figlio unico, perciò è toccato a me organizzare tutto. In effetti ormai, morta la mamma, non resta nessun altro della mia famiglia. Così mi sono fermato per un po', a fare i conti col passato, capisci?». E mi ha lanciato uno sguardo pieno di sottintesi.

Io gli ho fatto un cenno di assenso senza nemmeno rendermene conto.

Dermot ha continuato con il suo interrogatorio, impassibile. «Con quali competenze, esattamente, credi di poter contribuire al progetto, a parte la tua vasta conoscenza dell'isola?».

L'ho guardato incredula. Possibile che non provasse un briciolo di compassione?

Conor non si è mostrato infastidito dalla scarsa solidarietà di Dermot. «Fammici pensare...». Ha aggrottato la fronte mentre rifletteva. «In Australia ho lavorato per qualche mese in un allevamento di pecore, poi sono stato su un peschereccio al largo dell'Alaska. Per un po' ho vissuto anche in una fattoria in Africa e ho lavorato in un centro della Sea Life in Florida, quando ero negli Stati Uniti. Quell'anno ho imparato anche a fare immersioni con l'autorespiratore».

Mi sono voltata verso Niall sorridendo, mentre Conor continuava a snocciolare una serie di attività, molto adatte al nostro scopo, che ha svolto da un capo all'altro del pianeta. Da sotto il tavolo, Niall alzava il pollice in segno di approvazione.

«Grazie, Conor». Dermot ha sollevato una mano. «Pare che tu abbia fatto esperienza nei campi più disparati».

«Ho fatto la mia parte, puoi dirlo». Conor sembrava tornato quello di sempre. «Allora, quando deciderete chi sono i fortunati prescelti?», ha chiesto piantando quegli occhi azzurri direttamente nei miei.

«Ci faremo sentire fra un paio di giorni», ho replicato dandomi un tono formale da potenziale datore di lavoro, anche se in realtà morivo dalla voglia di dirgli che se davvero voleva venire ad abitare a Tara lo avrei accolto a braccia aperte. «C'è qualcosa che vorresti sapere da noi, Conor?».

Ci ha pensato su un momento, poi ha sorriso mentre diceva: «No, mi sembra di essere soddisfatto così. Se va bene anche per voi».

Io facevo di tutto per non sembrare un cagnolino scodinzolante.

«Mi pare che per adesso sia tutto quello che vogliamo sapere, Conor, grazie», ha concluso Dermot alzandosi in piedi. Ha allungato il braccio sopra il tavolo per stringergli la mano. «Ci faremo sentire».

Conor ha stretto la mano a Dermot, poi a Niall e poi a me. Ho notato che la sua mano ha indugiato nella mia più a lungo che in quelle degli altri, e che la sua pelle sembrava morbidissima in confronto a quella di Dermot, che invece mi aveva colpito per la sua ruvidezza, il giorno in cui ci siamo conosciuti.

«Allora spero di risentirvi presto», ha detto, e si è congedato.

Dipendesse solo da me, potresti giurarci, ho pensato, guardandolo scomparire dietro la porta. Altro che speranza. All'improvviso la prospettiva di trascorrere un anno a Tara si era fatta molto più interessante.

«Non mi fido di lui», ha dichiarato Dermot quella sera stessa, vuotando l'ultimo dei numerosi bicchieri di whisky che avevamo ordinato nel corso della serata. «C'è qualcosa in quell'uomo che non mi convince».

Ho sospirato platealmente, come avevo fatto più volte quella sera, e mi sono massaggiata la base del collo. «Non è una ragione sufficiente. Conor sa fare molte cose che lo rendono perfetto per l'isola, secondo me».

«Sì, questo potrebbe essere vero», ha mormorato Dermot alzando il sopracciglio e parlando così piano che lo sentivo appena. «Ma scommetto che ci vedi anche dell'altro».

«Che cos'hai detto?».

Ha ignorato la mia domanda. «Senti, Darcy, alla fine della

fiera, l'isola è la tua. Il capo sei tu, le decisioni spettano a te. Io sono qui solo per dare consigli, è per questo che mi paghi».

«Sì, è vero. È proprio così. Sono io che comando, giusto?». Dermot sa essere così autoritario che certe volte mi dimentico persino che sono io a pagarlo perché faccia un lavoro per me. «E io dico che Conor è dei nostri, così almeno questo è deciso».

Ho dato un'occhiata agli altri moduli sparpagliati sul tavolo. Abbiamo avuto così tanti candidati che alla fine accoglieremo a Tara un numero di persone superiore a quello previsto; una specie di assicurazione nel caso in cui qualcuno si rivelasse un pazzoide o qualcun altro decidesse che la cosa non è di suo gusto e se ne andasse. «Va bene, Dermot, faremo come dici tu per quanto riguarda questo, questa e quest'altro». Ho selezionato alcune domande e le ho messe da parte. «E su tutti questi siamo già d'accordo… perciò metterò nel mucchio anche Caitlin, Ryan e Siobhan». Ho guardato Dermot. «Eri d'accordo su di loro, no?».

Ha annuito.

«E tu, Niall, sei d'accordo?»

«Sì, lo sai che a me sono piaciuti». Niall ha sorriso del mio piglio deciso.

«E dirò di sì anche a Daniel e Orla, e a Aiden e Kathleen».

Dermot si è rabbuiato.

«Dermot, credi che avere un dottore e un fornaio sull'isola sia una cattiva idea?»

«Se avessero voluto fare il dottore e il fornaio se ne sarebbero rimasti in città. Vogliono giocare a fare il pescatore e il contadino, non quello che ti aspetti da loro».

«Diamogli una possibilità, che c'è di male?», ho replicato cercando di mostrarmi paziente. «Mi sono simpatici».

Dermot ha fatto spallucce. «È la tua isola».

«Sì, lo è», ricordo di aver detto con voce ferma quella sera, mettendo fine a ogni polemica. «È la mia isola. La mia Tara».

E adesso, mentre raggiungiamo l'insenatura che racchiude il porto, eccola spuntare all'orizzonte. La mia isola, in tutte le sue gloriose tonalità di grigio.

Per il nostro viaggio inaugurale, Madre Natura ha voluto mostrarci Tara in una luce che non è la migliore. Infatti gran parte della costa è talmente coperta di nuvole che se non sapessimo che esiste davvero un'isola nascosta lì sotto, penseremmo di avere di fronte un grosso batuffolo di zucchero filato grigio sospeso in mezzo all'oceano.

È per questo che ho abbandonato la mia vita a Londra? penso, osservando l'orizzonte marino. L'addio a Roxi, pochi giorni fa, è stato straziante; abbiamo pianto e riso, ci siamo ubriacate solennemente ripercorrendo i bei momenti che abbiamo vissuto nel nostro piccolo appartamento. Poi ci sono state altre lacrime la mattina dopo, quando mi sono infilata in un taxi insieme alle mie numerose valigie, diretta all'aeroporto.

Discesa la stretta stradina che conduce al porto, con Niall eccitato come un bambino in procinto di partire per le vacanze, trovo Dermot che ci sta già aspettando. Secondo lui il tempo in Irlanda non avrebbe potuto essere migliore nelle ultime settimane, e tutti i lavori basilari sull'isola sono stati completati con leggero anticipo rispetto ai piani. Benché alcuni degli alloggi richiedano ancora qualche aggiustamento qua e là, sono ormai pronti per accogliere gli abitanti. Così Niall e io stiamo andando a Tara un po' prima, mentre gli altri ci raggiungeranno fra pochi giorni.

«Avete scelto proprio la giornata ideale», ci apostrofa Dermot mentre carica alcune casse sulla barca che ci aspetta e noi parcheggiamo lì vicino. Niall e io scendiamo dalla macchina e io chiudo con orgoglio la zip del mio nuovo giaccone impermeabile North Face mentre ci incamminiamo verso di lui.

Quando lo raggiungiamo, Dermot mi fissa.

«Che c'è?». È snervante, il modo in cui mi guarda. «Qualcosa non va?». Non può essere il giaccone. Su Internet dicevano che è l'ideale per la montagna. Perciò stavolta è sicuro che indosso la cosa giusta, no?

«Hai cambiato qualcosa dall'ultima volta che ti ho vista». Dermot socchiude gli occhi nello sforzo di mettere a fuoco. «Che cos'è?»

«Ah, sì», dico, sollevata che non si tratti del mio abbigliamento. Mi passo una mano sulla testa, accarezzandomi i capelli raccolti in una lunga, morbida coda di cavallo. «È vero. Sono i capelli. Li ho tinti di castano scuro. Il biondo non era pratico per stare un anno sull'isola, mi sono detta, dato che avrei dovuto ritoccarmi le radici ogni cinque o sei settimane. Così sono andata dal parrucchiere e sono tornata al mio colore naturale».

Dermot annuisce con l'aria di chi se ne intende. Anche se, a giudicare dai suoi corti capelli neri spruzzati di grigio sulle tempie, non sembra che tingersi i capelli sia mai stato tra le sue priorità.

«Ti stanno bene», dice burbero. «I capelli scuri, intendo. Meglio di quel biondo slavato».

«Grazie», dico sorridendo con ostentazione. Sono decisa a non lasciarmi più innervosire dai suoi commenti acidi. «Vedi? Te l'ho detto che so essere una persona pratica, se voglio».

Dermot annuisce. «Però vedo che le unghie le hai tenute».

Abbasso lo sguardo sulle mie unghie fresche di manicure. «Te l'ho già detto, sono vere».

«Saranno anche vere, ma non dureranno cinque minuti laggiù».

«Vedremo», dico con fermezza.

«Dunque è tutto pronto, Dermot?», interviene Niall. Sembra uno scolaretto ansioso di partire per la gita scolastica; da quando abbiamo lasciato Dublino stamattina non ha parlato che dell'isola.

«Be'», gli risponde Dermot annuendo, «come dicevo la scorsa settimana, non è perfetta ma è abitabile, ci sono ancora parecchie cose da sistemare prima che arrivino gli altri. A voi serve aiuto per portare la vostra roba?»

«Io con la mia me la cavo», dice Niall sorridendo. «Ma Darcy probabilmente avrà bisogno di una mano per sollevare i suoi bauli».

«*Bauli?*». Dermot si volta verso di me con espressione inquisitoria. «Non dirmi che ti sei portata così tanta roba da aver bisogno di bauli».

«No», replico con una risatina nervosa. «È solo che Niall oggi è in vena di battute. Ma vi prego di tenere a mente che non si tratta di una vacanza, starò qui per un anno, ci sono cose di cui non posso fare a meno».

Sento Niall ridacchiare mentre armeggia nel bagagliaio della monovolume per scaricare le valigie.

Dermot aggrotta la fronte. «Quanta roba hai lì dentro, di preciso?», dice avviandosi deciso verso l'auto.

Mi affretto a seguirlo, e lo vedo fissare incredulo le valigie e i borsoni in attesa di essere caricati sulla barca.

«Adesso ho capito perché hai voluto una barca più grande, stavolta», dice Dermot scuotendo la testa. «Mi sembrava avessi appena detto che sapevi comportarti in modo pratico. Stai andando a vivere su un'isola. Non avrai molte occasioni per agghindarti all'ultima moda».

«Non sono solo vestiti», replico piccata. «Ci sono anche cose per la casa. Ce l'avrò una casa, no? O dovrò abitare in una capanna?»

«Sì, avrai una casa. La più bella, in effetti, dato che l'isola è tua. Di sicuro la più grande».

Sorrido involontariamente a quelle parole. «Davvero? Oh, e com'è?».

Adesso anche Dermot sorride. «La vedrai presto. Senti, non ha senso stare qui a discutere. Se hai portato fin qui tutta questa roba, immagino che debba arrivare sull'isola. Conviene cominciare a caricarla sulla barca».

«Serve una mano?», dice una voce melodiosa dalla cadenza irlandese proveniente dalla stradina che abbiamo appena percorso.

Ci voltiamo tutti per vedere Conor che scende con passo rilassato giù per la collina. Porta un grosso zaino legato alla schiena con le cinghie, e ha un borsone in mano.

«Ciao, Conor», lo saluto sorridendo quando ci raggiunge.

«Arrivi proprio al momento giusto. Dermot pensa che abbia portato troppa roba. Così ci serve una mano per caricare tutto sulla barca».

«Certo, nessun problema», dice disinvolto. «Dammi il tempo di caricare la mia roba e sarò dei vostri».

Lo osservo mentre percorre il pontile e deposita il suo spartano bagaglio sul ponte della barca. «Non sapevo che Conor sarebbe venuto con noi oggi», mormoro in fretta a Dermot che sta afferrando la prima delle mie numerose valigie.

«Non te lo avevo detto?». La voce di Dermot mi arriva ovattata da dentro l'abitacolo della monovolume. «L'ho incontrato per caso in paese e gli ho detto che tu e Niall sareste venuti prima. Dato che stavolta avevi richiesto un'imbarcazione più grande per raggiungere l'isola, non avevamo bisogno di Conor. Ma lui si è offerto di venire prima comunque, dato che la casa della madre è stata venduta e lui alloggia in un bed and breakfast. Non c'era motivo di dirgli di no».

«Eccomi», dice Conor fermandosi al mio fianco. «Da dove cominciamo?». Si sfila il maglione rivelando un'altra maglietta bianca attillata.

«Devono essere caricate tutte, mi dispiace», mi scuso cercando di staccare gli occhi da quel torace. «Non sono proprio il tipo che viaggia leggero».

Conor sorride. «Non mi aspettavo che lo fossi. Le signore eleganti come te non viaggiano certo con pochi bagagli».

Sento che sto arrossendo. Ma non credo che Conor se ne sia accorto, perché si è già infilato nel bagagliaio insieme a Dermot. Afferra senza alcuno sforzo due delle mie valigie più pesanti e salta giù con disinvoltura dalla macchina mentre i suoi bicipiti guizzano sotto le maniche della maglietta.

«Torno fra un attimo», dice ammiccando e incamminandosi verso Niall che si sta ancora tirando dietro le sue valigie.

«Che diavolo ci hai messo dentro, Darcy?», domanda Dermot dal retro dell'auto.

Mi costringo a staccare gli occhi da Conor che maneggia

agilmente le mie valige, e vedo Dermot tirare un grosso borsone. «Ehm... lì dentro ci sono i miei accessori».

«Accessori? Peserà una tonnellata. Accessori per cosa? Per commettere un omicidio?»

«No». Conor non ha creato alcun problema. Perché deve farlo lui? «Scarpe, borse, cinture, cose di questo genere. E sta attento con quella valigia. È griffata».

Veramente è una falsa Louis Vuitton, ma vuoi che Dermot riconosca la differenza?

Dermot cerca di drizzare la schiena nel vano di carico, ma il soffitto è troppo basso e sbatte la testa. Emerge cercando di nascondere il fastidio. «Te lo ripeto, Darcy: stai andando a vivere per un anno su un'isola sperduta. Ai conigli e ai gabbiani non importa se la borsa e le scarpe non sono abbinate».

«No, ma importa a me. Non abbasserò i miei standard solo perché vado a vivere laggiù». Indico il mare nella direzione in cui si trova l'isola e noto con stupore che nel giro di qualche minuto la nube ha cominciato a sollevarsi e si riesce già a distinguere la punta occidentale dell'isola, mentre tiepidi raggi di sole disperdono il grigio involucro che l'avvolgeva.

«Diglielo, Darce!». Sento una voce familiare alle mie spalle. «Niente stivaloni di gomma e giacconi Barbour per la mia ragazza!».

Mi volto e, a pochi metri da noi, vedo un taxi parcheggiato, da cui, stupenda nella sua minigonna rosa shocking, scende Roxi.

«Rox!», grido, poi le corro incontro e la abbraccio. «Che diavolo ci fai qui?»

«Credevi davvero che ti avrei lasciato affrontare tutto questo da sola?».

Faccio un passo indietro e la osservo con attenzione. «Dimmi la verità, Rox».

«Ho perso il lavoro al pub, e ho perso anche la casa».

«Perché? Che è successo?»

«Diciamo solo che c'è di mezzo un bel ragazzo e un piccolo

equivoco riguardo al suo essere single, ne è venuta fuori una lite in cui sono volati alcuni pacchetti di noccioline e una bottiglia di vodka. Un gran casino, ma la tua amica ne è uscita vittoriosa, naturalmente. Senza lavoro e senza casa, ma vittoriosa».

Scuoto la testa. «Oh, Roxi, quando imparerai? Be', forse sei il mio raggio di sole in questa giornata piena di nubi».

Le ciglia finte di Roxi – le riconosco, sono quelle firmate da Cheryl Cole delle Girls Aloud – iniziano ad agitarsi freneticamente alla vista di Dermot. «E forse *quello* è il mio raggio di sole». Gli saltella dietro. «Ehi, ciao», dice. «Chi sei?»

«Dermot», le risponde lui burbero. «E tu chi sei?»

«Roxanne». Roxi gli porge il dorso della mano.

Dermot lo fissa immobile.

«Be', non hai proprio l'aria di un *Dermot*!», dice senza preamboli posandosi sui fianchi le mani dalle unghie fucsia, mentre mi unisco a loro. «Sembri più un Simon con quell'atteggiamento».

Adesso la confusione di Dermot è totale.

«Io e Roxi siamo grandi fan di *X-Factor*», gli spiego. «Credo voglia dire che non somigli tanto a Dermot O'Leary quanto...», mi sforzo di non ridacchiare mentre lo dico, «... a Simon Cowell».

«Davvero?», dice Dermot guardando Roxi con sdegno.

«Un'altra bella ragazza sta per unirsi a noi a Tara, o sbaglio?», domanda Conor raggiungendoci insieme a Niall.

Roxi sembra sul punto di svenire quando vede Conor. Rivolge uno sguardo al cielo, unisce le mani in preghiera e bisbiglia: «*Grazie*».

«Sono Roxanne Whitney Reynolds», dice tendendo la mano a Conor. «Ma puoi chiamarmi Roxi».

Conor le prende la mano e la bacia con galanteria. «Lieto di conoscerti, signorina Roxanne Whitney Reynolds. Sarò onorato di chiamarti Roxi».

«Oh!», esclama Roxi. «Quanto mi piace l'accento irlandese!».

Conor sorride. «Allora sono certo che andremo d'accordo, miss Roxi».
«E lui è Niall, Rox, ti ho parlato di lui, ricordi?».
Non senza un certo sforzo, Roxi stacca gli occhi da Conor per spostarli su Niall. «Ciao, Niall», dice rivolgendogli un sorriso. «Come va?».
Niall sospira visibilmente sollevato. «Alla grande, grazie, Roxi».
«Viene con noi?», mi chiede Dermot mentre osserva i tacchi alti di Roxi che, noto con ammirazione, sono della stessa tonalità di rosa del vestito. «Conciata così?»
«Sì, Dermot, sono felicissima di annunciare che Roxi si unirà a noi. Non servirà un colloquio, è la mia migliore amica». Le sorrido raggiante. «Tra l'altro...», aggiungo, abbassando la voce, «... se pensi che io sia fissata con i vestiti, aspetta di vedere in azione Roxi!».

Dieci

Ed ecco il posto che chiamerò casa per tutto il prossimo anno.

Quando Dermot ha detto e ribadito che c'erano ancora dei dettagli da perfezionare, mi sono chiesta se per caso, al nostro arrivo, non avremmo scoperto che *perfezionare* voleva dire "costruire" e che c'erano ancora muri da tirar su e tetti mancanti.

Ma quello che ho di fronte sembra, almeno dall'esterno, un cottage di pietra imbiancato a calce, perfetto in ogni dettaglio. È molto semplice, con due finestre a quattro vetri su ogni lato e una robusta porta di legno. Il tetto è ricoperto di modeste tegole di ardesia grigia. Mentre me ne sto immobile a fissarlo l'odore della vernice fresca mi solletica le narici.

«Be', che stai aspettando?», mi chiede Dermot mentre depone un'altra valigia in cima al mucchio in rapida crescita alle mie spalle. «Forza, entra. Non è chiuso a chiave. Non ce n'è bisogno, dal momento che qui ci siamo solo noi».

Raggiungo con una certa esitazione la piccola porta di legno, giro la maniglia e apro piano.

«Ci vuole ancora una mano di vernice sulla porta», dice seguendomi. «Ma non abbiamo avuto tempo per le rifiniture, ci siamo limitati al necessario».

All'interno trovo un piccolo corridoio dal pavimento in pietra, e poi una stanza vuota con un grande caminetto. Attraverso il corridoio, e di fronte c'è un'altra stanza, anch'essa con caminetto. Più avanti, sul corridoio, si apre la cucina: è essenziale, ma c'è un camino, una cucina economica e, noto con piacere, un piccolo frigorifero. C'è anche una piccola credenza che, a giudicare dal legno grezzo, sembra essere stata fatta a mano da Dermot.

«Ho pensato che questo poteva essere il soggiorno», suggerisce Dermot. «La vista della baia dalla finestra è spettacolare».

Raggiungo l'ampia finestra che occupa l'intera lunghezza della parete e do un'occhiata fuori. Ha ragione: da qui si vede la grande baia dove Eamon e io abbiamo disperso le ceneri della zia il giorno della mia prima visita all'isola.

«Potresti usare una delle due camere come una specie di ufficio da cui dirigere i lavori. Sai, dove verrebbe la gente quando ha bisogno di qualcosa».

Ecco una cosa a cui non avevo pensato. Se qualcuno avrà un problema, verrà a cercare aiuto da me, immagino. Dopotutto è la mia isola; sono io la responsabile.

«È il motivo per cui ho scelto questa casa per te. Siamo riusciti a sistemare più o meno la maggior parte degli altri cottage, anche quelli che ospiteranno più di una persona. Sono tutti più piccoli di questo, ma ho pensato che ti servisse spazio. Certo, non immaginavo che lo avresti usato per metterci il guardaroba».

Decido di lasciargliela passare, dato che ha fatto un buon lavoro sulla mia casa. *Aspetta un attimo*, penso guardandomi intorno di nuovo, *c'è un bagno, vero?* Non l'ho ancora visto. Dio santo, non dovrò mica lavarmi sotto una cascata chissà dove e farla in una buca per terra?

«Il bagno è laggiù», dice Dermot leggendomi nel pensiero. Indica una porticina in fondo al corridoio. «Va tutto bene, Darcy? Sei stranamente silenziosa».

«Eh? Oh, sì, sto bene. Sono emozionata, ecco tutto».

«Che te ne pare, allora, è venuta bene? Qui, poi, ho fatto quasi tutto da solo», aggiunge con orgoglio, guardandosi intorno.

«È stupendo», rispondo. Poi, accorgendomi di sembrare un po' ingrata, aggiungo: «Voglio dire, è evidente che hai fatto un ottimo lavoro, considerando in che stato erano queste case l'ultima volta che le ho viste. Erano praticamente dei ruderi. Non mi aspettavo certo che le trasformassi in palazzi reali».

Dermot mi fissa per un momento. «Grazie».

«Allora», dico guardando le stanze vuote, «quando arrivano i mobili?»

«Non lo so». Alza le spalle. «Dimmelo tu».

«No, dimmelo tu. Ho affidato tutto a te, ricordi?»

«No, Darcy. Ho detto chiaramente in una delle mie e-mail che mi sarei occupato delle opere strutturali sulla proprietà e che tu avresti provveduto all'arredamento e ai piccoli elettrodomestici».

Lo fisso inespressiva mentre l'amara realtà di quanto sta dicendo si fa strada nella mia coscienza.

«Fammi capire bene. Mi stai dicendo che arriveranno venti persone a vivere su quest'isola con noi e non abbiamo un letto su cui farli dormire?»

«Devo correggerti, Darcy. Sei tu che, a quanto pare, non hai un letto su cui farli dormire, né tutti gli altri mobili se è per questo».

Gli pianto gli occhi addosso. Come osa darmi la colpa di tutto? Non ricordo alcuna e-mail in cui si parlava di mobili. Va anche detto che dopo un po' ho cominciato a leggere piuttosto distrattamente le e-mail di Dermot sullo stato di avanzamento dei lavori: troppo noiose. Parlavano solo di cemento, canali di scolo e rivestimenti dei tetti. Forse l'e-mail in questione mi è sfuggita.

«Abbiamo ancora qualche giorno». Cerco di pensare in fretta. «Dobbiamo solo ordinarli». *Farò vedere a Dermot che so gestire questo piccolo imprevisto.*

«E come pensi di fare?». Un'espressione inquisitoria si disegna sul suo volto mentre incrocia le braccia sul petto.

«Via Internet, ovviamente». Passo mentalmente in rassegna i miei negozi di arredamento on line preferiti, alla ricerca di quelli che possono effettuare con maggiore rapidità spedizioni internazionali.

Socchiude gli occhi in un'espressione divertita prima che la bocca si apra in una poderosa risata.

«Che c'è?», gli chiedo fremente di sdegno.

«Darcy», risponde faticando a trattenere le risate. «Non c'è accesso a Internet qui. Siamo su un'isola in mezzo al mare!».

Sento le guance avvampare. Porca miseria, me ne ero scordata. A casa sono abituata a risolvere ogni problema in rete. È una delle cose di cui sentirò di più la mancanza. Il World Wide Web mi dava accesso istantaneo a qualunque informazione mi servisse. Lo usavo per fare acquisti, prenotare le vacanze, effettuare operazioni bancarie; come farò a stare senza per un anno intero?

«Bene». Mi sforzo di apparire disinvolta, come se avessi il pieno controllo della situazione. «Avevo dimenticato questo dettaglio. Immagino valga anche per i cellulari, giusto?».

Dermot annuisce lentamente, come se avesse di fronte un bambino.

«Che faremo allora? Non possiamo accogliere le persone in case senza mobili».

Ma soprattutto, senza letti sull'isola, dove dormiremo tutti stasera? Non esiste che io dorma sul pavimento.

Sul viso di Dermot un'espressione accigliata prende il posto del riso. «È un bel problema, Darcy. Ma è solo il primo che incontrerai stando qui. Certo, non credevo che avremmo cominciato con uno tanto grosso».

Bussano alla porta.

«C'è qualcuno in casa?»

«Entra, Roxi», dico a gran voce, grata di avere vicino un'amica.

Roxi varca la soglia ancheggiando sui tacchi rosa; come faccia a circolare per l'isola con quelle scarpe è un mistero. Entra Conor, chinando la testa per passare sotto il montante, seguito da Niall che invece non ne ha bisogno.

«Eccoci qua!», dice Roxi guardandosi intorno. «Mmh, ci sarà da lavorare, se vogliamo chiamarlo *Chez Darce et Rox*, come il vecchio appartamento. Ne ho visti di programmi di arredamento in tivù e ho sentito parlare di minimalismo, ma questa è avanguardia pura».

«Piuttosto spartani, vero?», concorda Conor. «Abbiamo fatto un rapido giro delle abitazioni; a proposito, gran bel lavoro, Dermot...».

Dermot lo ringrazia, ma non ricambia il sorriso.

«... Solo che pare siano tutte vuote».

Mi copro la faccia con le mani. «Oh mio Dio!».

«Che c'è che non va, Darcy?», chiede Niall avvicinandosi.

«Darcy ha dimenticato di ordinare i mobili», dice Dermot senza tante cerimonie.

«No, non l'ho dimenticato», sbotto sollevando il viso. «Non sapevo di doverlo fare io!».

«Non abbiamo i mobili?», geme Roxi, aprendo la bocca in un'espressione di orrore, per migliorare l'effetto.

«No», dico disperata. «E nemmeno le tende, niente. Gli ospiti porteranno coperte, lenzuola, asciugamani e altri generi di prima necessità, vero, Niall? Gli abbiamo detto di portarli, no?».

Niall annuisce. «Sì, ma dovevamo fornire alloggi abitabili al loro arrivo. Il che vuol dire alloggi in cui ci sia almeno un letto».

Scuoto la testa in preda al panico. «Che accidenti possiamo fare? Telefonare a un negozio Ikea e sperare che siano disposti a consegnare mobili per dodici case sperdute in mezzo all'oceano Atlantico. Possiamo farlo?», chiedo di nuovo, guardando speranzosa i miei quattro interlocutori.

Niall scuote la testa.

«Dovranno solo adattarsi per qualche giorno prima che riusciamo a venirne a capo», commenta brusco Dermot. «Non si aspettano certo un albergo a cinque stelle. Vengono per tornare a una vita frugale, perciò è proprio con quello che cominceremo, con una frugalità assoluta. Io e i ragazzi abbiamo dormito per terra senza grossi problemi nelle ultime settimane. Non ci ha fatto alcun male, se ne sono tornati a casa tutti in ottima salute».

Faccio cenno di no con la testa. «No, Dermot, non va bene. Sono certa che tu e gli altri muratori vi siate divertiti a giocare ai boy scout, ma a questa gente ho detto che cosa devono aspettarsi venendo qui, e non posso deluderli negando loro persino un letto dove dormire dopo il viaggio. Deve esserci un altro modo. Deve esserci per forza».

Roxi mi mette un braccio intorno alle spalle per darmi conforto.

«Forse ho un'idea», dice Conor a bassa voce. «Non è un'impresa semplice, te lo dico subito».

Mi volto verso di lui piena di speranza. «Di che si tratta? Dobbiamo prendere in considerazione tutto, vista la situazione».

Conor mi sorride. «Be', stamattina a colazione stavo parlando con la proprietaria del bed and breakfast dove ho alloggiato. Ero l'unico ospite, e credo che le facesse piacere avere compagnia. Comunque mi ha detto che le prenotazioni non stavano andando bene quest'anno ma che a sua sorella, che ha un albergo in una cittadina vicina, va ancora peggio, e sta addirittura pensando di venderlo».

Per un momento rimaniamo lì a fissarlo, registrando ogni dettaglio della sua proposta.

«Conor, questa potrebbe essere la soluzione a tutti i problemi di Darcy», grida Niall eccitato. «Che te ne pare, Darcy?».

Com'è che all'improvviso, se qualcosa va storto, è un *mio* problema?

«Della roba di seconda mano? Non lo so...». Arriccio il naso pensierosa e guardo Roxi. Lei fa lo stesso, ma alla fine alza le spalle e poi le mani.

Dermot si spazientisce. «Non mi pare che tu abbia molta scelta».

«Va bene, va bene, avete ragione voi», sospiro. «Scusa, Conor, è una grande idea. Immagino che allora non ci resti che tornare indietro e trovare l'albergo. Va bene, vero Niall? Il budget ci consente di comprare l'albergo, se convinciamo la signora a vendercelo?»

«No, Darcy, un albergo non puoi comprarlo. Ma se parlassi con la signora e la convincessi a venderti arredi e grandi elettrodomestici, questo sì, potresti permettertelo».

«Quanto ci metti a preparare la barca, Conor?», domanda Dermot. «Non abbiamo tempo da perdere».

«Dammi cinque minuti», risponde Conor accennando a un saluto militare.

«Cinque minuti!», esclamo. Non sarò mai pronta in cinque minuti. «Devo cambiarmi».

«Perché?», chiede Dermot.

«Ma guardami». Indico i jeans e il giaccone impermeabile che ho addosso. «Non posso certo andare a trattare l'acquisto di mezzo albergo conciata in questo modo. Devo almeno *sembrare* in grado di farlo. Diglielo tu, Roxi».

«Ha ragione. Deve calarsi nella parte, per avere qualche chance. Non ci vuole un genio per capirlo».

Conor sorride a entrambe.

Dermot, come al solito, alza gli occhi al cielo. «Darcy, sono certo che alla proprietaria di questo albergo non importa un tubo di come sei vestita, le basterà vedere quant'è gonfio il tuo portafogli».

«Non m'importa, devo cambiarmi e questo è quanto».

«Allora diciamo... un quarto d'ora?», azzarda Conor.

Scuoto la testa.

«Venti minuti?».

Annuisco. «Va benissimo, grazie, Conor. Ci vediamo al molo fra venti minuti».

«Diciamo pure trenta», mormora Dermot parlando con Niall.

Lo ignoro e continuo a rivolgermi a Conor. «Conor, che ne diresti di venire con me e aiutarmi a sistemare questo casino?»

«Sarà un piacere prestare il mio aiuto a una damigella in difficoltà», dice sorridendo. «Noi due soli, giusto?»

«Sì», replico decisa. «Sono certa che Dermot ha ancora molte delle sue "opere strutturali" da completare. L'arredamento non è il suo campo, dico bene, Dermot?».

Dermot socchiude gli occhi ma non si prende la briga di replicare.

«Per voi va bene?», chiedo a Roxi e Niall. «Insomma, non volete tornare indietro con noi adesso che siete qui, vero?»

«No, Darce», acconsente Roxi guardando con curiosità prima me e poi Conor. «Andate voi due, a fare la vostra piccola spedizione». Prende Dermot sotto braccio. «Sono certa che il signor Cowell saprà prendersi cura di me durante la vostra assenza».

Dermot osserva con scarso entusiasmo il braccio di Roxi allacciato al suo, e poi la guarda in faccia. Ma lei lo ricambia divertita facendogli l'occhiolino.

Niall, che è rimasto a guardare divertito tutte quelle manovre, scuote la testa. «No, io sto benissimo qui, ma a te serviranno questi». Si mette una mano in tasca e prende un libretto degli assegni e una carta di credito. «Non lasciarti prendere dal panico», dice porgendomeli. «So che l'arredamento è fondamentale, ma devi trattare con quella donna, Darcy. Non stai andando a fare shopping».

«Niall, nessuno è più bravo di me a spuntare il prezzo migliore. Me la caverò, te lo prometto».

«Conor?». Gli rivolge uno sguardo implorante.

«Certo, Niall, la tengo d'occhio io».

E l'idea che Conor mi tenga d'occhio mi pare subito molto piacevole.

Undici

«Dovevi solo comprare dei mobili!», esclama Dermot quando più tardi, quello stesso giorno, Conor e io approdiamo al porticciolo dell'isola a bordo della barchetta rossa. «Darcy, come hai fatto a rimediare tre cani, mezzo negozio di animali e una persona in più in un solo pomeriggio?».

È stata una spedizione piuttosto fruttuosa: siamo riusciti a comprare non solo i mobili per le camere da letto ma anche elettrodomestici e altre suppellettili da un hotel per turisti che, come anticipato da Conor, sopravviveva da anni al declino. La proprietaria, Mary, ha subito preso in simpatia Conor, e con qualche moina – soprattutto di Conor – e un po' di trattative – mie – siamo riusciti a convincerla a venderci quello che ci serviva, anche se il mobilio di Mary non corrisponde certo al genere che avevo in mente io. Ma poiché non avevo scelta, per una volta ho messo da parte i miei gusti e ho cercato di essere contenta del fatto che adesso, almeno, possiamo contare su mobili che ci saranno consegnati entro un paio di giorni. Ma non finisce qui: possiamo dire di aver contribuito al ripopolamento dell'isola.

Tutto è cominciato durante la traversata in barca. Conor come sempre manovrava con destrezza il timone, mentre io me ne stavo seduta a prua (o era la poppa?) nei miei abiti scelti per l'occasione: una giacca bianca di Karen Miller con guarnizioni blu scuro, pantaloni aderenti blu scuro e un top bianco a strisce. Il tema nautico mi è sembrato un'idea simpatica dato che dovevamo attraversare il mare, ma il giubbotto di salvataggio arancione ha stravolto l'effetto e il mio look marinaro ne è uscito gravemente compromesso. Così, mentre me ne stavo seduta a prua cercando di impedire ai capelli di attorcigliarsi intorno alla testa, ho cominciato a chiedermi che razza di hotel fosse quello di cui stavo andando a comprare l'arredamento…

Conor si volta a guardarmi mentre sono assorta nei miei pensieri. «Un euro», dice.

«Cosa?»

«Un euro per i tuoi pensieri. Credo che il penny non vada più bene, con l'Unione europea e compagnia bella».

Adesso sorrido anch'io.

Mi alzo e mi avvio cauta verso di lui al timone, aggrappandomi ai fianchi della barca mentre procedo. I sandali rossi a tacco alto non sono stati tra le idee più brillanti che Roxi abbia mai avuto. Però è vero: il rosso sta talmente bene con il bianco e il blu che non metterli sarebbe stato un peccato.

«Non valgono un penny, e nemmeno un euro, credimi».

«I pensieri di tutti valgono qualcosa, soprattutto per chi li pensa».

Mi volto a guardarlo, ma lui continua a fissare il mare davanti a sé, concentrato sull'obiettivo di raggiungere senza incidenti la terraferma. Il suo profilo è davvero niente male.

«No, in questo caso no, davvero».

Si gira verso di me per un istante. «Sei proprio come dice il tuo nome».

«Che vuoi dire?»

«Il tuo nome, *Darcy*: deriva da una parola francese che significa "fortezza"».

«Davvero?».

Conor annuisce, gli occhi fissi sul mare.

«A meno che non sia invece di origine celtica», aggiunge all'improvviso, mentre sono ancora lì che medito sulla sua prima affermazione. «In quel caso significa "dai capelli bruni". Se posso permettermi ti stanno molto meglio, con quei bellissimi occhi color cioccolato».

«G-grazie», balbetto non essendo abituata a ricevere complimenti. In effetti i pochi fidanzati che ho avuto a Londra non erano proprio prodighi di questo genere di attenzioni e se decidevano di coprirmi di elogi era per una tazza di tè che gli avevo preparato o per il fatto che conoscevo i risultati dell'ultima giornata di campionato. «Però credo di preferire il secondo significato. Non somiglio per niente a una fortezza».

Conor scrolla le spalle. «Dico solo quello che vedo».

Dunque non sono brava a esprimere le emozioni. Ma come fa Conor a saperlo? Ci conosciamo da così poco tempo.

«E che significa *Conor* invece?», chiedo cercando di cambiare argomento.

«Colui che ama i cani», risponde senza esitare.

«E hai amato molti cani in vita tua?», gli chiedo cercando di rimanere seria.

Conor sogghigna, senza perdere di vista la rotta. «Chi lo sa?». Si volta di nuovo verso di me e i suoi limpidi occhi azzurri cercano i miei. «Ma se vuoi una risposta seria a questa domanda… io adoro i cani, in effetti. Le persone ti abbandonano prima o poi. Un cane non lo farà mai: ti amerà sempre, qualunque cosa tu dica o faccia».

«Sì, lo so. Mia zia aveva dei cani». Mi si forma nella mente l'immagine di Molly coi suoi due bastardini, Piper e Bran. «Erano adorabili, quei due pasticcioni».

Era una vita che non ci pensavo. Passavo ore a giocare con loro durante i miei soggiorni a casa di Molly. Mi si spezzò il cuore quando dovette sopprimere Bran. Credo che Piper sia morto di vecchiaia qualche anno dopo, ma allora i miei contatti con la zia si erano già diradati. Sento un'ondata di emozione montare dentro di me mentre tanti ricordi emergono tutti insieme dalla scatola, quindi mi affretto a richiuderla.

Così, quando nel corso delle trattative scopriamo che il golden labrador dell'hotel, Bella, ha appena avuto i cuccioli, non posso resistere alla tentazione di chiedere di vederli…

Mary ci accompagna in cucina: ci sono sei cuccioli tra i più belli che abbia mai visto insieme alla loro mamma e a un ragazzo dai riccioli scuri sulla ventina, che ci viene presentato da Mary come Patrick.

«Preferisco essere chiamato Paddy», ci dice, mentre Mary si prende cura di lui così come lui fa coi cani. A quanto pare Paddy lavora con Mary all'hotel da quando, qualche anno fa, lei gli ha offerto un impiego, cosa che nessun altro era stato disposto a fare. «Un tipo poco raccomandabile», lo definisce Mary, e a guardarlo, in jeans, Doctor Martens e maglietta con la scritta "*Irish boys do it better*", non ho difficoltà a crederle.

Mary ci spiega che fatica a vendere i cuccioli perché non hanno il pedigree. Il fatto che siano un incrocio tra un labrador e un levriero irlandese non è d'aiuto. «Una volta cresciuti diventeranno di sicuro dei giganti. Avranno bisogno di molto spazio».

Cerco di restare impassibile mentre i cuccioli corrono ai nostri piedi mordendo i lacci delle scarpe, inciampando e cadendo; le zampe sembrano fin troppo lunghe in confronto al corpo piccolo e tozzo. Malgrado i tacchi, mi chino sul pavimento insieme agli altri, prendo in braccio i cuccioli e lascio che mi mordano le orecchie, mi lecchino le dita.

«Ne ho sistemati due», dice dopo un po' Mary. «E uno lo terrò io. Ma con gli altri tre non so cosa fare».

«Quali sono?», chiedo con noncuranza, sperando che indichi il cucciolo marrone con la macchia bianca sulla coda.

«Quello», dice Mary indicando una femmina dal pelo multicolore in braccio a Paddy. «Poi quello dal pelo chiaro che sta mordicchiando il tappeto; e quello marrone, con la macchia bianca sulla coda».

Guardo Conor ripensando a quanto mi ha detto prima, sulla barca.

Un cane non ti delude mai...

Ho sempre desiderato avere un cane. Delle tizie che lavoravano per una rivista di moda in un ufficio vicino al mio avevano il cane, ma si trattava di quelle bestiole minuscole che si tengono in borsa. Uno dei pochi accessori di moda che non mi interessano. Questi cuccioli invece diventeranno cani di grossa taglia. A parte le vacanze con Molly, non ho mai avuto la possibilità di tenere un cane. Da bambina, la nostra casa era piccola e non avevamo un giardino degno di questo nome adatto a tenere un cane o qualunque altro animale domestico. Quando mio padre se ne andò, mia madre cominciò a lavorare come rappresentante per un'azienda di abbigliamento, quindi continuavamo a trasferirci. A pensarci, sento ancora la sua voce stridula: «Sarebbe solo un'altra cosa di cui dovrei occuparmi oltre a te, Darcy».

Scaccio quel ricordo dalla mente e dico senza pensarci: «Conor, ti piacerebbe avere un cucciolo da portare sull'isola?».

Con mio stupore, Conor scuote il capo. «È un'offerta gentile, Darcy, ma no, grazie».

Dopo il discorso di prima la sua reazione mi lascia stupita, ma almeno non ha scelto il cucciolo marrone carino, quello su cui ho messo gli occhi io.

«Bene, allora mi piacerebbe prendere quello marrone, Mary», dico, e provo a chiamarlo battendomi un mano sulla gamba.

Ma entrambi i cagnolini, quello marrone e quello color miele, si mettono a correre goffamente verso di me, inciampando e cadendo uno sopra l'altro.

«Darcy, che vuoi fare adesso?», chiede Conor sorridendo e guardando i due cuccioli azzuffarsi sulle mie ginocchia. «Non puoi prenderne uno solo e lasciare l'altro, non credi?».

Abbasso lo sguardo sulle due bestioline che tentano di arrampicarsi.

«Perché non li prendi tutti e due?», propone. «Avranno un sacco di spazio per correre, sull'isola. E poi, guardali, sono come la vecchia e la nuova Darcy: uno biondo e uno bruno!».

Prendo in braccio i due cuccioli e li cullo, mentre cercano di leccarmi le orecchie, e comincio a capire che cos'è l'amore incondizionato di cui parlava Conor poco fa.

Chissà perché ha rifiutato di prendere un cucciolo per sé...

Paddy stringe al petto l'altro cagnolino. Mi guarda storto, e all'improvviso mi sento in colpa a piombare qui e comprare questi cuccioli come fossero stracci in saldo.

«Mary, che faranno i tuoi impiegati quando l'albergo chiuderà i battenti?», le chiedo.

«Molti di loro hanno già trovato un altro lavoro. Ormai rimaniamo solo io e Paddy. Una volta venduto questo posto, andrò ad aiutare mia sorella...». Abbassa la voce, e capisco che non vuole dire troppo di fronte a Paddy.

Faccio un gran sospiro. «Il fatto è che non ne so molto di cani», dico rivolta genericamente a tutti i presenti. «Peccato che sull'isola non ci sia qualcuno che possa occuparsene».

Mentre mi guarda speranzoso con la coda dell'occhio, Paddy accarezza sempre più in fretta il pelo del suo cucciolo. «Che ne dici, Paddy? Non ti piacerebbe venire a Tara e portare con te anche il terzo cucciolo? Potresti insegnarmi ad addestrare i cani, mi faresti un grande favore».

Paddy non riesce a fare i bagagli in fretta quanto vorrebbe.

«Sta' calmo, Dermot. Ti spiegherò tutto in un baleno», dico mentre approdiamo sull'isola e cerco con difficoltà di scendere dalla barca tenendo in braccio i due cuccioli che non stanno fermi un secondo.

«Senti, puoi reggermi un attimo questi due?», dico, e gli passo i cuccioli mentre Conor mi aiuta nella discesa. I cagnolini sembrano ancora più piccoli in braccio a Dermot, che li tiene goffamente stretti al petto mentre cercano di leccargli le orecchie e di mordergli i bottoni della camicia.

«Lui è Paddy», annuncio mentre Paddy scende con disinvoltura dalla barca con in braccio il terzo cucciolo. «Paddy, lui è Dermot, il responsabile di tutti i lavori sull'isola. E Niall, lui è... be', diciamo il mio braccio destro. E lei è Roxi, la mia migliore amica».

«Piacere di conoscervi», dice Paddy levandosi il berretto da baseball e mostrando a tutti la sua zazzera scura.

Mentre racconto per sommi capi tutta la storia, Conor comincia a scaricare le attrezzature per cani che sono andata a comprare al negozio di animali. Può darsi che stasera io non abbia un letto su cui dormire, ma i miei cuccioli staranno comodi.

Poi ci avviamo verso il villaggio con Dermot che borbotta qualcosa a proposito di trasformare l'isola in un rifugio per sbandati e cani randagi, e quel pensiero mi fa sorridere sempre di più mentre stringo al petto i miei nuovi amici a quattro zampe e cammino a fianco di altri amici, bipedi e leggermente più ingombranti, ma non per questo meno speciali.

Dodici

Non è esattamente così che trascorro di solito il martedì sera, seduta su un pavimento freddo davanti al caminetto in compagnia di quattro sconosciuti. Anche se sono abbastanza sicura che a Roxi non sarebbe dispiaciuto essere l'unica donna sull'isola, io sono contenta che ci sia lei a tenermi compagnia nella mia prima notte qui a Tara.

Ci siamo accampati tutti nel mio ufficio, sui pochi materassi e lettini da campo lasciati dagli operai che sono tornati alle loro vere case, sulla terraferma. Ci siamo messi vicini, portando ognuno il proprio giaciglio, in modo da rendere l'ambiente il più confortevole possibile, con il fuoco che scoppietta allegro nel camino. È piacevole starcene a chiacchierare, con i cuccioli che ci scorrazzano fra i piedi. Ai cani il posto è piaciuto subito; dubito abbiano mai avuto tanto spazio a disposizione nelle loro brevi vite, e siamo dovuti andare a turno a recuperarli quando hanno cercato di allontanarsi troppo. Persino Dermot, dopo che gli abbiamo spiegato la storia di Paddy e dei cuccioli, si è adattato e ha accettato di buon grado i nuovi arrivati.

E poi ho finalmente trovato i nomi perfetti per i miei cuccioli. Dopo il nostro ritorno, mentre mi mettevo qualcosa di più caldo e più comodo, Dermot e Conor hanno allestito un barbecue di fortuna nel giardino su cui si affacciano i cottage, e alla fine, malgrado tra le poche cose a disposizione ci siano delle comode cucine, abbiamo trascorso la nostra prima serata sull'isola all'aperto, mangiando, bevendo e chiacchierando finché non è diventato troppo buio e freddo per stare fuori.

«Che nome darai a questi due?», mi ha chiesto Niall mentre eravamo fuori a ingozzarci.

Ci sto pensando dal momento stesso in cui ho deciso di prenderli, stamattina. Ho desiderato a lungo avere un cane tutto mio e non mi va di sprecare quest'opportunità scegliendo nomi banali come Patch o Roly.

«Westwood e Louboutin», annuncio solennemente.

La reazione generale è un silenzio imbarazzato, interrotto da una risatina soffocata. Di Dermot.

«Che c'è?», domando, stupita che la mia originale trovata non sia stata accolta con grida di ammirazione ed elogi.

«Non puoi dare ai tuoi cani i nomi di due stilisti, Darcy!», dice Niall scandalizzato. «Pensa a che tipo di cani diventeranno. Non sono nomi adatti, non trovi?».

Mi rivolgo a Roxi in cerca di appoggio.

«Niall ha ragione, tesoro. Sarebbe come far mettere a quel Dermot, laggiù, un completo di Armani e aspettarsi che si senta a suo agio. Sarebbe scorretto, e anche un po' crudele».

Adesso Dermot non ride più.

«E allora come dovrei chiamarli?», chiedo, delusa. «A me quei nomi piacevano».

«Che ne diresti di accorciarli?», propone Conor. «Louboutin diventerebbe Louis, e Westwood…».

«Woody!», grida Roxi euforica. «Come in *Toy Story*!».

Ci penso un po'. «Sì», dico convinta. «Mi piacciono, sono più adatti. Louis e Woody. È deciso! Grazie Conor, grazie Roxi».

«Congratulazioni», fa Dermot con aria stizzita. «Sei partita con due stilisti e hai finito per dare ai tuoi cani il nome di un personaggio di Walt Disney e di un giudice di *X-Factor*».

«Be', vedo che se ne intende, signor Cowell», commento, alzando un sopracciglio.

Così adesso siamo tutti seduti sul pavimento, alla luce tremolante di una candela e del fuoco che arde nel camino. Potremmo accendere il generatore e usare la luce elettrica per illuminare come si deve la casa, ma Dermot dice che dobbiamo risparmiare energia ogni volta che è possibile. Sorseggiamo dalle mie tazze Cath Kidston caffè o cioccolata corretti con un goccio del whisky venuto fuori per magia dalla borsa di Dermot. Se solo riuscissi a smettere di pensare al fatto che mi toccherà dormire su uno di questi materassi posati sul pavimento freddo e duro, forse proverei un briciolo di soddisfazione per quello che sono riuscita a fare alla fine di questa prima giornata a Tara, un'emozione che di certo non mi aspettavo di provare.

Mentre ascoltiamo Paddy che ci racconta una storia buffa su certi turisti americani che una volta hanno alloggiato all'albergo, qualcuno bussa alla porta.

Paddy ammutolisce di colpo e ci guardiamo in faccia domandandoci chi può essere.

«Non avete ancora capito?», fa Conor balzando in piedi.

«Ma chi è?», gli chiedo guardandolo allarmata. «Siamo tutti qui».

Conor sorride. «A meno che sull'isola non ci sia il fantasma di un cavaliere senza testa, che a giudicare dalle facce che avete è la vostra prima ipotesi, direi che si tratta di Eamon».

Ma certo. Mi ero dimenticata di Eamon.

Con un gran sospiro di sollievo, tutti si rilassano visibilmente.

Conor va verso la porta e io lo seguo rapida.

«Darcy». Eamon mi saluta con un cenno della testa. Regge una lanterna con una fiamma alimentata a olio. La luce tremolante non fa che rendere ancora più intenso l'azzurro dei suoi occhi.

«Eamon, perché non entri e ti siedi con noi?», lo invito, mentre Louis si sveglia e ci raggiunge in corridoio.

«No, ti ringrazio. Volevo solo accertarmi che vi foste sistemati. Se c'è qualcosa che posso fare…».

«Abbiamo avuto qualche contrattempo, ma credo che ora sia tutto a posto». Lancio un'occhiata a Conor.

Lui sorride con fare rassicurante. «Va tutto alla grande, Darcy».

Woody arriva e si piazza accanto al fratello.
«Ma guarda che belli che siete!». Eamon si china e prende Woody con la mano libera. «Sono tuoi, Darcy?»
«Sì. Li ho presi stamattina».
«Dunque ci sono dei levrieri irlandesi da queste parti?», domanda Eamon tenendo Woody sollevato di fronte a sé.
«La madre è in parte un levriero irlandese, così ha detto la proprietaria. Perciò loro sono un po' un miscuglio».
«Mi sembrava», annuisce con aria esperta Eamon mentre posa con delicatezza Woody sul terreno, fuori dalla porta. Woody si acquatta rapido per fare pipì, e manca di poco lo stivale di Eamon. «Anch'io avevo dei cani un po' di tempo fa», dice Eamon per nulla infastidito da quanto sta avvenendo a pochi centimetri dal suo piede. I suoi occhi penetranti fissano i miei per un istante, come alla ricerca di qualcosa.
«Davvero?», replico mettendo anche Louis a terra, ma più lontano da Eamon. Si lancia all'inseguimento di una foglia che fluttua sull'erba. Stanotte la luna è seminascosta dalle nubi e l'isola è poco illuminata, così Louis inciampa su un rametto e rotola in avanti come una palla, poi si rimette in piedi e prosegue la sua corsa. Mi rivolgo a Eamon. «Sicuro di non voler entrare?», gli chiedo di nuovo. «Abbiamo del whisky per insaporire il caffè».
«No. Va' e divertiti. Ci vediamo in giro nei prossimi giorni, immagino, quando saranno arrivati gli altri ospiti».
«Sì, arriveranno tra poco».
Non prima dei mobili, spero…
«Che faranno una volta arrivati qui?», domanda Eamon. «Vengono per una specie di vacanza?»
«No, vengono a mettere su casa e a lavorare. Sai, coltivare i campi, vivere dei frutti della terra, cose così. Saranno il più possibile autosufficienti».
Eamon fa una faccia strana. «Coltivare i campi e vivere dei frutti della terra, hai detto?».
Annuisco.
«Ho capito».

«Che c'è che non va?», gli chiedo tenendo d'occhio Conor che accende una torcia per correre dietro ai cuccioli che si stanno allontanando un po' troppo da casa.

«Niente, se riuscite a far crescere qualcosa».

«Che vuoi dire?»

«Quello che ho detto. Perché credi che la comunità che un tempo viveva qui si sia estinta? La gente non riusciva, o non voleva, vivere di quello che poteva offrire questa terra».

«Io… non capisco».

«L'hai vista l'isola, Darcy». E indica l'oscurità circostante con un gesto della mano. «Ci sono solo colline e rocce. Certo, c'è tanta erba, tanto verde, ma sotto è tutta torba. È ideale per accendere il fuoco – non soffrirai mai il freddo finché sei a Tara – ma di colture che possano prosperare qui ce ne sono poche. Torba e rocce non sono il massimo per coltivare e allevare animali, non lo sapevi?»

«Ma un tempo di certo la gente lo faceva!». La mia mente ha recepito quel che Eamon sta dicendo, ma la mia bocca si ostina a protestare. «Come sopravvivevano altrimenti?»

«Patate e grasso di foca, perlopiù», risponde secco. «Qualche volta del pesce, se avevano fortuna».

«Ma…».

«Che succede?», domanda Conor appena tornato, dopo aver riportato i cuccioli al sicuro in casa. «Come mai parli di grasso di foca, Eamon? È uno dei tuoi piccoli segreti di bellezza?».

Eamon non sorride. «Stavo solo riferendo a Darcy qualche dettaglio sulla vita reale qui a Tara».

«A quanto pare non potremo coltivare la terra né allevare animali».

«Non ho detto che non si può allevare alcun tipo di animale, ma solo che bisogna scegliere specie capaci di resistere al clima».

«Perché non possiamo coltivare la terra?»

«Per via del terreno, sembra», dico abbattuta.

«E anche del maltempo», rincara Eamom. «Credimi, ci ho

provato. Pensi che mi piaccia comprare frutta e verdura dal fruttivendolo giù in città?»

«Ho pensato che non avessi il pollice verde, Eamon», scherza Conor. Poi nota la mia espressione. «Non ne avevo idea, Darcy. Mi dispiace».

«Ma noi abbiamo promesso questo ai nostri ospiti!», scuoto la testa disperata. «Venire qui e fare una vita sana, come in quei vecchi programmi TV degli anni Settanta, hai presente?». Sollevo lo sguardo verso Eamon.

Lui mi fissa senza capire.

«Oh, lascia perdere, non ha importanza». Mi rivolgo a Conor. «Che facciamo adesso?».

Conor scuote la testa, e per una volta sul suo viso non c'è la solita espressione allegra. «La cosa migliore è discuterne con gli altri», dice. «Grazie per essere passato, Eamon».

«Mi dispiace avervi rovinato la serata», dice costernato. «Non era mia intenzione, davvero».

«Lo so». Mi sforzo di sorridergli. «Ti prego, non preoccuparti. Ci inventeremo qualcosa».

Quando rientriamo, ci rendiamo conto che la casa è talmente piccola che gli altri hanno già sentito buona parte di quanto ha detto Eamon.

«Probabilmente ti ha fatto un favore», commenta Niall mentre meditiamo sulle recenti rivelazioni. «Pensa a tutti i soldi che avresti speso per colture inutili o per comprare animali che non sarebbero sopravvissuti».

«Hai ragione, immagino», rispondo guardandolo dal mio angolo di materasso, che adesso, dopo le rivelazioni di Eamon, mi sembra molto meno intimo e accogliente.

«Io, comunque, il pollice verde non l'ho mai avuto», dice Paddy accarezzando le orecchie del suo cucciolo, Brogan. «Mary, all'albergo, non mi lasciava nemmeno annaffiare le piante».

«Mi conosci, Darcy», dice Roxi esibendo le sue unghie blu (ma quando ha avuto il tempo di mettersi lo smalto? Siamo arrivati solo oggi). «L'unica volta che mi sono avvicinata a una vanga è stato in occasione di un piccolo incidente in un capanno degli attrezzi a Tooting».

Faccio un gesto di sconforto. «Dermot?». Lo guardo, seduto in silenzio in un angolo, con la tazza di caffè tra le mani. «Tu che ne pensi?».

Dermot alza la testa. I suoi occhi scuri ricambiano il mio sguardo, mentre siamo tutti in attesa del suo parere. «Con ogni probabilità, sei fregata», sentenzia senza andare troppo per il sottile, come al suo solito.

«Fantastico. Grazie per il sostegno».

«Dico solo quello che vedo, Darcy. Ma guarda: hai convinto un manipolo di disperati a venire a vivere con te su un'isola con la promessa di una specie di idillio alla Felicity Kendal. E adesso che stanno per arrivare, non solo potranno dirsi fortunati se avranno un letto su cui dormire, ma scopriranno che l'unico modo per avere prodotti freschi è remare fino alla terraferma e comprarli al supermercato!».

Mentre fisso Dermot, le lacrime mi salgono agli occhi e tento con rabbia di trattenerle.

Stupendo! Non riesco a piangere a un funerale, e mi metto a frignare adesso! Be', di sicuro non darò a Dermot la soddisfazione di vedermi.

«Vado fuori a prendere un po' d'aria fresca», annuncio con voce leggermente più calma. «Forse è il caso di parlarne domani mattina, dopo aver avuto la possibilità di pensarci un po' su, magari tirando fuori qualche idea costruttiva su come cavarcela».

Poi mi volto e mi avvio con calma verso l'uscita, chiudendomi la porta alle spalle con forza, un chiaro messaggio per Dermot.

«Gran bel lavoro, gente», dice Roxi mentre esco. «L'avete gestita proprio bene».

Fuori è buio ma, grazie alle nuvole in perenne movimento sopra Tara, il cielo è perfettamente limpido e la luna quasi piena illumina l'isola abbastanza perché io possa camminare in tutta sicurezza.

Mi allontano quel tanto che basta per non essere più visibile agli altri pur continuando a scorgere la casa, e mi siedo sul bordo di una grossa roccia. Il cielo punteggiato di stelle è magnifico, e quando alzo lo sguardo mi ritrovo a pensare che nel centro di Londra non capita mai di vedere uno spettacolo simile. Ma nemmeno tanta bellezza riesce a dissipare i dubbi che affollano la mia mente.

Come diavolo mi è venuto in mente di venire qui? È stato un fallimento dopo l'altro ed è solo il primo giorno.

Il mio cottage si anima quando gli altri cominciano a portare via i loro giacigli, e mentre li guardo arrancare verso le altre case con la loro roba in spalla, mi meraviglio di quanto siano diverse le loro sagome alla luce della luna. C'è Paddy, piccolo e tarchiato, accompagnato da Brogan; Niall, magrolino; Dermot che è grande e grosso, e poi Conor, alto ma sottile, a chiudere la fila. Con Roxi abbiamo deciso che il mio cottage è troppo piccolo per starci in due con tutte le nostre cose, così, dopo qualche discussione, Roxi si è presa il cottage vicino al mio, in modo da non dover fare troppa strada.

Una delle sagome, posato il materasso nella propria casetta, si dirige verso di me nel chiarore della luna.

«Non hai freddo, seduta qui tutta sola?», domanda Conor, in piedi di fronte a me con le mani in tasca.

«Forse un po'». Alzo ancora un poco la cerniera della mia felpa con il cappuccio.

«Hai ancora un bel fuoco che arde allegramente in casa». E indica il mio cottage. «Dermot te lo ha ravvivato prima di andare via».

«Gentile da parte sua», commento a denti stretti.

«Non voleva dire niente di male. È solo il suo modo di fare».

«Lo so».

«I tuoi cuccioli si chiederanno che fine hai fatto». Conor ha messo sul tavolo la carta vincente.

I cani... sono da soli.

«Forse è meglio rientrare, se ne sono andati tutti», dico scendendo dalla roccia.

Conor mi tende la mano per aiutarmi, poi camminiamo insieme verso casa mia.

«Vuoi entrare?», gli chiedo senza pensare. Poi arrossisco. *Accidenti, ma deve succedermi sempre quando c'è Conor nei paraggi?*

«Mi piacerebbe, ma ormai ho portato via il mio materasso», risponde sorridendo. «E poi credo che avrai molto a cui pensare stanotte. Sono certo che i tuoi cani ti terranno compagnia e poi c'è Roxi lì accanto, se dovesse servirti qualcosa. È molto protettiva nei tuoi confronti, vero?».

Sorrido pensando a Roxi.

«Magari un'altra volta». Si china verso di me e, come fosse la cosa più naturale del mondo, mi bacia sulla guancia. «Ci vediamo domani mattina, va bene?»

«Sì, domani mattina», balbetto, sorpresa dal suo bacio.

Conor mi saluta tranquillo con la mano mentre si allontana. Entro di corsa in casa, e trovo Woody e Louis che dormono acciambellati sul mio letto di fortuna di fronte al fuoco. Vicino a loro è posato un walkie-talkie e un biglietto con su scritto: "Mi dispiace per prima. Se hai bisogno di me stanotte, usa questo. D.".

Tredici

Dopo una notte insonne dovuta tanto al fatto di aver dormito su un materasso posato a terra con due cani che si rifiutavano di starsene nella loro cuccia nuova di zecca, quanto al pensiero costante del problema appena sorto riguardo l'isola, vago per la cucina chiedendomi come far bollire dell'acqua sulla mia stufa immacolata per prepararmi una tazza di tè. Un'anima buona ha messo qualche provvista nel frigorifero, così, dopo aver tentato freneticamente per diversi minuti di accendere il gas, ci ho rinunciato e mi sono versata un bicchiere di succo d'arancia. Va bene lo stesso, non mangio mai a colazione.

Il mio stomaco però emette dei borbottii – deve essere l'aria di mare – e, dato che non si vede nessuno in giro, decido di attingere alla scorta segreta di cioccolato che mi sono portata dietro, nascosta a distanza di sicurezza da Roxi nella fodera della valigia grande.

Così mentre Woody e Louis corrono felici a svuotarsi la vescica sul retro della casa e a dar sfogo alla loro energia in eccesso, io me ne sto in piedi sulla porta a consumare la mia frugale colazione a base di Twix e succo d'arancia osservando il panorama della baia sottostante, che stamattina è davvero spettacolare. Il cielo azzurro punteggiato di nuvole bianche potrebbe benissimo far parte di un paesaggio mediterraneo, se non fosse che le scogliere impervie e la sabbia chiara rimandano palesemente alle origini celtiche di Tara.

Finito il mio spuntino, seguo i cani che si rotolano sull'erba. Subito le narici mi si riempiono di fresca aria dal sapore salino e il vento mi scompiglia i capelli. Con addosso solo la felpa

Nike, i pantaloni del pigiama e un paio di scarpe da ginnastica, e con i capelli infilati nel cappuccio, mi spingo a passeggiare poco più in là e per una volta non mi curo di come sono vestita. Tanto qui non mi vede nessuno. Non è come uscire di casa in camicia da notte in una trafficata strada di Londra.

Mentre i cuccioli si rincorrono sull'erba umida del mattino e i gabbiani volano in cerchio cavalcando il vento impetuoso, provo all'improvviso un senso di libertà mai conosciuto prima d'ora. Mi spingo il più vicino possibile al ciglio della scogliera e sento quasi l'impulso di unirmi ai gabbiani, saltare giù e fluttuare insieme a loro nel vento.

Forse anche i futuri abitanti dell'isola proveranno questo senso di libertà e vorranno restare, penso, cercando di farmi coraggio e chiudendo gli occhi per respirare ancora l'aria profumata di mare. Magari non sarà così fondamentale essere autosufficienti. Dopotutto, nessuno vuole davvero coltivare verdure e allevare maiali. Forse si accontenteranno di vivere qui solo per la bellezza del posto. Chi non lo farebbe davanti a una vista simile, e soprattutto con questo tempo stupendo?

Apro gli occhi e subito il mio sguardo viene attirato da qualcosa che si muove nelle acque sottostanti. Eccolo di nuovo! C'è qualcosa che nuota in mezzo alle onde. Decido di dare un'occhiata più da vicino, raccolgo Woody e Louis e raggiungo a piccoli passi l'estremità del roccione. Guardiamo in silenzio il mare; non credo che i cuccioli sappiano cosa abbiamo di fronte, ma io non ho dubbi su quel che ho visto. Eccoli… ed eccoli di nuovo, che saltano dentro e fuori dall'acqua: è la curva inconfondibile della schiena di due delfini.

Per diversi minuti osserviamo in silenzio i delfini che volteggiano con grazia, poi Woody e Louis cominciano ad agitarsi tra le mie braccia, probabilmente affamati, e per sicurezza decido che è meglio allontanarli dalla scogliera e tornare in casa.

Mentre verso dell'acqua calda nelle loro ciotole di bocconcini disidratati, sorrido tra me. Ci sono i delfini nel mare intorno all'isola, non è un buon segno? Adesso do un'occhiata su Internet per controllare. Porca miseria, l'avevo quasi dimenticato. Non c'è Internet. Ma deve pur voler dire qualcosa... chiederò a Eamon, o magari a Conor quando lo vedo; sembra esperto in questo genere di cose. Forse, dopotutto, la situazione migliorerà.

Il primo che incontro, uscendo di casa vestita di tutto punto, è Dermot. La cosa non mi stupisce: è presto, scommetto che Roxi dorme ancora. Roxi è in grado di dormire ovunque; il fatto che fosse la sua prima notte su un'isola sconosciuta non le avrà senz'altro impedito di farsi le sue nove o dieci ore filate di sonno. Ma anche senza Roxi e i suoi consigli, decidere cosa indossare oggi è stato sorprendentemente semplice: un po' come quando vai a scuola e non devi far altro che infilarti la solita uniforme ogni giorno. Sono determinata a non lasciarmi andare a una sciatta tenuta campagnola, tutti i giorni in jeans, maglione pesante e stivaloni. Ma per oggi andrà bene così.

«'Giorno», dice Dermot venendomi incontro. «Dormito bene?»

«Sì, grazie», rispondo un po' imbarazzata. Dopotutto, la mia ultima conversazione con lui non è stata delle più amichevoli. «Mi dispiace per ieri sera, Dermot. Ti ho trattato male».

«Già dimenticato», dice lui a bassa voce. «Era stata già una giornataccia per la storia dei mobili e alla fine, come se non bastasse, è arrivato quel vecchio con le sue brutte notizie».

«Sì. Non è stato un granché come inizio».

«Idee su cosa fare adesso?»

«Nessuna, proprio nessuna», rispondo preoccupata. «Magari, chissà, quando gli altri vedranno quanto è bella l'isola, decideranno di restare nonostante tutto».

Dermot aggrotta le sopracciglia. «Mmh, immagino sia un modo come un altro di affrontare la cosa».

«Che vuoi dire?»

«Nascondere la testa sotto la sabbia e sperare che tutto si sistemi».

«Io non sto nascondendo la testa sotto la sabbia! Non so cosa fare, ecco tutto. Non è colpa mia se qui è difficile coltivare la terra e allevare animali».

«No, ma è compito tuo trovare una soluzione ai problemi che inevitabilmente vengono fuori quando, perdonami il linguaggio, ci si trova nella merda».

«Ma perché, perché è solo compito mio?». Agito le mani frustrata.

«Perché», replica con calma esasperante, «l'isola è tua. Ti avevo avvertito che i problemi sarebbero stati più di quelli che saltavano all'occhio».

Ha ragione lui, come sempre. Ma questo non mi fa sentire affatto meglio.

«Devo solo escogitare qualcosa prima che arrivino gli altri, no?», dico stizzita. «Ah, a proposito. La mia stufa non funziona, a quanto pare».

«Hai aperto il rubinetto del gas?»

«Il che?»

«Il rubinetto del gas. C'è una bombola nello sportello accanto al lavandino. Devi aprire la valvola per far funzionare la cucina a gas». Dermot si interrompe e mi guarda con aria di rimprovero. «Lo sai che qui non arriva il gas, Darcy. Dobbiamo usare le bombole e farle arrivare dalla terraferma».

«Certo che lo so», mi affretto a replicare. «Me l'ero solo dimenticato. Grazie per avermelo ricordato. Ah, e grazie anche per questo». Gli allungo il walkie-talkie.

«No, tienilo tu; è tuo. È l'unico modo per comunicare sull'isola. Tutti ne abbiamo uno. Devi solo tenerlo in carica la notte, come un cellulare».

«Va bene. Grazie ancora».

«Non c'è problema. Allora, che cosa farai adesso?», chiede Dermot fissando i guinzagli dei cani che tengo stretti nell'altra mano.

«Pensavo di portare i cuccioli a fare una passeggiata mattutina, visto che il tempo è così bello, tanto per esplorare un po' l'isola. Sai che cosa hanno in mente gli altri?»

«Niall e Paddy hanno avuto la tua stessa idea e hanno portato a spasso Brogan, mentre Conor è uscito stamattina presto con la canna da pesca. La tua amica Roxi non l'ho ancora vista».

«Certo che no, starà ancora dormendo. È abituata agli orari di lavoro al pub, perciò non aspettarti di vederla in piedi prima delle undici». Osservo i dintorni senza guardare un punto in particolare. «Va bene, forse incontreremo qualcuno per strada, che ne dite, ragazzi?». Mi do qualche colpetto sulla gamba sperando che i due cuccioli reagiscano correndomi incontro. Loro alzano gli occhi un secondo e poi tornano a fare quel che stavano facendo, ovvero esplorare l'ingresso di una tana di conigli abbandonata.

«Controllerò che stia bene quando finalmente si deciderà ad alzarsi», dice Dermot guardando la casa di Roxi. «Ma dubito che dormirà a lungo una volta che avrò acceso la sega circolare, cosa che farò fra qualche minuto».

Sorrido. «Una volta Roxi ha continuato a dormire con un camion dei pompieri fermo a sirene spiegate davanti alla casa tre porte dopo la nostra. È andata su tutte le furie quando le ho raccontato quello che si era persa».

«Perché, c'era il rischio che l'incendio si propagasse?»

«No», dico ridendo. «Perché si era persa gli aitanti pompieri in uniforme!».

Dermot scuote la testa. «Qui avrà ben altro di cui preoccuparsi, ma abbiamo tutta l'attrezzatura antincendio che può servirci in caso di emergenza».

«Sei stato molto scrupoloso. Mi fa sentire al sicuro sapere che hai tutto sotto controllo».

È chiaramente il genere di complimento che Dermot apprezza, perché adesso sorride soddisfatto.

«Allora», dico con noncuranza, «per caso hai visto in che direzione sono andati gli altri?»

«Conor è sceso di là, verso la spiaggia», dice Dermot, tornato alla solita espressione indifferente, e indica il sentiero che segna il perimetro di Tara. «Invece gli altri due sono andati dalla parte opposta, verso l'entroterra».

Guardo nella direzione indicata da Dermot. «Volevo fare proprio una passeggiata lungo la costa. Ai cuccioli piacerà giocare sulla sabbia».

Dermot annuisce. «Fa' come credi, Darcy».

«D'accordo, allora ci vediamo dopo», dico in tono allegro prima di avviarmi verso la baia, poi cambio idea e mi volto. «E tu che farai adesso?»

«Non preoccuparti per me, ho ancora parecchie cosette da sistemare», replica Dermot lanciando un'occhiata alle case alle sue spalle.

«Se ti va puoi venire a fare una passeggiata con noi», gli propongo per pura educazione, sperando che declini il mio invito.

«Credo che ti serva del tempo per riflettere... sul tuo problema, voglio dire», aggiunge vedendomi cadere dalle nuvole. «E poi», grida cominciando ad allontanarsi, «non amo fare il terzo incomodo».

Digrigno metaforicamente i denti mentre lo guardo allontanarsi sul prato. *Te la farò vedere!*

«Credevo volessi fare il sentiero lungo la costa», mi urla mentre mi avvio nella sua stessa direzione, voltando le spalle alla baia.

«Posso cambiare idea, no?», gli grido di rimando, senza voltarmi.

«Vista la frequenza con cui ti cambi d'abito, non mi stupirei se cambiassi idea altrettanto spesso».

Ma le sue frecciatine si limitano a rimbalzarmi sulla schiena.

Continuiamo a camminare su uno stretto sentiero sassoso che dal molo si inerpica su per una della grandi colline di Tara. Salendo, ci avviciniamo a una vecchia casa fatiscente, di cui Dermot mi ha parlato ieri sera, al barbecue.

Ha detto che è molto più grande degli altri edifici presenti sull'isola, e che gli piacerebbe sapere quale fosse la sua destinazione in passato.

Quando finalmente raggiungiamo la cima della collina,

vedo che aveva ragione lui: sono le rovine di una dimora ben più vasta delle altre casette. Woody e Louis si mettono subito a correre per esplorare la zona per conto loro, annusando a destra e a sinistra e lasciando tracce del loro passaggio non appena trovano un angolo adatto. Li seguo all'interno e passo da un ambiente all'altro scavalcando resti di muri crollati o attraversando porte che sembrano sul punto di sgretolarsi, mentre mi chiedo quale fosse la destinazione originaria della casa. Uscita da quella che un tempo doveva essere una porta d'ingresso, mi fermo un istante sotto un'arcata di pietra ad ammirare il paesaggio limpido di questa mattina di sole.

Dalla vetta della collina si vede distintamente la costa irlandese; mi viene in mente che domani arriveranno i nostri mobili e che poi, se tutto va bene, saranno i nuovi abitanti a solcare queste acque alla volta di Tara.

Chissà quanta gente prima di me ha osservato questo paesaggio seguendo con gli occhi la traiettoria delle navi sullo stesso scorcio di mare.

Mi sento incredibilmente al sicuro sotto questo arco di pietra, in mezzo alla vegetazione che cresce caotica sui muri superstiti. In effetti, a guardare meglio il resto della costruzione, sembra che l'edera sia tutto ciò che la tiene in piedi, tanto è malconcia. Poso le mani sul muro e mi sorprendo di quanto sia caldo al tatto. «Che cos'eri, un tempo?», chiedo facendo scorrere una mano lungo l'arco. «E che cosa ti piacerebbe diventare?».

Io e i cuccioli ci spingiamo un po' più in là del previsto e ci ritroviamo sul sentiero costiero su cui passeggiai la prima volta che venni qui, in gennaio. Mi accorgo di ricordare con incredibile precisione i dettagli del paesaggio e di notare le sottili differenze nella flora e nella fauna che incontriamo sul nostro cammino. Minuscoli fiorellini bianchi stanno cominciando a fiorire dietro le aspre rocce di Tara che li proteggono dagli agenti atmosferici; non vediamo altri delfini ma ci sono conigli dappertutto: le loro teste spuntano ovunque ma scompaiano rapide, seguite dalle code bianche, non appena vedono Louis e Woody lanciarsi al loro inseguimento. Adesso riconosco la differenza tra i conigli e le loro cugine più grosse, le lepri. Le foche si crogiolano al sole su una delle piccole spiagge che superiamo e i gabbiani volteggiano e scendono in picchiata sopra le nostre teste. Mi ricordano le staffette della polizia che aprono la strada ai VIP in mezzo al traffico di Londra.

Alla fine troviamo una spiaggia a cui si accede da un sentiero stretto. I cuccioli se la cavano molto meglio di me nella discesa e, per la prima volta da quando li ho comprati, apprezzo i benefici dei costosi scarponi da trekking che ho ai piedi. Non ricordo di aver mai speso una cifra simile per un paio di scarpe tanto brutte, ma devo ammettere, mentre mi avventuro giù per il sentiero sassoso, che è solo per merito loro se non scivolo e arrivo sana e salva alla spiaggetta.

Woody e Louis si innamorano all'istante della sabbia. Le loro zampine delicate non hanno mai toccato nulla di simile, né niente di paragonabile all'acqua del mare. Si mettono a rincorrere le onde spumose facendo su e giù sul bagnasciuga. E subito imparano a tenere la lingua in bocca mentre fanno questo gioco, dopo aver inghiottito parecchi spruzzi di acqua salata.

Eccetto che per noi tre, la spiaggia è deserta.

Allora non è questa la spiaggia dove è andato a pescare Conor, penso con una punta di delusione. Be', forse ha ragione Dermot, farei meglio a riflettere su come risolvere il mio attuale problema prima che arrivino gli altri, cioè prima di domani. Mentre me ne sto in piedi a fissare il mare, con i cani che sguazzano sulla riva, penso a cosa dire ai nuovi arrivati.

Ma per quanto mi sforzi, non mi viene in mente nulla di adatto.

Scruto il cielo limpido in cerca di ispirazione.

«Mi serve una mano», grido rivolta al cielo, con le mani intorno alla bocca. «Che mi consigli di fare?».

Un gabbiano vola in cerchio sopra la mia testa, senza emettere alcun suono.

Guardo Woody e Louis correre sulla sabbia. «Voi che ne dite, ragazzi?», esclamo. «Qualche idea?».

Mi guardano scodinzolando, poi continuano a giocare rincorrendo le onde e rotolandosi sulla sabbia.

«Oh, andiamo!», esclamo rivolta alla distesa interminabile di acqua grigia. «Dammi un indizio… un aiutino, almeno!». Mi volto e guardo l'isola alle mie spalle. «Tu che dici, Tara?», grido. «È anche per il tuo bene. Di' qualcosa».

Ma al mio orecchio arriva solo il vento che fischia tra le colline e sopra il mare, mentre Tara resta in sussiegoso silenzio.

«Bene, ho capito. Woody, Louis!». Chiamo i cuccioli per avviarci verso casa. «È ora di andare. Così non concluderemo niente. A quanto pare, dovrò pensarci da sola. O sperare che a qualcuno sia venuto in mente qualcosa». Ma mentre Woody corre sulla sabbia verso di me, noto che stringe tutto fiero una preda tra i denti.

«Che cos'è?», gli chiedo estraendo con fatica un affare rosso dalle fauci del cane. «Dammelo. Ecco, bravo piccolo». Ho in mano una piccola paletta di plastica, un po' malconcia e masticata, probabilmente dai dentini aguzzi di Woody.

«Dove diavolo l'hai presa?», gli chiedo restituendogliela. «Su queste spiagge non vengono a giocare bambini. Oh, l'avrà portata il mare, immagino». Mentre sono lì che rifletto sulla paletta, sento qualcosa urtarmi il piede. Abbasso lo sguardo e vedo un secchiello di plastica giallo con delle alghe impigliate, che fa avanti e indietro sulla riva. «Ma che cavolo…?». Mi avvicino per raccoglierlo, ma la risacca lo allontana di nuovo. «Si direbbe che qualcuno venisse a trascorrere le vacanze qui, o qualcosa del genere. Manca solo un pallone da spiaggia».

Louis, geloso del ritrovamento di Woody, cerca di prendere il secchiello.

«No!», gli dico seria. «Adesso siediti, Louis». Lo spingo verso il basso per incoraggiarlo. «Così, bravo».

E gli do il vecchio secchiello a mo' di premio. Lui corre via felice per mostrarlo a Woody, sotto il mio sguardo vigile.

Poi, mentre mi volto per avviarmi verso il sentiero che porta fuori dalla spiaggia, mi blocco all'improvviso.

«Ma sì! Ecco!», esclamo in preda a un'illuminazione improvvisa. «Ma certo! Si può fare».

«Cos'è che si può fare?», domanda una voce alle mie spalle.

Sobbalzo dallo spavento, poi mi rilasso vedendo Conor che mi sorride. Ha una voluminosa borsa di tela a tracolla e una canna da pesca in mano.

«Credo mi sia appena venuta un'idea su cosa fare di quest'isola per quelli che arriveranno domani».

«Splendido», dice Conor, liberandosi dal borsone. «Ti va di parlarne?».

Sono davvero pronta a parlarne con qualcuno? È solo un'idea che mi è venuta poco fa, non so nemmeno se potrà funzionare.

«Credevo fossi andato a pesca stamattina», gli chiedo per guadagnare tempo.

«Ci sono andato», dice lui cominciando ad avvolgere il filo intorno alla canna. «Non prendevo niente sull'altra spiaggia, così ho deciso di provare qui, poi ti ho vista e ho pensato che la fortuna cominciava a sorridermi».

Gli sorrido e scuoto la testa. Conor non manca di fascino celtico.

«Che c'è?», domanda, gli occhi azzurri spalancati in un'espressione innocente.

«Niente, è solo che non sono abituata agli uomini come te».

«Che intendi per uomini come me? Di Conor Fitzgerald ce n'è uno solo, stanne certa».

«Ne sono più che certa!».

«Vuoi provare?», mi chiede Conor porgendomi la canna.

Faccio un cenno di diniego.

«Avanti», mi sprona. «Guarda, ti faccio vedere come si fa».

Così, mentre Woody e Louis si rincorrono sulla vasta distesa di sabbia chiara, Conor cerca con pazienza di spiegarmi i rudimenti della pesca al salmone marino.

«Ecco», dice quando finalmente riesco a far atterrare il filo nell'acqua anziché mandarlo ad attorcigliarsi intorno alla canna, a me o a un cane. «Ce l'hai fatta. Ora avvolgilo».

Non è che mi interessi molto imparare a pescare. Ma quando Conor si è offerto di insegnarmi, mi ha subito messo le braccia intorno alle spalle per mostrarmi il modo di tendere bene il filo, cosicché la lezione si è subito fatta inaspettatamente piacevole e all'improvviso la pesca mi è sembrata un'attività molto più interessante.

In effetti, forse sarei già riuscita a gettare l'amo in modo decente qualche tentativo fa, ma mi è sembrato un peccato negare a Conor la possibilità di sfoggiare la sua bravura e di stringermi con quelle braccia meravigliosamente toniche...

Mentre riavvolgo la lenza, mi torna in mente di colpo quello che volevo chiedergli stamattina, appena uscita di casa. «Cosa sai dei delfini, Conor?»

«Delfini? Non molto, perché me lo chiedi?»

«Ne ho visti due stamattina, nella baia dietro casa mia». Sollevo di nuovo la canna e getto l'amo in acqua. «Si dice che porti fortuna vedere un delfino, no?»

«È stupendo, Darcy», esclama Conor, fissando un punto nel mare. «Sul portare fortuna in generale non so niente, però conosco una vecchia leggenda che riguarda quest'isola e i delfini».

«Davvero?». Il mio sguardo si sposta repentino dalla canna a Conor mentre giro furiosamente il mulinello. «E qual è?»

«Attenta alla canna, Darcy». Conor indica la canna mentre io riavvolgo tutto il filo, e per poco non lo spezzo.

«Oh, scusa. Lo getto di nuovo?»

«Sì, lancialo», dice Conor sorridendo.

Tiro indietro le braccia e lancio, mentre Conor osserva la lenza che si posa sull'acqua.

«Allora, Conor», gli rammento. «Questa leggenda. Di che si tratta?»

«Gran bel lancio, Darcy, puoi andarne fiera. Oh, scusa, non ne sono molto sicuro; ricordo solo che ha a che fare con un delfino. Ci sono moltissimi miti e leggende associati a Tara, non ci crederesti».

«Davvero? Per esempio?». Lo guardo di nuovo negli occhi, che sono molto più interessanti del filo di nylon che ballonzola sull'acqua. Il mio interesse verso il lato sportivo della situazione è scemato nel momento in cui Conor mi ha tolto le mani di dosso.

«Non lo riavvolgi?», mi esorta Conor.

Torno a guardare il mare e ricomincio ad avvolgere il filo.

«È il genere di cose di cui dovresti parlare con Eamon», prosegue Conor, soddisfatto nel vedere l'esca di nuovo in movimento. «È lui l'esperto delle origini celtiche di Tara».

All'improvviso, mentre lo avvolgo, il filo si tende con forza. «Conor, credo di aver preso qualcosa». Vado nel panico e il filo comincia a tendersi troppo per poterlo avvolgere. «Sbrigati, aiutami!».

Conor lancia un'occhiata al mare e al filo teso. «Pare proprio di sì», dice sorridendo. «Forza, tiriamo su il tuo primo pesce».

Invece di togliermi di mano la canna come speravo facesse, Conor mi guida pazientemente nel compito di tirare a riva la preda, impresa che si rivela molto più complicata di quanto avessi mai creduto. Io pensavo che uno tirasse su il pesce e la cosa finisse lì. Certo, così sarebbe stato molto più semplice. Invece no: devo avvolgere il filo un po' alla volta per essere sicura che il pesce resti saldamente attaccato all'amo. Ci vuole tanto di quel tempo e il pesce sembra talmente pesante, che sono esausta.

Quando alla fine il pesce è vicino a riva, con mia grande sorpresa Conor si toglie gli stivali e le calze, si arrotola i calzoni e avanza in acqua con una rete in mano, raccoglie il pesce e corre entusiasta verso di me. Il mio istinto mi suggerirebbe di indietreggiare schifata di fronte alla creatura viscida che si contorce nella rete. Ma Conor è così entusiasta che mi sento in dovere di trattenermi e ammirare con aria soddisfatta la mia preda.

«Che te ne pare? Peserà almeno quattro chili! Non sembrava tanto grosso. Bel lavoro, Darcy!».

«Sì, be', è... fantastico!». Guardo il pesce con diffidenza, desiderosa di condividere l'entusiasmo di Conor.

«Stasera avremo un barbecue da leccarsi i baffi!».

«Vuoi dire che lo mangeremo?», gli chiedo orripilata guardando il pesce che guizza in fondo alla rete.

«Certo che ce lo mangiamo! Non hai mai assaggiato un salmone così fresco».

Adesso Conor estrae dalla borsa un oggetto simile a un manganello. «È meglio che ti volti un momento».

«Perché? Ah, ho capito». Mi rendo conto che il manganello serve a togliere al pesce ogni possibilità di nuotare ancora in mare.

«Senti, non è che lo possiamo rimettere in acqua, che ne dici?».

Conor mi guarda stupito. «Perché? Non sarai mica vegetariana? No, non è possibile, ieri sera hai mangiato salsicce e hamburger come gli altri».

«No. Non è questo. È solo che non mi sembra giusto: non ci ha fatto niente di male, e noi lo ammazziamo, così, tanto per gioco».

Conor sorride. «Se vuoi vivere su un'isola, credo dovrai abituarti all'idea di pescare e cucinare il pesce. Non è diverso dal pesce che compravi al supermercato in città, o da quello che mangiavi al chiosco di *fish-and-chips* più vicino, solo che in quei casi non hai assistito alla cattura». Gli occhi azzurri brillano mentre mi guarda con gentilezza. «Ma se è questo che vuoi, allora lo ributto subito in mare».

Poso gli occhi sul pesce, poi di nuovo su Conor.

«No, hai ragione tu», dico risoluta, alzando il mento. «Ho preso una decisione venendo qui, no? Non posso tirarmi indietro ogni volta che una cosa non mi piace. Fa' quello che devi fare... ma per favore non aspettarti che stia a guardare».

Mi giro a guardare Woody e Louis, e quando mi volto di

nuovo il gioco è fatto, e Conor ha già nascosto il pesce nel borsone di tela.

Mi sorride. «Ti ricordi quel che hai detto poco fa... a proposito del *fare quello che devo fare*?»

«Sì?»

«Mi chiedevo...», dice venendomi vicino, gli occhi che gli brillano maliziosi. «Dato che il boss sei tu, mi dai il permesso di fare qualunque cosa senta di dover fare su quest'isola?».

Non posso che sorridere della sua faccia tosta.

«È possibile... dipende da quello che vuoi fare».

Adesso Conor è a pochi centimetri da me. Mi guarda dall'alto in basso ed ecco riapparire quel sorriso ormai familiare. «Oh, sta' tranquilla, boss, non è niente di male; anzi credo che potrebbe essere *molto* piacevole, se dovesse accadere...».

Sento che Conor mi prende la mano.

«Forza», dice. «Andiamo a far veder a tutti che pescatrice provetta sei diventata in una sola mattina».

«O che maestro provetto ho avuto», replico guardandolo negli occhi.

«O magari potrebbe restare il nostro piccolo segreto», sussurra Conor chinandosi su di me, le labbra così vicine alle mie che sento la vibrazione delle parole che gli escono di bocca.

Faccio per chiudere gli occhi aspettando il suo bacio, ma mi tocca riaprirli di scatto quando mi accorgo che ha allontanato il viso e drizzato la schiena.

Sommersa da un'ondata di imbarazzo incollo gli occhi a terra e vedo i piedi nudi di Conor ancora ricoperti di sabbia. «È meglio... è meglio se ti rimetti gli scarponi», dico balbettando. «La sabbia è fredda».

«È vero». Conor sorride e si china a raccogliere gli scarponi. «Non è il caso che mi prenda un raffreddore, giusto?». Mi lascia la mano e si pulisce i piedi dalla sabbia, poi si infila rapido le calze e le scarpe.

«Soddisfatta?», mi chiede senza smettere di sorridere.

«Sì», rispondo mortificata per aver fatto la parte della mamma che rimbrotta il bambino. «Così va meglio».

«Andiamo, allora?», dice tendendomi di nuovo la mano.

«Certo». Prendo timidamente la mano di Conor e, con Woody e Louis che ci scorrazzano tra i piedi, torniamo insieme verso il sentiero che risale la scogliera, Conor con un salmone nella borsa, e io con un nuovo desiderio dentro, un desiderio che per una volta non ha a che fare con una borsa o con un paio di scarpe.

Quattordici

A Tara è di nuovo tempo di barbecue, ma questa volta non ci sono salsicce e hamburger sopra le braci ardenti bensì il mio salmone, avvolto in un voluminoso cartoccio di carta stagnola.

Dopo una magnifica mattinata di sole, il tempo ha miracolosamente tenuto per tutto il pomeriggio ed è ancora bello all'ora di cena. Stasera però cuciniamo su un barbecue nuovo di zecca costruito da Dermot apposta per arrostire il mio pesce gigante. Dermot non è sembrato contrariato quando glielo abbiamo chiesto qualche ora fa; è il tipo che si anima di fronte a una sfida, così si è messo subito al lavoro per costruire la struttura di pietra che stiamo utilizzando per cucinare.

Il bel tempo non è l'unico miracolo che ha avuto luogo stasera. Sono apparse altre lattine di birra, come è successo ieri sera. Non mi ero resa conto di quante casse di alcolici avessimo portato con noi ieri insieme alle provviste. Ma ora che ce ne stiamo tutti intorno al barbecue a sorseggiare birra e a scaldarci vicino al fuoco, sono felice che qualcuno abbia avuto la lungimiranza di provvedere all'alcol. Persino Eamon si è unito a noi stasera, per assaggiare un pezzo del mio salmone. Adesso, appoggiato al bastone, è accanto a Dermot, e lo osserva mentre controlla la cottura del pesce.

Dermot si è offerto di cucinare il salmone, mentre gli altri piatti preparati per accompagnarlo sono già pronti in cucina. Pare che la mia casetta, essendo la più grande, sia stata tacitamente scelta come luogo preposto alle riunioni generali.

Dermot non ha solo costruito il barbecue, ma con l'aiuto di Paddy ha anche realizzato alcune panche con i tronchi di albero caduti, su cui ci siamo comodamente seduti, vicino al fuoco. Paddy era eccitatissimo quando mi ha raccontato di come lui e Dermot avevano tagliato i tronchi con l'aiuto di questo o quell'attrezzo elettrico, e di come insieme li avevano levigati ottenendo così delle lunghe panchine. E devo ammettere, ora che ci sono seduta sopra, che sono piuttosto comode.

Osservo Conor dall'altra parte del barbecue mentre parla con Roxi e Niall, e spero segretamente che, quando avrà finito, venga a sedersi vicino a me. Invece è Eamon a occupare il posto vuoto al mio fianco.

«Come va?», mi chiede sedendosi.

«Sto bene, Eamon, grazie. E tu come stai?»

«Oh, io sto alla grande, ragazza mia, alla grande. Sei davvero carina stasera».

«Grazie, ho voluto fare uno sforzo per l'occasione». Mi sono tolta jeans e maglione e mi sono messa un abito lungo estivo, con cardigan abbinato e sandali da gladiatore. Comincio ad avere qualche brivido ora che il sole sta tramontando, ma sono fermamente decisa a concludere la serata con un minimo di stile.

«Con risultati splendidi, cara signorina». Beve un sorso dal bicchiere che ha in mano. «Tu e la tua amica laggiù illuminate ogni cosa».

Do un'occhiata a Roxi. Porta dei leggings con un motivo zebrato che ha comprato a Wembley Market con un top rosa acceso dall'ampia scollatura e un paio di stivaletti neri ad altezza caviglia, e adesso che comincia a far buio la mia amica illumina l'isola come un faro colorato. «Senti», prosegue Eamon, «Conor mi ha detto che stamattina ti è parso di aver visto un delfino nella baia».

«Non mi è parso di vederlo, Eamon, l'ho visto. Anzi, veramente ne ho visti due».

Eamon si volta reggendosi al bastone in modo da guardarmi dritto in faccia. «Ne sei proprio sicura?»

«Sì, sicurissima. Io e i cuccioli siamo rimasti a guardarli per un po'».

Eamon annuisce e torna a fissare un punto lontano. «Allora potrebbe essere come dici tu», mormora, a voce così bassa che sento a malapena quello che dice.

«Che cosa intendi con potrebbe essere come dici tu? Di che stai parlando, Eamon? Lo so che è come dico io. È così insolito vedere un delfino da queste parti?».

Si volta verso di me. «Sai quando è stata l'ultima volta che ho visto un delfino nuotare sottocosta?».

Faccio cenno di no con la testa.

«L'ultima volta che tua zia è stata qui. Non ne avevo mai visti prima e non ne ho più visti dopo».

Questo non me l'aspettavo. «Sarà una coincidenza».

«Sarà. Ma c'è una vecchia credenza riguardo ai delfini e a quest'isola».

«Sì, Conor me ne ha accennato».

«I delfini vengono a nuotare qua intorno solo se c'è una novità in arrivo».

«In che senso?»

«Vengono a vedere che succede, se è necessario il loro intervento».

«Scusami», dico sentendomi un po' tonta. «Ma non riesco ancora a capire».

«Vengono a vedere se il capo dell'isola – il re o la regina – ha bisogno della loro protezione. Più delfini si vedono in giro, più grossi sono i cambiamenti che riguardano il capo o l'isola stessa. O entrambi».

Fisso Eamon per qualche secondo, chiedendomi se per caso non abbia bevuto qualche birra di troppo. Ma nel bicchiere che ha in mano non c'è che un goccio di whisky.

«Non devi pensare che sia l'alcol a parlare al posto mio», dice intercettando il mio sguardo. «È il primo che bevo. Quel tizio laggiù», spiega indicando Dermot, «me lo ha dato quando gli ho detto che non bevo birra».

Cerco di fare mente locale. «Stai dicendo che siccome ho visto qualche delfino nuotare vicino alla costa devo aspettarmi che qualche catastrofe si abbatta su di noi?».

Eamon scuote la testa. «No, non ho affatto detto questo. Ho detto che ci sarà un cambiamento per te o per l'isola. O per entrambi».

«Perché proprio per me?».

Eamon solleva un folto sopracciglio candido. «Perché adesso Tara è tua, Darcy. Secondo l'antico costume celtico, questo farebbe di te il capo, il re. O meglio, la regina. I delfini vogliono sapere se possono aiutarti in qualche modo».

Mentre sono lì ad ascoltarlo, mi rendo conto che sto abboccando in pieno, amo, lenza e filo, proprio come ha fatto il mio salmone. Scuoto la testa.

«Oh, smettila», dico, guardandomi intorno con sospetto. «Di chi è stata l'idea di farmi questo scherzetto? Di Dermot o di Conor, eh? Oh, ma li ripagherò, Eamon, vedrai se non lo faccio!».

Ma quando mi volto verso Eamon, lui non sta sorridendo. Mi guarda crucciato.

«Non è uno scherzo, Darcy. Ho solo risposto alla tua domanda: la leggenda celtica su Tara e i delfini».

«Dici sul serio? La leggenda è questa?».

Annuisce.

«Ma io ne ho visti soltanto due».

«Scommetto che ne vedrai molti altri nelle prossime settimane. È quello che è successo a tua zia». Eamon volge lo sguardo al mare.

«E da cosa la stavano mettendo in guardia?», chiedo, ormai divorata dalla curiosità.

«Un cambiamento», dice voltando lentamente la testa verso di me.

«Sì, ho capito che annunciano un cambiamento, Eamon, ma nello specifico?»

«Ehi, di che discutete voi due?», irrompe Roxi appoggiandosi allo schienale della panca e offrendo una generosa panoramica della sua scollatura. Eamon allontana in fretta e furia lo sguardo da quella massa di carne femminile che gli è improvvisamente planata sotto gli occhi.

«Roxi!». Indico il top scollato.

«Ops, chiedo scusa», dice Roxi sistemandosi la scollatura e alzandosi in piedi. «Non volevo offendere nessuno».

«E nessuno si è offeso, ragazza», dice Eamon, sorridendole. «Era da tempo che non si vedevano tante belle ragazze qui a Tara».

«Bene, allora», dice Roxi piazzando l'abbondante didietro in mezzo a noi sulla panchina. «Voglio proprio sedermi qui e fare due chiacchiere con te, signor Eamon. Ho sempre tempo per gli uomini che sanno apprezzare le forme femminili».

Quando il salmone è finalmente cotto, ci sediamo tutti intorno al fuoco a goderci la cena mentre il sole tramonta e il cielo passa da un azzurro chiaro a un rosso intenso. Conor aveva ragione: è il salmone più buono che abbia mai assaggiato, non so se dipenda dal fatto che l'ho pescato io o dall'abilità di Dermot come cuoco, ma in ogni caso il sapore è ottimo.

Quasi tutti abbiamo finito di mangiare – Paddy sembra avere un appetito insaziabile e continua a ingurgitare cibo in quantità pantagrueliche – e io sono sul punto di portare la conversazione sull'argomento nuovi abitanti in arrivo domani. Non ho ancora avuto la possibilità di sedermi e parlarne, vuoi perché stamattina ognuno è stato impegnato con le sue cose, vuoi perché io stessa ho passato la giornata a rimuginare in solitudine sulla mia idea. Senonché Roxi si alza in piedi e annuncia: «Bene, adesso è il momento di divertirci un po'. Che sapete fare?».

Dermot le lancia un'occhiata ostile. «Mi chiedi che cosa so fare? Ti ho appena messo in tavola la cena; credo di aver fatto abbastanza per stasera».

Roxi alza gli occhi al cielo spazientita. «Non mi aspettavo chissà che repertorio da te, mister Cowell. E tu, Paddy? Scommetto che nascondi trucchetti interessanti nelle maniche di quella felpa».

Paddy alza lo sguardo dal piatto. «So forzare qualsiasi tipo di serratura in uso nella contea di Kerry», dichiara orgoglioso. «E anche giù a Dublino ce ne sono poche che possano mettermi in difficoltà. Tutto quello che vuoi: case, macchine, apro tutto».

«Mmh, lo terrò presente la prossima volta che mi ritrovo chiusa nel bagno delle signore. Ma non era a questo genere di cose che stavo pensando». Roxi passa in rassegna i membri del gruppo. Le lancio un'occhiata di fuoco quando si sofferma su di me. «Eamon, il mio nuovo migliore amico», dice, tornando a sedersi accanto a lui. «Tu che mi dici? Scommetto che conosci un sacco di antiche leggende celtiche che potresti raccontarci».

Incredibilmente, Roxi e Eamon hanno legato subito molto bene e hanno trascorso l'intera serata a ridere e chiacchierare di Dio sa che cosa, mentre noi guardavamo affascinati lo spettacolo dei due opposti: Eamon tradizionale, in verde e marrone, e Roxi in vestiti dai colori vivaci e appariscenti, rosa shocking e blu elettrico.

Eamon sorride. «Be', mia giovane Roxi, in effetti, si dà il caso che conosca qualche storia. I miti e le leggende celtiche sono una delle mie passioni».

«Sentiamo allora, mio caro signore», dice Roxi, sollevando una mano. «Il mio amico Eamon, qui, ci racconterà una storia».

Eamon si mette comodo sulla panchina prima di cominciare, mentre noi ci disponiamo tutt'intorno come bambini impazienti di ascoltare una favola. «Si tratta di una leggenda che alcuni di voi conosceranno già, ma in questo caso riguarda Tara. Avete mai sentito parlare di Fionn mac Cumhaill?».

Niall e Conor annuiscono, gli altri, me compresa, non sanno di cosa stia parlando. Invece Paddy, sorprendentemente, mette giù per un momento coltello e forchetta: «Parli di Finn McCool?», chiede.

«Sì», dice Eamon voltandosi verso di lui. «Quella è la versione anglicizzata del nome, quella più moderna che conoscono in molti. Cosa sai di lui, ragazzo?»

«Non è quella specie di guerriero irlandese che ha costruito la Giant Causeway[1]?», dice Paddy riprendendo in mano la forchetta e ricominciando a mangiare.

«Così dice la leggenda. E anche l'isola di Man».

«Cos'è, una specie di muratore preistorico?», interviene Dermot, improvvisamente incuriosito.

«Finn era qualcosa di più che un semplice muratore», replica Niall. «È uno dei grandi eroi della mitologia irlandese, non è così, Eamon?».

Eamon annuisce con orgoglio. «Sono nate molte leggende intorno alla figura di Fionn mac Cumhaill, e ai quattro angoli del nostro grande paese i cantastorie hanno passato parecchie serate come questa, seduti attorno al fuoco a raccontare le sue gesta».

«Ma che c'entra Finn con Tara?», domando io.

«Ah, mia giovane Darcy, la pazienza non è tra le tue virtù», dice Eamon con un cenno di intesa. «Non che me lo aspettassi».

«Perché, che cosa sapevi sul mio conto?»

«Tua zia mia ha parlato di te in diverse occasioni».

«Oh. Ma certo, ho capito». Ancora una volta sono travolta dal senso di colpa nel constatare che Molly ha pensato e parlato tanto di me negli ultimi anni, e io così poco di lei.

«Una volta Finn si rifugiò sull'isola di Tara, ferito in battaglia e inseguito dal nemico. I locali lo nascosero fino a che non fu abbastanza in forze per ripartire. Finn era così grato per la loro generosa ospitalità che affidò agli isolani un prezioso tesoro, e la sua parola che se mai Tara si fosse trovata in pericolo, lui sarebbe tornato per soccorrerla e riprendersi ciò che gli apparteneva».

«E così fece?», chiede Niall con impazienza.

Eamon fa cenno di no con la testa. «No. Non è più tornato».

[1] La *Giant Causeway* (o Selciato del Gigante) è un affioramento roccioso naturale costituito da migliaia di colonne di basalto, situato sulla costa settentrionale dell'Irlanda del Nord, nella contea di Antrim (*n.d.t.*).

«Che ne è stato del tesoro, Eamon?», chiede curioso Conor, protendendosi verso di lui.

«Nessuno lo sa; Finn lo nascose da qualche parte a Tara».

«Ma avrà pur lasciato un indizio», insiste Niall. «Un modo per ritrovarlo».

La curiosità di Niall mi strappa un sorriso. Scommetto che gli piacciono gli indovinelli. Me lo immagino mentre risolve sudoku e cruciverba nel tempo libero.

«So solo che Finn lasciò a Tara il suo cuore oltre che il suo tesoro, quando se ne andò. Era arrivato costretto dalle circostanze, ma quando venne il momento di salpare non voleva più andarsene».

«Perché?». Stavolta sono io a chiederlo. «Che cosa accadde qui di tanto speciale?»

«Si innamorò, Darcy», risponde Eamon, e gli occhi azzurri gli si riempiono di tenerezza mentre racconta questa parte della storia. «Secondo alcuni si innamorò dell'isola, ma altri dicono che a Tara conobbe il suo unico amore».

«Ah, quant'è romantico», esclama Roxi, giungendo le mani. «Adoro le storie d'amore tristi. Chissà, forse anche uno di noi troverà l'amore a Tara».

«Ho i miei dubbi», borbotta Dermot lanciando un'occhiata scettica al gruppo riunito. «Hai le stesse possibilità di innamorarti di qualcuno qui che di trovare il tesoro nascosto di Finn McCool».

«Non lo so», replica Conor guardando verso di me. «A me sono sempre piaciute le cacce al tesoro».

Quindici

L'alba del giorno in cui è previsto l'arrivo dei nuovi abitanti è anch'essa sorprendentemente limpida e soleggiata. Ma delle due consegne che aspettiamo oggi la prima si rivelerà molto meno problematica della seconda.

I mobili e gli elettrodomestici arrivano con tre viaggi in barca, e vengono rapidamente scaricati e smistati nei vari alloggi sotto la mia direzione, prima che qualcuno noti che hanno qualche piccolo difetto.

Ma non ci sarà tempo per discussioni e richieste riguardo ai nuovi arredi, perché abbiamo appena terminato di scaricare le ultime casse quando ci accorgiamo che un'altra barca sta per partire alla volta dell'isola con un nuovo carico, umano stavolta.

«I nuovi si stanno imbarcando, laggiù», grida Paddy guardando con un grosso binocolo verso la terraferma.

«Come, di già?», gemo guardando l'orologio. «Ma dovevano arrivare più tardi!».

«Forse le previsioni sono cattive e Liam ha deciso di anticipare la traversata». Conor si mette a scrutare il cielo.

«Faccio un salto a casa a darmi una rinfrescata. Non posso accoglierli in questo stato, non credete?». Guardo con orrore i jeans consumati e il maglione che ho addosso.

Dermot fa un gesto di stizza mentre trasporta un ultimo scatolone verso il suo cottage. «Non si aspettano che tu ti metta in ghingheri per accoglierli sull'isola, Darcy. Stai benissimo così come sei».

«Questo sta a me giudicarlo», gli grido avviandomi verso casa. «Ci metto un minuto».

«Vengo con te, Darce», grida Roxi affrettandosi dietro di me. «Potrebbe esserci qualche maschietto appetibile là sopra. Devo essere in gran forma per accoglierlo, non ti pare?».

Una volta in casa, mi lavo le mani e il viso, mi spazzolo i capelli e mi trucco leggermente. Poi mi metto quello che avevo già deciso di indossare per accogliere i nuovi venuti. È stata una scelta difficile: non volevo esagerare, dopo quello che è capitato con la *mise* nautica di un paio di giorni fa. Così stavolta ho optato per una gonna lunga nera con una cintura di pelle marrone intrecciata, stivali alti di camoscio, una blusa bianca ricamata di un tessuto diafano e un gilet lungo nero di pelliccia sintetica. Monsoon mi ha assicurato che la sua Collezione Etnica donerà "un tocco sofisticato e un brivido tribale a ogni evento della stagione", e spero che funzioni anche per me. Potrebbe essere una scelta un po' azzardata a Tara, dove il massimo evento modaiolo è indossare un impermeabile di un colore insolito, ma la prima impressione è importante e io, questo pomeriggio, voglio sentirmi il più possibile sicura di me.

Il timore di essere sopra le righe non ha nemmeno sfiorato Roxi. Indossa un top leopardato, jeans neri aderentissimi e scarpe coordinate al top, con un plateau così alto che riesce a malapena a reggersi in piedi mentre si affretta verso il molo per aspettare l'arrivo della barca.

All'improvviso nessuno parla più. Anche se siamo qui insieme solo da pochi giorni, ci sembra già strano accogliere degli sconosciuti tra noi.

Man mano che si avvicinano, riconosco quelli che hanno sostenuto il colloquio con me e all'improvviso vengo presa dal panico. Queste persone hanno abbandonato tutto per venire a stare su un'isola con me, e adesso io devo presentarmi e dire loro: «Spero non vi dispiaccia, ma c'è stato un piccolo cambiamento di programma…».

«Stai bene, Darcy?», mi domanda Niall preoccupato. «Sembri un po' pallida».

«Come... Oh, sì, sì, sto bene. Sono solo un po' nervosa, ecco tutto».

Adesso rimpiango di non aver cercato di parlare con gli altri della mia idea. Avrei voluto farlo ieri sera al barbecue, ma Eamon si è messo a raccontare le sue storie; poi, stamattina, tutte le volte che sono stata sul punto di farlo, si è presentato qualche problema urgente che me lo ha impedito, come per esempio i cambiamenti all'ultimo minuto nel piano di assegnazione degli alloggi o le discussioni su come faremo stasera a dare da mangiare a tutti, visto che finora abbiamo cucinato solo per noi. Qualunque problema sorga, sembra sempre che debba essere io a risolverlo. Credevo che, una volta arrivato il carico con i mobili, avremmo avuto finalmente la possibilità di parlare un po' tra noi prima dell'arrivo degli altri, ma adesso sono già qui, e non c'è più tempo.

Per cui a quanto pare dovrò improvvisare nel pomeriggio, quando farò a tutti il grande annuncio. Spero solo che gli altri mi sostengano...

Finalmente arriva la barca, con un carico più vivace del solito, e aiutiamo tutti a scendere con i loro bagagli.

«Posso avere un momento l'attenzione di tutti per favore?», grido nel tentativo di competere con quel coro di voci eccitate e allegre. Si stanno presentando.

«Silenzio!», tuona Dermot.

Tutti tacciono.

«Grazie, Dermot», gli faccio un cenno e poi mi lancio nel discorso in cui mi sono accuratamente esercitata in segreto. «Prima di tutto, benvenuti a Tara. Io sono Darcy, come la maggior parte di voi sa già, e se volete avviarvi uno alla volta verso Niall, quello laggiù con la cartellina in mano, lui vi dirà quale cottage vi è stato assegnato». Niall fa un cenno. «Quando vi sarete sistemati, sarebbe bello riunirci di nuovo tutti qui, tempo permettendo», alzo gli occhi verso il cielo sempre più scuro, «per la nostra prima vera riunione sull'isola. A proposito, fra quanto pensi che pioverà, Conor?»

«Dieci, quindici minuti al massimo», risponde Conor guardando in alto. «Ma passerà in fretta».

«Come fai a dirlo?», domanda Aiden, un fornaio di Dublino.

«Ci si abitua subito a come cambia il tempo sull'isola», dico, come se fossimo qui da anni anziché da qualche giorno. «Allora forse è meglio riunirci quando la pioggia sarà finita. Stasera abbiamo in programma un barbecue di benvenuto. Perciò speriamo che Conor abbia ragione. Ci vediamo dopo!».

Il gruppo si dirige verso Niall e io tiro un sospiro di sollievo.

«Non sei abituata a parlare in pubblico, eh?», chiede Dermot, avvicinandosi con una smorfia divertita. «Dio mio, stai persino tremando. Ma non mi stupisce visto quello che hai addosso. Fa molto più freddo di ieri, anche al sole. Dove hai messo il cappotto?»

«Non stava bene con il vestito». Mi lascio cadere su una roccia piatta mentre gli altri accompagnano i nuovi arrivati verso il villaggio.

Dermot fa una smorfia esasperata e scuote la testa. «Come ho fatto a non pensarci. Farai meglio a procurartene uno prima che cominci a piovere, altrimenti...», piega la testa da una parte e osserva con disappunto il mio gilet, «... quell'affare peloso presto sembrerà un grosso ratto fradicio».

«Sì, vado subito». Adesso non ho proprio l'energia per rispondere alle sue provocazioni.

Si siede accanto a me. «Ok, che succede? Se non riesco a farti arrabbiare, vuol dire che qualcosa non va. Non può essere solo il discorso».

«No. Non è quello». Alzo gli occhi verso Dermot. «Non è il fatto di parlare di fronte a loro a preoccuparmi, ma quello che dovrò dire stasera al barbecue».

«Perché?», chiede incuriosito. «Cos'è che devi dire? A noi non hai detto ancora niente».

«Ci ho provato. Ma probabilmente ti sembrerà una pessima idea. È sempre così».

«Forse. O forse no. Perché non mi metti alla prova?».

«Scusate, qual è la casa a cui sarà annesso il negozio?», chiede una ragazza che si trascina dietro una valigia pesante. «Scusate se vi ho interrotti».

Alzo gli occhi e vedo un viso grazioso incorniciato da capelli biondi legati in una morbida treccia al lato della testa. Ci sorride. «A proposito, sono Caitlin», aggiunge.

«Sì, mi ricordo il nostro colloquio». Ricambio il sorriso. «Bene arrivata, Caitlin. È quello laggiù». Indico il cottage in fondo alla fila.

«Che ne dici se te la porto io, la valigia?», dice Dermot balzando in piedi. «Non puoi trascinarla fin lassù su questo terreno sconnesso. Le ruote si romperebbero in un batter d'occhio».

«Davvero gentile da parte tua… Dermot, vero?»

«Sì, giusto». Dermot solleva l'enorme valigia di Caitlin come fosse un sacchetto della spazzatura. «Le ho costruite io queste case, sai?»

«Davvero? Sei proprio un tipo in gamba, Dermot».

Sospiro mentre li guardo allontanarsi. *Pare proprio che l'operazione Secchiello e Paletta andrà avanti*, penso mentre lo guardo aprire la porta del cottage per far entrare Caitlin. *Con o senza il tuo benestare, Dermot.*

«Vedo che qualcuno ha già messo gli occhi sul signor Cowell», dice Roxi sedendosi accanto a me sulla roccia e slacciandosi le scarpe. «Oooh, quando dicono tacchi mozzafiato, intendono alla lettera».

«E allora perché li hai messi?», la rimprovero. «Tara non è un posto da tacchi alti. E Dermot sta solo aiutando Caitlin con la valigia, ecco tutto».

Roxi spalanca gli occhi. Poi scuote il capo. «Darcy, Darcy, Darcy», dice. «Non ti ho insegnato niente? Se hai messo gli occhi su qualcuno devi fare la tua mossa subito. E quella gli ha decisamente messo gli occhi addosso». Poi solleva le scarpe. «E mi domandi perché mi sono messa questi gioiellini? Ma perché sono favolosi!».

Do un'altra occhiata al cottage. «Credi davvero che a Caitlin interessi *Dermot*?»

«Ci puoi scommettere quello che vuoi. A proposito, e se la facessimo davvero una piccola scommessa?». Gli occhi di Roxi si accendono di interesse mentre si strofina i palmi delle mani.

«Oh, no», dico scuotendo la testa decisa, «basta con le nostre piccole scommesse. L'ultima volta che ne ho accettata una mi sono ritrovata alla stazione di polizia. Come diavolo hai fatto a convincermi ad appendere una bambola gonfiabile a grandezza naturale alla statua di Eros in Piccadilly Circus ancora non lo so».

Roxi ride. «Ah, che serata fantastica! Quel poveretto sembrava così triste, tutto solo sul suo piedistallo il giorno di san Valentino; un dio dell'amore, per giunta!».

«Sarà stata una serata fantastica per te, ma per me no di sicuro. No, Roxi, niente scommesse a Tara».

«Una cosa più semplice, allora», continua Roxi, ignorandomi come fa sempre. «Diciamo che, se hai ragione tu e Caitlin non ha una cotta per mister Cowell, io dovrò...», sorride, «... baciare l'avvocato laggiù».

«Niall?». Vado con lo sguardo al punto in cui Niall sta sistemando i nuovi arrivati nei loro alloggi. Conor e Paddy li aiutano con i bagagli, e all'improvviso provo un istinto protettivo nei suoi confronti. «Non essere cattiva con Niall, Roxi. Non è colpa sua se è un po' timido con le donne».

«Non sono cattiva con lui. Adoro Niall, è fantastico, lo sai. Va bene, se non lui, chi allora?».

Guardo verso il cottage di Caitlin e sorrido.

«No, assolutamente no!», grida Roxi. «Mister Cowell no».

«Perché no? Mi era sembrato che Dermot ti piacesse la prima volta che lo hai visto».

«Non è questo. Fisicamente non è male, se ti piace il tipo». Roxi ci riflette su qualche istante. «Ma mi detesta, non lo vedi? Ti rendi conto di quanto sarebbe difficile persino per me, Roxanne Whitney Reynolds, baciare uno così?»

«La scommessa è stata un'idea tua», le rammento. «E poi, se sei tanto sicura di aver ragione, non dovrai baciarlo davvero, no? Comunque, Dermot non ti odia, fa così con tutti».

Roxi mi punta addosso gli occhi scuri. «Vuoi alzare la posta, eh, McCall? Ma sai una cosa?», prosegue, sbattendo le lunghe ciglia. «Io sono molto meno perfida di te e, poiché è ovvio che vincerò questa scommessa, voglio essere generosa».

«Ma non mi dire».

«Proprio così. Se ho ragione io, be', allora tu dovrai baciare Conor. Piacevole come penitenza, no?».

Punto lo sguardo su Conor, che sta trasportando senza sforzo borse e valigie, proprio come Dermot.

Che vinca o che perda, non può andarmi male.

«Ok», dico porgendo la mano a Roxi. «Ma come faremo a sapere chi ha vinto?»

«Oh, non sarà un problema, Darce. Su un'isola di queste dimensioni non si può mantenere un segreto a lungo».

Roxi mi guarda mentre sorrido timidamente a Conor che mi saluta con disinvoltura. «Forse non sei stata l'unica ad aver fraternizzato con Eros, quella sera a Piccadilly Circus».

Sedici

A Londra non capita spesso di partecipare a un barbecue. Essere invitati a casa di qualcuno che abbia un giardino abbastanza grande è considerato un evento raro. Ma dopo aver mangiato cibo alla brace per due sere di seguito, alla terza il mio stomaco non ne vuole più sapere.

O forse non ho appetito perché sono nervosa, rimugino mentre guardo gli altri tuffarsi sui mucchi di salsicce, hamburger e cosce di pollo che ci sono stati consegnati oggi assieme ai mobili e che Conor e Dermot stanno abilmente cuocendo su entrambi i barbecue.

Forse farei meglio a dire quello che ho da dire e farla finita, così almeno, una volta che tutti sapranno la verità, potrò rilassarmi.

Salgo su una delle panchine di legno e faccio un bel respiro.

«Ah… ehm, posso avere l'attenzione di tutti, per favore?», dico a voce alta in mezzo alla gente che si aggira intorno ai fuochi reggendo piatti zeppi di cibo, lattine di birra e bicchieri di vino.

«Scusate!», ritento, dato che nessuno mi ha dato retta.

«Ehi, voi! State un po' zitti!», tuona Dermot, posando le molle da barbecue. Fa un cenno nella mia direzione. «Darcy ha qualcosa da dire».

«Grazie, Dermot», gli sorrido con gratitudine. «Dunque, per prima cosa voglio darvi il benvenuto a Tara come si deve. Spero siate riusciti a sistemarvi senza problemi nei vostri alloggi, oggi pomeriggio».

«L'arredamento non è esattamente quello che mi aspettavo»,

dice a voce alta uno degli uomini. «Le tende della camera da letto sono un'orgia di trifoglio».

«Ritieniti fortunato. Le nostre sono decorate con pinte di Guinness!», gli risponde una donna che credo sia Kathleen, la moglie di Aiden il fornaio.

Il nuovo arredamento delle case è finalmente di dominio pubblico.

Quando abbiamo fatto visita all'Emerald Arms Hotel, abbiamo constatato che l'entusiasmo di Mary per le tradizioni irlandesi non si esprimeva solo nello stile della reception e che le venti camere erano arredate in base a un tema tipico irlandese.

C'era la stanza a tema Guinness, la stanza dedicata ai folletti, quella del rugby irlandese e una camera piena di strumenti musicali tradizionali come arpe, flauti, violini e *bodhràn*, uno speciale tamburo irlandese. Una statua a grandezza quasi naturale di Molly Malone troneggiava nella stanza tutta bianca e blu il cui tema era la città di Dublino, e ce n'era persino una dedicata alle delizie del whisky Jameson. L'unica che mi piacesse era la stanza ispirata ai simboli celtici. Sulla testiera del letto era intagliato un grande *claddagh*.

«È un simbolo d'amore celtico», mi ha informato Conor mentre osservavo da vicino l'intaglio delle due mani che reggono un cuore incoronato.

«Sì, la corona è simbolo di fedeltà, le mani dell'amicizia e il cuore rappresenta l'amore».

«Esatto. Come fai a saperlo?»

«Mia zia aveva un anello con lo stesso simbolo». Ho sfiorato con la mano il legno intagliato e un altro ricordo ha fatto capolino nella mia mente. «Non se lo toglieva mai».

«Secondo la tradizione, la mano in cui si porta l'anello e il modo in cui lo si mette rappresentano la disponibilità sentimentale di una persona», mi ha spiegato Conor. «Tua zia come lo portava?»

«Non ricordo», ho dovuto ammettere. «Oh, che cosa orribile, Conor. Non me lo ricordo proprio».

«Ehi, non fartene un cruccio. Sarà passato molto tempo ormai».

«Lo so, ma certi dettagli su di lei dovrei ricordarmeli. Sono davvero una pessima nipote, non trovi?»

«Non sono d'accordo». Conor ha fatto un passo indietro e ha finto di osservarmi con attenzione. «A me sembri uno splendido esemplare, invece».

Guardo Conor, in piedi di fronte a questa piccola folla; lui mi sorride e mi fa l'occhiolino. Prendo fiato. *Posso farcela. Sono in grado di provvedere a queste persone. Lo farò per te, zia Molly.*

«Ah, quelle, sì. Forse dovrei spiegarvi cosa è successo. Mi rendo conto che come arredamento tradizionale lasci piuttosto a desiderare». Sento le mie guance assumere la consueta sfumatura di rosso che hanno quando sono sotto pressione, ma stavolta sono determinata a mantenere il controllo. «Purtroppo ci sono stati dei disguidi alla voce arredamenti, e siamo stati molto fortunati a trovare un albergo qui vicino che stava per chiudere i battenti. Date le circostanze, possiamo dirci soddisfatti di quello che siamo riusciti a mettere insieme».

Alcuni dei nuovi abitanti si scambiano occhiate perplesse.

«A ogni modo», proseguo in tono vivace, «sono felicissima di avervi tutti qui, finalmente, e di iniziare quella che spero sia un'avventura eccezionale per tutti noi che vivremo e lavoreremo qui a Tara». Mi schiarisco la voce. «So che, negli annunci che abbiamo pubblicato per trovare persone disposte a vivere qui, si parlava di una comunità autonoma, con fattorie, animali e via dicendo. Purtroppo anche da questo punto di vista abbiamo dovuto apportare una piccola modifica ai programmi».

Un mormorio di disappunto comincia a circolare tra la folla e anche stavolta non mancano sguardi perplessi e sopracciglia alzate.

«Stai cercando di dirci che prenderai gli animali da uno zoo in chiusura, come hai fatto con i mobili?», grida un tizio dai capelli rossi in mezzo alla folla. «Insomma, avremo gli elefanti al posto delle pecore?».

Lo guardo meglio. Sono quasi certa che sia uno di quelli scelti da Dermot.

«Oh, no, niente del genere!». Cerco disperatamente di mantenere un tono sicuro. «A quanto pare – non ne sapevo nulla io stessa finché non sono arrivata a Tara un paio di giorni fa – le condizioni ambientali dell'isola non sono adatte all'allevamento degli animali più comuni, né alle coltivazioni basilari per la sopravvivenza. Pare sia questa la ragione per cui le comunità che vivevano qui si sono estinte tanto tempo fa».

Un paio di persone di fronte a me impallidiscono leggermente sentendomi dire "estinte".

«È chiaro che oggi, rispetto al passato, abbiamo vari modi di procurarci il cibo», mi affretto a precisare. «Non moriremo di fame, certo che no. Vivremo in condizioni di gran lunga migliori di quelle dei nostri antenati. Abbiamo frigoriferi e congelatori per conservare il cibo. Niente grasso di foca o patate crude per noi! Basterà andare un paio di volte a settimana al supermercato e saremo a posto. Sapete come dice la pubblicità: "Meno male che ci sono i surgelati Iceland!". Sorrido alla mia stessa battuta sperando di alleggerire un po' l'atmosfera.

Non funziona.

«Non credo a tutte queste chiacchiere, sta cercando di farci fessi». Lo stesso tipo astioso di poco fa agita in aria il suo hot-dog, tanto per amplificare l'effetto delle sue parole. «Stai cercando di dirci che ci hai trascinati tutti qui con delle false esche, o sbaglio?»

«No». Cerco di restare calma, ma è sempre più difficile con quel tale che non smette di bombardarmi di critiche. «Come ho detto, fino a qualche giorno fa non ne sapevo niente. È stato uno degli abitanti a dirmi come stanno le cose».

«E tu ci hai fatti venire qui comunque?», replica in tono accusatorio brandendo l'hot-dog come fosse una spada pronta a calare sulla mia nuca.

Resisto alla tentazione di rispondergli a tono e togliergli di mano quella salsiccia ricoperta di ketchup. «Il fatto è che non avevo scelta. Non ci sono molti modi per comunicare con l'esterno una volta che si è qui sull'isola, nel caso tu non l'abbia notato. E ormai molti di voi erano già in viaggio».

«Ha a che fare con quelli della televisione?», domanda una donna in mezzo alla folla.

«Con chi?», chiedo, confusa.

«Quelli della televisione», prosegue lei. «Hanno cambiato il format, è per questo che non ci sono più gli animali e compagnia bella?».

Alcuni dei nuovi arrivati si scambiano occhiate preoccupate.

«È per questo che siamo qui, no?», interviene un altro tale. «Senti, lo so che probabilmente sei obbligata a non dire niente, perché è ciò che prevede il format del programma, ma siamo in molti a pensare che è questo il vero motivo della nostra presenza qui».

«Quale programma? Quale format?», dico. «Non ho davvero la più pallida idea di cosa stiate dicendo».

«Perciò... non ci stanno riprendendo di nascosto?», si intromette di nuovo l'altra donna. «Non è una nuova versione del *Grande Fratello* ambientata su un'isola?».

Oh, adesso ho capito. Credono di far parte di un nuovo reality show sperimentale.

«Mi dispiace dovervelo dire, ma no, nessuno ci sta riprendendo e non andremo in diretta su Channel 4».

L'aria di Tara si riempie di un mormorio di delusione quando i nuovi abitanti dell'isola apprendono che alla fine del loro soggiorno qui non verrà proposto loro un servizio per qualche rivista di gossip.

«Ma l'assenza di telecamere ha i suoi vantaggi», dico tutta allegra. «A differenza di quelli del *Grande Fratello*, voi potete bestemmiare quanto vi pare».

Se si esclude la risata di Roxi, la mia battuta rimbalza miseramente sul terreno roccioso e la maggior parte dei presenti mi guarda sdegnata.

«Bene». Deglutisco a disagio. «Tanto per sapere, quanti di voi pensavano di essere ripresi di nascosto per un programma televisivo?».

Alzano la mano una dozzina di persone. Porca miseria.

«Mi dispiace molto deludervi, ma possiamo ancora far funzionare la cosa, no? È un posto magnifico per venire a viverci».

Non sembrano molto convinti.

«Non è questo il punto». È di nuovo il tizio dai capelli rossi a parlare. «Non è il fatto che alcuni siano stati tanto scemi da credere che sarebbero stati ripresi per un programma televisivo, ma il fatto che siamo venuti qui sulla base di affermazioni false, e io dico che ci sono gli estremi per intentare una causa, tanto per cominciare».

Oh, cielo, si mette male. Guardo Niall implorando soccorso.

«Signor Bradley, Seamus, per favore stiamo calmi», interviene Niall nella modalità Giovane Avvocato Rampante, piazzandosi davanti alla folla. «Mi spiace che alcuni di voi, a quanto pare, siano vittime di un equivoco riguardo allo scopo del nostro soggiorno a Tara. Posso assicurarvi che nessuno ha mai accennato al coinvolgimento di una società di produzione televisiva nel nostro progetto. E di sicuro non c'è bisogno di parlare di cause legali».

Niall si sistema con fermezza gli occhiali sul naso. «E anche se ce ne fosse», dice in tono ancora più fermo guardando Seamus, che da oggi prende ufficialmente il soprannome di Brontolo, «posso assicurarvi che non avrete motivo di arrivare a tanto, perché la signorina McCall ha già un programma alternativo per voi». E Niall mi lancia uno sguardo ammonitore.

«Che tipo di programma alternativo?», domanda Brontolo aggrottando la fronte. «Voglio dire, se non possiamo allevare animali e coltivare la terra e se non c'è nessuna troupe televisiva, come diavolo impiegheremo il tempo?»

«Già», aggiunge Daniel, l'ex medico generico. «Come ci guadagneremo la pagnotta? Non possiamo mica vivere di aria pura».

«Forse la signorina McCall si aspetta che ci accontentiamo di fare una lunga vacanza qui?», interviene di nuovo Kathleen.

«No, so bene che non siete venuti qui in vacanza. Però immagino che a molta gente piacerebbe passare un po' di tempo qui, staccare per un po', proprio come avete fatto voi».

«Che vuoi dire, Darcy?», mi incalza Orla, un'insegnante. Ha un'aria estremamente contrariata, come del resto tutti quelli che stanno in piedi intorno a me, inclusi Niall, Dermot, Conor, Roxi e Paddy, in attesa della prossima idea assurda che mi uscirà dalla bocca (Eamon ha saggiamente deciso di non partecipare alla riunione). Tutti si stanno chiedendo che cosa dirò adesso.

Prendo fiato e comincio. «Ognuno di voi ricorderà con quanta impazienza ha aspettato di poter staccare la spina e venire a vivere su quest'isola. Pensate a quanta gente si accontenterebbe di fare quest'esperienza anche solo per breve tempo. Non per un anno, come nel vostro caso, ma per una breve vacanza». Lascio che l'idea sedimenti prima di proseguire. «La mia idea è di trasformare Tara in un resort turistico esclusivo», dico con orgoglio, dando voce per la prima volta alla lampadina che mi si è accesa nella mente ieri mattina sulla spiaggia. «Affitteremo piccoli cottage esclusivi sull'isola a turisti che hanno voglia di concedersi una breve pausa, e costruiremo altre strutture per il tempo libero, perciò il lavoro non mancherà a nessuno». Li guardo uno a uno, e loro mi fissano ancora con un misto di sconcerto e diffidenza. «Sono certa che funzionerà, dovrete solo fidarvi di me».

Ecco. L'ho detto.

Li guardo in attesa di una reazione di qualche tipo, ma c'è solo silenzio, mentre l'enormità di quanto ho appena detto prende lentamente forma nella mente di ognuno.

«Basta, finiscila!». Brontolo, non c'è neanche bisogno di dirlo, è stato il primo a ritrovare la voce. «Questa non sa nemmeno di cosa sta parlando. Chi è il capo qui?»

«Sono io, puoi credermi». Comincio a provare una reale avversione nei confronti di Brontolo ora. «Ma qui di *capi* non ce ne sono. Tutti noi ci prendiamo cura dell'isola, insieme».

«Chi sarebbero questi *noi*?»

«Io», dice Niall, facendo un passo avanti. «Io sto con Darcy».

«Avrei dovuto capirlo che c'eri dentro in qualche modo», commenta Seamus alzando gli occhi al cielo. «E che ne pensi di questa idea del resort?».

Niall mi guarda allarmato.

So precisamente cosa sta pensando. *Perché diavolo non me ne hai parlato prima?*

«In linea di principio, credo possa funzionare», replica Niall con mio grande sollievo. «Certamente bisognerà discutere a lungo su come mettere in atto il piano e fare in modo che ognuno sia soddisfatto dell'idea e del suo ruolo nel progetto».

Bella risposta.

Brontolo resta a fissare Niall mentre Roxi arranca verso di me in precario equilibrio sull'ennesimo paio di tacchi alti. Stavolta sono zeppe viola.

«Lo sai che sono dalla tua parte, tesoro», dice prendendomi a braccetto.

«È così dunque?», domanda Seamus. «Tu, Harry Potter e Beyoncé sarete responsabili della nostra sicurezza mentre siamo qui?»

«No, ci sono anch'io», dice Dermot facendo un passo avanti e piazzandosi accanto a noi con le braccia conserte. «La cosa ti crea problemi, Pel di carota?».

Sento Paddy ridacchiare alle mie spalle prima di farsi avanti. «E anch'io», dice piantando con fermezza le sue Doctor Martens nel terreno come ha fatto Dermot. «Non ci vuole un genio per capire che la gente farà la fila per venire in vacanza qui», proclama rivolto agli altri. «Ho lavorato nel settore turistico tutta la vita e Darcy ha ragione, si innamoreranno di questo posto».

Mentre il resto del gruppo inizia a discutere animatamente, mi volto verso la panchina su cui Conor era seduto pochi minuti fa. È ancora lì, perfettamente calmo e a suo agio in mezzo alla baraonda. Si limita ad alzare lo sguardo e a farmi l'occhiolino.

«Ascoltate», dico nel tentativo di riportare la calma. «Non è quello che avevamo immaginato di fare una volta arrivati qui, lo so bene. Almeno non è quello che immaginavo io, ve lo assicuro. Come ho detto prima, c'è ancora molto da discutere e io vorrei davvero che tutti foste coinvolti nelle decisioni che prenderemo. Ma se proprio non volete saperne, allora venite da me domani mattina e Niall e io ci occuperemo di farvi tornare a casa nel più breve tempo possibile. Ogni spesa sarà ovviamente a carico nostro. Per adesso ringrazio tutti per l'attenzione».

Faccio un altro gran respiro e salto giù dalla panchina su cui sono stata in piedi negli ultimi minuti, con le gambe che quasi mi cedono.

«Perché non me ne hai parlato prima?», mi sibila in un orecchio Niall mentre una falange compatta avanza nella nostra direzione.

«Ci ho provato. Non c'è stato tempo», ribatto in un sussurro. «Mi dispiace, Niall. È un'idea assurda?»

«No», risponde sorridendo. «In effetti potrebbe essere remunerativa. Vorrei solo che me avessi parlato prima, tutto qua».

«Certo che poteva anche dircelo in anticipo», borbotta Dermot mentre si fa da parte per schivare la marea umana che sta per calarci addosso.

«Era per tenerti un po' sulle spine, Dermot», gli grido dietro. «Non vorrei che ti annoiassi».

Diciassette

«Quanto manca?», domanda Roxi affannata, arrancando dietro Woody, Louis e me che stamattina abbiamo deciso di avventurarci in territori sconosciuti alla volta del cottage di Eamon, dall'altra parte dell'isola.

Eamon è l'unico a non sapere ancora nulla del mio progetto, e trovo ingiusto tenerlo all'oscuro troppo a lungo. Non sono affatto impaziente di sostenere questa conversazione, perché non so mai con certezza quali potranno essere le reazioni di Eamon a qualunque cosa, figurarsi come può reagire alla notizia di una grossa novità come questa.

Così, quando Roxi si è offerta di venire con noi, ho accolto l'idea con entusiasmo, anche se questo ha significato doverla trascinare giù dal letto in modo da essere sicura di beccare Eamon nell'ora in cui è di buon umore. Eamon è un tipo decisamente mattiniero, così ci siamo avviate verso casa sua a un orario in cui Roxi, di solito, non è tecnicamente in vita.

Io e i cuccioli ci fermiamo un istante per permetterle di raggiungerci. Lei arranca ansimante sul lungo sentiero che porta all'altra parte dell'isola; non sembra lei con quel maglione rosso, i jeans chiari e gli stivaloni di gomma argento tempestati di cuoricini rossi e rosa.

«Forza», la chiamo da diversi metri di distanza, «non può mancare molto, e non abbiamo fatto poi tanta strada».

«Lo sapevo che non dovevo mettermi questi affari», dice Roxi raggiungendoci. «I piedi mi fanno un male cane. Quanto vorrei un bel paio di scarpe con tacco dodici. Chi ha inventato gli stivali di gomma alla Wellington merita la fucilazione».

«Li ha inventati il duca di Wellington, in effetti. Anche

se…». Mi proteggo gli occhi dalla vista degli stivali, fingendo che mi stiano abbagliando nella luce del primo mattino. «… Dubito immaginasse che un giorno avrebbero avuto l'aspetto di quelli che hai ai piedi tu».

«E allora le ballerine chi le ha inventate?», ribatte Roxi, trascinando goffamente i piedi. «Isadora Duncan?»

«Davvero carina, Roxi, sono molto colpita. Ma allora perché ti sei messa quegli stivali? Non potevi metterti un paio di scarpe da ginnastica o qualcosa di un po' meno pesante per andare da Eamon?»

«Quando mai mi hai visto con addosso delle scarpe da ginnastica, Darce?».

Ci penso un attimo. «Forse in quel periodo in cui ti sei messa a fare boxe. Avrai usato delle scarpe da ginnastica, immagino».

«Ci sono andata solo perché l'istruttore era figo; le scarpe le ho vendute su eBay quando ha lasciato il corso, dopo tre lezioni. Darcy, i miei piedi soffrono nelle scarpe basse! Se si ritrovano troppo vicini al suolo cominciano a supplicarmi perché li metta su un bel paio di tacchi alti!».

«Va bene, va bene», alzo le mani in segno di resa. «Temo che dovrai sopportarle ancora, visto che siamo solo a metà della collina. Dai, rimettiamoci in marcia».

Roxi sbadiglia mentre riprendiamo il cammino, un po' più lentamente stavolta.

«Non ti sei preoccupata troppo di far venire dei bei ragazzi sull'isola».

Mi volto e la guardo, piccata. «Ammesso e non concesso che io voglia ripopolare quest'isola solo perché tu possa trovare l'Uomo dei Tuoi Sogni, non è che la scelta fosse poi così vasta. Oltretutto stamattina se ne è andata un bel po' di gente, nel caso non te ne fossi accorta».

«In quanti sono partiti, alla fine?»

«Dodici. E poteva andare peggio, se pensi che molti di loro credevano che si trattasse di un programma televisivo».

«Che roba! La gente di questi tempi è pronta a tutto pur

di avere cinque minuti di celebrità!». Roxi scuote la chioma corvina che le ricade sulle spalle.

«E quante ore di fila abbiamo fatto noi per partecipare alle audizioni di *X-Factor*?»

«Ma era diverso!». Roxi si porta le mani al petto con aria teatrale. «Io ho un vero talento nascosto per il canto».

«*Tu* ce l'hai, forse, ma io no. E ho dovuto fare lo stesso la fila insieme a te per tutto il giorno».

«Però abbiamo visto Dermot O'Leary, ne è valsa la pena».

«Ti correggo, Roxi: abbiamo visto la nuca di Dermot O'Leary. E no, non ne è valsa la pena».

Roxi scuote il capo. «Sei sempre così negativa, Darcy. Oh, a proposito della gente che vivrà qui con noi, perché sono quasi tutti già accoppiati? Che ci guadagno io?»

«Non sono tutti accoppiati. O sì?».

Roxi si ferma, solleva la mano di fronte a sé per argomentare la propria affermazione e si mette a contare con le dita dalle unghie dipinte di rosso e decorate con tante piccole stelline d'argento. «Abbiamo i due fornai di Dublino, Aiden e Kathleen. Poi ci sono il dottore e l'insegnante, Daniel e Orla, che sono sposati. E poi c'è quel tale sempre arrabbiato, quello coi capelli rossi...».

«Seamus».

«Ecco, lui». Roxi fa una smorfia e scuote la testa. «E poi naturalmente c'è la nostra santarellina, Caitlin, e abbiamo già parlato di quali sono le sue mire in materia di uomini». Mi lancia uno sguardo eloquente da sopra la punta delle dita.

«Poi c'è Ryan: lui non sarebbe da buttar via, se non fosse già appaiato con Siobhan».

«Ma quei due non stanno insieme».

«Adesso sì! A quanto pare si sono conosciuti in occasione dei colloqui, e da allora escono insieme. Così quando sono stati selezionati entrambi per venire qui erano al settimo cielo!». Roxi si mette le mani sui fianchi. «Te lo dico io, Darce, quest'isola è una specie di calamita dell'amore. Me ne sono accorta nel momento stesso in cui ci ho posato sopra i miei tacchi di camoscio rosa. Non mentono mai nelle questioni di cuore».

Scuoto la testa. «Sono certa che con me non funzionerà. Ho chiuso con gli uomini, dopo le ultime volte: finisce sempre con un cuore spezzato, di solito il mio».

«Io non ne sarei così sicura. Ho la sensazione che Tara agisca in modi misteriosi, proprio come faccio io».

«Che vuoi dire?»

«Ti sei vista molto con mister Superfigo da quando siamo arrivate qui?»

«Stai parlando di Conor?»

«Aha!». Roxi mi agita un dito davanti alla faccia. «Lo sapevo. Ti piace!».

La faccia mi diventa dello stesso colore del top di Roxi. «Può essere».

«E quali sono state le tue mosse finora?», mi chiede.

«Non molte».

«E perché mai? Oh, Darcy, quando imparerai? Con gli uomini devi fare tutto tu. Se li abbandoni a loro stessi sono dei perfetti incapaci».

«E se non avessi bisogno di affannarmi tanto?», rispondo. «Se Conor stesse facendo tutto il lavoro per me?»

«Davvero? È così?», dice Roxi incrociando le braccia e guardandomi ammirata. «In tal caso ti ho insegnato bene».

Quando finalmente arriviamo a casa di Eamon, vediamo che è uguale a tutte le altre abitazioni di Tara. Man mano che ci avviciniamo, però, noto che a differenza del mio e degli altri cottage, che sono stati imbiancati di recente, quello di Eamon ha risentito del tempo bizzoso dell'isola. Ci sono grosse porzioni di pittura scrostata sulle pareti esterne, ed è evidente che la porta d'ingresso non vede un pennello da anni. Eppure, avvicinandoci, sentiamo che l'atmosfera è calda e accogliente. Oltre alla cisterna per la raccolta dell'acqua piovana di cui sono provviste tutte le case di Tara, appena fuori dal cottage di Eamon c'è anche un filo per stendere la biancheria e, poco più lontano dall'ingresso, una casetta per gli uccelli fatta a mano cosparsa di avanzi di cucina e completa di ciotolina per l'acqua.

Arrivata di fronte alla piccola porta di legno, faccio un gran respiro e busso subito con decisione, temendo che all'improvviso mi manchi il coraggio e possa cambiare idea. Avere con me Roxi è una buona cosa, ma sono io che dovrò spiegare il mio progetto a Eamon.

Sentiamo quasi subito un rumore di passi strascicati all'interno, ma stranamente la porta non si apre; invece si apre all'improvviso uno spiraglio nella finestra alla nostra sinistra, da cui spunta la testa di Eamon.

«Che ci fate quassù?», ci chiede, non particolarmente lieto della nostra presenza.

«Siamo venute per parlarti di una cosa». Faccio un passo indietro cercando di vederlo un po' meglio.

«Che cosa?»

«Forse è più semplice se ci fai entrare», dico sperando che venga ad aprirci la porta. «In effetti ci vorrà un po' di tempo».

Eamon sospira. «Esco», dice chiudendo la finestra. Tira subito anche le tende.

Lancio uno sguardo preoccupato a Roxi; lei si limita a un'alzata di spalle.

Dopo un minuto, la porta d'ingresso si apre di qualche centimetro, il necessario perché Eamon possa infilarsi nello spiraglio per uscire. E mentre comincio a domandarmi cosa mai nasconde Eamon in casa sua, lui chiude di scatto la porta alle sue spalle. «Allora, cosa c'è stamattina di così urgente da farti fare il giro dell'isola per arrivare fin qua?».

Non è il tipo di accoglienza che mi aspettavo, soprattutto perché ho portato con me Roxi. Eamon è stato così amichevole l'altra sera.

Mentre Roxi fa riposare i piedi appena fuori dal cottage di Eamon, io e lui passeggiamo fianco a fianco lungo il sentiero che costeggia la scogliera, e io gli propino il discorsetto che ho provato e riprovato per un'intera giornata, su che grande occasione sarà per Tara e sul fatto che non si tratterà affatto di una trappola per turisti o altri orrori del genere. Più ci allontaniamo dalla casa, più Eamon sembra rilassarsi.

«Quanta gente è rimasta alla fine?», mi domanda dopo che gli ho raccontato gli eventi di ieri.

Faccio un rapido calcolo a mente. «Otto persone. Ma se contiamo anche noi che eravamo già sull'isola, siamo quattordici in tutto».

«E quattordici persone basteranno a gestire i turisti che vorresti far venire qui?», chiede Eamon sollevando con aria scettica un sopracciglio bianco.

Aspetta un momento... quattordici! A me ne servono quindici!

«Oh, ma ci sei anche tu, Eamon!». Tiro un sospiro di sollievo. «Siamo quindici in totale».

«E come farete passare il tempo alle persone che verranno qui?». Si ferma un attimo a riposare, piantando il bastone nel terreno. «A me basta fermarmi a godermi il panorama, ma al giorno d'oggi la gente non si accontenta di così poco».

«Conor ha suggerito di proporre attività come pesca, escursioni, giri in barca. L'idea è farne una meta per amanti della natura. Ristruttureremo altri cottage. Dermot ha già detto che potrebbe occuparsene, con un po' di aiuto».

Eamon annuisce. «Eh, sì. Gran lavoratore quel Dermot. E ostinato, anche. Una volta che si è messo in testa una cosa, meglio lasciarlo fare».

«Sì, su questo probabilmente hai ragione».

«Allora, come ti è venuta quest'idea dell'isola delle vacanze?».

Gli racconto l'episodio di ieri, sulla spiaggia.

«... e poi mi sono ritrovata in mezzo ai piedi un secchiello e una paletta di plastica. Ho pensato che fosse un segno, Eamon, una specie di indizio per arrivare all'idea giusta per l'isola».

«Che cosa te lo ha fatto credere?»

«Be', a meno che tu non vada di tanto in tanto a costruire castelli di sabbia, sono abbastanza sicura che nessuno abbia mai giocato con secchiello e paletta su queste spiagge, o sbaglio?».

Eamon scuote il capo. «No. Su questo hai ragione; dubito che qualcuno abbia mai fatto castelli di sabbia su queste spiagge. Ma sulle spiagge della terraferma sì. Quei giocattoli potrebbero aver galleggiato nel mare per anni prima di approdare qui». Eamon si volta a guardare il mare.

«Oh, sì. Immagino possa essere andata così, non ci avevo pensato».

Non è la reazione che mi aspettavo da Eamon. Credevo che, da appassionato di leggende e miti celtici, avrebbe apprezzato quello che io consideravo come una specie di arcano segno premonitore. Però forse ha ragione lui: che sia stata solo una coincidenza? Sono sul punto di chiederglielo, quando vedo dove si è posato il suo sguardo. Laggiù, in mezzo alle onde, si vede il profilo curvo e inconfondibile delle pinne di un delfino, che entrano ed escono dall'acqua.

«Eccoli di nuovo», esclamo, fissando l'acqua insieme a Eamon.

«Sono proprio loro».

«Ma significa che sono preoccupati o qualcosa del genere, hai detto così, no?»

«Ho detto che hanno presentito un cambiamento imminente, e a quanto pare hanno ragione». Eamon si volta a guardarmi. «Quanti ne hai visti l'altro giorno, Darcy?»

«Due».

Entrambi ci voltiamo verso il mare, e adesso si vedono distintamente le schiene di almeno quattro delfini che entrano ed escono dall'acqua.

Eamon si volta in silenzio verso di me.

«Oh, Eamon, andiamo, non vorrai farmi credere che un secchiello e una paletta spuntati dal nulla non significano niente e un branco sempre più numeroso di delfini invece sì! Come funziona? O significano qualcosa entrambi oppure nessuno dei due!».

Eamon sospira. Poi sorride, gli occhi azzurri puntati nei miei. «Mi ricordi così tanto tua zia Molly, certe volte».

Lo guardo anch'io negli occhi e di nuovo qualcosa si smuove nella mia memoria. Un lampo, qualcosa di familiare.

«Ma hai ragione, così come spesso aveva ragione lei», aggiunge Eamon sollevando il bastone da terra. «Non è corretto da parte mia confonderti con le mie storie e poi, la volta dopo, cercare una spiegazione razionale a quello che accade. Ma ti sorprenderesti di quanta roba arriva qui sull'isola portata dalla corrente. Certe cose le ho conservate».

«Tipo?»

«Oh, cianfrusaglie. Non si tratta di quello», risponde criptico.

«Posso vederle?»

«Un'altra volta, magari». Alza gli occhi verso il cielo. «Adesso è meglio se vai a prendere la tua amica e riporti a casa quei cani prima che inizi a piovere, non credi?».

Do un'occhiata alle nuvole. Si stanno scurendo.

«Allora, per quanto riguarda la mia idea del resort turistico, Eamon», farfuglio mentre raccolgo da terra Louis e Woody pronta a raggiungere Roxi, «tu hai qualcosa in contrario? Dimmelo pure».

«E perché mai dovrei avere qualcosa in contrario?», borbotta voltandosi lentamente verso casa sua.

«No, be', io credevo…».

«Meglio non pensare niente sulle persone, finché non si è sicuri», sentenzia Eamon senza voltarsi mentre procede lungo il sentiero. Agita in aria il bastone in segno di saluto.

«Su quest'isola?», dico rivolta a nessuno che non sia Louis, Woody o un gabbiano di passaggio che ci osserva posato su una roccia vicina. «Cerco di non pensare troppo a niente, se no potrei diventare matta!».

Diciotto

Non siamo ancora al villaggio quando il cielo si apre e comincia a piovere. Roxi, io e i cuccioli abbiamo l'aria di aver raggiunto casa di Eamon a nuoto, mentre cerchiamo di ritrovare la strada verso i rispettivi cottage in mezzo alla nebbia e al buio.

Pare che anche gli altri si siano saggiamente rifugiati al coperto. Non vediamo anima viva mentre percorriamo di corsa quella che da poco ha preso il nome di O'Connell Street (si è trattato di un farsesco battesimo dell'area davanti ai cottage, dove Dermot ha costruito le panchine e il barbecue, con il nome del famoso corso di Dublino che poi è anche il cognome di Dermot, e la cosa ha già preso piede), ma c'è chi ci saluta al di là dei vetri delle finestre quando passiamo davanti alle case, e quel piccolo gesto ci accoglie come un caldo benvenuto in questa grigia mattina.

«Forza, ragazzi», incito i cuccioli subito dopo aver lasciato Roxi all'ingresso di casa sua e dirigendomi verso la mia. «Bisogna asciugarvi al più presto, e anche a me serve urgentemente una doccia calda».

Finora non ho avuto molta fortuna con il sistema di riscaldamento dell'acqua. Mi rendo conto che possiamo dirci fortunati ad avere le docce: avremmo potuto arrivare a Tara e trovare solo vasche di stagno o qualcosa di ugualmente scomodo. Ma non so come, Dermot è riuscito a sistemare un box doccia in ogni casa – mi pare avesse a che fare con i generatori, le caldaie e un certo elemento capace di produrre calore. Mi ha spiegato tutto con dovizia di dettagli. Ma è proprio questo il problema con le spiegazioni di Dermot: sebbene siano molto rigorose, certe volte sono un po' troppo lunghe, e uno tende a distrarsi sul più bello.

Ecco perché i miei tentativi di far funzionare la doccia non hanno avuto grande successo finora. Diciamo pure che ci ho rinunciato, dopo aver cercato, a più riprese e invano, di far scorrere l'acqua a una temperatura abbastanza alta e abbastanza a lungo da infilarmi sotto il getto. Mi sono lavata nel lavello con la poca acqua calda che sono riuscita a far uscire e per i capelli mi sono accontentata di un getto intermittente freddo e tiepido. Ma oggi è diverso: sono bagnata fradicia e sto gelando, ho bisogno di una doccia calda per riprendermi.

Così, una volta asciugati i cani e dato loro da mangiare, vado in camera da letto a prendere l'occorrente per la doccia. Quando abbiamo fatto la spartizione dei mobili dell'hotel, ho tenuto per me quelli della stanza a tema celtico. Non so se si può dire altrettanto delle altre stanze di Tara, con tutte quelle pecore e quelle pinte di Guinness stampate sulle trapunte, ma la mia è piuttosto carina adesso che il piccolo cottage è sistemato a dovere. Quando passo davanti al *claddagh* inciso sulla testiera del letto, qualcosa mi impone di fermarmi a guardarlo. Come tante cose qui a Tara, continua a ricordarmi la zia Molly. Come ho raccontato a Conor quando eravamo all'hotel, ricordo che indossava sempre il suo anello con il *claddagh*. Mi sforzo di nuovo, stringendo gli occhi, di ricordare su quale mano lo portasse. Ma non ci riesco; so solo che non se lo toglieva mai.

Mi domando che fine abbia fatto. Vorrebbe dire così tanto per me avere un ricordo di Molly. Niall mi ha consegnato un piccolo cofanetto di legno pieno di cose a cui ho dato una rapida occhiata: Molly non era tipo da gioielli, e i pochi che possedeva erano di scarso valore. Di sicuro non c'era l'anello, altrimenti lo avrei visto. Prendo nota mentalmente di chiederlo a Niall, prima o poi.

Entro nel piccolo bagno e apro il rubinetto della doccia. L'acqua è fredda, come al solito. È sempre così: quando la apri è fredda, poi esce calda per un minuto e proprio sul più bello torna fredda come il ghiaccio.

«Ti prego», gemo mentre mi tolgo in fretta i vestiti freddi e bagnati e mi avvolgo in un asciugamano. «Ti prego, per questa volta non potresti restare calda in modo che io riesca a fare una doccia bollente? Ho freddo; non voglio prendermi una polmonite».

Mentre me ne sto lì a rabbrividire, mi domando chi mai debba sentirmi nel bagno vuoto. Che ci sia un folletto idraulico appollaiato sul davanzale della finestra, pronto ad accorrere in mio aiuto? Considerato dove mi trovo, non mi stupirei!

Infilo una mano trepidante sotto il getto d'acqua e mi accorgo con stupore che è calda, ma non solo: sembra diventare sempre più calda ogni secondo che passa. Mi guardo intorno sospettosa. «Gran bel lavoro, signor folletto!». Sorrido e faccio per togliermi l'asciugamano.

Sento un gran fracasso provenire dalla cucina.

«Cosa? No, non adesso!», gemo guardando l'acqua che esce fumante dal bulbo e scorre via scomparendo nello scarico. «Woody, Louis, sarà meglio per voi che sia tutto in ordine!», grido chiudendo la tenda della doccia e precipitandomi in cucina.

Woody è riuscito non si sa come ad arrampicarsi sullo sgocciolatoio del lavello e ora ringhia contro un grosso gabbiano che sosta placido sul davanzale esterno della finestra, mentre Louis lo provoca temerariamente da terra, circondato dai resti di un piatto rotto.

«Che state facendo voi due?». Prendo subito in braccio Woody e lo metto sul pavimento. «Woody, questo non si fa», gli dico col tono di voce più serio che mi riesca, mentre raccolgo rapidamente i pezzi di porcellana. «A cuccia, ora!». Indico le loro cucce. «Di voi mi occuperò più tardi».

Torno di corsa alla doccia, pregando che l'acqua sia ancora calda, e con mio grande stupore lo è. Quando mi infilo sotto il getto fumante e l'acqua comincia a colarmi lungo il corpo, la sensazione che provo è di sollievo ma ha al tempo stesso un che di travolgente, e proprio allora mi rendo conto che questa è la prima volta, da quando mi trovo qui, che faccio qualcosa di familiare, qualcosa che facevo anche quando abitavo a Londra.

Mentre mi cospargo i capelli di shampoo, decido che deve trattarsi di una forma di nostalgia di casa e che sono state le sensazioni familiari legate alla doccia, come il profumo dei prodotti che uso sempre per lavarmi, a evocare quell'emozione. Sciacquo lo shampoo, applico il balsamo e lo distribuisco con il pettine, poi resto in piedi sotto il getto lasciando che il prodotto agisca e godendomi per qualche altro minuto il conforto dell'acqua calda in quel minuscolo cubicolo.

«Aaargh!», grido a un certo punto, perché l'acqua ha cambiato idea all'improvviso e mi ha mollato un sonoro schiaffo in faccia scendendo di molti di gradi e poi continuando a scorrere a una temperatura che solo un orso polare potrebbe gradire.

Apro la tendina, esco dalla doccia più in fretta che posso e resto per alcuni secondi a sgocciolare sul pavimento nella speranza che torni calda, come fa di solito. Ma tutte le volte che infilo la mano sotto l'acqua, la trovo gelida.

«No!», gemo dopo che è passato qualche minuto e l'acqua è ancora fredda come il ghiaccio. «Devo solo sciacquarmi il balsamo. Ne basta poca, ti prego!».

Ma dato che l'acqua calda sembra ormai un lontano ricordo, devo concludere che il mio folletto se ne è tornato a casa.

«Aah!», grido furibonda, saltando su e giù come un guerriero Maori che esegue la tipica danza Haka. «Accidenti!».

Qualcuno bussa insistentemente alla porta e sento i cani abbaiare.

«Bene!», dico alzando gli occhi verso il soffitto. «Che altro c'è?».

Mi avvolgo in un asciugamano e vado ad aprire.

«Che c'è?», chiedo bruscamente senza aprire la porta. «Sto cercando di fare una doccia!».

«Davvero?», replica la voce di Dermot dall'altra parte. «Credevo ti stessero facendo a pezzi».

«Be', è più o meno così che mi sono sentita quando quell'acqua del cavolo è diventata fredda», dico imbronciata, sistemandomi l'asciugamano intorno al corpo. «Credo che la caldaia qui non funzioni a dovere, Dermot. Oggi per la prima volta sono riuscita a farla funzionare, ma anche in questo caso non molto a lungo».

«Quanto tempo sei rimasta sotto la doccia?»

«Non lo so... una decina di minuti, più o meno».

«Sicura di non esserci rimasta di più?»

«No», dichiaro sforzandomi di sembrare convincente. Ma adesso, ripensandoci meglio, mi pare di esserci effettivamente restata di più...

«Senti, non c'è molto che io possa fare stando qui, sotto la pioggia. Mi fai entrare? Probabilmente sono più bagnato di te ora».

«Ma non sono vestita!». Lancio un'occhiata al mio riflesso nella specchiera intarsiata in stile celtico appesa in corridoio: uno dei pezzi della camera da letto appartenuta a Mary.

«Mi sembra il minimo, se sei appena uscita dalla doccia. La vuoi o no l'acqua calda, Darcy?».

Chiudo gli occhi per un attimo e sospiro. Poi faccio scattare il chiavistello e apro la porta. Dermot entra in casa chinando la testa per poter passare sotto il montante della porta. Mentre si toglie il cappuccio dell'impermeabile, sorride compiaciuto alla vista della pozza d'acqua che si è formata intorno ai miei piedi sul pavimento del corridoio.

«Non dire niente», gli intimo. «Sistemami la doccia e basta, per favore».

«La doccia, oppure la vasca personale che ti sei fatta qui per terra?», replica sogghignando.

Gli rivolgo una smorfia mentre è di spalle, diretto verso la cucina, e lo seguo stringendomi meglio nell'asciugamano.

La caldaia si trova in una piccola credenza sul retro della cucina. Dermot ci infila la testa dentro, e ne riemerge subito.

«Quanto hai detto di essere rimasta sotto la doccia?», mi domanda guardandomi sospettoso da capo a piedi.

Come vorrei essere un po' più vestita. L'asciugamano, pur essendo un telo da bagno, mi fa sentire vulnerabile sotto lo sguardo intenso di Dermot e non mi sento in grado di difendermi come vorrei.

«Dieci... forse quindici minuti».

«Hai fatto scorrere molta acqua prima di entrare nella doccia?», mi chiede con l'aria di un investigatore che interroga un sospettato.

«No», dico con fierezza. «Lo so che non dobbiamo sprecare l'acqua. È una delle regole fondamentali dell'isola». Enfatizzo le parole *regole fondamentali* nello stesso modo in cui le ha sottolineate lui quando ha spiegato a ognuno come gestire le abitazioni. «Non sprecherei mai...».

Mi interrompo di colpo.

«Cosa?», mi incalza Dermot.

«Sono andata un attimo in cucina prima di infilarmi sotto la doccia».

Dermot solleva un sopracciglio.

«Non è stata colpa mia, i cuccioli stavano combinando un guaio e ho dovuto intervenire».

«E hai lasciato l'acqua aperta?»

«Era calda. Non era mai uscita così calda finora. Mi serviva una doccia calda, Dermot, ero mezza congelata e bagnata fradicia».

«Ecco spiegato tutto, allora».

«Di che parli?»

«Ecco spiegato perché non hai più acqua calda. L'hai consumata tutta. Il serbatoio è vuoto».

Lo guardo senza capire.

Lui sospira. «Queste caldaie possono garantire un flusso continuo di acqua calda per quindici, massimo venti minuti. Standо a quanto mi dici, tu hai tenuto l'acqua aperta molto più a lungo».

Guardo la credenza, poi di nuovo Dermot.

«Vuoi dire che la mia acqua è lì dentro?», gli chiedo sentendomi una stupida.

«La tua acqua calda è qui dentro mentre si scalda, sì. Credevo di avertelo spiegato l'altro giorno».

È probabile che tu l'abbia fatto…

«A Londra però avevo l'acqua calda sempre. Non c'era un serbatoio, ne sono certa». Ci rifletto su un momento. Che ci fosse un serbatoio nascosto da qualche parte a mia insaputa? No, l'appartamento era tanto piccolo da consentirci a malapena di sistemare tutti i nostri vestiti. Non può essermi sfuggita una cosa del genere. O sì?

«Probabilmente avevi una caldaia combinata», dice Dermot in tono pragmatico. «Di quelle che scaldano l'acqua sempre, continuamente. Non ci sono serbatoi come negli impianti che abbiamo qui».

«Oh», dico piano. «Ho capito». Poi mi viene in mente un'altra cosa. «E quanto ci vorrà per avere altra acqua calda?»

«Venti minuti, mezz'ora, se l'hai svuotato completamente».

«Che cosa?!». Sto ricominciando ad avere freddo: il calore della doccia si sta ritirando dal mio corpo con la stessa rapidità con cui l'acqua calda è stata risucchiata nel buco dello scarico.

«Ecco cosa succede quando non stai a sentire quello che ti si dice». Dermot scrolla le spalle, si china e si mette ad accarezzare le orecchie di Louis, che subito si stende a pancia in su per farsi fare il solletico.

In piedi in cucina, avvolta nell'asciugamano e con il balsamo che mi si asciuga in testa, sono infreddolita, arrabbiata e imbarazzata.

Dermot si gira e mi guarda. «Puoi venire a casa mia e finire di fare la doccia lì se vuoi», dice alzandosi in piedi.

Lo guardo con sospetto, incerta su come interpretare la sua offerta. «E come ci arrivo? Sono già bagnata fradicia».

Dermot scrolla di nuovo le spalle: «Ti asciughi? Ti metti addosso qualcosa?».

Ci penso un po' su. È molto improbabile che a Roxi sia rimasta dell'acqua calda, sicuramente l'ha usata tutta facendo la doccia.

«Potrebbe essere una soluzione, credo…».

«*Ti ringrazio, Dermot. Che splendida idea*», ironizza Dermot facendo una smorfia. «*E che magnifico gesto di generosità offrirmi la tua preziosa acqua calda dopo che io ho sprecato la mia in modo tanto stupido e incosciente*».

«Va bene, adesso non esagerare». Gli sorrido pateticamente. «Sì, allora ti ringrazio, Dermot, vorrei usare la tua doccia se me lo permetti. Per favore, Dermot».

«Te lo permetto, Darcy. Vestiti adesso, per l'amor del cielo, prima di fare altri guai. Fra un po' i cuccioli penseranno che tocchi a loro addestrare te!».

A casa di Dermot l'acqua scorre che è una bellezza, riesco a lavarmi piacevolmente un altro po' e a sciacquarmi i capelli ormai morbidissimi sotto un getto costante di acqua ben calda.

Quando ho finito, mi asciugo e mi rivesto. Ma prima di andarmene non resisto alla tentazione di curiosare un po' nel bagno di Dermot. Non c'è molto da vedere. È evidente che Dermot non è il tipo d'uomo che spende in creme dopobarba e lozioni detergenti. Ci sono uno spazzolino da denti e del dentifricio infilati in un bicchiere, una saponetta in un piattino, una bomboletta di deodorante, un rasoio e della schiuma da barba: una delusione.

Quando esco trovo Dermot intento a preparare la colazione in cucina.

«Va meglio?», si informa.

«Molto meglio, grazie».

«Del tè?», mi chiede porgendomi una tazza.

«Perché no?»

«Latte e zucchero?»

«Solo un cucchiaino, grazie».

Osservo Dermot mentre prepara il tè. Lo fa nel modo in cui fa tutto il resto, con efficienza e senza sprecare tempo.

«Posso prepararti qualcosa per colazione?», mi chiede, aggiungendo qualche fetta di bacon nella padella posata sulla stufa in cui già friggono diverse salsicce.

Scuoto il capo. «No, grazie. Veramente non faccio mai colazione».

Dermot solleva le sopracciglia. «Perché no?», mi chiede.

«Non lo so. Non avevo mai tempo quando abitavo a Londra».

«Ma adesso ce l'hai, il tempo. Lascia che ti prepari qualcosa. Hai l'aria di aver bisogno di un buon pasto».

Do una sbirciata al contenuto della padella e faccio una smorfia di disgusto alla vista del grasso che trasuda sfrigolando dalla carne.

«Che succede? Non sei abituata a un bel piatto di carne fritta di prima mattina?», domanda Dermot con un sorrisetto. «Ti farà crescere i peli sul petto».

«Grazie», dico storcendo il viso. «Ma ne faccio volentieri a meno». Mi salta all'occhio il petto di Dermot che si intravede dall'apertura della camicia. «Tu invece ci hai dato dentro negli ultimi anni, a quanto pare».

Dermot fa un sorrisetto. «Andiamo, Darcy, non puoi vivere per tutta la vita di biscotti all'avena. Che ne dici di uova e pane tostato, allora?».

Sono anni che non mangio un uovo fritto. Immagino che un uovo non possa farmi alcun male… «D'accordo. Uno solo, però».

Dermot cosparge di olio una seconda padella più piccola e poi, dopo averla scaldata, ci rompe dentro due uova con un gesto disinvolto.

La pioggia batte sui vetri. «Spero che torni presto il sole», dico tanto per fare un po' di conversazione mentre le uova cuociono.

«Tornerà». China il capo per dare un'occhiata fuori. «Si vede già qualche brandello di cielo azzurro». Prende quattro fette di pane e le sistema sulla piastra.

«Che ne pensi della mia idea?», gli domando, mentre lo

guardo cucinare. «Ti sei schierato dalla mia parte ieri. E ti ringrazio, a proposito». Gli sorrido. «Apprezzo il tuo sostegno».

«Non potevamo certo darla vinta a quel pel di carota, non ti pare?», ribatte ammiccando e smuovendo con una spatola una fettina di bacon. «Allora, come *pensi* di fare per trasformare l'isola in un resort turistico? Ieri sera è stato tutto talmente improvviso».

Decido che tutto sommato è meglio che Dermot non sia al corrente della storia del secchiello e della paletta, tanto più che nemmeno io sono ancora sicura di cosa sia successo su quella spiaggia.

«È solo che dovevo proporre qualcosa in fretta e l'idea mi è venuta così, dal giorno alla notte. Non credi che possa funzionare?».

Dermot ci pensa per un momento, mentre smuove le uova nella padella. «Potrebbe funzionare, se la metti in atto come si deve».

«Vale a dire?»

«Vale a dire che deve essere chiaro a tutti, fin dall'inizio, chi è che comanda. Niente "qui siamo tutti uguali" o fesserie di questo genere. Tu dici chi deve fare cosa e dove va fatta, e loro eseguono, fine della storia».

«Non sono capace!». Già ieri sera è stata una tortura starmene in piedi a parlare di fronte a tutti, figuriamoci se sono in grado di fare il capo. «Abbiamo bisogno che queste persone restino sull'isola con noi. Voglio che siano felici durante il loro soggiorno a Tara; questa è anche la loro casa, non solo il posto dove lavorano».

Dermot sorride e scuote il capo.

«Che c'è di sbagliato in questo?»

«Non puoi fare il capo e contemporaneamente essere amica di tutti, Darcy, non funziona così».

Penso a Jemima, quando lavoravo nella redazione di «Goddess». Non esiste che mi metta a darmi arie e a comandare a destra e a manca, con la gente che trema all'idea di rivolgermi la parola. E se Dermot crede di potermi trasformare in un tipo come Jemima, be', si sbaglia di grosso.

«No, io non sono così con le persone. Funzionerà se tutti avremo il tempo di discutere, ascoltare e giungere a un accordo condiviso su quello che sarà il ruolo di ognuno sull'isola. Tara è una comunità basata sul dare e l'avere, non serve un dittatore tirannico che grida ordini da un castello in cima alla collina».

«Se li lasci fare, si prenderanno tutto», dice Dermot, sorseggiando il tè dalla sua tazza. «Aspetta e vedrai. E non intendevo che devi essere un capo tirannico, Darcy, tutt'altro. D'altra parte, di tiranni che per prepararsi a una battaglia importante si danno lo smalto alle unghie se ne vedono pochi, non credi?».

Mentre sorseggio il tè, organizzo la mia difesa alla stregua di un soldato ferito. «Cosa ti ha reso così cinico riguardo alla vita e agli esseri umani?»

«Non sono cinico; sono solo realistico riguardo alle persone e al probabile modo in cui si comporteranno».

«Ma non sono tutti come te».

«No, ma se lo fossero il mondo sarebbe un posto migliore». Sorride al bacon e alle salsicce prima di togliere il tegame dal fuoco e trasferire il contenuto su un piatto.

Scuoto la testa con scetticismo.

«Voglio solo metterti in guardia, Darcy, ecco tutto. Stai attenta, non tutti sono ingenui come te».

«Io non sono ingenua».

«D'accordo, forse *ingenua* non è la parola giusta. Diciamo... innocente, facile da manipolare».

«Io preferisco definirmi un persona dalla mente aperta. Capace di dare agli altri la possibilità di mettersi alla prova. Una capacità che tu non possiedi, si direbbe».

«E come sei arrivata a questa conclusione?», chiede rigirando i toast sulla griglia.

Ci penso per un momento.

«Be', a parte quello che hai detto poco fa sulla possibilità che gli altri possano danneggiarmi, e a parte l'idea che ti sei fatto di me fin dal nostro primo incontro, che mi dici di Conor? Non volevi dargli alcuna possibilità, dopo il colloquio, ricordi?»

«No, è vero. Non volevo». Dermot non sembra intenzionato a difendersi.

«Ecco. È esattamente a questo che mi riferivo».

«A questo cosa? La mia opinione riguardo a Conor non è cambiata. Non mi fido di lui».

«Ma perché? Che cosa ti ha fatto?».

Dermot scrolla le spalle mentre cosparge di sale e pepe le uova ancora sfrigolanti nella padella. Le rigira con cura aiutandosi con la spatola. «Niente», risponde guardandomi. «Ma questo non vuol dire che debba fidarmi di lui. Prova invece quello che dicevo prima riguardo alla tua ingenuità. Gli basta guardarti con i suoi occhioni blu, sfoderare un po' del suo fascino celtico, e tu sei come argilla nelle sue mani».

Il modo in cui Dermot ha appena cotto le uova ha catturato la mia attenzione. Ho visto solo un'altra persona cucinare le uova in quel modo: mia zia. Le preparava spesso per colazione, di solito prima di andare a fare lunghe passeggiate insieme ai cani. Nemmeno lei voleva che uscissi di casa senza aver prima consumato un'abbondante colazione. Mi sforzo di tornare al presente. «Io non sono argilla nelle mani di Conor. Non dire assurdità!».

Dermot si mette a parlare con una vocina acuta: «*Sai, Dermot, volevo proprio fare il percorso costiero. Ai cuccioli piacerà giocare sulla sabbia*... mmh». Si posa un dito sul labbro inferiore e finge di riflettere. «Fammici pensare, chi è che quel giorno, *per puro caso*, ha finito per passare la mattinata a pescare?».

Rivolgo a Dermot uno sguardo freddo. «Io e Conor siamo solo amici. Mi ha insegnato a gettare l'amo. Ma perché devo dare spiegazioni a te, poi...».

«E dov'è il tuo caro amico, adesso che hai bisogno di aiuto perché hai esaurito l'acqua calda?». Con la stessa cautela di prima, Dermot rigira di nuovo le uova e le adagia delicatamente sulle fette di pane che ha appena tolto dalla griglia.

«Conor è andato in paese a prendere delle scorte per il negozio di Caitlin. Immagino sia rimasto bloccato per via del cattivo tempo».

Non si mostra convinto dalla mia giustificazione. «È possibile che non sia ancora tornato», ammette di malavoglia. «Non sono andato al molo per vedere se la barca era ormeggiata».

«E se Conor e io avessimo una relazione, come pensi tu», aggiungo, «ti assicuro che stamattina la doccia l'avrei fatta a casa sua e non certo qui da te».

Dermot mi fissa per un momento, ma è difficile leggere cosa succede dietro quegli occhi neri che scrutano il mio viso. Non sembra arrabbiato, ma nemmeno ferito.

Forse l'ultima frase che ho detto è stata fuori luogo. Sto per chiedergli scusa quando Dermot mi mette in mano un piatto. «La colazione è servita», annuncia passando dietro di me per sedersi a tavola.

Abbasso gli occhi sul piatto e vedo un uovo cotto a puntino e posato su una fetta di pane abbrustolito al punto giusto. «Non mangiarlo tutto in una volta», dice mentre allontana una sedia dal tavolo per prendere posto.

Seguo Dermot al tavolo.

«Ha un aspetto magnifico», azzardo a mo' di scusa per quello che ho detto prima. «Mi è capitato solo una volta di mangiare le uova cucinate in questo modo, con sale e pepe aggiunti durante la cottura...».

Dermot alza lo sguardo dal piatto, incuriosito.

«Le faceva così mia zia Molly», dico sorridendogli. «Sono sicura che queste sono buone come le sue».

Facciamo colazione in relativa armonia, e sto quasi per offrirmi di aiutarlo a rassettare quando qualcuno bussa alla porta.

«Scusa un attimo», dice Dermot, mentre scatta in piedi e va ad aprire.

Riconosco la voce di Caitlin.

«Mi dispiace tanto disturbarti, Dermot», dice. «È solo che il mio cottage deve avere un buco nel tetto, e con tutta questa pioggia ho pensato che forse potevi venire a dare un'occhiata prima che la pozza nella mia cucina si trasformi in un fiume di dimensioni bibliche».

«Un buco nel tetto!», esclama Dermot allarmato. «No, non è possibile. Arrivo subito, Caitlin».

Si precipita in fretta da me, in cucina. «Devo andare», dice. «Caitlin ha…».

«Sì, ho sentito. Va' e risolvi il problema, Dermot. Penso io a mettere a posto prima di andarmene, non preoccuparti».

«Bene», replica lui infilandosi la giacca. «Ci vediamo dopo, allora. Sicura che non ti dispiaccia?»

«No, certo che no. E grazie ancora per la doccia e per la colazione». Ma dubito che mi abbia sentito, vista la foga con cui si è precipitato fuori. Lo seguo in corridoio e faccio un cenno di saluto a Caitlin, che sembra un po' sorpresa mentre viene trascinata fuori da Dermot.

Tornando in cucina, vedo per un secondo il mio riflesso nel vetro di un quadro. Ovvio che Caitlin mi guardasse con stupore: non solo mi ha trovata in casa di Dermot di prima mattina, intenta a fare colazione, ma mi ero dimenticata di avere ancora i capelli bagnati e avvolti in un asciugamano a mo' di turbante. Mi tolgo in fretta l'asciugamano, lo uso per tamponare un po' i capelli e lo ripongo in bagno. Porca miseria, ho dimenticato di portarmi un pettine. Chissà se Dermot ne ha uno in camera da letto…

Mi sento un po' a disagio mentre mi intrufolo in camera sua. Non è che io stia curiosando, ma si tratta del suo spazio privato e non ho idea di quello che potrei trovare. Vedo che è riuscito a tenere per sé la stanza a tema rugby, anche se sono certa di avergli assegnato un altro set di mobili durante la spartizione. Ma conoscendo Dermot, la cosa non dovrebbe sorprendermi. Sembra bravo a ottenere quello che vuole senza fare troppo chiasso. Adesso che sono qui, non ho intenzione di perdere tempo con l'arredamento, voglio solo trovare un pettine o una spazzola o qualcosa da passarmi tra i capelli prima di correre a casa. È già abbastanza grave che Caitlin mi abbia beccata qui dentro in questo stato; ci manca solo che qualcun altro mi veda uscire da casa di Dermot tutta spettinata a quest'ora del mattino. Questione di minuti e saranno tutti in giro, e non voglio che Conor si faccia strane idee.

Vedo un pettine posato sopra un comò, lo prendo e comincio a pettinarmi i capelli. Nel frattempo qualcosa cattura la mia attenzione. È una cornice, e dentro c'è una foto di Dermot seduto su un'altalena accanto a una bambina. Smetto di pettinarmi per un momento per guardare meglio l'immagine. Sì, la somiglianza è innegabile. La bambina, sui cinque anni, è la copia sputata di Dermot.

Diciannove

Guardo dalla finestra il mare che si abbatte con fragore contro la scogliera e mi chiedo come abbia fatto Tara a sopravvivere tanto a lungo sotto la sferza così violenta e costante di Madre Natura.

Se non è il mare che la attacca ai fianchi, sono la pioggia e il vento che la colpiscono dal cielo, e in questo preciso momento capisco esattamente come deve sentirsi: Niall e Dermot stanno discutendo – diciamo pure che stanno per venire alle mani – dei piani, degli orari e degli itinerari da proporre ai turisti, mentre io mi sforzo con scarsi risultati di fare da mediatrice.

«Darcy, glielo dici tu, per favore?», fa Dermot sospirando e incrociando le braccia. Si alza. È da un'ora che siamo seduti intorno al tavolo del mio soggiorno a discutere di questo e di quello. Per la precisione dalla tarda mattinata, quando si è chiusa ufficialmente la prima riunione degli abitanti dell'isola. Gli altri se la sono svignata in fretta, lasciando a noi tre il compito incredibilmente difficile di organizzare tutto e di dare a ognuno ciò che si aspetta. Ho preparato un piccolo spuntino, sebbene io e Dermot abbiamo già fatto colazione stamattina (ma che succede su quest'isola? Hanno sempre tutti una gran fame!), ma nemmeno questo basta a calmare gli animi perché Niall e Dermot non fanno che bisticciare su come vada gestita l'isola. Quasi rimpiango di non aver accettato la proposta di Roxi di una bella ceretta alle gambe.

«È inutile che tu ti rivolga a Darcy. Il responsabile del budget sono io e ti dico che c'è troppo da spendere in apparecchiature». Niall si sistema gli occhiali sul naso e si appoggia allo schienale guardandomi risoluto.

«Che c'è?», esclamo esasperata, guardando prima uno poi l'altro. «Che dovrei fare?»

«Prendi una decisione», dice Dermot senza mezzi termini. «È la tua isola».

«Oh, no. Ci risiamo».

«Sì, ci risiamo. È compito tuo».

«Ha ragione, Darcy», dice Niall con gentilezza. «Se non riusciamo a metterci d'accordo, tocca a te decidere per noi. Del resto, mi pare che tu te la sia cavata piuttosto bene là fuori, durante la riunione».

«Non è andata troppo male, mi pare», ammetto. In effetti sono davvero fiera di me. Quando la cosa ha cominciato a sfuggirmi di mano proprio come aveva pronosticato Dermot, sono stata decisa ma equa. Ho ascoltato le varie opinioni su come impostare la vita sull'isola e le ho annotate su un grande taccuino nero che mi ha prestato Niall. Poi me ne sono tornata a casa con la ferma intenzione di accontentare tutti.

«In effetti stavo per dire la stessa cosa», è l'inatteso commento di Dermot. «Sei stata molto brava quando hanno cominciato a fare casino riguardo a chi deve fare cosa e quando».

Sono ammutolita dallo stupore: Dermot mi ha appena fatto un complimento? Sarebbe la prima volta. Resto a fissarlo.

«Che c'è?», mi domanda. «Sei stata brava davvero. Del resto te l'avevo detto che ti avrebbero creato dei problemi se non avessi usato fermezza. Perciò tecnicamente avevo ragione io».

Adesso lo riconosco.

Gli rivolgo un sorriso d'intesa. Lui mi sorride a sua volta, divertito.

Si sente bussare alla porta. «C'è qualcuno in casa?».

È Conor.

«Siamo qui», dico a voce alta, e con un gesto involontario mi porto una mano sui capelli per controllare che siano in ordine.

Dermot alza gli occhi al cielo.

«Salve, gente!», saluta Conor abbassando la testa per passare attraverso la porta.

Ci sono solo giganti, su quest'isola? mi domando.

«Come va?», si informa guardando a turno tutti e tre. «Siamo pronti a partire?».

Dermot emette una specie di sbuffo e raggiunge a grandi passi uno dei fogli bianchi da lavagna di Niall per esaminare i suoi calcoli.

«Non fare casino con quelli!», strilla Niall e subito lo raggiunge per controllare che Dermot non imbratti inavvertitamente uno dei suoi grafici.

«Le cose non stanno andando benissimo, al momento, no», sussurro prendendo da parte Conor. «Abbiamo dei problemi con il budget».

«E che pensi di fare al riguardo?»

«Non ti ci mettere anche tu…», sospiro.

«Che vuoi dire con "non ti ci mettere anche tu"?», sbotta lui, incrociando le braccia e inclinando il capo. «È semplice, Darcy: l'isola è tua, che cos'hai intenzione di fare?»

«In questo preciso istante?»

«Sì».

«Voglio uscire di qui. Per stamattina ne ho abbastanza di nomi, numeri e grafici».

Conor sorride. «Be', perché non lo hai detto subito?». Si schiarisce la voce. «Darcy», aggiunge in tono severo, «questi poveri cuccioli, quando li hai portati fuori l'ultima volta? Sembrano sul punto di scoppiare».

«No, non è possibile, siamo usciti solo…», capisco all'improvviso dove vuole arrivare Conor. «È passato un bel pezzo, è vero. Meglio portarli a fare una passeggiata».

Ormai anche le giovani orecchie di Woody e Louis hanno imparato a captare al volo la parola *passeggiata*. Subito mi si avvicinano saltellando e scodinzolando eccitati e con le lunghe lingue penzoloni.

«Proprio come pensavo», commenta Conor in tono efficiente. «Darcy e io torniamo fra poco», annuncia. «Dopo aver portato queste due povere creature a fare quello che devono fare sul sacro suolo di Tara».

Dermot guarda i cuccioli e poi me. «A me sembra che stiano benissimo», osserva con un'alzata di spalle, evitando deliberatamente di posare gli occhi su Conor. «Ma è una tua decisione, Darcy». Mi lancia un'occhiata carica di sottintesi.

Conor lo ignora allegramente. «Vado a prendere i guinzagli per i cuccioli, Darcy, nel caso in cui dovessimo avvicinarci alla scogliera».

«Grazie, Conor», rispondo interrompendo lo scambio di sguardi con Dermot.

«E che facciamo con questa roba?», mi chiede Niall indicando con un gesto le carte e i piani sparsi sul tavolo. «Dobbiamo prendere una decisione. Stabilire una volta per tutte cosa fare e cosa no».

Faccio un gran respiro e chiudo gli occhi per un momento.

«Dagli i soldi, Niall», dico in tono risoluto mentre li riapro. «Da' a Dermot quello di cui ha bisogno per ristrutturare i cottage nel più breve tempo possibile».

Non ho bisogno di guardarlo per sapere che Dermot sta sorridendo soddisfatto.

«Per come la vedo io, prima terminiamo i lavori, prima potremo far arrivare gente che pagherà e ci permetterà di recuperare la spesa iniziale».

«Anche questo è vero...», ammette con riluttanza Niall.

«Coraggio, Niall», lo conforta Dermot con l'aria compiaciuta che avevo previsto. «Ammettilo, ha ragione Darcy. Ha un cervello che funziona, quando lo usa. Almeno in alcuni campi...», aggiunge nell'istante in cui Conor ritorna con in mano un guinzaglio blu e rosso.

«Pronta?»

«Sì, devo solo prendere la giacca. Bene, il resto lo lascio a voi due». Cerco di minimizzare il peso della mia fuga, ma il senso di colpa mi si insinua nella coscienza a piccole ondate.

Sfoggio il mio sorriso più suadente. «Farete come sempre un ottimo lavoro, ne sono più che certa».

Niall ricambia il mio sorriso. Dermot no.

«Belle parole, Darcy», dice invece. «Ma resta il fatto che lasci noi a fare il lavoro sporco mentre tu te ne vai a spasso con Palle d'oro, qui».

Conor si limita a sorridere. «Lo prenderò come un complimento, Dermot, dato che Palle d'oro è il soprannome di Beckham, che non è solo uno dei più grandi calciatori d'Inghilterra, ma è anche un gran bell'uomo».

Dermot lascia vagare per qualche secondo lo sguardo su Conor, si acciglia e poi torna a guardare me.

Ma io non intendo dargliela vinta.

«Pensala come vuoi, Dermot. Ma dato che tutti continuate a dire che devo essere io a prendere le decisioni, me ne andrò a riflettere per conto mio mentre porto i miei cani a fare una lunga passeggiata in piacevole compagnia. Forza...», sto per dire «Conor», ma poi intravedo l'opportunità di tirare il colpo vincente nel mio match verbale con Dermot e dico: «... David», mentre mi stringo la cintura dell'impermeabile intorno alla vita. «Andiamo?».

Conor mi segue gongolante verso l'uscita, infilandosi con gesti rapidi il maglione mentre mi incammino sul prato seguita da Woody e Louis.

«Ehi, tu», dice Conor raggiungendomi dopo alcuni secondi. «Che ne dici di rallentare un po'? Avrò anche le gambe più lunghe delle tue ma non ho un motore per andare così veloce!».

Mi fermo sul sentiero interrompendo la mia marcia. «Scusa. È che certe volte mi fa davvero impazzire».

«Chi, Dermot?»

«Sì, Dermot», lancio un'occhiata piena di sconforto alla casa che abbiamo appena lasciato. «Non fanno che dire che sono io la responsabile di tutto e che le decisioni importanti spettano a me e poi, quando alla fine decido, non sono contenti».

«E portare fuori i cani lo chiami una decisione importante?», ribatte Conor alzando perplesso un sopracciglio.

«Immagino di no», sospiro. «Ma sai che cosa intendo».

«Coraggio». Conor si volta a guardarmi mentre avanza sul sentiero con Woody e Louis. «Vediamo se Tara riesce a farti passare i brutti pensieri e a distendere la tua bella fronte», dice sorridendo. «Ti verranno le rughe se continui a fare quella faccia».

«Ehi!», gli grido dietro mentre riprende il cammino dandomi le spalle. «Non mi verrà nessuna ruga. Tanto perché tu lo sappia, uso la stessa crema per il viso di Jennifer Lopez».

«Non è che su di lei stia funzionando molto», grida Conor senza rallentare il passo. «Scommetto che deve mettersi il cerone lo stesso».

Dopo qualche minuto di tira e molla sul sentiero che corre lungo la costa frastagliata di Tara, con Conor che rallenta deliberatamente il passo per poi accelerare di colpo non appena sto per raggiungerlo, il mio accompagnatore si ferma in cima a un pendio ripido e aspetta il mio arrivo.

«Così va meglio», dice sorridendo quando finalmente sono al suo fianco. «È tornato un po' di colore su quelle guance. Eri un po' pallida, prima».

«È per questo che ho dovuto rincorrerti per tutta la strada?», dico ansimando e cercando di riprendere fiato. «Per dare un po' di rosso alle guance? Avrei potuto farlo con molta meno fatica e meno dolore prendendo il mio beauty-case».

«Ma non saresti stata bella come adesso». Conor mi prende per mano e mi attira verso di sé. «Un colore così bello sulla tua pelle bianca e delicata». Sento il suo pollice accarezzarmi con infinita dolcezza la guancia. «E i capelli che si agitano al vento come adesso. Non è uno spettacolo che si veda spesso». Prende una delle ciocche che mi sferzano il viso ogni volta che mi trovo all'aperto e la sistema con cura dietro il mio orecchio. «E poi le tue labbra…», continua mentre io deglutisco sperando che non mi cedano le gambe all'improvviso e sapendo bene che se dovesse accadere non sarebbe a causa della fatica di aver corso su per la collina. «Sono così piene e rosate adesso, con il cuore che ti batte forte. Mi fanno venire voglia di…».

Waf, waf!

Che cosa? A guardarmi gli è venuta voglia di mettersi ad abbaiare come un cane?

Oddio, i cuccioli!

Ci voltiamo entrambi e vediamo Woody pericolosamente vicino al ciglio della scogliera. Ha visto un gabbiano e la cosa non lo rende felice. Che problemi ha con i gabbiani? Gli abbaia contro tenendo una zampa in bilico su una roccia sporgente.

«Woody!», grido. «No! Vieni via di lì!».

Woody si gira un momento a guardarmi, poi rivolge subito il musetto minaccioso verso il gabbiano e ricomincia ad abbaiare. Il pennuto non sembra troppo impressionato dai tentativi del cagnolino di sembrare una bestia feroce; risponde ai suoi attacchi sbattendo semplicemente le ali ed emettendo un sibilo di battaglia. Sto per gridare di nuovo quando Woody decide che tutto sommato io sono il male minore. Arretra inciampando dal punto in cui era in precario equilibrio e raggiunge a saltelli il fratello che gioca sull'erba. Come sempre Louis mantiene un profilo più basso e si dedica a un'occupazione più innocua: annusare escrementi di coniglio freschi.

Tiro un lungo sospiro di sollievo e mi porto le mani al petto, dove il cuore mi batte all'impazzata – non so più se per il piccolo incidente di Woody o per quello che stava per succedere prima.

«Dio santo! Non posso pensare a quello che sarebbe successo se non avesse abbaiato! Devo controllarli meglio quando siamo quassù».

«No», dice Conor, scuotendo la testa mentre io non stacco gli occhi dai cani. «È stata colpa mia. Ti ho distratto».

«Sì, ma piacevolmente».

«Tu credi?»

«Ne sono certa».

Conor sorride. «Allora magari potremmo proseguire la passeggiata. Verso l'interno, magari, lontano da queste pericolose scarpate». Si guarda intorno. «Hai già visitato le rovine?»

«In cima alla collina?», rispondo prendendo timidamente la sua mano tesa. «Una volta sola». È bello stringere di nuovo la mano di Conor. Era stato bello già la prima volta, sulla spiaggia, ma stavolta la sua stretta sembra più ferma.

«Che ne dici di una visita guidata?»

«Solo se sei un vero esperto».

«Oh, sta tranquilla. So il fatto mio», dice Conor dandosi dei colpetti sulla gamba per richiamare i cuccioli. Ci incamminiamo su per il pendio che sale fino alla costruzione in rovina. «E *inoltre* posso dirti diverse cose su quel vecchio rudere». Mi lancia un'occhiata maliziosa e io sorrido della sua faccia tosta. Detta da qualcun altro quella frase mi avrebbe infastidita, ma sulla bocca di Conor non fa che accrescere il suo fascino.

Dopo aver raggiunto mano nella mano la cima della collina, ci fermiamo per qualche minuto a goderci i raggi di sole che finalmente hanno spazzato via il fitto banco di nubi che avvolgeva Tara fino a poco fa. Mentre Woody e Louis esplorano i dintorni annusando l'erba e i cespugli, noi due ci sediamo sul mio impermeabile steso a terra, le schiene poggiate contro una delle pareti friabili, e osserviamo il panorama sotto di noi.

Conor chiude gli occhi e offre il viso al sole.

«Che c'è di meglio?», dice sospirando.

«È bellissimo quassù», concordo, spaziando con lo sguardo sull'orizzonte marino e sulla costa irlandese che si intravede in lontananza.

Conor drizza il capo e apre gli occhi. «No, io intendevo che c'è di meglio che essere qui con una donna bellissima e un sole splendente?».

Scoppio a ridere.

«Che c'è?», chiede lui.

«Di certo non ti manca la parlantina, Conor Fitzgerald. I tuoi genitori ti hanno portato a Blarney a baciare la pietra dell'eloquenza[2], per caso?».

[2] Blarney è una località dell'Irlanda meridionale, nelle vicinanze di Cork. L'omonimo castello ospita tra le altre cose una pietra che – così vuole la leggenda – conferisce il dono dell'eloquenza a chiunque la baci (*n.d.t.*).

Conor si finge stupito. «Signorina McCall, sta forse affermando di essere immune al mio fascino irlandese?»

«Non ho detto questo. È solo che con me non hai bisogno di affannarti tanto, ecco tutto».

«Preferisci un approccio più sottile?». Conor si rimette seduto. «Magari lo stile *ho-costruito-questa-casa-con-le-mie-mani-pelose* del nostro Dermot O'Connell? Veramente non mi pare che Dermot sia un tipo sottile. Per lui abbordare una donna vuol dire agitarle davanti un trapano e trascinarla per i capelli a vedere la sua caverna appena ristrutturata». Fa una smorfia.

Scoppio a ridere e subito mi copro la bocca con la mano. «Oh, smettila! Dermot è bravissimo con gli attrezzi, lo sai bene. Ha già fatto così tanto per quest'isola!».

«Sì, tipo renderti la vita un inferno».

«È solo il suo modo. Non può farci niente». Perché diavolo sto difendendo Dermot?

«Può darsi». Conor ci pensa. «Di certo non fa che provocarti».

«Be', io e Dermot non siamo amici per la pelle, questo è certo». Veramente, a pensarci bene, ho bisticciato più con lui nel poco tempo trascorso da quando ci siamo conosciuti che con chiunque altro in tutta la mia vita.

«Però sono convinta che in lui ci sia più di quello che si vede a prima vista». Ripenso alla fotografia che ho visto a casa sua. Non ne ho fatto parola con nessuno, nemmeno con Roxi. Forse a Conor, in questo momento, potrei dirlo…

«Che c'è?», mi chiede sollevando un sopracciglio.

Decido di mantenere il riserbo. «Sono certa che troveremo il modo di andare d'accordo; io non sono il tipo che cerca lo scontro».

«A te non piace discutere, vero?», mi chiede mentre i suoi occhi azzurri sondano i miei in cerca di risposte.

«Che vuoi dire?»

«Voglio dire che non ti piacciono i conflitti, i problemi. Vorresti che tutti vivessero insieme felici e contenti, e ottenessero ciò che desiderano».

«Può darsi, che c'è di bello nel fatto che la gente litighi? Sarei un tipo davvero strano, se mi piacesse una cosa simile. Voglio solo che le persone siano felici».

Conor socchiude gli occhi soppesando la mia ultima frase. «E che mi dici di te? Di quello che veramente vorresti dalla vita?»

«Non lo so», rispondo con un'alzata di spalle. «Quello che desiderano tutti, immagino. Salute, più soldi, le solite cose».

«Ho notato che non hai messo l'amore nella tua lista».

Ora sono io a fissarlo. Lui e Roxi hanno parlato della mia vita amorosa? «È vero, non l'ho messo», replico evitando di fornirgli ulteriori dettagli sui miei fallimenti in campo sentimentale.

Sorride. «Accidenti, sei profonda come quel mare laggiù, e anche altrettanto misteriosa, sai? Scommetto che più di un uomo è naufragato nelle tue acque insidiose».

Mi sforzo di distogliere lo sguardo da Conor. Non so cosa ci sia in quegli occhi, ma hanno qualcosa di ipnotico. Se la conversazione prosegue su questa china, Dio solo sa quello che riuscirà a farmi dire.

«Comunque», dico, ansiosa di allontanare la conversazione dalla mia vita amorosa, o meglio dal fatto che da un bel po' di tempo non ne ho una, «come siamo finiti a parlare di questo? Potresti sfoderare un altro po' della tua eloquenza e vedere se stavolta funziona».

«Non è escluso che lo faccia», fa Conor tornando a poggiare la schiena contro il muro e incrociando le gambe. «Aspetta e vedrai, miss Darcy». Riflette per qualche istante «Sai quello che dicevamo prima a proposito della pietra di Blarney? È solo una vecchia storiella rispolverata per i turisti, eppure riescono a trarne profitti sufficienti per gestire il castello di Blarney. Forse dovresti provare a fare una cosa del genere qui sull'isola».

«Che cosa intendi?»

«Non lo so. Ma forse l'isola e qualche casa non bastano ad attrarre gente. Forse c'è bisogno di *qualcosa*».

«Qualcosa?»

«Un tema, qualcosa che attragga l'attenzione della gente». Conor chiude gli occhi e si rilassa al sole. «Vale la pena pensarci».

«Ma io non voglio ridurre Tara a una trovata commerciale». Lo guardo, lì steso in pieno sole. «È così incontaminata».

«No, non intendevo dire che devi farne un parco a tema». Conor solleva le mani per proteggersi gli occhi dalla luce intensa. «Per *tema* intendevo una caratteristica unica, un segno distintivo».

«Tipo cosa? Siamo in mezzo all'oceano Atantico, non è esattamente Las Vegas».

«Grazie a Dio no. Quella è roba che non ti lascia niente. No, tu stai pensando da dentro il tuo recinto, chiusa nel mondo limitato in cui vivi. Prova a pensare al di là, per un po'».

Richiude gli occhi e torna godersi i raggi caldi del sole mentre io rimango in silenzio, a rimuginare sulle sue parole.

«Siamo diventate terribilmente silenziose», osserva Conor dopo un po' di tempo.

«Riflettevo».

Apre gli occhi e si mette seduto. «Non rimuginare troppo su quello che ho detto. Era solo un'idea».

«Però credo che tu possa avere ragione. Perché la gente dovrebbe desiderare di venire qui? Sì, è un posto tranquillo, per stare in pace, se ti piace il genere. E il paesaggio è mozzafiato. Ma è anche così isolato, e sai bene quanto sia imprevedibile il tempo, insomma, non stiamo proponendo una vacanza su un'isola tropicale, ma su una fredda isola irlandese battuta dal vento».

Conor mi fissa per qualche istante, poi mi posa dolcemente il pollice tra le sopracciglia. «Ecco», dice accarezzandomi piano la fronte, «via quell'espressione corrucciata. Non agitarti, Darcy. Sta' tranquilla, alla fine tutto andrà a posto da sé». Toglie la mano e stavolta, senza cuccioli in pericolo che lo distolgano dalle sue intenzioni, mi bacia dolcemente sulla bocca.

«Ti senti un po' meglio adesso?», mi chiede con sorriso sul bel volto.

«Un pochino», sussurro in risposta. «Ma forse dovresti rifarlo, per essere sicuro che non ricominci a stressarmi».

Si china verso di me. «Tutto quello che vuoi».

E prevedibilmente nei minuti successivi, mentre Conor esercita su di me la sua speciale malia, mi dimentico non solo di quello che poco fa mi preoccupava ma di tutti i problemi riguardanti Tara, compreso il fatto stesso che mi trovo qui.

Venti

È incredibile come cambino le cose in poche settimane. Siamo a Tara da un mese, e abbiamo quasi finito di ristrutturare cinque nuove case. Sommate alle sette lasciate libere dagli aspiranti isolani in cerca di notorietà televisiva, fanno in tutto dodici case di cui possiamo disporre. Abbiamo avuto in sorte una delle primavere più miti che ricordi di aver vissuto in Inghilterra, fatto ancora più degno di nota se si pensa che ci troviamo su una remota isola al largo della costa atlantica dell'Irlanda. Ma la novità più importante è che tutti cominciano a comportarsi come membri di una squadra, invece di discutere sui rispettivi ruoli e compiti.

Le uniche due cose che non sono cambiate sono la tendenza dei cuccioli a non ascoltare una parola di quello che dico e il comportamento fastidioso di Dermot.

Sto andando al piccolo negozio di Caitlin. Piccolo solo nelle dimensioni, perché Caitlin è riuscita a trasformare il suo minuscolo cottage in una specie di caverna di Aladino piena di tesori. L'ha stipato di tutte quelle cose di cui non possiamo assolutamente fare a meno in attesa che Conor vada in città con la sua barca per rifornirci di beni imprescindibili come latte, carta igienica e cioccolata.

Mentre entro, una campanella suona proprio sopra la mia testa. «Buongiorno, Darcy!», mi saluta Caitlin uscendo dal retro. Dermot ha saggiamente costruito una porta tra il negozio e il cottage attiguo. «Come va oggi?».

Mi piace da impazzire il gusto di Caitlin nel vestire. Lei insiste che non compra niente nei negozi e che tutto quello che indossa proviene da mercatini dell'usato e svendite. Eppure ha sempre quest'eleganza hippy-chic, a metà tra Sienna Miller e Kate Moss. Oggi indossa un paio di jeans, come facciamo tutti più o meno ogni giorno da quando ci troviamo qui sull'isola (tranne Roxi, che non ha rinunciato alle minigonne, ai jeans aderentissimi, ai leggings e naturalmente ai tacchi alti), ma come al solito Caitlin li ha abbinati fantasiosamente a un lungo gilet in denim colorato, una camiciola di cotone bianco e un grosso ciondolo con una pietra viola al centro.

«Tutto bene, grazie Caitlin! Per caso ti è rimasta della cioccolata?».

Caitlin mi guarda stupita. «Ancora, Darcy?», mi chiede. «Deve essere la terza tavoletta in una settimana. Ed erano le più grosse».

Arrossisco imbarazzata. «Sono solo un po' stressata, ecco tutto. La cioccolata è il mio carburante, mi aiuta ad andare avanti».

Caitlin sorride. «Vado a cercarla sul retro. Se sei fortunata ne è rimasta una in fondo a una scatola».

Mentre Caitlin scompare oltre la porta, do un'altra occhiata al piccolo negozio. È davvero stupefacente quello che è riuscita a farci entrare. Dermot ha tappezzato tre pareti della stanza più grande della casa con scaffali che vanno dal pavimento fino al soffitto, e sopra gli scaffali è conservato di tutto, dai barattoli di fagioli ai deodoranti, dai vasi di miele alle scatole di fiammiferi. Mentre osservo le confezioni colorate, mi viene in mente l'immagine di quando guardavo la televisione con zia Molly nella sua casa nel Kerry. Il ricordo comincia pian piano ad arricchirsi di dettagli, ed ecco che nella mia mente si è formata la scena completa.

È domenica sera, stiamo guardando *Open All Hours*. Ecco che cosa mi ricorda l'emporio di Caitlin: il negozio del signor Arkwright nel telefilm. Il nostro negozio è un po' più piccolo di quello che si vedeva in tivù, ma è stipato di roba fin quasi a scoppiare, proprio come quello.

Ripenso a mia zia, alle infinite volte in cui siamo state sedute davanti alla televisione nelle serate invernali, quando andavo a stare da lei, alle sue risate. Zia Molly aveva una risata bellissima – vibrante, piena di vita – e anche un gran senso dell'umorismo. Mi ero dimenticata di questi aspetti…

Sento un altro scampanellio alle mie spalle e nel negozio irrompe Roxi in tuta di denim e scarpe rosse dai tacchi alti. «Guarda qua!», mi ordina piazzandomi una mano sotto il naso.

«Che cose'è che dovrei guardare esattamente?», le chiedo osservando la sua mano tesa.

«Lo stato delle mie unghie. Darce, sono un disastro! Volevo rendermi utile e mi sono messa a levigare del legno per Dermot, in una delle nuove case, e guarda che cosa ho ottenuto in cambio dei miei sforzi! Così gli ho detto che avevo un'emergenza, sono tornata a casa mia a prendere il solvente per lo smalto e indovina un po'?»

«Cosa?», le domando scuotendo la testa con aria scettica.

«La boccetta era completamente vuota. L'ho finito l'altro giorno. Non mi aspettavo di dovermi rifare le unghie così presto, perciò pensavo di chiedere a Conor di comprarmelo la prossima volta che va a far provviste in città».

«Sei fortunata, Darcy», dice Caitlin ricomparendo con in mano una tavoletta da mezzo chilo di cioccolato al latte. «Ne ho ancora una. Oh, ciao Roxi», la saluta sorridendo. «Che posso fare per te?»

«Emergenza unghie», dice Roxi spostando la mano sotto il naso di Caitlin. «Non hai del solvente per caso?»

«Mi dispiace, Roxi, ma ho solo generi di prima necessità. Sai, roba di uso quotidiano».

Roxi le lancia un'occhiata diffidente, sinceramente sbalordita dal fatto che per lei gli accessori per la cura delle unghie non siano tra le necessità basilari dell'esistenza.

«Sta' tranquilla, Rox», la rassicuro. «A me ne è rimasto un po'. Te lo presto io. Non l'ho usato quasi mai da quando siamo qui». Do un'occhiata alle mie unghie. Dio, che disastro. Dovrò farmi una manicure un giorno di questi.

«Sei la mia eroina, Darce. Allora, che cosa sei venuta a comprare?»

«Cioccolata», fa Caitlin, nello stesso istante in cui io dico: «Tè».

Roxi fa tanto d'occhi. «Allora? Quale delle due?».

«Ero venuta per prendere del tè, ma poi dato che ero qui ho pensato di concedermi una barretta di cioccolato. Purtroppo però a Caitlin è rimasta solo questa». Volto le spalle a Roxi e provo a dire a Caitlin, senza emettere suono, «*Ti prego non dire niente!*», ma dovevo pensarci prima.

«Siamo di nuovo alla cioccolata, Darce?». Il tono di Roxi è quello che si userebbe parlando con un ex alcolista sorpreso con una bottiglia di whisky in mano.

Mi volto lentamente verso di lei con un largo sorriso. «Una barretta ogni tanto posso concedermela».

«*Caitlin?*», dice Roxi con fare imperioso, le mani posate sui fianchi.

Mi giro e rivolgo a Caitlin uno sguardo implorante.

«Be', è l'ultima che ho in negozio», dice Caitlin con la cioccolata in mano e un sorriso innocente sul viso.

«Mmh», fa Roxi guardandoci a turno con aria sospettosa.

«Come mai non puoi esagerare con la cioccolata, Darcy?», domanda Caitlin. «Sei diabetica?»

«No, niente del genere. È che tendo a sviluppare una certa dipendenza, tutto qui. Roxi si preoccupa per nulla».

«Oh!», sbuffa Roxi. «Hai presente quell'episodio di *The vicar of Dibey* in cui Dawn French annega in un mare di barrette di cioccolata sul divano di casa perché il suo ragazzo l'ha mollata?[3]»

«Sì. Adoravo quel programma».

«Ecco, Darcy era uguale, qualche Natale fa, quando il suo ragazzo l'ha lasciata. Lo mangia quando è preoccupata, arrabbiata o sotto stress… e quando dico mangiare intendo *mangiare*! Al confronto le porzioni di Paddy sembrano quelle di Cheryl Cole».

[3] Si tratta di una sit-com andata in onda nel Regno Unito dal 1994 al 2007 e ambientata in un paesino dell'Oxfordshire. La protagonista è un parroco donna appena nominato (nel 1992 infatti la Chiesa anglicana ha aperto il sacerdozio alle donne), dal carattere irriverente e con una passione smodata per il cioccolato (*n.d.t.*).

«Ok, ok! Non sono messa così male!», mi giustifico sollevando una mano. «Forse ultimamente ho mangiato qualche barretta di troppo. Ma non è un crimine: ho diverse cose a cui pensare».

«Per esempio, Darcy?». Caitlin mi guarda preoccupata. «Ci sono problemi con le nuove case?»

«No, va tutto a gonfie vele, ma se non troviamo nessuno che venga a starci, a che servono?». Mi rivolgo prima all'una poi all'altra. «Detto fra noi, non è che abbia ricevuto molte prenotazioni finora. L'unico canale che ho a disposizione per fare pubblicità è un'agenzia che si occupa di locazioni per le vacanze, e andrebbe bene se solo avessi la possibilità di mettermi in contatto facilmente con loro per telefono o via e-mail, invece sono dovuta andare apposta sulla terraferma per prendere accordi con loro. Ma come faccio a sapere se ci sono prenotazioni senza nemmeno un servizio di posta? Lo sapete quanto tempo ci mette ad arrivare». Sospiro. «L'ideale sarebbe avere un sito web e fare pubblicità diretta in rete. Ma da qui è impossibile, e non posso saltare in barca ogni cinque minuti e chiedere a Conor di portarmi a un internet café».

Caitlin e Roxi si scambiano un'occhiata complice. «Sono certa che lo farebbe, se glielo chiedessi».

Sorrido sotto i baffi al pensiero di Conor. Abbiamo passato molto tempo insieme dalla nostra gita alle rovine, e più sto con lui più ho voglia di starci. L'atteggiamento rilassato di Conor prevede che un momento sia tutto miele e fascino irlandese e il momento dopo sparisca; lo ritrovo dopo un po' su una spiaggia oppure in piedi su uno scoglio con la canna da pesca in mano, come uno dei tanti cormorani che abitano l'isola, pronti a dileguarsi in cielo da un momento all'altro. Ma questa imprevedibilità è tra le cose di lui che preferisco: mantiene fresca ed eccitante la nostra relazione; non che le sue doti più immediatamente visibili non siano un incentivo sufficiente.

«Voi due state insieme, allora?», domanda Caitlin notando la mia espressione. «A noi è sembrato così».

«Dipende da cosa intendi per *stare insieme*», rispondo mentre il rossore mi sale alle guance. «E poi, scusa… che intendi per *noi*?». Lancio un'occhiata a Roxi, che distoglie in fretta lo sguardo.

«Darcy, la nostra è una piccola comunità. Due che passeggiano insieme ed entrano ed escono di soppiatto dai rispettivi cottage… È difficile che una cosa del genere passi inosservata, non credi?»

«Forse hai ragione». Soprattutto se una terza persona si mette a spettegolare in giro. Guardo di nuovo Roxi: sta leggendo con attenzione l'etichetta di un barattolo di pesche sciroppate. Roxi odia le pesche sciroppate.

«Allora, che dire… auguri a entrambi!», aggiunge Caitlin. «È un gran bel ragazzo, se ti piace il tipo».

«Deduco che non devo preoccuparmi della tua concorrenza, Caitlin», dico con leggerezza. «Conor non è il tuo tipo?».

Roxi posa il barattolo di pesche con una forza tale che per poco non rovescia lo scaffale.

Caitlin sorride. «No, Darcy, puoi stare tranquilla. È un po' troppo sdolcinato per i miei gusti, tutti quei complimenti…». E si mette a sistemare sul bancone alcune confezioni appena estratte da uno scatolone.

«E allora chi è che si avvicina di più al tuo tipo?», domanda Roxi unendosi di nuovo alla conversazione.

«Oh, non saprei», replica maliziosamente Caitlin. «Non credo di avere un mio tipo».

«Avanti, avrai pure delle preferenze». Roxi alza un sopracciglio guardandomi appena Caitlin si china per prendere un'altra scatola. «Biondo, bruno, alto, basso?».

Caitlin scuote la testa e prende un taglierino per aprire uno scatolone.

Roxi mi dà una leggera gomitata.

«Se sai cosa non ti piace, allora avrai anche un'idea di cosa ti piace», mi affretto a domandare.

«Vediamo…». Caitlin si sforza di escogitare una risposta. «Forse un tipo un po' più *ruvido*».

«Tipo? Facci un esempio», la incalza Roxi.

«Senti, non lo so», taglia corto Caitlin, incidendo con il taglierino il nastro adesivo che chiude lo scatolone e facendolo scivolare per tutta la lunghezza fino ad aprirlo.

La vediamo arrossire violentemente mentre estrae le scatolette di tonno e le sistema su uno scaffale dietro al bancone.

Roxi si mette ad annuire trionfante con un *te l'avevo detto* stampato in faccia.

«Bene, non posso stare tutto il giorno qui a chiacchierare», dico cercando di infilare la grossa tavoletta di cioccolata nella tasca dell'impermeabile e avviandomi verso la porta. «Faccio un salto a vedere come se la cava Dermot».

Entrambe lanciamo uno sguardo curioso a Caitlin cercando di cogliere una qualche reazione. Ma quando si volta, il suo viso non tradisce alcuna emozione.

«Prima di andare», dice, «prendete una di queste». Si china ed estrae da sotto il bancone un cesto pieno di piccoli ciottoli colorati.

«A che servono?»

«Sceglietene uno a testa e basta. Poi vi spiego».

Roxi e io osserviamo le pietre. «Quale prendo?», si chiede Roxi.

«Quella da cui ti senti attratta», dice Caitlin con fare misterioso.

Fisso le graziose pietre colorate. Ce ne sono di azzurre, verdi, marroni, viola: praticamente di tutti i colori. Ma quella che attira subito la mia attenzione è quella rosa pallido.

«Posso prendere questa?», chiedo sollevandola e guardandola più da vicino.

«Ero certa che avresti scelto quella», commenta Caitlin con l'aria di chi la sa lunga. «È un quarzo rosa. È una pietra dall'effetto tranquillizzante. Aiuta a curare il cuore e le emozioni più profonde, e a trovare l'amore».

Alzo gli occhi verso Caitlin, poi torno a osservare la pietra che ho in mano. «Che vuoi dire?», domando perplessa.

Sorride. «Le pietre del mio cestino sono cristalli terapeutici. Ognuna possiede una particolare energia che guarisce i disturbi più vari. La maggior parte delle persone sa già, inconsciamente, di che cosa ha bisogno e sceglie senza saperlo il cristallo che più fa al caso suo».

«Oh, tocca a me!», strilla Roxi tutta eccitata. «Scelgo…», con la mano sospesa sopra il cestino chiude gli occhi e pesca una pietra trasparente, incolore.

«Oh, accidenti, che disdetta. Non era questa che volevo. Fammene scegliere un'altra».

«Veramente, Roxi, il quarzo trasparente contiene in sé tutti i colori, ed è il cristallo più potente che esista. È un'ottima scelta».

Roxi rimane senza parole. «Immagino sia perfetta per me, allora».

«Che cosa dovremmo farci?», chiedo osservando di nuovo la piccola pietra rosa nella mia mano.

«Niente di particolare. Portatela con voi; prendetela in mano ogni tanto. Per esempio, il quarzo rosa che hai scelto ti aiuterà a gestire lo stress molto meglio, e con meno calorie della cioccolata».

«Niente stress e meno calorie della cioccolata?». Tiro in aria e riacchiappo la mia pietra. «Mi piace! Farò un tentativo». Mi ficco il sassolino in tasca. «Adesso è meglio che torni al cantiere. Ci vediamo dopo».

«Aspettami. Vengo anch'io», dice Roxi esaminando la sua pietra da vicino con un occhio chiuso, come fosse un diamante.

«Ricordati, Darcy, quando cominci a sentirti stressata, prendi in mano il quarzo rosa per un po', ti aiuterà, credimi», dice Caitlin annuendo.

«Certo, Caitlin», rispondo per pura educazione. «Lo farò». *O forse, tanto per stare più tranquilla, la prossima volta ordinerò più cioccolata.*

«Dunque, che te ne pare?», chiedo a Roxi mentre usciamo all'aria aperta e ci dirigiamo verso il centro di O'Connell Street.

«Dio mio, è proprio cotta del nostro signor Cowell!».

«Eh?»

«Non l'hai sentita?», dice Roxi fissandomi stupita. «Tutto quel parlare di un tipo più ruvido, e poi com'è arrossita quando le abbiamo chiesto di dirci di più».

«Ah, quello».

«Perché, a che cosa ti riferivi invece?»

«Il cestino con le pietre e tutte le cose che ha detto». Riprendo dalla tasca il mio cristallo rosa. «Credi che dicesse sul serio?»

«Sì, è probabile. Un sacco di gente crede a queste cose, no? Caitlin mi sembra proprio il tipo».

«Che tipo?»

«Il tipo che cura-il-corpo-con-l'anima. Ne ho incontrati diversi quando lavoravo al pub. Credono davvero nelle terapie olistiche e via dicendo. Una volta sono uscita con uno che era proprio così, solo che lui era tutto meditazione quotidiana e rigida dieta vegana».

«E che è successo?»

«È finita quando mi ha beccato ad ascoltare l'iPod e a mangiare pollo fritto mentre avremmo dovuto essere immersi in profonda meditazione. Non ha capito che io per rilassarmi come si deve ho bisogno di ascoltare Luther Vandross».

Rido. «Se a Caitlin piace Dermot hai vinto la scommessa, Rox».

«Bah», replica lei con un gesto della mano. «La scommessa non vale più, da quando hai cominciato a spassartela con Casanova alle mie spalle. Forse dovremmo farne un'altra».

«No», rispondo decisa. «Basta scommesse!».

«Oh, ti prego, Darcy, è una tale noia qui! Non c'è niente da fare. Ci ho provato a dare una mano coi lavori, e guarda che mi è successo», e mi mostra di nuovo le unghie scheggiate.

«Penserò a qualcosa da farti fare». Mi avvio verso il secondo gruppo di cottage in ristrutturazione. «Se questo significa che non faremo più scommesse, sta pur certa che qualcosa troverò».

«Scommetto che non troverai niente che possa piacermi!», mi grida dietro Roxi. «Dopotutto, hai rovinato il nostro ultimo accordo complottando alle mie spalle con la posta in gioco».

Mi volto e marcio decisa verso di lei. «Ah ah, cara la mia Roxi Reynolds, abbiamo deciso di giocare duro, eh? Ebbene, accetto, ma solo perché sono sicura che troverò qualcosa».

Roxi sorride. «Se vinci tu, la mia penitenza è la stessa, baciare il signor Cowell». Arriccia il naso. «Non ci sono possibilità che trovi un'attività adatta a me qui, a meno che Will Smith non venga in vacanza e non gli serva una massaggiatrice che gli faccia visita ogni giorno per un'ora o due».

«Niente affatto. La posta in gioco stavolta non sarà Dermot. Se proprio devo farlo, che almeno sia qualcosa di più stuzzicante...».

Roxi si illumina. «Ecco, è così che ti voglio! Ci hai pensato e ti è venuta in mente una sfida più impegnativa. Che cos'hai in mente?».

Ci rifletto un istante. «Se vinco io e trovo qualcosa che tu possa fare qui a Tara e che ti piaccia, tu mi darai la scorta segreta di cioccolato che tieni nascosta sotto il letto».

Spalanca contemporaneamente gli occhi e la bocca. «Allora lo sai! Ma cosa sei? Una specie di segugio che fiuta cioccolata, addestrato a individuare ogni traccia di fave di cacao in un raggio di trenta metri?»

«Non lo neghi, dunque?».

Si sistema con un gesto deciso i capelli sulle spalle. «No, ma la stavo nascondendo solo per il tuo bene».

«Certo, come no».

«Se io devo rinunciare alla mia scorta di cioccolata, mi sembra giusto che anche tu metta in gioco qualcosa». Roxi mi lancia uno sguardo provocatorio.

«Tipo?»

«Cioccolato».

«Ma se ho solo questa tavoletta», dico portando la mano

alla confezione di cioccolato al latte che ho nella tasca della giacca.

«No, intendo dire per sempre».

Adesso sono io a guardarla a bocca aperta.

«Quel che è giusto è giusto», cinguetta Roxi. «E poi, se sei così sicura di trovare qualcosa…».

«Nessun problema», dico afferrandole la mano e scuotendola energicamente. «Affare fatto!».

«Mi prendi in giro… sei davvero disposta a rischiare di non mangiare mai più cioccolata?»

«Vedrai», dico, lasciandola interdetta al centro della piazza mentre mi allontano con passo sicuro. «Qui a Tara c'è un lavoro per tutti. Ne troverò uno anche per te!».

Mando giù con soddisfazione qualche boccone di cioccolato mentre cammino verso una delle case in ristrutturazione. È una mattinata così bella che mi tolgo la giacca e me la lego in vita, restando in jeans, maglietta bianca e felpa Gap rossa e godendomi il sole tiepido di questa splendida giornata di maggio. Dermot e gli altri hanno fatto davvero un lavoro di prim'ordine questo mese. Io non ne ho davvero alcun merito; sono stata impegnata a organizzare altri aspetti della vita sull'isola, tipo decidere quel che succederà quando e se arriveranno nuovi inquilini. Tuttavia cerco di essere di qualche aiuto quando posso, e ho potuto assistere alla trasformazione dei cottage da baracche fatiscenti a graziose, confortevoli casette.

«Come andiamo?», domando infilando la testa nella porta del cottage numero sette.

«Ciao, Darcy», mi saluta Siobhan mentre, insieme a Ryan, passa il rullo sulla parete per la prima mano di bianco.

Ho sempre tempo per Siobhan e Ryan; sono una giovane coppia adorabile, sempre pronti a rimboccarsi le maniche e rendersi utili. Nessun compito sembra troppo gravoso per loro, e non si lamentano mai di niente. Credo che il semplice fatto di essere a Tara insieme li renda felici, adesso che hanno trovato l'amore nel posto in cui meno se lo aspettavano.

Rivolgo a entrambi un caldo sorriso. «Sembra fantastico, ragazzi! Come sempre, state facendo tutti un ottimo lavoro. Sapete se Dermot è qui in giro?»

«Si stava occupando delle tegole del tetto l'ultima volta che l'ho visto», dice Ryan sollevando la visiera del berretto in modo da vedermi bene in faccia. «Se ne era staccata qualcuna».

«Ah, ho capito. Fuori non l'ho visto. Vado a dare un'altra occhiata».

Invece vedo passare Conor con un barattolo di pittura in ogni mano. «Ehi tu», mi apostrofa con il suo consueto sorriso obliquo.

«Ehi», lo saluto sorridendo a mia volta, maliziosamente.

Siobhan dà una gomitata a Ryan e i due tornano a occuparsi della loro parete.

Conor posa i barattoli accanto a loro. «Dovrebbe essere sufficiente per questa stanza; fatemi un fischio se ve ne serve dell'altra».

«Grazie Conor», dice Ryan. «Che fai, stacchi?», indaga con aria innocente.

Siobhan lo gela con uno sguardo di rimprovero.

«Sì, credo che mi prenderò una pausa e andrò a godermi un po' d'aria fresca». Conor si stiracchia. «Avete quasi finito ormai».

Mi indica la porta con un cenno del capo ed entrambi ci avviamo in quella direzione.

«A più tardi», li saluto. «Grazie per il vostro aiuto».

«Non c'è problema, Darcy», mi sorride Siobhan. «Divertitevi, voi due!».

Non appena siamo fuori, Conor mi spinge dolcemente verso uno dei muri esterni del cottage. «Sei venuta a cercarmi?», chiede. «Mi sei mancata», e si china per baciarmi.

«Conor, ci siamo visti due ore fa», lo stuzzico rimandando il bacio per qualche secondo. «E anche se mi manca la tua compagnia, la verità è che sono venuta a cercare Dermot. Ma il fatto che tu sia qui non mi dispiace affatto», aggiungo in risposta al suo broncio.

«Anche due minuti lontani da te sono troppi per me, Darcy», dice, e stavolta previene ogni mia obiezione posando con decisione le sue morbide labbra sulle mie.

«Ti sei accorto che tutti sanno di noi?», gli dico dopo che le nostre bocche si sono staccate.

«Sì, l'avevo intuito», dice tenendomi abbracciata e sistemandomi le ciocche ribelli con aria adorante. Come sempre il vento ha fatto scempio della mia messa in piega.

«Davvero? Io non me ne ero accorta».

Sorride. «Che ragazza innocente», commenta prima di baciarmi la punta del naso. «Non si può mai sapere di preciso che cosa succede sotto questo delizioso nasino, vero?»

«Non direi proprio», faccio per obiettare. «Credo…».

«Ehi, voi due!», sento chiamare da sopra. «Credete che siamo sordi? Io e Paddy quassù ci stiamo sorbendo le vostre smancerie. Sembrate l'audio di una telenovela».

Conor e io ci allontaniamo dal muro e guardiamo in su, dove Dermot spunta oltre il bordo del tetto con un elmetto giallo in testa.

«Ti assicuro, Dermot, che se avessi saputo che eri a portata d'orecchio non avrei aperto bocca». Guardo Conor e scuoto la testa infastidita.

«Era tanto per farti sapere che ci siamo anche noi», ribatte Dermot dall'alto del tetto. «A che dobbiamo l'onore, Darcy? Ti annoiavi a stare seduta alla scrivania?»

«Io me la squaglio», dice Conor baciandomi sulla guancia. «So già come andrà a finire. È chiaro che tu e Dermot avete delle cose da discutere».

«Aspetta…», faccio per protestare, ma sta già saltellando giù per il pendio della collina. Alzo lo sguardo verso Dermot.

Ok.

Mi allontano dalla costruzione per vederlo bene, in piedi su quel tetto. Paddy se ne sta in equilibrio sulle tegole con i jeans strappati all'altezza delle ginocchia, le solite Doctor

Martens, una maglietta dei Gorillaz e, proprio come Dermot, un elmetto giallo. Dermot tanto per cambiare porta jeans, stivali pesanti e una spessa camicia di cotone, oggi a scacchi.

«Ciao, Darcy, la vista è magnifica da quassù», grida Paddy. Mi vede solo adesso, e sta cercando goffamente di alzarsi in equilibrio sul tetto. «Sono il re del mondo! Vedo per un raggio di miglia!».

«Fra un po' sarai il re della tua bara, se cadi dal tetto», brontola Dermot voltandosi verso di lui. «Adesso siediti e cerca di rimettere a posto quella tegola come ti ho fatto vedere. Vado un momento a parlare con Darcy. La scala è dall'altra parte», aggiunge rivolto a me e indica l'altro lato del tetto.

Faccio il giro della casa e vedo Dermot in cima a una scala poggiata contro il muro esterno, che comincia a scendere. «Tegole staccate», mi comunica laconicamente mentre salta giù dall'ultimo piolo. «Almeno saprà come ripararle in futuro».

Per quanto Dermot riesca il più delle volte a darmi sui nervi, questo è un aspetto di lui che apprezzo. «Ho notato che hai insegnato molto a Paddy, da quando è qui».

Alza le spalle e si sfrega via la polvere dalle mani. «Il ragazzo ha voglia di imparare, quando non è impegnato a combinare disastri. Non mi dispiace insegnargli qualcosa».

Mi chiedo se non coltivi la segreta ambizione di trasmettere a qualcuno le sue conoscenze, e mi torna in mente la foto della bambina che ho visto in casa sua. Chi sarà? Non l'ho ancora scoperto. Non ha mai detto di avere una famiglia, e a questo punto immagino che non veda la bambina da un pezzo. «Sei davvero bravo con Paddy». Gli sorrido. «Pare che tu sappia come prenderlo. Del resto sei riuscito a far lavorare tutti molto bene». Per il momento mi sforzo di tenere a bada l'orgoglio e il fastidio. «Ormai abbiamo una squadra di prim'ordine qui a Tara. Non sarei mai stata in grado di mettere insieme le persone giuste come hai fatto tu».

«Come ti ho già detto in passato, Darcy, devi mettere in chiaro fin da subito come funzionano le cose. Alla lunga le persone ti rispetteranno per questo».

Annuisco, ma non posso ammettere esplicitamente che aveva ragione lui. Gli si dipingerebbe in faccia quell'espressione soddisfatta che è più di quanto io possa sopportare.

«Allora», dice. «Mi cercavi per un motivo particolare?»

«Sono passata solo per vedere come vanno le cose».

Dermot annuisce con convinzione. «Magnificamente. Questo, come tutti i miei progetti, sarà completato nei tempi stabiliti e tu avrai altre cinque abitazioni in cui sistemare i tuoi ospiti, come richiesto».

Peccato che non tocchi a te anche il compito di trovarli, gli ospiti, dico tra me e me. *Magari a quest'ora saremmo a buon punto.*

«Hai fatto davvero un gran bel lavoro. Ti ringrazio».

Mi osserva stupito. «Hai già avuto molte prenotazioni?», mi chiede cominciando a raccogliere alcuni attrezzi sparsi sull'erba.

«Dipende da cosa intendi per prenotazioni. Sono arrivate alcune richieste di informazioni».

«Quante di preciso?». Dermot si infila un martello nella cintura e qualche chiodo in tasca.

«Due».

«Due prenotazioni vere e proprie?»

«No, due richieste di informazioni».

Si volta a guardarmi. Con il sole che lo illumina da dietro somiglia un po' a uno spavaldo cow-boy con due fondine appese ai fianchi, solo che ha gli attrezzi al posto delle pistole e un elmetto giallo al posto del classico cappello a tesa larga.

«Non ci sono ancora prenotazioni vere e proprie?»

«No, ma da qui non posso fare altro che inserire i cottage nelle liste di un'agenzia turistica. Se avessi un accesso a Internet, sarebbe tutto molto più semplice», sospiro.

«Perché?»

«Perché allora potrei creare un sito dedicato all'isola e ricevere richieste di informazioni via e-mail. Avrei un profilo su Facebook e ne parlerei su Twitter e... oh, Dermot, le possibilità sono infinite, con Internet».

«Ne sei proprio convinta?». Sembra scettico. «Sfortunatamente quaggiù non ti è concesso il lusso di una connessione, perciò dovrai inventarti qualcos'altro».

Resto a fissarlo. Non potrebbe mostrare un po' di solidarietà per una volta?

«Perché mi guardi in quel modo?», sbotta. «Vuoi che mi metta a farti anche un piano marketing? Non ti basta tutto questo?»

«Ma...», faccio per replicare.

«Non è che tu ti sia fatta vedere spesso da queste parti, sai?», rincara Dermot prima che io abbia il tempo di dirgli quanto apprezzi i suoi sforzi. «Quante volte ti è capitato di prendere in mano un pennello nelle ultime settimane, Darcy? E non mi riferisco ai pennelli che usi per truccarti».

Socchiudo gli occhi e sento la pazienza venire meno. È un colpo basso, anche da parte di uno come Dermot. «Questo non è giusto. Ero impegnata in altre cose».

«Il genere di cose in cui non si rischia di scheggiarsi le unghie?»

«Per tua informazione, da quando sono qui non mi sono più messa lo smalto. Guarda!», e gli sbatto in faccia una mano.

Dermot finge di osservarmi le unghie, poi arriccia il naso con aria schifata. «*Ma sono un vero disastro!*».

Ritraggo la mano. «Non posso vincere con te, vero? Me ne vado, così non intralcerò ulteriormente la tua tabella di marcia. Scusa tanto se ti ho annoiato con problemi di poco conto!». Giro i tacchi e mi allontano prima che ricominci a sfottermi. *Quell'uomo è davvero impossibile!*

Ma mentre discendo il fianco la collina, comincio già a sentirmi più calma, e accade più in fretta di quanto mi succeda di solito dopo che ho discusso con Dermot. Forse è perché, mentre cammino verso casa, i miei polmoni si riempiono di fresca aria di mare. O forse, chissà, è perché nella mano stringo... non la barretta di cioccolato infilata nella tasca della giacca, ma il piccolo oggetto in fondo alla tasca dei jeans. La pietruzza rosa.

Ventuno

Più tardi, quello stesso pomeriggio, eccomi seduta alla scrivania a guardare fuori dalla finestra e a lambiccarmi il cervello sul modo di convincere delle persone a venire a soggiornare qui senza poter fare della pubblicità. A che servirebbe mettere annunci su giornali e riviste, se non sono in grado di fornire un numero di telefono o un indirizzo e-mail a cui la gente possa contattarmi? Nessuno ha più la pazienza per comunicare tramite posta ordinaria. Mettici anche il trasporto in barca, ci vorrà una quindicina di giorni, se va bene. E c'è anche chi la chiama *posta celere*…

Sento bussare alla porta.

«Avanti, è aperto».

Faccio ruotare la sedia e vedo Paddy entrare nel mio ufficio.

«Ciao Paddy. Sei riuscito ad aggiustarlo alla fine, quel tetto?»

«Sì, per forza. Non credo che Dermot mi avrebbe fatto andare via, se non avessi finito il lavoro a regola d'arte!».

Sorrido. Non faccio fatica a crederlo.

«È un tipo in gamba, però. Mi sta insegnando un sacco di cose».

«Lo so, e imparerai molto da lui, è davvero bravo. Allora, che posso fare per te?»

«Non ho potuto evitare di ascoltare quello che dicevate stamattina, mentre ero sul tetto. Riguardo a come affittare i cottage, fare pubblicità eccetera, e ti ho sentito dire che con Internet avresti risolto tutto».

«Sì, è vero». Guardo con nostalgia il mio fedele portatile aperto sulla scrivania alle mie spalle. Da quando sono arrivata qui, è stato usato praticamente solo da Niall per elaborare calendari e prospetti finanziari. Sento quasi di averlo tradito, avendolo messo nella condizione di non esprimere tutte le sue potenzialità.

«È solo che Eamon ha un computer, e così ho pensato che forse lui ce l'ha, una connessione a Internet».

Spalanco gli occhi e fisso Paddy. *Che cos'ha detto?*

«Paddy, hai appena detto che Eamon ha un computer?»

«Sì, l'ho visto l'altro giorno mentre portavo a spasso Brogan dalle sue parti. È rimasta impigliata nei rovi che crescono accanto alla casa, e mentre cercavo di liberarla per caso ho dato un'occhiata attraverso la finestra, ed è stato allora che l'ho visto».

«Un computer?», chiedo incredula. «A casa di Eamon? Sei sicuro?».

Paddy fa tanto d'occhi e mi guarda piccato. «Non saprò aggiustare delle tegole, Darcy, ma ti assicuro che un computer lo so riconoscere».

«Certo, certo. Ma che se ne fa Eamon di un computer?»

«Non lo so», fa Paddy con un'alzata di spalle. «Chiediamoglielo e basta».

Le soluzioni di Paddy sono illuminanti nella loro linearità. Gli sorrido. «Posso farlo subito. È quasi ora di portare fuori i cuccioli».

«Possiamo venire anche io e Brogan? Mi piace imparare i trucchi del mestiere da Dermot, ma l'ho sentito parlare di certi galleggianti da mettere nelle cisterne questo pomeriggio, e mi dispiace ma…», Paddy storce la bocca, «l'idea proprio non mi sorride, Darcy».

Rido. «Certo che potete venire. Sarà bello avere un po' di compagnia, e intanto Brogan potrebbe insegnare ai miei due pestiferi cani come ci si comporta».

Ci incamminiamo insieme verso casa di Eamon. Mentre i tre cani trotterellano davanti a noi, rimango piacevolmente sorpresa dai numerosi argomenti di conversazione che io e

Paddy scopriamo di avere: Tara, Dermot, la vita di Paddy all'albergo di Mary; e mi stupisco anche della frequenza con cui il nome di Niall fa capolino nei suoi discorsi. Per essere così diversi, quei due hanno legato davvero bene e sono già diventati grandi amici. Arrivati al cottage di Eamon, troviamo le tende chiuse e nessun segno di vita.

Paddy raggiunge una finestra. «Il computer era qui». Preme la faccia contro il vetro per riuscire a vedere oltre le tende.

«Vedi qualcosa?»

«Niente», Paddy allontana il viso dalla finestra. «Qui non si vede un accidenti».

Facciamo il giro della casa in cerca di altre aperture da cui sbirciare, ma le finestre sono tutte chiuse e sbarrate.

Che cos'avrà Eamon lì dentro, e perché non vuole che lo vediamo?

«Non resta che una cosa da fare», dice Paddy.

«Andiamo via», gli rispondo girando i tacchi.

«No». Paddy scuote la testa come se avessi detto la più grossa idiozia del mondo. «Entriamo!», annuncia illuminandosi tutto.

«Non possiamo entrare di nascosto in casa di Eamon!».

«E perché no?», domanda Paddy stupito. «Non dobbiamo mica rubare niente. Vogliamo solo dare un'occhiata».

«È la sfera privata di Eamon. Non è giusto».

«Ah ah». Paddy alza un dito con aria furba. «Ma chi è il proprietario dell'isola ora?»

«Sono io, ma...»

«Perciò, in teoria, chi è il proprietario di tutti gli edifici su Tara?»

«Sono io, immagino... No, Paddy», replico con l'indice alzato a mia volta, «questo non ci autorizza a entrare di soppiatto in casa di un'altra persona».

«Va bene, decidi tu. Ma ti avrei fatta entrare e uscire in cinque minuti esatti, e nessuno si sarebbe accorto del nostro passaggio».

Per una frazione di secondo la prospettiva mi tenta. Però

scuoto il capo. «Non dubito che tu ne sia capace, Paddy. Ma la risposta è no; aspetterò e parlerò con Eamon la prossima volta che lo incontro».

«Di che devi parlarmi?».

Ci voltiamo entrambi e vediamo Eamon in piedi a pochi metri da noi. «Allora?», domanda mentre si avvicina con il bastone da passeggio stretto nella mano destra. «Cos'è che volevi chiedermi, Darcy?»

«Ehm...». Momentaneamente senza parole, cerco lo sguardo di Paddy.

Lui si volta dall'altra parte e si mette a fischiettare.

Torno a guardare Eamon. «Vedi, Eamon, io... mi stavo solo chiedendo se tu per caso avessi in casa un computer. Ce l'hai?».

Eamon resta un attimo interdetto, ma si ricompone in fretta. «E che mai dovrei farci con uno di quegli aggeggi?»

«Non ne ho idea. Dunque mi stai dicendo che non ce l'hai, è così?»

«Ho detto questo, Darcy?».

Ha detto questo? Ora sono confusa. Guardo di nuovo Paddy.

Paddy alza gli occhi al cielo e prende la parola spazientito. «Ti ho visto l'altro giorno, Eamon, quando sono venuto quassù con Brogan. Eri seduto a quella finestra, senza ombra di dubbio».

Eamon annuisce.

«Quindi possiedi un computer?», gli chiedo sbalordita.

Eamon annuisce un'altra volta. «Non posso negarlo».

«Ma perché?».

Eamon sorride. «E perché non dovrei avere un computer, Darcy? Il fatto che tu mi veda come un vecchio brontolone non vuol dire che io non sappia pigiare qualche tasto su una calcolatrice gigante».

«Possiamo vederlo?». Se il computer di Eamon ha una connessione a Internet, potrebbe essere la mia occasione di riallacciare i contatti col mondo esterno. Schermate di Facebook, Twitter e posta elettronica mi attraversano la mente come miraggi, per non parlare del Santo Graal… shopping on line!

«Certo», dice Eamon avviandosi verso la porta. Faccio per seguirlo, ma lui si volta. «Tu aspettami qui. Torno subito».

Mi giro e rivolgo a Paddy un'occhiata perplessa. Come facciamo a vedere il computer qua fuori?

Eamon riappare dopo qualche secondo con un portatile che ha tutta l'aria di essere di ultimissima generazione. Non so perché, ma quando Paddy ha detto che di aver visto Eamon seduto davanti a un computer, mi sono subito immaginata un vecchio e ingombrante apparecchio fisso, con un monitor a tubo catodico e un grosso hard drive ronzante.

«Eccolo». Eamon lo apre e me lo mostra. «Che c'è di così straordinario?»

«Niente, io… voglio dire, è un bel computer. È molto potente?».

Paddy sospira spazientito. «Quello che Darcy vuole sapere è se lo usi per collegarti a Internet».

Eamon socchiude gli occhi. «Perché?», domanda sospettoso. «Chi vuole saperlo?»

«Be', noi vogliamo saperlo», replica Paddy distogliendo gli occhi da Eamon. Poi mi guarda come a dire: *ma che gli prende?*

Eamon stringe gelosamente il portatile al petto. Ci guarda a turno. «E perché?», domanda di nuovo.

«Perché in quel caso potrei pubblicizzare come si deve i cottage su Internet. Finora non abbiamo nemmeno una prenotazione».

E senza prenotazioni, non potrò garantire il numero minimo costante di persone sull'isola e senza quel numero minimo non solo non ci sarà lavoro per nessuno, né entrate sufficienti, ma io non erediterò un centesimo alla fine del mio anno qui…

Eamon mi fissa e per un terribile momento sospetto che stia per chiudermi la faccia nel portatile. Ma non fa nulla del genere e i suoi occhi vagano sul mio viso come se stesse soppesando delle opzioni. Poi, quando apre bocca, i suoi occhi si addolciscono.

«Sì, puoi connetterti a Internet qui, e anche alla linea telefonica se vuoi».

«Cosa? Come?», balbetto attonita.

«Dammi il tempo di mettere via questo», dice chiudendo lo schermo del portatile, «e ti faccio vedere».

Dopo qualche secondo Eamon riappare sulla porta d'ingresso e fa un cenno a me e a Paddy di seguirlo nel retro della casa. Si ferma di fronte a una struttura alta e recintata che prima, quando ci siamo passati davanti, ho creduto erroneamente fosse una piccola rimessa. Mentre cercavamo di sbirciare attraverso le finestre, non stavo badando praticamente ad altro; figuriamoci se avrei notato una baracca che Eamon usa probabilmente per riporre canne da pesca e attrezzi.

Ma adesso che la guardo meglio, mentre Eamon apre il lucchetto che blocca il paletto della porta, mi accorgo che la struttura non ha il tetto: sono solo quattro pareti tenute insieme da bulloni, come uno spesso recinto quadrato.

Eamon apre la porta, e Paddy e io diamo un'occhiata all'interno.

«È un'antenna satellitare», dichiara Paddy anche se non ce n'è alcun bisogno, perché nascosta nella recinzione c'è una grande parabola rotonda posata a terra e puntata verso il cielo.

«Esatto», conferma Eamon.

«Ma questa serve per vedere Sky e roba del genere, no?». Fisso Eamon senza capire. «Come fai a collegarti a Internet con questa?»

«C'è un satellite nelle vicinanze?». Paddy alza gli occhi a scrutare il cielo. «È da lì che arriva il segnale?».

Eamon fa cenno di sì con la testa.

«E scommetto che ci sono dei cavi coassiali interrati che arrivano fino a un modem all'interno della casa, giusto?».

Eamon sembra ammirato.

«Però te ne servono due per collegarti a Internet via satellite», precisa Paddy. «Uno per l'uploading e uno per il downloading. È più complicato di una semplice linea commutata, o anche di una banda larga».

«Sai il fatto tuo, vedo, giovane Paddy». Eamon lo guarda raggiante di approvazione.

Paddy sorride. «Mi piace la tecnologia. All'albergo mi occupavo di tutte le questioni informatiche. Ho un sesto senso per questa roba, così ho realizzato dei sistemi particolarmente avanzati. Mary non aveva idea di come farli funzionare, poveretta».

«Aspettate un momento», li interrompo alzando un dito. «Non ho capito bene. State dicendo che con questa parabola si può portare Internet sull'isola? Come una specie di segnale Wi-Fi?»

«No, Darcy», mi corregge Paddy con un sorriso. «Magari fosse così semplice. L'antenna può portare Internet solo ai computer con cui è collegata. Dico bene, Eamon?».

Eamon annuisce.

«Perciò se volessi collegarmi a Internet...», rivolgo a Eamon uno sguardo supplice.

«... Dovresti procurarti una parabola», suggerisce lui con sollecitudine.

Sospiro. *Andiamo bene*.

«Non potrei usare il tuo computer, Eamon? Solo per un po', fin quando non avrò un collegamento mio?».

Eamon scuote il capo. «No, non mi sembra una buona idea».

«Ma perché no? Sarebbe solo per un po', te lo prometto. Devo solo allestire un sito come si deve per l'isola, magari collegarmi a Facebook e Twitter, e...». In effetti ci vorrà qualcosa di più che *un po'*.

«Non mi piace avere gente in casa, Darcy. Voglio che le mie cose restino mie e basta».

«Ti prego, Eamon...».

Eamon mi guarda, e per un momento ho la sensazione che stia per cedere. Ma poi si affretta a serrare la porta del recinto che protegge la parabola, chiude il lucchetto e si riavvia verso casa. «Mi dispiace, Darcy, la mia risposta è sempre no», ribadisce ad alta voce dandoci le spalle. «Adesso per favore andate via e lasciatemi in pace».

Lo osserviamo in silenzio mentre sparisce dietro l'angolo della casa.

Mi volto verso Paddy.

«Che papocchio che abbiamo fatto», dice Paddy mentre si toglie il berretto da baseball e si ravviva i riccioli neri appiattiti.

«Che cosa, Paddy?»

«Un casino… sì, insomma, un bel guaio».

«Oh, sì, lo vedo. Non è stata colpa nostra, però. Proprio non capisco come mai Eamon non voglia far entrare nessuno in casa sua. Che dici, avrà qualche segreto nascosto?».

Paddy si stringe nelle spalle. «Non so», risponde, poi fischia chiamando Brogan al suo fianco. «Ehi, chissà, magari c'è il tesoro di Finn McCool nascosto lì dentro e lui non vuole che qualcuno lo trovi». Anche Louis e Woody accorrono al fischio di Paddy, cosa irritante visto che a me non rispondono nemmeno se li chiamo per nome, figurarsi se mi mettessi a fischiare.

Ci rifletto per un istante. «Non lo pensi davvero, eh Paddy?».

Sorride. «No. Fossi in te, non gli darei troppo peso», dice incamminandosi. «Mettigli un cappello da Babbo Natale e chiamalo Randal».

Scuoto la testa. Che cos'ha detto Paddy?

Mi metto a correre per raggiungerlo. «Puoi ripetere?»

«Che cosa?»

«Quello che hai appena detto, riguardo a un cappello da Babbo Natale…».

«Ho ditto: *mettigli un cappello da Babbo Natale e chiamalo Randal*. È un modo di dire che usava sempre un mio amico del Nord. Si usa quando una cosa è sballata, complicata, incomprensibile».

«Come tutto in quest'isola, del resto».

«Su questo potresti aver ragione, Darcy», dice mentre cominciamo a scendere giù per la collina verso il villaggio e O'Connel Street. «Potresti aver ragione».

Ventidue

«Niall», grido mentre busso alla sua porta una mattina presto in giugno.

Alla fine mi apre. È scarmigliato, e rimane in piedi sulla porta con addosso una vestaglia bordeaux e delle pantofole blu scuro. «Spero che tu abbia una buona scusa per venire a svegliarmi alle…», si tira su la manica della vestaglia per dare un'occhiata all'orologio e sbotta: «… sei e trentacinque del mattino, Darcy». Niall prende gli occhiali, se li sistema sul naso e si passa la mano tra i capelli arruffati.

«Ce l'ho, Niall, ce l'ho», dico fremente per l'eccitazione. «Posso entrare?»

«Ehm…». Niall lancia un'occhiata alle sue spalle. «È solo che, be' ecco, al momento c'è un po' di disordine e…».

«Non essere sciocco, che importa? Dài, devo raccontarti una cosa!».

«D'accordo, allora, entra, credo…».

Niall mi fa entrare e mi accompagna in soggiorno.

«Ma di che parli? È tutto perfetto qui dentro», dico osservando l'immacolato soggiorno di Niall.

«Non intendevo qui ma… in cucina, sì!», replica lui in fretta.

«Ah, ecco. Be', adesso non importa, perché indovina un po'? Abbiamo una prenotazione!».

Niall mi fissa. «Darcy, sei venuta a buttarmi giù dal letto prima dell'alba solo per dirmi che hai affittato un altro cottage? Lo so che da quando mi hai convinto a installare l'impianto satellitare senti di continuo il bisogno di dimostrarmi che sono stati soldi ben spesi, ma così sfioriamo il ridicolo».

«No, Niall». Contengo a stento l'entusiasmo. «Non è una prenotazione come le altre, è una prenotazione di massa! I cottage sono stati affittati in blocco da un'unica azienda per uno di quei viaggi organizzati per rinsaldare lo spirito di gruppo, hai presente? Vogliono fare di tutto durante il soggiorno: pesca, escursioni, trekking, tutto il repertorio».

Niall si toglie gli occhiali e si massaggia il naso. «Quando?»

«Tra qualche settimana. A quanto pare avevano prenotato da un'altra parte, ma sono rimasti a piedi per via... non so, un allagamento o qualcosa di simile nel posto in cui dovevamo andare. Gli serviva una soluzione dell'ultimo momento, ed ecco che entriamo in gioco noi».

Niall annuisce, e lo vedo soppesare con la consueta meticolosità quanto gli ho appena riferito. «Dici che possiamo farcela? Abbiamo già avuto dei visitatori, lo so, ma finora solo pochi alla volta. Questa è roba grossa, Darcy; non siamo ancora abituati».

«Possiamo farcela, Niall, lo so che possiamo. Dobbiamo solo chiamare tutti a raccolta. Organizzarci. E adesso che Dermot ha quasi finito di costruire il pub, avremo qualcosa in più da offrire. E poi», aggiungo sicura di toccare la corda giusta, «pensa agli incassi».

Niall si illumina in volto. «Mmh, forse tutti quei soldi spesi per avere l'accesso a Internet non sono stati una cattiva idea».

Dopo la nostra piccola gita a casa di Eamon, nessuno ha potuto togliermi dalla testa che bisognasse dotare l'isola di un accesso a Internet, qualunque spesa comportasse. E come sospettavo, la spesa non è stata da poco. Dopo aver scoperto quanto costa allestire l'impianto, mi sono chiesta come possa permetterselo Eamon. Prima di tutto si paga alla società proprietaria del satellite che emette il segnale un canone mensile calcolato sulla base della quantità di segnale usata; un po' come pagare un normale provider. Ma è stato il costo iniziale dell'impianto a mettere in agitazione Niall e a provocargli un mezzo infarto il giorno in cui ha dovuto staccare l'assegno. Tuttavia quando l'impianto è arrivato e Dermot lo ha installato e io ho potuto finalmente usarlo, è stato come tornare in paradiso ed essere ripagata di ogni penny speso, nonché di ogni ora passata a cercare di portare Niall dalla mia parte. Lascio ancora che sia lui a gestire le mie finanze; adesso che ho Internet e quindi la possibilità di accedere ai miei siti di shopping preferiti, non mi fido più di me stessa. A dire la verità non ho avuto nemmeno il tempo di visitarli, occupata come sono con i cottage, cosa che mi ha lasciata di stucco: quei siti sono sempre stati la mia prima tappa ogni volta che accendevo il computer.

La prima mossa è stata la creazione di una pagina su Facebook, un profilo su Twitter e un blog dedicati all'isola, poi ho passato una giornata a fare fotografie e video di tutti gli angoli panoramici e di tutte le case che abbiamo, e un'altra piacevolissima giornata l'ho trascorsa a creare un sito web nuovo di zecca per Tara. Ho atteso che il tempo cambiasse per poter mostrare Tara al suo meglio, e questo ha significato perdere tutta la giornata.

Poi mi sono seduta e ho aspettato.

Ma una volta tanto la fortuna mi ha sorriso e la prima prenotazione non si è fatta attendere, poi ne è arrivata un'altra e poi un flusso ininterrotto di richieste da qui all'estate. Non basta a dare lavoro in pianta stabile a una comunità di quindici persone, ma è un inizio.

Terminati i lavori di ristrutturazione, Dermot sembra un'anima persa. Ho scoperto che lui è il tipo d'uomo che ha bisogno di essere costantemente impegnato. Non come Conor che invece, una volta terminati i doveri quotidiani e fatti i viaggi in barca necessari, prende volentieri la sua canna da pesca e trascorre il resto della giornata a pescare da qualche parte. A Dermot serve sempre un nuovo progetto a cui lavorare, così ho cominciato a preoccuparmi della possibilità che, se non ho del lavoro da affidargli, lui si annoi e si metta in testa di lasciare l'isola. È vero che noi due passiamo il tempo a battibeccare, ma non voglio che se ne vada. Tara non sarebbe la stessa senza di lui.

Così, mentre rimuginavo alla ricerca di un compito interessante per Roxi, mi è venuta questa idea che non esito a definire geniale per tenere occupati sia Roxi sia Dermot: il primo pub di Tara! Sarà un posticino in cui gli abitanti potranno incontrarsi quando piove troppo per passeggiare in O'Connell Street, oltre che un modo per restituire il sorriso a Niall e ai suoi prospetti finanziari, sebbene, al momento di compilare l'ennesimo assegno perché Dermot potesse apportare le dovute modifiche a una delle case, Niall non fosse propriamente entusiasta.

Torno verso casa sprizzando gioia primaverile – anche se ormai siamo a metà giugno e tecnicamente è estate – e per una volta sorrido.

«Forza, ragazzi», esorto i cuccioli, che ormai, a distanza di quattro mesi, si possono a stento definire tali. «Facciamo una passeggiata mattutina mentre tutti sono ancora a letto».

Ma su questo mi sbaglio. Mentre camminiamo lungo uno dei sentieri che si snodano lungo la rocciosa costa orientale di Tara, ci imbattiamo in Orla che fa yoga – o almeno così sembra – sotto il sole. Si volta a guardarci mentre ci avviciniamo.

«Buongiorno, Darcy», dice senza cambiare posizione. «Ti sei alzata presto stamattina».

«'Giorno, Orla. Avevo delle buone notizie e sono andata ad annunciarle a Niall. Questa notte è arrivata una grossa prenotazione per diverse settimane».

«Fantastico!», dice continuando a fare movimenti armoniosi sull'erba. «Vedo che ti ha rischiarato la giornata».

«Stai facendo *tai chi*?». Sono certa di aver già visto quei movimenti fluidi e aggraziati durante una dimostrazione nel corso di uno dei saloni di salute e bellezza che ho frequentato per lavoro.

«Sì. Vuoi unirti a me?»

«No, non sono il tipo, mi manca la coordinazione».

«Andrai benissimo, Darcy. Ti aiuterebbe a gestire lo stress, tra l'altro».

«Ma io non sono stressata!», rispondo, senza trattenere una risatina nervosa.

Orla interrompe il suo esercizio e inarca la schiena prima di guardarmi in faccia. «Darcy, anche se non ti conoscessi affatto, mi basterebbe un'occhiata per dire che sei emotivamente provata».

«Sul serio?».

Annuisce. «Dovresti trovare un modo per alleggerire il peso delle preoccupazioni».

«Caitlin mi ha dato questa qualche settimana fa». Dopo aver vagato a tentoni nella tasca tiro fuori la piccola pietra rosa che porto sempre con me.

«Oh sì, un quarzo rosa», esclama in tono esperto. «Aiuta sempre contro lo stress».

«Te ne intendi di pietre?», le chiedo stupita.

«Certo, anch'io faccio cristalloterapia».

«Davvero? E per curare cosa?»

«Be', li uso per aiutarmi di tanto in tanto, quando ho qualche acciacco oppure mi serve una piccola spinta. Ma non sono un'esperta di terapie, perciò se ti interessano cose come, ad esempio, il *reiki* dovresti chiedere a Siobhan. Lo pratica regolarmente».

«Siobhan pratica il *reiki*?», esclamo. So qualcosa del *reiki*; una delle ragazze del mio ufficio che soffriva di ernia al disco aveva fatto diverse sedute ed era entusiasta. Diceva che era la cosa migliore che avesse mai fatto in vita sua. Non era invasivo ed era anche incredibilmente rilassante. Era anche una delle cose che Jemima, il mio ex capo, mi aveva fatto fare perché potessi scriverci su, poco prima che lasciassi la rivista. Una delle più piacevoli, per giunta, insieme naturalmente all'essere trasformata in un puntaspilli umano.

Orla annuisce. «Credevo lo sapessi».

Per essere una comunità così piccola, pare siano tantissime le cose che non so.

Scuoto il capo. «No, non ne avevo idea; sembra un tipo così normale».

Orla getta indietro la testa e scoppia a ridere. «Darcy, credi che siccome pratichiamo un po' di terapie olistiche, dobbiamo andarcene in giro a intonare mantra con i sandali ai piedi?»

«No, no di certo», replico, con le guance che cominciano ad avvampare. «È solo che mi sembra strano non essermi accorta che eravate tutte esperte di queste cose. Voglio dire, siamo in pochi eppure ci sei tu con il *tai chi*, Caitlin con i cristalli e adesso Siobhan che pratica il *reiki*. Si direbbe che Tara attiri persone in cerca di uno stile di vita più spirituale».

Orla fa un cenno di assenso. «Forse è proprio così», dice lasciando vagare lo sguardo sul paesaggio circostante. «Questa terra antica, queste rocce, emanano vibrazioni molto potenti. Per questo sono venuta qui a fare *tai chi*».

E poi, prima di avere il tempo di farle altre domande, un'idea mi balena in mente. «Orla, per caso lo insegni, il *tai chi*?»

«Ho tenuto qualche lezione allo studio di Daniel, quando abitavamo ancora a Waterford», racconta sorridendo. «Mio marito credeva fossi pazza a proporre lezioni di *tai chi* presso lo studio di un chirurgo. Invece ebbe un successo tale che c'era addirittura una lista d'attesa per partecipare al corso».

Adesso sorrido anch'io. «Allora forse ho il lavoro perfetto per te e per Siobhan: credo che lo troverete più interessante che rifare i letti».

Ventitré

«Coraggio, Darcy, vieni e cantaci qualcosa!».

«Non se ne parla proprio», replico a gran voce mentre raccolgo alcuni bicchieri vuoti e li passo a Roxi dietro il bancone. «L'unico momento in cui potrei cantare è all'ora di chiusura, quando Roxi avrà bisogno di svuotare il locale».

«Chi canta, allora?», grida Seamus. «Che razza di inaugurazione è, per un pub, senza musica e senza almeno una canzone tradizionale?».

Siamo all'inaugurazione del nuovo pub di Tara: il Temple Bar. Gli abbiamo appioppato un arredamento in stile dublinese e il nome del famoso quartiere della capitale pieno di pub e locali dove si serve da bere. Finora la serata è stata un successone: l'alcol scorre a fiumi e tutti si divertono. Persino Eamon ha fatto una delle sue rare apparizioni per provare il nuovo locale, e soprattutto ciò che offre.

Benché sia piccolo, il pub ha un vero bancone in legno, due spillatori per la birra e dei dosatori alla parete. Accanto ci sono interi scaffali pieni di bicchieri e bottiglie di birra e superalcolici. C'è qualche sgabello, tavoli e sedie, e abbiamo preso in prestito alcuni cimeli della Guinness dalla casa di Katheen e Aiden così da completare l'effetto.

Al momento sull'isola ci sono otto ospiti, ed è un sollievo che non siano venuti a Tara soltanto in cerca di pace e tranquillità, perché l'atmosfera di stasera nel pub ricorda piuttosto quella di un venerdì sera a Temple Bar, nel cuore di Dublino.

Come prevedevo, Roxi è perfettamente a suo agio nel ruolo di signora del Temple Bar, abilmente assistita nei momenti di maggior afflusso da Paddy e Ryan. A quanto pare, Ryan ha lavorato in un pub durante gli studi universitari a Dublino, mentre Paddy sostiene di aver visto più pub che un fattorino della Guinness, perciò tutti e tre insieme dovrebbero essere in grado di gestire la ciurma leggermente sopra le righe che si è radunata qui stasera.

Mentre, un po' in disparte, osservo la gente che si diverte, provo un profondo senso di appagamento. Non avrei mai sperato di sentirmi così durante il mio soggiorno qui. Mi aspettavo di trascorrere l'anno arrancando un giorno dopo l'altro, segnando ogni giornata sull'isola con una croce sul mio calendario di Vogue. Ora mi accorgo di non aver avuto nemmeno il tempo di appenderlo, quel calendario. Avevo problemi più importanti per la testa.

«Pare che le cose stiano andando benino», dice Dermot fermandosi al mio fianco con una pinta di Guinness in mano, a osservare la scena proprio come sto facendo io.

«Stanno andando più che benino, Dermot, e lo sai. Un altro successo da aggiungere alla tua lista sempre più lunga».

Dermot si volta verso di me. «Non è solo merito mio, Darcy».

«No. Anche Roxi sta facendo un ottimo lavoro con il pub. Non avevo dubbi».

Dermot sorride. «Veramente mi riferivo a te. Il merito di tutto questo è tuo».

«Davvero?»

«Darcy», dice scuotendo la testa. «Sei tu che hai messo insieme tutta questa gente, non te ne rendi conto? Hai preso un pugno di persone che non si erano mai viste in vita loro e ne hai fatto una piccola comunità. Guardali qui stasera, tutti riuniti».

Li guardo: giovani e vecchi, uomini e donne, tutti con storie molto diverse alle spalle eppure felici di trovarsi qui, insieme.

Dermot prosegue: «Se avessimo fatto a modo mio, avremmo una compagnia di tutt'altro genere, lo sai. Sì, forse avrebbero fatto i lavori più in fretta e con meno grane, ma pensa che noia la sera, una volta finito il lavoro».

Gli sorrido. È il suo modo per dirmi che, una volta tanto, avevo ragione io? Se questo è l'effetto che gli fanno un paio di birre, devo dire a Roxi di dargli da bere a mie spese ogni volta che vuole e di riservargli uno sgabello e un boccale d'argento. Sto per ringraziarlo, quando sento un braccio posarsi sulle mie spalle.

«*With or without you... oh, oh...*», mi canticchia in un orecchio Conor, «*I can't live, with or without you!* Che dici, può andare, come musica irlandese?», e mi sorride malizioso.

«Sono gli U2, Conor», dico, con uno sguardo di rimprovero. «Non credo sia quello che aveva in mente Seamus».

Conor vacilla leggermente.

Accidenti, ma quanto alcol sta circolando stasera qui dentro? Mi ci vorrà un po' per mettermi in pari!

«Vi lascio soli», dice Dermot, e fa per allontanarsi. «Vedo che hai da fare».

«No, non c'è bisogno...», protesto.

«Sì, Darcy. Ce n'è bisogno», replica reciso Dermot, dirigendosi verso il tavolo dove è seduta Caitlin insieme a Orla e Daniel.

«Che gli è preso?», domanda Conor strofinandomi il naso sulla nuca. «Ha di nuovo sniffato colla?»

«Smettila, Conor», gli dico staccando lo sguardo da Dermot e rivolgendomi a lui. «Non qui, d'accordo?». Allontano la sua faccia dal mio collo e gli sistemo di nuovo il braccio intorno alle mie spalle.

Soddisfatto del compromesso, Conor si rilassa. «Allora, mia splendida principessa dell'isola, che cosa può fare per te stasera questo avvenente principe irlandese?»

«Pare che la festa abbia bisogno di buona musica per ingranare», gli dico, con aria efficiente. «Perciò potresti cominciare suggerendo una soluzione che non sia fare a turno con il mio iPod».

«Mmh... non è esattamente quello che avevo in mente», replica Conor aggrottando le sopracciglia in una smorfia esagerata che lo fa sembrare un mimo. Poi alza un dito e mi bacia la punta del naso. «Lascia fare a me, mia principessa in pericolo», dice picchiettandosi un lato del naso. «Il tuo cavaliere dalla lucente armatura ha un piano».

Ero certa che presto o tardi le decorazioni della stanza di Mary sarebbero tornate utili. Ma non credevo certo che a usarle sarebbe stato Seamus, detto Brontolo. Conor, Aiden e Daniel sono andati a casa sua, a prendere tutti gli strumenti musicali che ne costituiscono l'arredo. Quando li hanno portati al pub, proprio Seamus, smentendo il suo soprannome, li ha presi uno alla volta e ha cominciato a intonare una serie di canzoni tradizionali irlandesi, prima con il tipico zufolo di metallo e poi con il violino.

«Incredibile, eh?», commento rivolta a Eamon, seduto accanto a me, mentre batto le mani al ritmo della canzone di Seamus. Qualcuno accenna perfino qualche passo di danza, mentre Paddy si sforza di seguire il ritmo al *bodhràn*. «Chi avrebbe mai detto che Seamus fosse capace di portare tanta allegria all'umanità. Dovrò smettere di chiamarlo Brontolo, se continua così».

Eamon sorride al suo bicchiere di whisky prima di vuotarlo con un sorso. «Io non mi stupisco più di nulla, Darcy», replica posando sul tavolo il bicchiere vuoto. «Soprattutto quando la gente si trova a Tara».

«Che vuoi dire?»

«Te ne accorgerai molto presto», dice, con aria misteriosa. «Sta già succedendo».

«Che cosa?»

Ma Eamon sbadiglia e si stiracchia. «Dovrei essere a letto già da un pezzo. Lascio voi giovani ai vostri divertimenti e vi auguro la buonanotte».

«Eamon, non puoi andartene adesso, la festa è appena iniziata. Posso convincerti a restare con un altro whisky? Offre la casa».

Eamon sorride di nuovo. «Oh, è un'offerta gentile. Ma così non guadagnerai mai un granché. No, va' e occupati dei tuoi isolani. Credo che in questo momento qualcuno abbia bisogno del tuo aiuto».

Guarda verso il bancone, e seguendo il suo sguardo noto Caitlin che osserva Dermot frustrata.

«Oh, ho capito», rivolgo a Eamon un cenno di intesa. «Ci penso io».

Che posso fare per risolvere questa situazione?

Chiamo Kathleen interrompendo la sua danza frenetica al ritmo della musica di Seamus. Con delicatezza la guido per un attimo ai margini della improvvisata pista da ballo. «Non esiste per caso un ballo irlandese un po' più posato? Che preveda delle coppie magari?».

Non c'è bisogno di pregarla perché Kathleen si metta a insegnare a tutti, per l'intera ora successiva, alcune danze tradizionali irlandesi. Mi correggo: *quasi* tutti. Non avevo messo in conto la riluttanza di Dermot a posare i suoi stivali taglia quarantaquattro su una pista da ballo.

«No», dice con fermezza, quando cerco di persuaderlo a ballare con Caitlin.

«Ma perché no?», insisto, rendendomi conto di aver trascurato questo piccolo dato tecnico nel mio piano d'azione.

«Perché io non ballo».

«Ma a Caitlin serve un compagno».

«E allora uno degli altri ballerà con lei».

Sospiro. «Oh, Dermot, non potresti prestarti al gioco, per una volta?»

«Perché dovrei?»

«Perché sì, ecco perché».

Ma nonostante i miei sforzi Dermot non muoverà un solo passo di danza.

Lascio la pista per un po' e mi piazzo al bar a bere qualcosa.

Roxi mi si avvicina fischiando, reduce anche lei dalla pista da ballo. «Credevo che i balli irlandesi fossero roba da museo del *colore*, ma questa musica è da infarto!»

«Roxi, si dice museo del folklore, non del colore! E tu non

dovresti stare dietro il bancone a servire i clienti, invece di spassartela ballando con loro?»

«Si chiamano pubbliche relazioni, Darce, non lo sapevi?». Roxi mi sorride. «Era una vita che non mi divertivo tanto, e non mi riferisco al ballo. Il pub è stato un'idea grandiosa. Grazie!». Mi abbraccia, stringendomi forte.

«E...?», le chiedo, appena mi sciolgo dal suo abbraccio.

«Cosa?», mi ricambia con uno sguardo innocente sbattendo le ciglia blu elettrico. «Ah, *quello*!».

«Eh, già, quello. Quando potrò riscuotere la mia vincita?»

«Sei proprio sicura di voler riprendere quell'abitudine, Darce? Pensa alla linea», mi osserva da capo a piedi ammiccando. «Sarebbe un peccato rovinarla...».

«Portami il cioccolato a casa, Roxi», taglio corto. Non ho proprio voglia di agitarmi stasera, dopo l'episodio con Dermot. Un bel pezzo di cioccolato sarebbe l'ideale.

«Ehi, nervosetta, ci siamo alzate con il piede sbagliato stamattina? Lo vedi che succede a mettersi a trafficare in sostanze illecite? Non si sanno gestire le conseguenze».

«Roxi», dico mettendomi le mani sui fianchi, «sto parlando di qualche tavoletta di cioccolato. Non di un losco traffico di droga».

«Ma per te lo è, a giudicare dall'espressione disperata che hai».

«Non si tratta del cioccolato». Lancio un'occhiata a Dermot che, in un angolo, sorseggia con aria tetra una pinta di Guinness.

«Perché, che succede, tesoro?».

Le racconto di Dermot, di Caitlin e della storia del ballo.

«È perché ti sei mossa male», sentenzia Roxi con il tono di chi sa quel che dice. «Ai tipi come il nostro signor Cowell non piace essere costretti esplicitamente a fare qualcosa; bisogna manovrarli con delicatezza in modo che non si rendano conto di quel che stanno facendo fino a che non l'hanno già fatto».

«Per esempio?», le chiedo con interesse. Come fa Roxi a conoscere così bene gli uomini?

«Per esempio organizzando una bella cena elegante».
«Ma lo sai che non so cucinare! Ho provato a preparare la colazione per la riunione di ieri e ho bruciato tutte le salsicce. Conor ha dovuto strapazzare un quintale di uova per salvarmi la faccia».
«O per salvarti la pelle», scherza Roxi con un gesto ampio delle mani.
«Roxi!».
Mi zittisce con un cenno. «Va bene, di' alla tua coda di cavallo di darsi una calmata. A proposito, Darce, è un po' che volevo parlarti dei tuoi capelli: li porti sempre raccolti da quando sei arrivata qui».
Mi accarezzo i capelli, sulla difensiva. «Non è vero! Ho variato un po'. E poi qui c'è sempre vento, devo tenerli legati per forza».
Roxi mi guarda con disgusto. «Anche in casa? Scusa, ma mi hai mai vista legarmi i capelli con un misero elastico?».
Guardo la folta capigliatura corvina di Roxi raccolta su un lato della testa e fissata con un vivace fiore arancione. «No, ma... stammi a sentire, non dobbiamo parlare di acconciature adesso, ma di cene. Come ti viene in mente che proprio io possa preparare una cena appetitosa e raffinata qui, su un'isola sperduta nell'oceano?»
«Mmh, un bel problema», dice Roxi guardandosi intorno. Poi sorride. «Non dovrai toccare nemmeno una padella. Lascia a me i dettagli secondari. Tu hai un problema di tutt'altro genere da risolvere».
«E sarebbe?»
«Convincere il signor Cowell a venire».

Ventiquattro

«Ma non puoi mancare!», insisto, di fronte all'ennesima resistenza di Dermot persino alla proposta di fare un salto dopo cena.

«E perché mai? Per vedere te e Casanova che vi scambiate smancerie per tutta la sera anche a tavola?»

«No». Devo restare calma se voglio convincerlo a partecipare. La mia mano corre al quarzo rosa che ormai ho sempre in tasca ovunque vada. «Perché altrimenti saremo dispari. Quando si dà una cena, deve esserci sempre un numero pari di commensali».

«Non riesci a escogitare niente di meglio?», mi domanda mentre sistema la grondaia allentata di uno dei cottage da affittare. Sospira esasperato. «E va bene, allora. Ci vengo. Ma non mi metterò in giacca e cravatta».

«Non te lo chiederei mai», replico trattenendo un gridolino di trionfo. «Mi basta che tu venga a casa mia alle sette con dei vestiti puliti e decenti».

«Sono capace di vestirmi, Darcy», borbotta con una fila di chiodi tra le labbra. «Non sono un bambino».

Sono sul punto di lasciarlo alle sue riparazioni, felice di averlo convinto a venire, quando mi volto. «Giusto per sapere, Dermot, cosa pensavi di metterti?».

Si toglie i chiodi dalla bocca e mi guarda dall'alto della scala su cui è appollaiato. «Perché?»

«Me lo domandavo, tutto qui. Farai un piccolo sforzo, vero?».

Socchiude gli occhi. «Dipende da cosa intendi per "piccolo sforzo". Mi farò una doccia e mi metterò una camicia pulita, che altro vuoi?»

«Tutto qua? Non c'è niente di male se un uomo cerca di mostrarsi al meglio, soprattutto quando va fuori a cena con una signora».

«Ma io non vado fuori a cena con una signora, giusto? Io vengo solo a mangiare a casa tua».

«Grazie tante», dico, alzando gli occhi al cielo.

«Sai cosa intendo. Non sono uno di quei tipi che si mettono creme e lozioni».

«No, lo so, sono stata nel tuo bagno, ricordi? Non ho potuto fare a meno di notare una certa mancanza di equipaggiamento».

Dermot mi sorride malizioso. «Posso chiederti di formulare la frase in un altro modo se ti capita di dirla ad altri, per il bene di entrambi?».

Mi sforzo di pensare in fretta mentre arrossisco. «E se facessi un salto da te questo pomeriggio, per un piccolo *makeover*?»

«Ah ah», dice scuotendo la testa. «Non penserai mica di portarti dietro tutte quelle diavolerie cosmetiche che hai in casa e di usarle su di me?»

«Non ho detto *make-up*, ma *makeover*, come quello che fanno in televisione. È un po' come quando ristrutturi una casa, solo che al posto dei muri ci sei tu». Gli sorrido sperando che il paragone gli piaccia.

Ma lui fa una smorfia. «Bel tentativo, Darcy, ma non sei la Gok Wan[4] del bricolage. Finiscila e passami quel martello, per favore. Non mi serve nessun *makeover*».

Mmh, non mi arrendo tanto facilmente, Dermot. Non sei l'unico a cui piacciano le sfide…

Allungo un braccio verso la cassetta degli attrezzi e mentre gli passo il martello mi viene un'idea. «Ti faccio una proposta: se riesco a passarti i prossimi tre attrezzi che nominerai, tu mi permetterai di farti un *makeover*».

[4] Gok Wan è un noto autore e presentatore di programmi televisivi sulla moda, come *Gok's Fashion Fix* e *How to Look Good Naked* (*n.d.t.*).

I suoi occhi si accendono di interesse. Lo sapevo che non avrebbe resistito.

«Andata», e scende dalla scala per suggellare il patto con una stretta di mano. «Non hai chance».

«Allora, qual è il primo?», domando incrociando le braccia e facendomi indietro con aria disinvolta per permettergli di scegliere.

«Un piombino», dice senza pensarci troppo a lungo.

«Facile». Mi chino, rovisto un po' nella cassetta di metallo e trovo un piccolo peso di ottone simile a un pendolo, appeso a un cordoncino.

«È questo che ti serve?», gli chiedo sollevandolo e facendoglielo oscillare sotto il naso.

«In effetti sì», e me lo toglie di mano. «Sono colpito. Però scommetto che non sai per cosa lo si usa».

«A misurare le linee verticali, direi», rispondo senza scompormi. «O almeno, io lo utilezzerei per questo».

«Mmh». Dermot mi guarda con sospetto. «Adesso prendimi un raschietto americano».

Dopo aver rovistato per qualche secondo della cassetta, tiro fuori una specie di pialla per levigare il legno. «Sarebbe questo?», gli chiedo, sollevandolo.

«Sì...», Dermot lo osserva con aria ostile. «Avrei dovuto pensarci meglio. La parola raschietto ti ha messo sulla buona strada».

«Può darsi», dico con un'alzata di spalle. «Ma se indovino anche il prossimo, tu dovrai fare ben altro che raderti prima di venire a cena stasera». Muovo le dita come un prestigiatore sul punto di estrarre un coniglio dal cilindro. «I miei attrezzi non avranno nomi fantasiosi come i tuoi, ma sono altrettanto efficaci nel loro campo».

Dermot fa una smorfia e poi riflette a lungo su come rilanciare. «Perché non mi prendi una *roncola*, Darcy?», annuncia alla fine, con malcelato trionfo.

Lo guardo fisso negli occhi un secondo prima di chinarmi di nuovo verso la cassetta. «Bel tentativo, Dermot», dico tornando a guardarlo in faccia, le mani sui fianchi. «Ma non troverò nessuna roncola lì dentro, o sbaglio? È una specie di piccozza, troppo grossa per entrare nella cassetta degli attrezzi!».

«Come fai a sapere tutte queste cose?», mi chiede. «Gli unici attrezzi che possiedi sono la limetta per le unghie e la piastra per i capelli».

«Il mio primo lavoro come giornalista è stato presso una rivista di edilizia. Scrivevo di questa roba ogni giorno. Una noia mortale, ma a quanto pare mi è tornato utile».

Scuote la testa. «Mi hai imbrogliato».

«No, niente affatto. Io non ho mai detto che non sapevo niente di attrezzi da carpentiere; è stata una tua supposizione. Sei sicuro di sapere tutto di me, invece non mi conosci affatto».

Mi scruta con i suoi profondi occhi marroni. «Non sono d'accordo. Ogni giorno che passo su quest'isola mi sembra di conoscerti un po' meglio».

Quest'ultima dichiarazione non so bene come prenderla. «Bene allora...». Do un'occhiata all'orologio. «Ci vediamo a casa tua alle quattro?»

«Per fare che?»

«Il tuo *makeover*». Faccio una giravolta sull'erba con le braccia alzate. «È in arrivo Darcy McCall!».

Alle quattro in punto mi presento al cottage di Dermot con il beauty-case in mano. La sfida di stamattina mi era sembrata una buona idea, sul momento; volevo che Dermot apparisse al suo meglio per Caitlin. Ma adesso che sto per bussare alla sua porta, mi sento un po' a disagio.

A casa mia fervono i preparativi per la cena di stasera. Roxi ha proposto a Kathleen e Aiden di cucinare qualcosa al pub, dato che Aiden faceva il fornaio. Questa serata sarà un giro di prova, per vedere se il loro talento culinario si spinge oltre la preparazione di pane e biscotti. Roxi è riuscita ad aggirare il problema della mia totale incapacità ai fornelli e in più ha trovato una nuova fonte di introiti per l'isola; certe volte dimentico quanto è geniale.

Quando sono andata a trovarli ieri, stavano discutendo con foga il menu più adatto per la serata e mi hanno detto che aprire un ristorante è sempre stato il loro sogno, che non hanno mai potuto realizzare per motivi finanziari. Sono elettrizzati all'idea di avere quest'opportunità qui a Tara.

Così li ho lasciati a trafficare tra i fornelli della mia piccola cucina, mentre Conor, su ordine di Roxi, sta spostando i mobili del soggiorno in modo da farci stare il tavolo e le sedie presi in prestito dal pub. Roxi si è messa in testa di decorare la sala da pranzo per i nostri ospiti: oltre a me e Roxi, ci saranno Conor, Dermot, Caitlin e Niall.

Mi ha sorpreso l'entusiasmo con cui Conor ha aderito all'idea della cena. All'inizio era piuttosto scettico, ma quando gli ho spiegato che lo scopo era cercare di far mettere insieme Dermot e Caitlin si è subito attivato, fornendo aiuto e assistenza ovunque fosse necessario.

Con l'andar delle ore, però, l'atmosfera in casa si è fatta talmente tesa tra piani e preparazioni che è stato un sollievo svignarmela per un po' e andare a trovare Dermot.

«Tutto bene?», si informa Dermot guardando il mio astuccio dei trucchi, appena aperta la porta.

«Sì, bene. Tu?»

«Saprò dirtelo tra un po'».

Lo seguo all'interno del cottage. «Allora, andiamo subito in camera da letto?», suggerisco mentre lo seguo verso quella stanza.

Dermot sorride. «Ho già incontrato delle donne intraprendenti, Darcy, ma tu le batti tutte».

Mi blocco davanti alla porta e le mie guance cominciano ad avvampare. Mi volto: «Te lo sogni, Dermot», dico volutamente inespressiva. «Visto che è la camera da letto, immagino che il tuo modesto guardaroba si trovi lì».

Annuisce senza smettere di sorridere. «Sì, i vestiti sono lì. Accomodati».

Attraverso decisa la stanza e quando mi fermo un momento a posare l'astuccio sul comò noto che la foto con la bambina è stata messa via. È chiaro che Dermot non vuole che ficchi il naso in qualcosa di più personale del suo guardaroba, per cui passo oltre e apro le ante di legno.

«Tutto qui?», chiedo, osservando la misera fila di abiti appesi di fronte a me. «Ho visto più vestiti appesi a uno spaventapasseri».

«Molto divertente», commenta appoggiato allo stipite della porta. «C'è un po' di roba anche nel comò».

«Tipo?»

«Magliette, biancheria, calzini… roba così».

«Be', se questo è tutto ciò che hai, immagino che dovremo arrangiarci».

«Ma perché è così importante?», chiede guardandomi mentre comincio a tirare fuori dall'armadio camicie, jeans e maglioni, nella speranza di riuscire a mettere insieme una mise decente per la cena di stasera.

«Che vuoi dire?»

«L'aspetto fisico. Sembra che per te le apparenze siano molto importanti».

«No davvero». Accosto una camicia a scacchi blu e rossa a un paio di jeans, sperando in non so quale ispirazione. Perché ha tante camicie a scacchi? Aspira inconsciamente a fare il tagliaboschi? «Mi fai sembrare molto superficiale».

Dermot mi osserva in silenzio, sulla porta.

Mi volto verso di lui. «Stai dicendo che sono un tipo superficiale?»

«No, è solo che la prima volta che ti ho incontrata, mi sei sembrata una che dà molta importanza al suo aspetto e a quello degli altri. Ma da quando sei a Tara, credo tu abbia capito che avere la borsa firmata all'ultimo grido e stirarsi i capelli ogni cinque minuti non sono tutto. C'è altro nella vita».

«Veramente io non ho mai dato tanta importanza a queste cose!». Mi accorgo con una certa esasperazione che sto arrossendo. Come fa Dermot a mettermi sempre in crisi in questo modo? «Ma che c'è di male nel voler apparire al meglio? Se uno si piace, si sente più a suo agio».

Dermot si siede ai piedi del letto. «Te lo concedo. Ma tu a volte esageri. L'apparenza dovrebbe riflettere la tua personalità, non essere una maschera che nasconde quel che c'è sotto. Perché sforzarsi tanto di nascondere la realtà con tutti quei fronzoli? Sciogliti i capelli qualche volta Darcy, e abbassa la guardia».

Mi volto e incontro il suo sguardo saldamente puntato nei miei occhi. Adesso è lui a rovistare in mezzo a cose che io vorrei tenere nascoste, anziché il contrario.

La conversazione si facendo un po' troppo personale, così decido di alleggerirla.

«Non posso farlo qui». Mi volto verso l'armadio e mi metto a tirare fuori altri vestiti appesi.

«E perché no?»

«Ho provato a sciogliermi i capelli a Tara, ma c'è troppo vento. Si scompigliano subito e poi ci vuole una vita a sistemarli, non ne vale la pena».

Lo sento sospirare.

«Dunque», dico in tono leggero, «stavo pensando a questa camicia», tiro su una camicia di cotone azzurra a tinta unita, «da abbinare a questi jeans. Ma ci serve una bella maglietta bianca da mettere sotto. Le tieni qui?», dico dirigendomi verso il comò.

«No, va bene così, ci penso io!». Dermot salta su dal letto fermandomi prima che possa raggiungere il cassetto.

«Ooh, cosa nascondi lì dentro?», dico ridendo prima che mi venga in mente che probabilmente è lì che ha messo la foto.

In fretta e furia Dermot prende una maglietta bianca dal cassetto di mezzo e lo richiude di scatto. «Questa ti va bene?», dice passandomela.

«Sì, è perfetta». Lancio un'occhiata al cassetto, domandandomi se forse non è il momento giusto per chiedergli di quella foto. Ma Dermot non sembra ansioso di condividere i propri segreti, anche se poco fa ha fatto del suo meglio per indurmi a spifferare i miei.

«Dunque, ho cercato di mettere insieme un look molto semplice», dico indicando gli abiti che ho poggiato in bell'ordine sul letto. «Proprio come questa stanza. Pare che le cose ti piacciano semplici e senza complicazioni».

«Troppi fronzoli non fanno per me», commenta, guardando con diffidenza i vestiti adagiati sul letto come se da un momento all'altro dovessero saltargli al collo e infilarglisi addosso contro la sua volontà.

«Non ti sei portato molti oggetti per la casa», proseguo. «Ci sono solo i mobili dell'albergo. Non hai niente di più personale, tipo delle foto?».

Adesso mi guarda con sospetto. «Di' un po' Darcy, tu quante foto hai in casa tua?».

Porca miseria. «Nessuna, ma...».

«Ti sei risposta da sola. Forse nessuno di noi due vuole mettere in mostra i propri amici e la propria famiglia».

Non è andata bene. Dermot, quando si impunta, è inattaccabile come le rocce delle montagne di Tara. Se ha deciso di evitare un discorso, non c'è modo di tirargli fuori una parola. Si impone una ritirata. Per ora.

«Che ne dici?», gli chiedo indicando gli abiti sul letto.

Dermot esamina l'insieme che ho selezionato con tanta cura.

«Sono vestiti», replica in tono piatto.

«Sì, lo so, ma che te ne pare dell'abbinamento?»

«Va bene, mi pare», risponde lui con un'alzata di spalle.

Sospiro. «Ti piaceranno di più quando li avrai indossati».

«Togliamoci il pensiero, allora». Prima che possa fermarlo, si sfila senza sbottonarla la camicia che ha addosso e allunga la mano verso i vestiti posati sul letto. «Devo mettere prima la maglietta bianca?», domanda.

Ho aperto la bocca per parlare, ma per qualche ragione non è uscito alcun suono. Il fatto che Dermot si sia tolto la camicia di fronte a me in questo modo mi ha sconvolto per due motivi: primo, non mi aspettavo che si cambiasse subito;

secondo, la vista di lui a torso nudo in jeans e stivali è molto più piacevole di quanto dovrebbe, perché Dermot è messo particolarmente bene in quanto a torace. È molto muscoloso, ma non in quel modo artificioso, da palestrato. Sul suo petto ben sviluppato c'è un discreto strato di peluria bruna, ma non tanto da mettersi a gridare all'orso.

«Ehm… sì, va bene. Prima la maglietta», riesco a dire alla fine. Mi siedo sul letto e lo osservo mentre si infila la maglietta, e non appena il suo torace scompare alla vista, l'ordine torna a regnare nella mia testa.

«No, quelli non c'è bisogno di cambiarli», lo blocco in fretta quando fa per togliersi i jeans. «Sono praticamente uguali a quelli che hai addosso».

Dermot alza le spalle. «D'accordo», e comincia a infilarsi la maglietta nei pantaloni.

«No! Non metterla dentro!».

«Perché no? È più in ordine».

«È più in ordine se hai passato i settanta, forse! Immagino che una cintura decente sia chiedere troppo, vero?».

Dermot alza gli occhi al cielo e va di nuovo verso il comò. Apre il cassetto in fondo e tira fuori una cintura di cuoio marrone con la fibbia d'argento lavorata. «Che ne dici di questa, può andare?»

«Ma è perfetta!», esclamo osservando la cintura. «Dove l'hai presa? Sembra cuoio di qualità, forse è griffata».

«È un regalo».

Mi sembrava.

Gli porgo la cintura e lui la infila nei passanti dei jeans. Si mette la camicia azzurra e comincia ad abbottonarla.

«Non ti abbottonare la camicia», gli suggerisco.

«E perché no?»

«È meglio se la lasci aperta. Guarda». Mi alzo dal letto e comincio a liberare i bottoni già infilati nelle asole. Il suo petto inizia a muoversi più in fretta, su e giù, e all'improvviso l'aria nella stanza sembra essersi fatta bollente. In piedi, così vicino a lui, percepisco il calore che il suo corpo irradia. Sento il suo respiro caldo sulla fronte mentre apro in fretta le falde della camicia e gliela sistemo in modo che gli penda sui fianchi, con l'orlo della maglietta appena sopra la cintura. Poi faccio un passo indietro e fingo di ammirare la mia opera mentre cerco di riprendere a respirare normalmente.

«Ecco», dico evitando a bella posta il suo sguardo. «Niente male, devo ammettere. Tu che ne dici?»

«Quello che vedo non mi sembra affatto male».

Smetto di ammirare i suoi vestiti e lo guardo dritto in viso. I suoi occhi marroni sono fissi nei miei. «Ma qui non c'è uno specchio. Come fai a giudicare senza specchiarti?».

All'improvviso si mette in movimento, come se si fosse appena svegliato da un sogno a occhi aperti. «No, hai ragione. Bisogna che mi veda per bene. Vado in bagno. Torno subito».

Anch'io sono in preda a una specie di stordimento, e comincio a rimettere gli altri vestiti nell'armadio.

«Lo devo ammettere, Darcy», dice al suo ritorno. «Non è niente male. Mi piace».

«Bene. Ne sono felice». Restiamo un momento a fissarci.

«Sì, be', è il caso che mi tolga questa roba se non voglio sporcarla prima di stasera». E ricomincia a spogliarsi.

«Ed è il caso che io vada», dico, afferrando il mio astuccio dei trucchi e correndo verso la porta.

«Tutto qua? La tortura è finita?», domanda Dermot, di nuovo mezzo nudo. «Credevo che miss bricolage avesse in serbo per me qualcosa di più che un semplice abbinamento di vestiti. Non hai nemmeno aperto il tuo astuccio. Non che la cosa mi dispiaccia!».

«No, credo che miss bricolage abbia vist... fatto abbastanza per oggi». Mi produco in uno sforzo penoso per costringere gli occhi a rimanere sul viso di Dermot e a non scendere sul suo petto nudo.

«Be', ha fatto un gran bel lavoro, comunque», osserva, seguendomi mentre mi precipito all'ingresso, alla disperata ricerca di una via di fuga. «Oh, hai dimenticato una cosa».

«Davvero?», mi volto, la mano già posata sulla maniglia. *Fa' che si sia coperto.*

«Sì, non dovrei farti la domanda più importante prima della fine?».

Lo guardo senza capire. Ho già abbastanza confusione in testa, anche senza indovinelli. Di che diavolo sta parlando?

Dermot alza gli occhi al cielo. «Ma sì, lo dicono sempre in quel programma... *Come ti sembro nudo?*[5]».

[5] La frase è uno dei tormentoni di un programma televisivo condotto dal già citato Gok Wan. Nel programma (*How to Look Good Naked*), Wan aiuta delle donne a truccarsi e a scegliere della biancheria adatta a loro. Alla fine dello spettacolo, la concorrente sfila seminuda e domanda al pubblico: *Do I look good naked?* (Come vi sembro nuda?) (*n.d.t.*).

Venticinque

La serata si sta rivelando tra le più belle che abbia trascorso qui a Tara. Finora la cena è stata molto elegante: Roxi ha decorato le pareti, il tavolo e le sedie con piante e fiori selvatici per creare un effetto fiabesco. La conversazione è stata sempre vivace, senza pause imbarazzanti, e il cibo che Aiden e Kathleen hanno servito era squisito. Per una volta Dermot e Conor si sono comportati civilmente l'uno con l'altro, e soprattutto Dermot e Caitlin sembrano andare d'accordo.

Dermot si è presentato nel nuovo look inventato da me, e sembra proprio un'altra persona. Guardandolo mi domando se è solo il nuovo modo di portare i vestiti a farlo apparire così diverso. Ma a quanto pare ha fatto qualche altro sforzo per curare il suo aspetto. Si è pettinato e si è rasato con più cura, e sorride più spesso del solito, soprattutto all'indirizzo di Caitlin. C'è qualcosa che mi disturba nel vedere Dermot così, ma non ho idea di cosa sia a darmi fastidio.

Noi ragazze ci siamo date molto da fare, e indossiamo abiti adatti all'occasione. Caitlin porta un lungo vestito a fiori dalle linee morbide; se lo indossassi io avrei l'aria di essere diretta a una festa a tema anni Settanta, ma su di lei ha l'effetto di esaltare la sua figura flessuosa. Ha appena un accenno di trucco e questo, insieme ai capelli biondi che le ricadono sulle spalle esili, la fa sembrare la modella di una pubblicità raffinata e vecchio stile. Io mi sento molto formale, seduta di fronte a lei nella tipica mise da cena elegante, l'abito nero. È un modello lungo di French Connection, con piccoli lustrini intorno al collo e un profondo spacco di lato. Non so nemmeno io perché l'ho portato – mentre preparavo i bagagli mi sembrava troppo elegante – ma mi piace essere preparata a qualunque evenienza, e adesso sono davvero felice di averlo messo in valigia. Questa serata merita un pizzico di glamour visti gli sforzi fatti da tutti, e un paio di jeans con un maglione, anche se da quando sono a Tara non indosso altro, non mi sembravano per nulla indicati.

Per l'occasione Roxi mi ha fatto un'acconciatura che abbiamo visto diverse volte a Cheryl Cole in *X-Factor*, e mi ha convinta a mettere anche un piccolo diadema tra i capelli.

«No», ho protestato quando si è presentata con il suo cofanetto di gioielli.

«Ma Darce, sei talmente elegante in nero, e con i capelli pettinati così mi ricordi tanto Audrey Hepburn in *Colazione da Tiffany*».

«Non mi pare proprio, Roxi», ho replicato allungando il collo per riuscire a vedermi nel minuscolo specchio del bagno di Roxi. Però il diadema stava così bene con i lustrini del vestito che ho deciso di tenerlo. D'altronde, quando mi capiterà ancora di poter indossare un diadema a una cena?

Ma adesso, a vedere il look discreto di Caitlin e la reazione di Dermot, mi sembra di essere troppo ingessata. Forse ho esagerato un tantino? Eppure Conor ha detto che sono stupenda stasera, perciò che mi importa di cosa pensano gli altri?

Come sempre, Roxi non ha lesinato sfarzo e glamour. Porta un miniabito a lustrini rossi con zatteroni in tinta, e un fermaglio tutto rose e lustrini sui lunghi riccioli bruni.

Niall ha pescato dall'armadio un completo grigio con camicia bianca (ero sicura che ne avesse portato uno con sé), perciò solo Conor, benché sia in perfetto ordine, è vestito come sempre, in jeans e maglietta bianca. Ma è ugualmente bellissimo, seduto accanto a me e chino sul dessert. Mi strizza l'occhio quando vede che lo sto guardando.

«Allora, Conor, a quanto pare hai girato il mondo», dice Dermot grattando dal piatto con il cucchiaino un residuo appiccicoso di budino. «Non ti viene mai voglia di fermarti da qualche parte?»

«Mai». Conor afferra la bottiglia di vino per riempire i bicchieri di tutti.

«Ma una base, un posto da chiamare casa vorrai pure averlo», insiste Dermot.

Conor scuote la testa. «Hai presente come dice la canzone? *Wherever I lay my hat, that's my home*. Casa è dove appendo il cappello. Be', casa mia per il momento è qui, a Tara. Altro vino, Dermot?», aggiunge restando con la bottiglia sospesa sopra il suo bicchiere.

Lui fa cenno di no con la testa e mette la mano sopra il bicchiere ancora mezzo pieno.

«Deve essere meraviglioso aver visto tanti posti diversi», osserva Caitlin. «Mi piacerebbe viaggiare di più».

«Dovresti farlo, Caitlin. Viaggiare apre la mente in un modo che non saprei neanche spiegarti. Ho imparato di più negli anni trascorsi viaggiando che in tutto il tempo che sono stato a casa. Ma ci sono ancora tanti posti al mondo da vedere».

«E allora perché sei qui?», gli chiede Dermot. «Perché fermarsi a Tara?».

Conor finisce di riempirsi il bicchiere e poi, con cura, posa la bottiglia sul tavolo. «Forse qui a Tara ho trovato qualcosa che mi piace», e mi sorride.

«Ma non potevi sapere quello che sarebbe successo tra voi due prima di fare domanda per venire qui, perciò... senza offesa, Darcy», prosegue Dermot, dopo avermi lanciato un'occhiata, «deve essere stato qualcos'altro a portarti qui».

Alzo gli occhi al cielo. «Nessuna offesa, Dermot». Sospiro prendendo il bicchiere. Non mi piace la piega che sta prendendo la conversazione: finora è stato tutto così piacevole e conviviale. Perché Dermot deve cominciare con questi discorsi molesti?

Conor lancia un'occhiata a Dermot, seduto all'altro capo del tavolo. Per qualche istante i due uomini si fissano intensamente.

«Volevo una pausa dai miei viaggi», dice Conor, «dopo la morte di mia madre. Quale posto migliore di questo, vicino ai luoghi della mia infanzia e pieno di vecchi ricordi?». Solleva il bicchiere e beve un lungo sorso.

Io guardo Dermot in cagnesco. *Dopo tutto quello che ho fatto per te oggi pomeriggio...*

«Allora!», dice Roxi ansiosa, guardando prima me poi Dermot. «Dato che abbiamo finito il dessert, perché non facciamo un bel gioco?».

Ho cercato di convincere Kathleen e Aiden a restare con noi dopo che hanno finito di servire i loro deliziosi manicaretti, ma hanno insistito per raggiungere gli altri al Temple Bar e lasciare noi a goderci la serata. In effetti mi ha fatto sentire un po' in colpa non poter invitare tutti alla nostra cena – non mi piace escludere le persone – ma, come ha giustamente osservato Ryan, qualcuno doveva occuparsi degli ospiti e del pub, così lui e gli altri hanno convinto Roxi e me a prenderci una serata libera.

Ormai siamo una comunità molto unita. Sono tutti gentili gli uni con gli altri.

Mi correggo: tutti tranne Dermot e Conor.

«Che tipo di gioco?», domanda Dermot con diffidenza.

Gli occhi scuri di Roxi saettano da un viso all'altro. Conoscendola, tremo all'idea di quello che può avere in mente. Vedo il suo sguardo posarsi sulla bottiglia al centro della tavola, e le lancio un'occhiata feroce di avvertimento.

«Che guastafeste!», esclama Roxi fingendosi contrariata.

«Che vuoi dire Roxi?», domanda Caitlin, guardandoci a turno. «Che gioco avevi in mente?»

«Roxi vorrebbe fare il gioco della bottiglia», rispondo al posto suo mentre lei reprime un sorriso malizioso.

«Non se ne parla neanche», dichiara Dermot posando sul tavolo il bicchiere e sollevando la bottiglia per riempirlo. «Questo è l'unico uso che si farà di questa bottiglia, per stasera».

Caitlin sembra vagamente delusa.

«Forza, Roxi, conoscerai pure qualche altro gioco!», la incoraggia Niall.

«Obbligo o verità», propone Roxi facendomi l'occhiolino.
Scrollo il capo.

«Va bene, va bene. Che ne dite di Non ho mai?»

«Che cos'è Non ho mai?», domanda Caitlin. «Non mi pare di averci mai giocato».

«È facile», spiega Roxi. «A turno si dice un frase come: "Non ho mai mangiato sei uova di cioccolato uno dietro l'altro". Se non l'hai mai fatto resti seduto. Altrimenti ti alzi. Per esempio», aggiunge indicandomi, «la drogata di cioccolato seduta laggiù a questo punto dovrebbe alzarsi».

«Ah ah. Non sono messa così male», ribatto facendole la linguaccia.

«Sembra divertente!», esclama Caitlin battendo le mani.

«A me sembra divertente quanto infilare la mano in una morsa e girare la manovella», borbotta Dermot.

«Piantala di brontolare, signor Cowell», lo zittisce Roxi. «Fatti una risata, una volta tanto! Bene, comincio io». Ci pensa su un istante. «Mmh... Non sono mai stata arrestata», dice illuminandosi a un tratto.

Io e Roxi ci alziamo in piedi all'istante, poi, con una certa riluttanza, si alza anche Niall. Gli altri restano seduti, e si guardano tra loro curiosi e sorpresi, soprattutto nei confronti di Niall.

«Che c'è?», si difende lui. «Sono stato giovane anch'io, sapete? È successo all'università, un incidente con una fontana e del bagnoschiuma...».

«Bene, è iniziata la festa!», ride Roxi dopo che ognuno di noi ha finito di raccontare la propria scaramuccia con le forze dell'ordine. Quella mia e di Roxi, ovviamente, ha a che fare con l'incidente di Eros. «Allora, a chi tocca adesso?»

«A me», dice Conor, alzando la mano. Gli si accende negli occhi una luce improvvisa, poi guarda tutti con un sorriso. «Io non ho mai... desiderato sapere che cosa nasconda Eamon in casa sua».

Ci alziamo tutti.

«Allora, secondo voi che cosa nasconde lì dentro?», domanda passandoci tutti in rassegna mentre ci sediamo.

Niall si stringe nelle spalle. «Non lo so, ma qualsiasi cosa sia la nasconde bene. Paddy dice che quando va ad aiutarlo con l'attrezzatura satellitare, è sempre tutto chiuso».

«Mmh, Paddy passa troppo tempo con Eamon, invece di aiutarmi», borbotta Dermot. «Lo so che gli sta facendo un favore, ma ci sono delle faccende da sbrigare sull'isola... Va bene, va bene...», dice con riluttanza vedendo che tutti intorno al tavolo lo stanno fissando. «Qual è dunque la vostra ipotesi? Che nasconda in casa un'amante segreta?»

«E la tiene segregata in casa?», esclamo. «Mi sembra molto difficile. E poi Eamon ha più di settant'anni. Credo che le relazioni clandestine siano acqua passata per lui».

«E tu che ne dici, Roxi?», le domanda Conor fissandola intensamente. «Sei sempre lassù con Eamon, non hai mai visto niente?»

«No», risponde Roxi alzando le spalle e prendendo il bicchiere. «Stiamo sempre fuori casa, e se c'è brutto tempo, Eamon scende da me a fare due chiacchiere». Roxi beve un sorso di vino, e negli occhi le si accende un lampo malizioso. «Forse, nascosto lì dentro, c'è il tesoro di Finn McCool».

La fissiamo tutti.

«Eamon conosce un sacco di miti e leggende, me ne racconta in continuazione. È molto interessante. Non è facile procurarsi una dose quotidiana di soap opera quaggiù, almeno finché non deciderò di rubare il computer a Darcy, e i racconti di Eamon riempiono il vuoto lasciato da *Beautiful* e *Grey's Anatomy*».

Ridiamo tutti, e poi torniamo chi a bere del vino chi a gustare l'ultimo cucchiaio di dolce, ma Conor sembra ansioso di saperne di più.

«Credi che potrebbe essere vero, Roxi?», domanda, sporgendosi verso di lei sul tavolo. Gli occhi azzurri la fissano intensi in attesa della sua risposta.

Roxi punta i gomiti sulla tovaglia e ricambia lo sguardo di

Conor. Assume un'espressione scettica. «No», dice sorridendo. «Proprio no. Dio solo sa cosa ci tiene nascosto. Ma lui è contento così e non fa del male a nessuno, perciò qual è il problema? Adesso tocca a qualcun altro».

Si fa avanti Niall. «Non mi sono mai ubriacato al punto da non ritrovare la strada di casa», e io devo alzarmi di nuovo – questo gioco non fa emergere il lato migliore di me – ma per fortuna si alzano anche Conor, Roxi e, a sorpresa, Dermot. Stavolta tocca a lui e se ne esce con un: «Non ho mai desiderato la fine di un gioco, tanto quanto desidero la fine di questo». Grazie a Dio si alza solo lui, perciò il giro continua e tocca a me.

Bene, penso evitando lo sguardo di Dermot, *adesso vedremo fino a che punto sei disposto a spingerti*. Decido di buttarmi. «Non sono mai... stata sposata».

Roxi non si muove dalla sedia e spalanca gli occhi. Guardo i miei commensali, tutti seduti. Poso lo sguardo su Dermot. Beve un lungo sorso di vino rosso fissandomi da sopra il bordo del bicchiere. Poi, molto lentamente, spinge indietro la sedia e si alza.

Caitlin trasale leggermente.

«Quindi sei sposato, Dermot?», gli chiede, cercando di nascondere un tremito nella voce.

«Divorziato. Tre anni fa». Gli occhi di Dermot, in piedi davanti a noi, non smettono di fissarmi, in attesa della mia prossima mossa.

«Ah, ho capito», è la replica colma di sollievo di Caitlin.

«Figli?», domando a bruciapelo, sostenendo il suo sguardo.

Roxi mi assesta un calcio sotto il tavolo.

Ma Dermot continua a fissarmi imperterrito. «Sì, una bambina, Megan».

Ecco spiegata la foto... So che a questo punto dovrei fermarmi e rimandare il seguito a un'altra occasione, ma adesso che la verità è venuta a galla, non resisto alla tentazione di spingermi un altro po' più in là. Devo sapere per quale motivo ha taciuto su una cosa così importante come il fatto di avere una figlia.

«Vive con sua madre?», gli chiedo alla ricerca di una reazione sul suo viso, la traccia di un'emozione.

«Sì», risponde secco lui mentre prende la sedia e torna a sedersi.

«La vedi spesso?».

Dermot mi fissa intensamente ed ecco finalmente la debole eco di un'emozione. Ma non è rabbia quella che affiora negli occhi di Dermot. È tristezza. «No. Vive negli Stati Uniti con la mia ex moglie, Eileen, e il suo compagno. Non vedo Megan da quando aveva sette anni».

Capisco all'istante di aver oltrepassato il limite, e mi sento pervadere dal senso di colpa. All'improvviso la cena mi sembra pesantissima da digerire, e il vino troppo forte. Ho esagerato.

«E adesso quanti anni ha, Dermot?», gli chiede Caitlin con dolcezza, guardandolo con occhi talmente compassionevoli da farmi sentire ancora peggio per averlo sottoposto a quel feroce interrogatorio.

«Undici». Dermot prende il bicchiere, si accorge che è vuoto, afferra la bottiglia dal tavolo e lo riempie con gesti impazienti.

Il silenzio è calato sulla nostra tavola. Adesso vorrei tanto non aver aperto bocca. Avrei dovuto chiedere a Dermot di quella foto in privato, senza altra gente intorno. Non appena ne avrò l'occasione, mi scuserò con lui come si deve.

«Sentite, e se cambiassimo discorso?», propone Dermot continuando a bere lunghe sorsate di vino. «Non è un argomento di cui parlo volentieri».

«Sì, certo», mi affretto ad accontentarlo. Lancio uno sguardo disperato agli altri. «A chi tocca? Caitlin, tu non hai ancora detto niente…».

«Oh, sì… dunque, ehm, cosa volevo dire?», per un momento Caitlin sembra andare in confusione, poi arrossisce visibilmente. «Ah, sì. Ecco». Il suo sguardo nervoso fa il giro del tavolo. «Non ho mai trovato attraente uno degli abitanti dell'isola».

Subito io e Conor scattiamo in piedi scambiandoci un'occhiata complice. Poi si alza anche Caitlin, con le guance in fiamme, e infine anche Roxi. «Devo proprio alzarmi», dice con riluttanza. «Darce non me ne vorrà se ammetto che sei un vero figo, Conor, anche se sei già occupato».

Conor le fa l'occhiolino.

Con mia sorpresa anche Dermot balza in piedi. Lancia un rapido sguardo a Caitlin, che subito si gira e arrossisce ancor di più. Alla fine anche Niall si unisce a noi.

«Sì, anch'io», dice con aria tesa mentre tutti ci sediamo.

«Qualcosa non va, Niall?», gli chiedo, dato che non accenna a sedersi. Giocherella con l'angolo della tovaglia, rigirandosela nervosamente in mano.

«Be', ecco, dato che stasera ci siamo detti tante cose, mi sembra sia venuto il momento di farvene sapere una importante».

Ci guarda a turno con trepidazione, solleva il bicchiere e beve un rapido sorso di vino. Persino Dermot capisce che non è il caso di puntualizzare sul fatto che il bicchiere da cui ha bevuto è il suo. «Il punto è questo: trovo attraente uno degli abitanti di Tara, ma non finisce qui. Tra noi è nata una storia. Si tratta di...», deglutisce con sofferenza e il suo sguardo corre intorno al tavolo come alla ricerca della nostra approvazione. «Questa persona speciale è... Paddy».

Ventisei

Adesso che so di Paddy e Niall, mi sembra che i segni fossero evidenti già da tempo. Il fatto che passassero tanto tempo insieme; quella mattina in cui piombai in casa di Niall e lui era così riluttante a farmi entrare; la tendenza di Niall a tirare in ballo Paddy in qualunque conversazione.

Dopo la rivelazione di Niall, ognuno si è mostrato affettuoso con lui. Roxi gli ha buttato le braccia al collo e lo ha stretto fin quasi a stritolarlo. Caitlin gli si è seduta accanto con sollecitudine, gli ha chiesto se era tutto a posto e se gli serviva aiuto per dirlo a qualcun altro. Conor e Dermot hanno avuto qualche difficoltà in più a gestire la situazione e per diversi minuti sono rimasti in piedi, cercando di apparire il più possibile virili, con le braccia conserte e le gambe divaricate saldamente piantate a terra. Ho chiesto a Dermot di andare in cucina a prendere una bottiglia di whisky irlandese, omaggio di un turista entusiasta. Niall ha trangugiato due dita di liquore in un sorso solo e ne ha chiesto dell'altro, e Dermot l'ha accontentato, ma Niall tremava ancora quando ho posato una mano sulla sua e gli ho rivolto la parola.

«Siamo i primi a cui lo dici?», gli chiedo con gentilezza.

Annuisce. «Paddy voleva che ne parlassi prima a te. È stato contrario fin dall'inizio a tenere segreta la nostra storia. Non è nello stile di Paddy nascondere le cose. Il fatto è che per me è tutto nuovo». Niall mi guarda e i suoi chiari occhi azzurri risplendono dietro gli occhiali. «E non mi riferisco a questo tipo particolare di relazione, ma al fatto stesso di avere una relazione». Si rivolge ai presenti seduti intorno alla tavola. «Non sapevo di essere gay quando sono venuto a

Tara. Finché non ho incontrato Paddy non sapevo veramente chi ero. Non mi sono mai sentito membro di un gruppo, né all'università né allo studio legale. E ora che sono qui, per la prima volta nella vita mi sento parte di qualcosa. Appartengo a quest'isola, a tutti voi e soprattutto a Paddy. Avevo bisogno di venire a Tara per scoprire chi sono davvero».

Sento il vento soffiare contro la casa e bussare alle finestre, come se Tara volesse entrare per unirsi a noi e dare a Niall il sigillo della sua approvazione. A guardarlo mentre parla, da seduta, ho l'impressione che diventi sempre più alto. Il nervoso avvocato tutt'ossa che ho conosciuto nel giardino di casa di mia zia non c'è più, al suo posto adesso c'è un giovane uomo sicuro e soddisfatto di sé.

Gli tendo le braccia e lo stringo forte. «Niall, sono tanto felice per te».

«È te che devo ringraziare, Darcy. Grazie per avermi permesso di venire qui e trovare me stesso».

«Non dire sciocchezze, Niall», mi rivolgo agli altri appena mi libero dal suo abbraccio. «Siamo tutti insieme. Vivere qui non è un fatto individuale, si tratta di stare insieme ed essere una comunità. Perciò è Tara che devi ringraziare. È lei che fa cambiare la vita delle persone».

Mentre saluto i miei ospiti in procinto di congedarsi, comincio a capire a che cosa si riferiva Eamon quella sera al pub. Quando le persone vengono a Tara, la loro vita cambia: alcuni cambiamenti sono evidenti, tutti li vedono e ne parlano, altri sono più sottili, ma molto più significativi.

Roxi si avvia verso casa mano nella mano con Niall. Poi Niall saluta prima lei e poi me con un gesto complice e si dirige verso il cottage di Paddy, per dargli la buona notizia. Sotto la luce fioca di una mezza luna, Caitlin inciampa sul terreno sassoso, ma Dermot accorre rapido in suo aiuto. Lei si impossessa volentieri della sua mano e insieme si avviano pian piano verso casa di lei.

Era questo lo scopo per cui abbiamo organizzato la serata:

mettere insieme Caitlin e Dermot, ma la vista di questa seconda coppia a Tara non mi riempie della stessa gioia che ho provato nell'apprendere di Paddy e Niall, e non capisco bene perché.

Roxi ha detto che Tara attira l'amore, e come sempre i fatti sembrano darle ragione: prima Ryan e Siobhan, poi Conor e io, Niall e Paddy, e adesso pare che Dermot e Caitlin siano il nuovo bersaglio del Cupido che sta imperversando sull'isola.

Alzo gli occhi verso il cielo debolmente illuminato. Provo ancora una sensazione strana per aver fatto quelle domande a Dermot, dopo cena, una sensazione che non si attenua mentre guardo la sua schiena sparire nella notte. È dolorosa: parte dal cuore e si riversa nello stomaco. Ma forse si tratta solo della ricca cena e del vino abbondante che ci siamo concessi.

Sì, deve essere quello. Dopotutto c'è Conor che mi aspetta in casa, e quale prospettiva migliore che passare la notte qui a Tara con lui?

Ventisette

Dopo tre mesi e mezzo, Tara somiglia di più ai ciottoli piatti e levigati che vedo quando porto i cuccioli in spiaggia che alle rocce aspre e taglienti delle sue scogliere. La vita sull'isola scorre serena e senza intoppi: niente di stonato, di fuori posto. Persino il clima è mite e clemente, dato che alla pace e alla serenità che regnano sull'isola si è aggiunto il regalo di un luglio meravigliosamente asciutto e soleggiato. In effetti, le cose stanno andando così bene a Tara che comincio a insospettirmi! Finalmente tutto sembra filare liscio.

Abbiamo un flusso costante di visitatori che alloggiano nei cottage, e il soggiorno degli impiegati in viaggio aziendale è stato un enorme successo. Il direttore vuole perfino raccomandarci ad altre sedi della sua grande società.

E anche l'amore continua a prosperare. La relazione tra Niall e Paddy è ormai di pubblico dominio e i due sembrano davvero molto più felici di prima, sia insieme sia come singoli individui. Anche tra Dermot e Caitlin sembra andare tutto a gonfie vele. Sono entrambi tipi riservati e discreti, che non amano dare spettacolo, ed è raro che si lascino andare a effusioni in nostra presenza. Ma ogni tanto li si vede passeggiare sull'isola insieme oppure andare uno a casa dell'altro, e in un'occasione il servizio informazioni locale ha reso noto in tono eccitato che i due erano stati visti mano nella mano in O'Connell Street.

Conor e io stiamo ancora insieme, ma per quanto io sia follemente felice con lui e per quanto tutto sull'isola proceda per il meglio, ho sempre questo piccolo, insidioso dubbio che ci sia qualcosa di sbagliato. Un dubbio che il ritorno dei delfini nella baia non contribuisce certo a dissipare. Affacciata alla finestra della cucina li guardo giocare allegri nel mare, e so che sono lì a mettermi in guardia da qualcosa, ma che cosa? E quando succederà?

«C'è una barca diretta verso l'isola», grida Ryan bussando un pomeriggio alla mia porta. «Paddy l'ha avvistata col binocolo e mi ha detto di venire ad avvisarti», dice ansimando quando gli apro la porta per farlo entrare.

«Che tipo di barca?», gli chiedo correndo alla finestra sul davanti per guardare verso la costa.

«Da qui non si vede, è ancora troppo lontana. Devi venire fuori», Ryan corre verso la porta. «È una motobarca, a quanto pare, di quelle che non passano inosservate», ha detto Paddy.

Do una rapida occhiata al cielo prima di uscire, una cosa che ho imparato a fare dopo essere stata più volte sorpresa dalla pioggia senza impermeabile. Ma il cielo sembra ancora limpido, così decido di correre il rischio e di uscire senza. Mentre mi precipito giù per la collina diretta al molo, c'è già una discreta folla radunata per accogliere i nuovi arrivati.

«Chi è?», domando a Daniel e Orla arrivando al loro fianco. «Si sa già?».

Daniel mi fa cenno di no. «A quanto sembra, Paddy non riesce ancora a vedere bene».

Mi faccio largo tra la folla per raggiungere Paddy, che guarda attraverso il binocolo in piedi su un vecchio fusto di carburante.

«Paddy, chi c'è sulla barca?», gli chiedo mentre cerco di scorgere qualcosa in lontananza.

«Ancora non lo so», dice Paddy socchiudendo gli occhi accostati al binocolo. Cerca di mettere a fuoco facendo ruotare le estremità. «Questo affare deve essere rotto, non funziona».

Sospiro.

«Che succede?», chiede Conor materializzandosi al mio fianco.

«A quanto sembra abbiamo degli ospiti a sorpresa». Indico la barca che si avvicina pian piano all'isola.

«Ma solo io organizzo il trasporto da e verso l'isola!». Conor sembra offeso. «Chi è quello?»

«Non lo so», grida Paddy dall'alto della sua posizione. «Ma ha una barca molto potente e veloce. Sfreccia letteralmente sull'acqua».

Osserviamo tutti la piccola motobarca che si avvicina. La notizia si è sparsa in fretta in tutta l'isola e ognuno ha interrotto quello che stava facendo per unirsi a noi nell'attesa dei nuovi venuti.

Tutti tranne Dermot.

«Dov'è Dermot?», domando guardandomi intorno mentre la barca è sempre più vicina.

«Mi ha detto che arriva tra un minuto», dice Siobhan. «Sta finendo di sistemare i rubinetti della cucina da noi. Non vuole andarsene prima di aver completato il lavoro».

Tipico di Dermot. Il precisino.

Paddy è ancora in precario equilibrio sul fusto. «Mi sembra che ci sia un uomo al timone e un passeggero, una donna. Forse c'è anche qualcun altro, ma non si vede ancora bene».

Chi accidenti può essere? Non aspettiamo nuovi visitatori oggi. Sarebbe la prima volta che qualcuno affitta una barca di quel tipo e viene fin qui senza preavviso.

Mentre ce ne stiamo in silenzio a guardare la piccola imbarcazione bianca farsi sempre più vicina, Paddy grida eccitato. «C'è un bambino sulla barca!».

«Dammi quel binocolo, Paddy!», grido stappandoglielo di mano, e nella fretta quasi faccio cadere Paddy dal fusto dimenticando che ce l'ha appeso al collo. «Come si fa a vedere?». Mentre lui si libera della cinghia, cerco di mettere a fuoco per vedere chi c'è sulla barca. «Questo affare è talmente fuori fuoco che vedo a malapena la barca, figuriamoci se capisco chi c'è sopra».

«Prova questo», dice una voce calma a qualche metro di distanza, e Dermot mi porge un altro binocolo. «È più potente di quello di Paddy. Con questo vedrai chiaramente chi c'è sulla barca».

Mi affretto a prenderlo, lo punto verso il mare e verso la piccola imbarcazione a motore che beccheggia in mezzo alle onde.

«Ma non ce n'è bisogno», aggiunge Dermot. «Posso dirtelo io chi sono quei due».

«Chi sono?», gli chiedo mentre finalmente vedo una donna e una bambina sedute sul retro della barca, che cercano di ripararsi il viso dal vento.

«Sono la mia ex moglie, Eileen, e mia figlia Megan».

Quasi mi cade dalle mani il binocolo per la sorpresa. «Tua cosa?», esclamo fissando Dermot, che sta osservando con calma la barca.

«Ho detto...», fa per ripetere.

«Lo so cos'hai detto, ma perché? Come? Credevo abitassero in America».

«È lì che abitavano. Ma Eileen ha rotto con il suo compagno ed è tornata a vivere in Irlanda. A Dublino, per la precisione».

Continuo a fissare Dermot. «Ma questo non spiega il fatto che stiano venendo qui adesso».

Dermot smette di guardare l'orizzonte e mi si rivolge direttamente. «Eileen mi ha scritto...».

Spalanco gli occhi, come a fargli capire che fornirmi qualche dettaglio in più non sarebbe una cattiva idea. E in fretta anche.

«Mi chiedeva se volevo rivedere Megan».

«Ed è un male?».

Adesso è Dermot a guardarmi senza sapere che pesci pigliare.

«Dermot, per favore, dimmi che sta succedendo. Approderanno nel giro di qualche minuto. Devo conoscere la situazione per poter fare qualcosa».

Lui sospira e si guarda gli stivali. «Il fatto è che non ho mai risposto alle lettere. Eileen sapeva dov'ero perché le dico sempre dove può trovarmi... per qualunque evenienza, sai». Mi guarda di sottecchi. «Un po' come te, non ho parenti stretti. Un'altra delle cose che abbiamo in comune».

Annuisco, ma sono troppo ansiosa di conoscere il seguito per farmi delle domande su questa strana osservazione.

«Ma quando Eileen ha cominciato ad accennare al fatto che potessi occuparmi di Megan, non sono riuscito a rispondere».

«Perché?».

Dermot si stringe nelle spalle. Si infila le mani in tasca e si mette a dare dei piccoli calci a un ciuffo d'erba. «Non lo so. Dopo tutto questo tempo, non so se voglio tornare a far parte della vita di Megan. Se adesso ricominciassi a stare con lei e poi me la portassero via di nuovo? La prima volta è stata troppo dura».

Quando Dermot alza lo sguardo dalla sua opera di smottamento del terreno, scorgo nei suoi profondi occhi marroni qualcosa che non avevo mai visto prima: paura. E così, come quella sera a casa mia ho visto Niall farsi più forte e sicuro davanti ai miei occhi, ora vedo Dermot quasi sul punto di crollare.

Mio malgrado distolgo lo sguardo da lui per osservare la barca che comincia a rallentare. Ormai è vicinissima.

Penso in fretta a come affrontare la situazione.

«Non mi pare che tu abbia molta scelta», dico assumendo un tono pragmatico, in totale contraddizione con il mio reale stato d'animo. La speranza è che Dermot reagisca positivamente a un atteggiamento del tipo "rimettiti in sesto e vai", anche se quello che vorrei in realtà è stringerlo forte e dirgli le parole rassicuranti che ha bisogno di sentire. Ma una simile dimostrazione d'affetto probabilmente non è la cosa più appropriata adesso cha la popolazione di Tara al gran completo è riunita a pochi metri da noi e l'ex moglie di Dermot sta per approdare sull'isola insieme a sua figlia. Non mi resta che tentare l'approccio da mammina severa. «Dunque non avevi idea che volessero venire qui oggi?».

Mi guarda come un cucciolo che è stato rimproverato. Poi, nel giro di pochi secondi, riacquista un po' della sua abituale spavalderia. «No, non ne avevo idea», dice volgendo lo sguardo al mare. «Ma è tipico di Eileen, presentarsi con il mitra spianato quando non ottiene quello che vuole. Chiaramente è decisa a portare qui Megan, fregandosene delle conseguenze».

A un tratto mi rendo conto che gli altri stanno dividendo la loro attenzione tra la barca in avvicinamento e noi due che parlottiamo.

«È meglio che spieghi agli altri quello che sta succedendo», gli dico dopo aver rivolto loro un sorriso. «Cominciano a chiedersi come mai stiamo qui a confabulare».

«Sì, lo faccio subito», replica lui lanciando un'occhiata alla piccola folla. «Grazie, Darcy, per… be', lo sai. Ne avevo bisogno».

Gli rispondo con un cenno del capo.

«Non dirai niente, vero?». Adesso mi fissa, tenendomi una mano sulla spalla. «Di quello che ti ho raccontato».

Scuoto la testa. «Non preoccuparti di me». Torno a guardare la barca, che ormai è quasi approdata al piccolo molo. «Hai un problema più grosso a cui pensare, e sta arrivando al molo proprio adesso».

Ventotto

Dermot spiega in fretta agli altri chi c'è sulla barca, e che la visita della figlia è una sorpresa anche per lui.

Conor, Dermot, Daniel e io scendiamo al molo per dare una mano a fissare gli ormeggi, mentre gli altri, comprese Roxi e Caitlin, restano in cima alla collina. Quando Dermot fa il suo annuncio osservo attentamente la reazione di Caitlin che, dopo un istante di preoccupazione, si mostra subito calma, come sempre. Roxi vorrebbe venire con noi al porticciolo a salutare i nuovi ospiti. So bene che non vuole perdere l'occasione di farsi un'idea precisa della ex moglie di Dermot, ma le chiedo di restare e di tenere d'occhio Caitlin; non sarà facile per lei.

Ora la barca è ormeggiata al sicuro, e io non sto nella pelle dalla curiosità di vedere come sono le nostre due ospiti e che tipo di donna abbia scelto di sposare Dermot. O meglio, che tipo di donna sia riuscita a resistere con lui tanto a lungo da diventare sua moglie.

Il primo a scendere dalla barca è un uomo: porta pantaloni color crema, un blazer blu e un cappello da capitano bianco e blu con la visiera. Lo segue una donna snella, bionda ed elegante in un tailleur di lino bianco inamidato; ai piedi perfettamente curati calza sandali rossi dal tacco alto e porta una pochette di Chanel il cui rosso lacca riprende il colore dello smalto che porta sulle unghie impeccabili. Ultima della fila una ragazzina dai capelli scuri in jeans, Converse viola e felpa con la rana Kermit e lo slogan *Non è facile essere Verdi*.

«Così adesso vivi qui, Dermot», dice la donna, baciando sulle guance Dermot che le si è avvicinato per salutarla. «Be', di certo è… come dire, rustico!».

«Eileen», le dice Dermot pulendosi poco galantemente il rossetto dalle guance. «È davvero una sorpresa inaspettata».

«Be', dato che hai smesso di rispondere alle mie lettere, ho dovuto prendere in mano la situazione», replica Eileen sorridendo. «Non potevo certo lasciarti scappare solo perché qualche lettera è andata persa, ti pare?». Guarda con curiosità il piccolo comitato d'accoglienza. «Dermot non è mai stato un granché quanto a buone maniere. Immagino per via del troppo tempo trascorso con i neanderthaliani nei cantieri». Sorride. «Non ci siamo ancora presentati. Io sono Eileen Drury», e porge a ognuno di noi la mano curatissima.

«Darcy McCall», dico quando è il mio turno e subito mi affretto a infilare la mano in tasca per nascondere lo stato impresentabile delle mie unghie. Ho smesso da tempo di cercare di tenerle lunghe e curate. Stava diventando impegnativo limarle e coprirle di smalto ogni volta che si spezzavano o si scheggiavano, cosa che succede di continuo, e devo ammettere che non ho sentito minimamente la mancanza della manicure finché non ho visto le splendide unghie di Eileen risplendere nella luce chiara del pomeriggio.

«Darcy!», esclama. «Finalmente ho la possibilità di conoscere la proprietaria di quest'isola meravigliosa. È fantastico che tu abbia organizzato tutto questo. Mi piace da impazzire quando una donna ordina e i maschi eseguono, a te no?».

Le sorrido educatamente.

«Ti presento il mio piccolo equipaggio», dice voltandosi verso la bambina e l'uomo. «Lui è Geoffrey, il capitano della mia nave».

«Adesso basta, coniglietta», replica Geoffrey. «Lo sai che mi vesto così solo per scherzo. Non mi metto questa roba ogni volta che vado a fare un giro in barca».

Di nuovo, sorrido con cortesia, e vedo che Dermot aggrotta la fronte.

«E lei», dice Eileen strattonando la bambina perché le si piazzi davanti, «è Megan, naturalmente».

Megan sembra imbarazzata di trovarsi al centro dell'attenzione, almeno quanto Geoffrey dovrebbe esserlo per il suo abbigliamento. Fissa le sue Converse.

«Megan, non guardarti i piedi», scatta Eileen. «La gente vorrebbe vederti in faccia, almeno quando vieni presentata. Soprattutto tuo padre, che non ti vede da quattro anni».

Megan ci fissa con aria torva. «Allora, qual è? Non puoi essere tu», dice guardando Conor. «Sei troppo giovane e fra parentesi troppo bello per cadere nelle grinfie di mia madre».

Conor ridacchia mentre Eileen stringe le labbra.

«Megan, sai benissimo chi di loro è tuo padre. Dermot», gli prende la mano e lo fa avanzare di un passo, «eccoti riunito a tua figlia».

Megan e Dermot si guardano con diffidenza per qualche secondo. Poi Megan fa un grosso palloncino con la gomma che sta masticando, lo fa esplodere e ricomincia a masticare.

«Ciao papà», dice guardandolo in tralice. «Come va?».

Dermot ricambia lentamente lo sguardo della figlia. «Megan», la rimbrotta con una smorfia di disgusto, «per favore, non farmi più scoppiare quella roba in faccia. Se proprio devi masticare una gomma, abbi almeno la decenza di tenerla per te». Poi la sua espressione si addolcisce. «Comunque, va molto bene adesso, grazie. E a te?».

Megan sorride, poi si toglie la gomma di bocca e la avvolge con cura in un pezzetto di carta che estrae dalla tasca. «Tregua», dice, e lei e Dermot si stringono la mano. La bambina si guarda intorno. «Adesso voglio proprio vedere quest'isola. Mi accompagni?».

I nostri ospiti sono stati presentati a tutti gli altri. Dall'incontro tra Roxi e Eileen sono sprizzate scintille tali da poter tagliare le rocce di Tara. Dermot trascorre l'ora seguente a mostrare l'isola agli ospiti, o meglio a Megan e Geoffrey; Eileen, viste le particolari calzature che indossa, preferisce rimanere su un terreno più stabile, così le propongo di venire nel mio cottage a bere una tazza di tè.

Impieghiamo più tempo del solito, io e Conor, per arrivare a casa mia, con Eileen che arranca sui tacchi per i sentieri accidentati di Tara e nel frattempo cerca di fumare una sigaretta. Quando finalmente arriviamo a destinazione, butta la cicca per terra appena fuori dalla mia porta e la schiaccia con la punta del sandalo.

«Oh, davvero pittoresco!», esclama entrando. «Sembra una casa delle bambole!»

«Allora», le chiedo mentre prendo il necessario per il tè, «quali sono i tuoi piani ora che sei qui, Eileen?». Non ho potuto evitare di notare la mancanza di bagagli sulla barca al suo arrivo. C'era qualche borsa, ma niente di paragonabile al bagaglio con cui viaggia una donna come Eileen, e io ne so qualcosa.

«Oh, semplicemente godermi questo bel sole, cara». Eileen guarda fuori della finestra della cucina, che dà sulla baia. «Hai un panorama magnifico da quassù».

«Sì, davvero speciale», concordo. «Qualche volta si vedono perfino i delfini nuotare nella baia».

«E fanno delle acrobazie?». Eileen si volta guardarmi. «Una volta, durante una vacanza nella nostra villa in Portogallo, siamo andati a vedere un fantastico spettacolo di animali acquatici. C'era un tipo che faceva saltare i delfini dentro un cerchio, e poi tenevano delle palline in equilibrio sul naso. Un vero spettacolo!».

«Sì, me lo immagino», dico annuendo. «Ma i nostri sono delfini allo stato brado. Non danno spettacolo».

«Ah». Eileen appare delusa, «Oh, be', non importa. Non si può avere tutto».

Conor fa una smorfia dietro le spalle di Eileen e finge di tenere una palla in equilibrio sul naso. Per evitare di ridere mi volto e mi dedico alla preparazione del tè.

«Allora, Eileen, Megan mi sembra davvero una bambina adorabile», dice Conor sforzandosi di conversare educatamente.

«È vero», risponde Eileen ispezionando il divano prima di sedersi comunque in punta di cuscino. «Quando vuole».

«Sa il fatto suo, eh?», prosegue Conor prendendo posto accanto a lei. «Sembra un bel peperino».

«Un bel peperino!», esclama Eileen spalancando gli occhi. «Puoi ben dirlo. Megan crede di sapere esattamente quello che vuole, e non accetta il fatto che di tanto in tanto io possa sapere quel che è meglio per lei».

Conor e io ci scambiamo un'occhiata.

«Latte, Eileen?», le chiedo con cortesia sollevando il cartone sopra la sua tazza.

Eileen lo guarda con aria schifata, e all'improvviso rimpiango di non possedere un servizio da tè in porcellana. «È scremato?», domanda. «Ah, bene», dice sollevata al mio cenno di assenso. «No, niente zucchero!», si affretta a precisare quando faccio il gesto di prendere il pacchetto dal bancone della cucina. «Mi porto sempre il dolcificante per i casi di emergenza». Apre la borsa e tira fuori un piccolo astuccio.

Porgo ad Eileen la sua tazza e lei la prende come se le avessi messo in mano un'incudine. «Be', ne avrò per un bel pezzo», commenta guardando il contenuto della tazza.

«Che cosa stavi dicendo riguardo a Megan, Eileen?», le chiedo, ansiosa di saperne di più sulla figlia di Dermot. Per ora provo solo pena per lei, che deve vivere con una madre come Eileen.

«Ah sì», a quanto pare Eileen è intenzionata a proseguire con le lamentazioni. «Per esempio, quando le ho detto che saremmo tornate in Irlanda per un po', non sapete il casino che ha fatto. Ha detto che non era giusto, che non avevo pensato minimamente a lei. Ma certo che pensavo a lei, io penso sempre a lei. Gli ultimi undici anni della mia vita li ho passati pensando a lei, e che cosa ottengo in cambio?».

Avverto una fitta allo stomaco, in un punto vicino a dove tengo la scatola sigillata dei ricordi. «Forse non le piacciono i cambiamenti», suggerisco. «È così per molti ragazzi di quell'età».

«Ma tutti dobbiamo cambiare, Darcy. Andare avanti nella vita. Non possiamo rimanere sempre ancorati a cose e persone che hanno… fatto il loro tempo, per così dire». Il sorriso di Eileen è artificiale almeno quanto il suo dolcificante.

Ricambio educatamente il sorriso, ma sento che c'è dell'altro. «E quanto tempo pensi di fermarti qui da noi, Eileen? Al momento abbiamo molte stanze disponibili. C'è un cottage delizioso che sarebbe perfetto per…»

«Oh, non ci fermiamo», Eileen sembra terrorizzata al solo pensiero. «Geoffrey e io, almeno. Non possiamo assolutamente. Io devo tornare al lavoro. Lavoro in una grossa società di cosmetici. Proprio adesso mi sto occupando dell'apertura di un nuovo negozio a Dublino, poi torneremo a Londra. E il mese prossimo sarò a New York». Sospira. «È uno stile di vita faticoso».

Mi limito a fissarla.

«Posso lasciarti dei campioni gratuiti, se vuoi», dice dopo aver studiato brevemente la mia faccia. «Non credo tu abbia molte opportunità di comprare cosmetici quaggiù».

Fino a qualche mese fa, a nessuno sarebbe venuto in mente che io potessi aver bisogno di campioni gratuiti di cosmetici. *Adesso però avrei cose più importanti del rossetto di cui discutere con te*, penso, mordendomi la lingua.

«Hai detto che tu e Geoffrey non vi fermate. Che mi dici di Megan?».

Eileen torna a esibire il suo sorriso ipocrita. «Mia cara Darcy, ma è proprio per questo che siamo venuti qui oggi. Vuoi dire che il mio ex marito non ha ancora detto niente a nessuno?». Sospira con aria teatrale. «Siamo venuti a portare qui Megan per farle passare sei settimane di vacanze estive insieme a suo padre, su questa tua simpatica isoletta».

Ventinove

Quando finalmente Dermot e Megan tornano dal loro giro dell'isola, ci accorgiamo che Geoffrey non si trova da nessuna parte.

«Lo abbiamo scaricato in una vecchia casa abbandonata», ride Megan.

«Non lo abbiamo affatto scaricato», la corregge Dermot. «È solo che ci siamo fermati un po' a riposare, lui si è addormentato al sole e non ce la siamo sentita di svegliarlo».

Si sorridono con aria complice e Dermot fa l'occhiolino a Megan.

«Riuscirà a ritrovare la strada?», chiede Eileen cominciando ad agitarsi. «Geoffrey non ha mai avuto un gran senso dell'orientamento».

«Non preoccuparti, Eileen. Tara non è molto grande», dice Dermot. «Sono certo che Geoffrey non avrà difficoltà a trovare la strada per tornare qui, da marinaio esperto qual è. Mi ha raccontato dello yacht che ha nel sud della Francia e che vi siete incontrati a un party a Cannes qualche mese fa… e io che ancora mi chiedevo che cosa mai ci trovassi in lui».

Eileen continua guardare fuori dalla finestra in evidente apprensione, ma poi, dopo aver scosso il capo, torna a rivolgersi alla figlia e all'ex marito. «Allora», dice ignorando deliberatamente la battutina di Dermot. «Pare che voi due vi siate divertiti insieme».

«Sì, papà è ganzo», dice Megan in tono sbrigativo.

Trattengo una risata. È difficile accostare l'aggettivo *ganzo* a Dermot, a meno che non ti stia riparando il frigorifero.

«Megan è diventata davvero una signorina in gamba», dichiara lui guardando la figlia con orgoglio. Le parole *considerando la madre che ha avuto in sorte* aleggiano nell'aria, e immagino lo sforzo che deve fare Dermot per non pronunciarle.

«Bene! Sono felice che la pensi così». Il sorriso di Eileen è autentico quanto il colore delle sue unghie. «E allora quale idea migliore che tenerla qui con te per il resto delle vacanze estive?»

«Cosa?», Dermot spalanca la bocca.

«Se non mi vuoi qui, non c'è problema», dice Megan incrociando le braccia.

«No. Non è questo, Megan», le risponde con dolcezza Dermot, chinandosi per essere al suo stesso livello. «È solo che non me lo aspettavo, tutto qua. Tua madre non me ne ha mai accennato». Stavolta Dermot fulmina Eileen con lo sguardo.

«Oh, ma andiamo, non è affatto vero». Eileen socchiude gli occhi, e con quel corpo lungo e magrissimo ricorda un serpente. «Sai bene che nelle mie lettere ho accennato alla possibilità che Megan venisse a stare qui con te».

«Hai accennato alla possibilità che stesse qui qualche giorno, non sei settimane!».

«Questo è solo ciò che hai deciso di leggerci tu, Dermot, non quello che ho detto io. È così tipico di te!».

Eileen solleva cinque artigli laccati di rosso davanti al viso di Dermot. «Bisogna spiegarti tutto per filo e per segno. Non capisci una sfumatura nemmeno se ti salta addosso e ti morde. Perché dovresti, del resto? Non c'è mai stato niente di sfumato in te, punto e basta».

«Niente di sfumato in me?». Dermot gonfia il petto mentre il tono della sua voce di alza di diversi decibel. «Non sono io quello che somiglia alla statua di cera di Paris Hilton».

Mi mordo la lingua per non ridere. In realtà sono piuttosto colpita dal fatto che Dermot sappia chi è Paris Hilton.

Eileen solleva il mento. «È esattamente il motivo per cui ci siamo lasciati. Non apprezzi niente che non provenga dalla tua cassetta degli attrezzi».

«Almeno so apprezzare le cose che contano nella vita».

«Vale a dire?»

«Le persone piuttosto che le cose».

Gli occhi di Eileen si fanno ancor più sottili. Sta per lanciarsi nel secondo round, ma la fermo prima che apra bocca. Alterati, i due non si sono accorti che Megan sta cominciando ad apparire molto turbata dal match verbale in cui suo padre e sua madre si stanno esibendo.

«Sentite, di sicuro voi due avete molte cose da dirvi e di cui discutere». Mi ritrovo in piedi fra i due con le mani alzate nel doppio tentativo di calmarli e di impedire che Megan venga ferita ancora da quel che potrebbero dire. «Ma non credo ci sia bisogno che assista anche Megan, no?». Mi volto verso di lei. «Ti va di venire con me a portare fuori i cani? Loro faranno una passeggiata e noi due potremmo andare a vedere i delfini nella baia e magari fare un salto al negozio della mia amica Caitlin. Dovrebbe esserci del cioccolato, se siamo fortunate».

«Io e papà siamo già andati a prendere dei dolci al negozio», dice Megan, «ma mi piacerebbe portare fuori i cani... sono bellissimi».

Conor, Megan e io chiamiamo Woody e Louis e imbocchiamo l'uscita, lasciando Dermot e Eileen soli ad affrontare le loro divergenze.

Che diavolo ci ha trovato Dermot in Eileen? Non sembra minimamente il suo tipo, tutta abiti griffati, finta abbronzatura e unghie laccate. Ma allora che tipo di donna piace a Dermot? Un tipo come Caitlin, immagino, con i suoi abiti vintage e l'aria hippy-chic.

«Dici che dovrei andare a cercare quel Geoffrey?», domanda Conor a Megan una volta usciti. «Credi che possa essersi perso?»

«Geoffrey si perderebbe anche in una cassetta della posta», dice Megan alzando gli occhi al cielo. «Non è certo una cima. Mamma ci sta insieme solo per i soldi, e se lui non se ne accorge, vuol dire che se lo merita».

Conor mi guarda sbalordito sopra la testa della bambina.

«Allora è meglio che vada a vedere se lo trovo. Ci vediamo dopo, Megan». *E buona fortuna*, articola con le labbra mute rivolto a me.

«Sì, a dopo», dico salutando Conor che si allontana in direzione della collina su cui sorgono le rovine.

«Che gran figo!», dice Megan sorridendomi.

«Megan!», replico, arrossendo.

«Ma è così. E devi pensarlo anche tu, altrimenti non staresti con lui».

«Come fai a saperlo?», le chiedo mentre ci avviamo in direzione della scogliera che dà sulla baia.

«Me lo ha detto papà».

«Oh». Mi domando cos'altro abbia detto Dermot a Megan sul mio conto.

«Però a papà non è molto simpatico».

«Da cosa lo deduci?»

«Lo deduco e basta», dice Megan con l'aria di chi la sa lunga. «Gli adulti pensano che i ragazzi non capiscano niente, invece non è vero. E poi credono di poter fare come se noi non ci fossimo, di poter fare quello che vogliono perché tanto noi non capiamo quel che sta succedendo».

«So per certo che non è così».

Megan si ferma. «E allora che succede, secondo te?». Due profondi occhi marroni, che mi ricordano molto quelli di Dermot, si fissano nei miei. «Perché mia madre è tanto ansiosa di scaricarmi qui con mio padre?»

«Io... non lo so. Forse vuole solo che voi due vi conosciate meglio».

Megan si volta verso il mare e scoppia in una risata. «Sì, sarebbe una buona idea... ma dopo tutti questi anni? E perché proprio adesso, così di colpo? Diciamo piuttosto che io non rientro nei piani suoi e di Geoffrey per l'estate, e che non le dispiacerebbe sbarazzarsi di me per un po'».

«Sono sicura che non è così, Megan», dico sforzandomi di sembrare rassicurante. «Sono sicura che il tuo bene è quello che le sta più a cuore».

Megan si volta verso di me. «Beata te che ci credi», sospira. «Ovviamente non hai idea della situazione. Forza, ragazzi», chiama i due cani.

Mentre guardo Megan scendere agilmente giù per il sentiero inseguita da Woody e Louis, avverto un'altra fitta in un punto prossimo al cuore.

Invece, cara Megan, so benissimo come ci si sente…

Trenta

Al termine di un estenuante negoziato è stato deciso che Megan si fermerà e che Eileen verrà a prenderla alla fine delle vacanze estive. Megan sembra felice di rimanere a Tara con suo padre. Si è adattata rapidamente alla vita sull'isola, molto più in fretta di quanto è successo a noi quando siamo arrivati qui alcuni mesi fa.

Alcuni mesi fa.

Fatico a credere che siamo a Tara già da quattro mesi. Eravamo entrati in una sorta di routine, perciò l'arrivo di Megan è accolto come una gradita novità. La vita era diventata un po' monotona, a fare sempre le stesse cose giorno dopo giorno, malgrado gli ospiti che si avvicendano di continuo. Il carattere vivace e allegro di Megan, quel suo modo di andare dritta al punto su qualunque argomento, erano proprio quello che ci voleva per dare nuovo slancio alle nostre giornate. Siamo tutti felici di averla con noi. Paddy, poi, la adora. L'atteggiamento di Dermot è cambiato completamente: è diventato quasi affabile da quando lei è qui, un notevole passo avanti per lui.

Oggi pomeriggio Conor e io siamo venuti in spiaggia con Megan, mentre Dermot esegue delle riparazioni in uno dei cottage destinati ai turisti.

«Ti ricordi di quando avevi undici anni?», chiedo a Conor mentre, seduti sulla sabbia, guardiamo Megan sguazzare instancabile insieme a Louis e Woody. «Quel grande senso di libertà, il non sapere che cosa ti riserva la vita? Niente vincoli e niente preoccupazioni? Che bello sarebbe poter tornare a vivere così!».

Conor sospira e si sdraia con le mani sotto la testa. «Chi dice che bisogna avere undici anni per vivere così?».

Lo guardo. «Vorresti dire che questo è anche il tuo stile di vita, Conor Fitzgerald?»

«Faccio del mio meglio».

«Da adulti non si può. Ci sono troppi impegni da rispettare, vincoli che ti legano a vita, come il lavoro e la famiglia».

«Non necessariamente». Conor apre un occhio e mi guarda di sottecchi nella luce brillante del pomeriggio.

«Vorresti farmi credere di non avere impegni di alcun tipo, che niente ti lega a un luogo oppure a una persona?»

«Niente», replica con fermezza, stavolta a occhi chiusi. «E mi piace così».

Lo guardo in silenzio per qualche istante. L'ultima affermazione di Conor dovrebbe rattristarmi; dopotutto è come se avesse detto che la nostra relazione non ha alcun significato per lui. D'altra parte che mai potevo aspettarmi da Conor se non quello che abbiamo adesso?

Apre gli occhi. «Che silenzio. Stai bene?»

«Sì, certo», mi sforzo di sorridere. «Forse adesso ti senti così, ma un giorno potresti cambiare idea, quando vorrai mettere radici e avere una famiglia tua».

«Ne dubito», replica Conor puntellandosi sui gomiti. «Senti, Darcy, non mi fraintendere, io adoro i ragazzini come Megan, conoscerla è stato bello... in effetti stento a credere che un neanderthaliano come Dermot sia il padre di una tanto in gamba».

Gli rivolgo un'occhiata di biasimo. Perché continua ad appioppare a Dermot questi nomignoli? Non è così male... anzi è piuttosto gentile quando vuole, soprattutto se c'è di mezzo Megan.

«Però», prosegue, «nel mio futuro non vedo una casetta con il recinto bianco intorno, due bambini che scorrazzano in giardino e una moglie che mi prepara la cena».

Rido, e in un certo senso mi sento sollevata. Anche se mi piace stare con Conor, lui mi ricorda i gabbiani che si posano per qualche tempo sulle rocce di Tara: ho la sensazione che da un momento all'altro spiccherà il volo, per poi fermarsi a riposare in qualche altro posto che gli pare migliore. Non ho mai incontrato uno come lui prima; sembra che viva tutto nell'attimo presente, e se questo è esaltante all'inizio, a lungo andare lo è meno.

«Che c'è?», mi chiede.

«Nemmeno io la vedo nel mio, in questo momento, ma ciò non vuol dire che non voglia avere bambini o una relazione stabile».

Adesso Conor si siede. «E come vedi il tuo futuro, Darcy?», domanda scostandomi una ciocca di capelli dal viso. «Non ti immagini qui a Tara per sempre?»

«Assolutamente no!», replico con troppa fretta.

Conor sorride. «Credevo ti piacesse stare qui».

«Mi piace, infatti. È solo che non mi ci vedo a vivere qui per sempre. La vita su un'isola non fa per me».

«Negli ultimi giorni ho avuto la sensazione che ti fossi adattata alla perfezione».

Guardo attentamente Conor. Mi prende in giro?

«Che c'è?», dice con aria innocente. «Era solo un'idea. E allora che ne farai dell'isola se non vuoi vivere qui... la venderai e vivrai di rendita?».

Guardo Tara che si estende intorno a me: la spiaggia, le rocce che la proteggono e le onde che vi si scagliano contro con violenza instancabile. Come potrei vendere tutto questo?

«No, lo sapevo», dice voltandomi con dolcezza il viso in modo da incontrare il mio sguardo. «È troppo importante per te». Si china a baciarmi, il che, come sempre, fa deragliare per un attimo i miei pensieri. «Non mi somigli per niente».

«Prendetevi una stanza!», ci grida Megan da diversi metri di distanza vedendoci abbracciati. «O almeno aspettate di essere soli».

Chiudo per un momento gli occhi. *Com'è che al giorno d'oggi i bambini la sanno tanto lunga? Quando avevo undici anni io, era già tanto se ero passata dalle Barbie ai libri per ragazzine.*

«Stiamo solo parlando!», grido girandomi verso Megan.
«Parlando, come no. È così che lo chiamate?». Tira un bastoncino in acqua in modo che i cani vadano a riprenderlo. «Non sono una bambina, sapete. A ottobre compirò dodici anni».
Conor si alza e mi porge la mano. «Forza, raggiungiamo quella guastafeste. Magari ci insegnerà una o due cosucce sulla vita».
«Conoscendo Megan, la cosa non mi sorprenderebbe nemmeno un po'».
«Conor?», domanda Megan dopo che ci siamo rincorsi per un po' sulla sabbia e poi tutti, cani inclusi, ci siamo seduti a riposare.
«Dimmi, Megan».
«Ci siamo mai incontrati prima d'ora?»
«Mi sembra molto improbabile».
«È solo che... ho la netta sensazione di averti già visto».
Conor si siede a gambe incrociate sulla sabbia e la guarda.
«Megan, tesoro, sono lusingato che tu creda di avermi già incontrato, ma onestamente sono sicuro di non averti mai vista prima; sono certo che nel caso me ne ricorderei».
«Oh, be', forse ci siamo incontrati in una vita precedente, allora», replica Megan come se fosse la cosa più normale del mondo, mentre allunga una mano per grattare la pancia di Woody.
Conor e io ci scambiamo un'occhiata stupita.
«Che vuoi dire, Megan?», le chiedo.
«Vite precedenti», dice guardandoci entrambi. «Conoscerete la teoria secondo cui, quando uno muore, si reincarna in qualcos'altro. Può essere un altro essere umano oppure un animale. Pensate: Woody e Louis potrebbero essere stati vostro fratello o vostra sorella in una vita precedente».
«Ehm... sì». Scaccio quell'immagine dalla testa. «So cos'è la reincarnazione. Ma che cosa c'entra con Conor?»
«È solo che dalla prima volta che l'ho visto mi è sembrato di conoscerlo già». Megan fissa Conor pensosa. «A quanto pare succede così: incontri una persona che non hai mai vi-

sto prima e la sua faccia ti è subito familiare. Può succedere anche di trovare subito antipatico qualcuno; probabilmente una persona con cui hai avuto problemi anche in una vita precedente».

Mi viene subito in mente Eileen, ma scaccio in fretta il pensiero.

«Megan», dico gentilmente. «Non credo che tu abbia conosciuto Conor in un'altra vita. Semplicemente, Conor è una di quelle persone piacevoli che si prendono subito in simpatia. Anche a me è sembrato di riconoscerlo la prima volta che l'ho visto. Probabilmente ha un viso che ispira fiducia». Guardo Conor per farmi spalleggiare.

«Potrebbe avere ragione lei», dice Conor, come se stesse prendendo in seria considerazione l'ipotesi. «È possibile».

Scuoto il capo.

«Senti», dice Megan in tono da esperta, «hai mai fatto una regressione a una vita precedente, Conor?».

Ma in America cosa insegnano ai ragazzini?

Conor sta per rispondere, ma io glielo impedisco.

«Che ne dici di quando eri negli States, Conor?», suggerisco sperando che prenda la palla al balzo. «Magari tu e Megan vi siete incontrati da qualche parte?».

Conor fa cenno di no con la testa e a me viene voglia di prenderlo a schiaffi.

«Aspetta un attimo», dice Megan socchiudendo gli occhi. «Cavolo, mi sta venendo in mente qualcosa». Si circonda la testa con le braccia, come per concentrarsi meglio.

«Megan, cosa fai?», le chiedo iniziando a preoccuparmi. «Conor, che sta facendo?».

Conor si stringe nelle spalle.

«Sto pensando», risponde Megan con la voce attutita. «Stare così mi aiuta a ricordare».

Restiamo impotenti a guardare Megan con la testa sepolta nelle braccia per un minuto buono. Meno male che Dermot non c'è.

«Ci sono!», esclama all'improvviso mentre la sua testa recupera la posizione eretta. Sorride a Conor. «Adesso so dove ti ho visto».

Ora Conor ha un'aria vagamente preoccupata. Ma la cosa non mi stupisce; non sono tranquilla neanch'io dopo la conversazione di poco fa.

«*Patterson Place*, vero?», dice guardando Conor con gli occhi che brillano.

Conor scuote la testa. «Non so di cosa tu stia parlando».

«Eri in *Patterson Place*, la soap opera. Eri l'amante della proprietaria del negozio di toelettatura per cani. Ci sei stato solo per un mese o giù di lì, ma mi ricordo di te, lo guardavo tutti i giorni; ero confinata in casa perché avevo rovinato l'ennesima vacanza a mia madre rompendomi una gamba e un braccio mentre sciavo».

Guardo Conor. La sua espressione mi dice tutto quello che voglio sapere.

«Tu hai recitato in una soap opera?», dico sforzandomi di non ridere.

Conor annuisce imbarazzato. «A mia difesa posso dire che era una di quelle cose pessime che trasmettono nei più oscuri canali via cavo. Non credevo che qualcuno l'avrebbe mai guardata. L'ho fatto solo perché avevo un bisogno disperato di soldi, e avevo incontrato il direttore del casting una sera in un bar. È incredibile la gente che si incontra nei bar».

«Adesso ho capito la ragione di quel buco nel tuo curriculum quando hai fatto domanda per venire qui», dico ridendo. «E io che credevo fossi un tipo misterioso coinvolto in chissà quale vicenda losca di cui non volevi parlarci, mentre te ne stavi semplicemente a recitare la parte del gigolò in una soap di second'ordine!».

«Veramente era piuttosto bravo», osserva Megan. «Soprattutto nella scena nella vasca da bagno, con tutta quella schiuma».

Conor strabuzza gli occhi. «Santo cielo, l'hai vista?»

«Certo!», replica Megan tutta contenta. «E come si chiamava il tuo personaggio? Non riesco a ricordare…».

«Io nemmeno», dice Conor un po' troppo in fretta.

«Oh, andiamo, Conor», lo stuzzico. «Non puoi non ricordare una cosa come questa».

«Cominciava con la R...». Megan corruga di nuovo la fronte nel tentativo di ricordare. «Era Randy. Randy qualcosa...».

Conor sospira rassegnato. «Randy Colossus».

«Randy Colossus!», gli faccio eco, piegata in due dal ridere. «Oh, questa è impagabile! È la cosa più divertente che abbia mai sentito, e il bello è che ti sta anche bene!».

Megan ride a crepapelle, entrambe ci contorciamo dalle risate. Ci sdraiamo sulla sabbia ridendo in faccia alle nuvole.

«Va bene, va bene. Basta così». Conor si alza in piedi con aria decisa. «Non resterò qui a farmi coprire di ridicolo».

«Ne hai già avuto abbastanza nella tua esperienza di attore?», ironizzo per poi rimettermi a ridacchiare.

«Signore, signore, basta così!». Conor alza le mani guardandoci. «Quella storia appartiene al passato, sono un uomo diverso ora. Vi sembro un attore di soap di second'ordine?», chiede. Megan e io ci mettiamo a parlottare fingendo di valutarlo. Poi emettiamo il verdetto arricciando il naso.

«Per niente. Hai ragione», dico esaminandolo. «Al momento non hai nessuna chance di fare il gigolò per una ricca signora».

«D'accordo, voi due!». Conor afferra il secchiello con cui stava giocando Megan. «Per questo vi meritate un bella doccia!». Raggiunge a grandi passi la riva mentre Megan, i cani e io ci mettiamo a correre per la spiaggia. Megan stringe la mia mano mentre corriamo, e io provo di nuovo una strana sensazione dalle parti del cuore. Stavolta però non si tratta di disagio, ma di felicità.

Trentuno

«Non hai ancora finito con quei conti?», chiedo a Niall mettendogli una tazza di caffè sulla scrivania.

«Manca poco». Niall sfoglia qualche altro documento e annota alcune cifre sul grande registro contabile dalla copertina rossa, come fa ormai da un'ora e mezza.

«Allora, com'è la situazione?», gli chiedo sedendomi di fronte a lui con la tazza di tè in mano.

Niall è serissimo. Ha l'espressione che immagino simile a quella di Dermot quando deve comunicare il preventivo per una ristrutturazione. «Potrebbe essere migliore», dice. «Ma d'altra parte potrebbe essere anche peggiore».

«Che significa?»

«Gli affari non vanno male. Se non altro l'alto numero di richieste ha portato buoni profitti».

«E questo è un bene, no?»

«Sì». Niall tamburella con la penna sulla copertina del registro. «Ma per quanto ancora, Darcy? Siamo alla fine di agosto, l'estate è agli sgoccioli e non ci sono altre prenotazioni. Come farà l'isola a sostentarsi durante la brutta stagione? La gente non verrà in vacanza qui d'inverno. Inoltre», prosegue prima che abbia il tempo di replicare, «quando dico che Tara sta generando profitti non intendo dire che hai coperto tutte le spese che hai sostenuto di tasca tua, o meglio dal fondo che hai a disposizione per organizzare la vita sull'isola. Devo metterti in guardia: il denaro sta scomparendo più in fretta di quanto vorrei, molto più in fretta. Tara deve generare profitti, altrimenti non sopravviverà».

Bevo un sorso di tè, sperando lenisca le mie preoccupazioni.

«Mi inventerò qualcosa», dico in tono rassicurante. All'improvviso mi sento molto più a mio agio con le mie responsabilità verso l'isola, e per la prima volta sono felice di assumermele. È la mia isola, la mia sfida: voglio che funzioni al meglio per tutti noi che viviamo a Tara.

«Dici sempre così, che ti inventerai qualcosa», commenta Niall spingendosi su gli occhiali che sono scivolati verso la punta del naso.

«E tu fai sempre quel gesto, ti sistemi gli occhiali sul naso, ben sapendo che continueranno a scivolare. Ma continui a metterli a posto sperando che un giorno si decidano a restarci».

Sorride. «Messaggio ricevuto».

«E comunque, qualcosa mi invento sempre, no?»

«In effetti è così. Come ci riesci?»

«Non ne ho idea, ma finché funziona io vado avanti. Proprio come ha fatto Tara per tutti questi anni».

«Hai visto Megan?», mi chiede Dermot più tardi mentre sto per portare i cani a fare la loro passeggiata quotidiana intorno all'isola. Sto attraversando O'Connell Street e lui è vicino a una panchina, in un atteggiamento insolito: sembra in ansia.

«Perché, è successo qualcosa?»

«È solo che non la vedo in giro da un po'», replica Dermot guardandosi intorno. «E a quanto pare nessuno sa dove sia. Pensavo fosse con te».

«No, mi dispiace, oggi non l'ho vista; sono stata quasi tutta la mattina con Niall a fare i conti. Ma perché pensavi che fosse da me?»

«Così. A quanto pare le sei simpatica».

«Dovresti chiedere a Paddy. Passano molto tempo insieme».

«No. Paddy è stato tutta la mattina con me, a fare delle riparazioni».

«Dermot», dico posandogli la mano sul braccio, «vedrai che sta bene. È una tosta. Sa quello che fa».

Dermot abbassa lo sguardo sulla mia mano. «Sì. Be', non lo so». Si concede un mezzo sorriso. «Non riesco a immaginare da chi abbia preso, ma è sempre molto diretta in quello che dice, e ha una posizione precisa su un sacco di argomenti. È tutto bianco o nero con Megan, non manca certo di determinazione».

Adesso sorrido anch'io. Sembra una descrizione molto calzante di qualcuno che al momento si trova a pochi centimetri da me. «Vedrai che sta bene», ripeto accarezzandogli il braccio con fare rassicurante. «Stiamo andando a fare una passeggiata sulla collina, daremo un'occhiata in giro. Sta' tranquillo, la troveremo. Voi che dite, ragazzi?».

Woody e Louis mi osservano attentamente, ma a quanto pare non sono gli unici a tenere d'occhio me e Dermot, perché di colpo Caitlin esce in fretta dal negozio e attraversa la piazza diretta verso di noi. Non sfugge al suo sguardo la mia mano posata sul bicipite di Dermot. La ritraggo in fretta.

«Ancora niente, Dermot?», gli chiede prendendogli la mano.

«No», replica Dermot tornando immediatamente all'espressione preoccupata che aveva poco fa. «Non l'ha vista nessuno. Ma Darcy darà un'occhiata mentre porta i cani a passeggio».

«Ah, bene. Stai andando ora, Darcy?»

«Sì... sto andando».

«Ce l'hai il walkie-talkie per tenerci in contatto?», mi chiede Dermot, squadrandomi.

«Ehm...». Nessuno di noi se la cava troppo bene con questa storia dei walkie-talkie, una volta svanito l'entusiasmo iniziale.

Sospira rassegnato. «Senti, prendi il mio». Estrae il walkie-talkie dalla tasca e me lo porge. Io prenderò il tuo in casa. È aperto?»

«C'è ancora Niall che fa i conti. Dovrebbe essere aperto».

«Mi contatti subito se la trovi?»

«Certo. Ma secondo me è qui intorno, credimi».

«Forse, ma se non si fa vedere in fretta credo che andrò a fare un giro dall'altra parte dell'isola per dare un'occhiata».

«Va bene, andiamo. Ci vediamo dopo».

«Ciao, Darcy», mi saluta bruscamente Caitlin tenendo stretta la mano di Dermot. «Sta' tranquillo. Sono certa che non le è successo niente».

Lui annuisce, poi mi sorride da sopra la testa di lei. «Sì, mi sento molto meglio adesso che Darcy la sta cercando».

Io e i cani ci avviamo lungo i nostri sentieri abituali verso la collina su cui sorgono le rovine, affacciate sul mare. Quando ci avviciniamo alla vecchia costruzione mi accorgo subito che non siamo soli. Ai piedi dell'edificio ci sono altre due persone: una bassa e vestita di colori vivaci, seduta con le gambe penzoloni sui resti di un muro; l'altra è più alta, in là con gli anni e vestita dei colori del paesaggio. C'è un bastone da passeggio posato contro il muro di fronte.

Mi avvicino.

«Darcy!», esclama Megan sorridendo raggiante. Salta giù dal muretto per salutare i cani, che come sempre mi precedono di parecchio. Le fanno le feste scodinzolando.

«Ciao Megan», la saluto, seguendo i cani sul sentiero. Mi fermo vicino a loro. «Tuo padre è molto preoccupato per te: sta già organizzando una squadra di ricerca».

«Stavo facendo la mia solita passeggiata intorno all'isola quando ho visto questa signorina, tutta sola», racconta con calma Eamon. «Le stavo facendo compagnia in attesa che arrivasse qualcuno».

«Eamon mi ha raccontato un sacco di storie interessanti», fa Megan tutta eccitata.

Ottimo, ci mancava qualcuno che mettesse in testa a Megan qualche altro mistero.

«Davvero?», sorrido, «di che genere?»

«Su Tara e la sua storia, su tua zia Molly e su quello che facevi quando venivi qui da bambina».

Guardo Eamon stupita. *Non ricordavo ci fossi anche tu quando venivo in visita qui.*

«È stata mia zia a raccontarti di quando venivo qui?», gli chiedo.

«Sì, più o meno», replica Eamon, lo sguardo fisso sul mare.

«È che non mi ricordo della tua presenza, mi ricordo solo di lei».

«La mente può fare strani scherzi quando ci si mette», dice misteriosamente Eamon. «Ti nasconde le cose che non vuole vengano alla luce».

Sto per chiedergli spiegazioni ma lui prende il bastone e si stiracchia. «È stato bello, davvero, passare il tempo con te, piccola», dice a Megan. «Sta' attenta a non allontanarti troppo da sola la prossima volta, però. Quelli là sotto si agitano se esci un po' troppo dal seminato, se capisci quel che intendo», e ammicca a Megan.

Lei gli sorride. «Farò così, Eamon, e grazie per quelle storie».

«Quando vuoi, signorina», dice apprestandosi a scendere giù per la collina. «Quando vuoi».

«Allora», dico mettendomi a sedere accanto a Megan. «Con che storie ti ha riempito la testa, il nostro Eamon?»

«Oh, solo qualche aneddoto». Salta giù dal muretto e si mette a cercare Woody e Louis.

«Sì», dico decisa a restare seduta per qualche minuto adesso che ho trovato un posticino. Anche se ormai sono abituata a camminare a lungo per l'isola, l'arrampicata su per la collina mi fa venire ancora il fiatone. «Ma su che argomento?»

«Sulle tue vacanze qui quando eri piccola». Megan si china e comincia a raccogliere le margherite che crescono tra l'erba.

«Eamon aveva l'aria di saperla lunga. Che genere di storie ti ha raccontato?»

«Solo quello che combinavate tu e tua zia». Megan raccoglie le margheritine nelle mani a coppa e torna al muretto accanto a me.

«Mi aiuti?», dice. «Voglio fare una ghirlanda».

«Ci provo». Prendo due margherite e mi accorgo con meraviglia di riuscire facilmente a legarle insieme. Ne prendo un'altra e un'altra ancora, e in breve tempo realizzo una collana di una certa lunghezza.

«Sei brava», dice Megan ammirata mentre armeggia con poche margherite legate assieme. «Come fai?».

Mostro a Megan come intrecciare gli steli in modo che restino saldamente legati.

«Oh, ecco come fai», dice provando a farlo per conto suo. «Che bello. Non sapevo che si facesse così».

«Fino a poco fa non lo sapevo neanch'io», ammetto.

«Io invece sapevo che ne eri capace», replica Megan senza smettere di lavorare alla sua corona di fiori.

«Come?»

«Me lo ha detto Eamon».

E Eamon come lo sapeva? Mi chiedo guardando nella direzione in cui è sparito poco fa. Poi, quando lo sguardo mi cade per caso sul villaggio, mi viene in mente Dermot.

«Non ho avvertito tuo padre che sei ancora viva. Aspetta un momento», e prendo il walkie-talkie che ho in tasca.

Informato Dermot che Megan sta bene, ce ne restiamo ancora un po' sedute nel sole del pomeriggio a fare ghirlande di margherite. È bello stare quassù insieme a Megan, non ho nessuna fretta di andarmene.

«Allora, che te ne pare della vita qui?», le chiedo. «Ti sei annoiata molto, a startene confinata con degli adulti noiosi?».

Megan fa segno di no con la testa. «Per niente. Mi piace qui. Mi sento più a casa qui che dove abito».

«Davvero? E come mai?».

Ci pensa su un momento. «A casa, non sapevo mai se la sera mamma sarebbe stata a casa con me o se sarebbe uscita a intrattenere qualche cliente. Non sapevo mai dove mi sarei ritrovata, chi sarebbe stato con me. Almeno qui uno sa dove trovare le persone, e quello che farà ogni giorno. Mi sento a casa qui. Al sicuro».

«Bene», sorrido guardando il capo chino di Megan, ora intenta ad allungare la sua fila di margherite. «Mi fa piacere».

«Anche a te fa lo stesso effetto vivere a Tara?», mi chiede.

«Be', per me non è proprio la stessa cosa, sai?»

«Perché no?»

«Perché io ho delle responsabilità riguardo all'isola, ci sono pressioni, problemi da risolvere».

«Però ti piace vivere qui, vero?», mi domanda guardandomi di sotto in su.

«Sì, certo che mi piace».

«E le persone ti piacciono?»

«Sì, moltissimo».

«Soprattutto Conor», dice Megan sorridendo e socchiudendo gli occhi deliziata.

«Sì, soprattutto Conor», le sorrido di rimando.

«Però è strano, Conor», osserva di punto in bianco Megan.

«Che vuoi dire?»

«È bello, questo lo vede chiunque». Quando alza lo sguardo su di me, i suoi occhi scuri scrutano intensamente il mio viso. «Ma ha qualcosa…».

Aspetto che continui.

«Che intendi dire, Megan?», le chiedo, visto che non ha aggiunto altro.

«Gli occhi, Darcy. Prova a guardarci dentro. Guardarli davvero. Potresti sorprenderti di quello che vedrai».

Che cosa intende dire? Giocherello con la mia corona di margherite per qualche secondo, mentre rifletto sulle sue parole.

Megan continua a guardarmi. «Non far caso a quello che ho detto. Probabilmente è solo una mia fantasia. Una volta ho letto una cosa in rete a proposito degli occhi e da allora non faccio che pensarci». Ritorna a intrecciare margherite con aria soddisfatta. «E degli altri abitanti di Tara che mi dici?»

Sapevo che i bambini fanno un sacco di domande, ma è normale che siano tutte così impegnative?

«Mi piacciono, certo. Alcuni di loro sono i miei migliori amici». Penso a Roxi e Niall.

«Mio padre ti piace?».

Esito un istante. Dermot è diventato molto più sopportabile da quando è arrivata Megan, e di sicuro ho scoperto un lato dolce in lui di cui non sospettavo l'esistenza.

«Sì, mi piace tuo padre», ammetto.

«Tu a lui piaci. Un sacco».

Per poco non cado dal muretto. «Davvero?»

«Sì».
«E tu come lo sai?»
«Lo so».
Pare che a Megan piaccia molto fare domande, ma ottenere una risposta esauriente da lei è un compito davvero faticoso. Non c'è da stupirsi che lei e Eamon si siano trovati così bene insieme.
«Be', mi fa piacere che tuo padre mi trovi simpatica», dico in tono leggero. «Non sarebbe bello avere dei nemici su un'isola così piccola, non trovi?»
«No, io ho detto che gli piaci».
La guardo intensamente. «Che cosa te lo fa credere?»
«È il modo in cui parla di te». Solleva la sua catena di margherite. «Guarda».
«Bellissima», dico ammirando il suo lavoro. «Che cosa dice?»
«Ehm, non ricordo bene. Ma so che quando siamo insieme parla molto più di te che di Caitlin».
«Probabilmente allora si lamenta di me». Mi esce una risatina nervosa. «Solo perché viene fatto il mio nome, non vuol dire che sia sempre una cosa positiva».
«No, veramente sono sempre cose positive, e poi non parla mai di Caitlin a meno che lei non sia presente. A ogni modo, io non piaccio a Caitlin».
«Ma certo che piaci a Caitlin. Perché non dovresti?».
Megan si stringe nelle spalle. «Non so. Come ho già detto, potrebbe essere qualcosa che risale a una vita precedente, chi lo sa?».
Scuoto la testa. *Non ho molta esperienza di bambini, ma sono tutti così gli undicenni?*
«Fatto sta», prosegue Megan, «che ho consultato il mio angelo sull'argomento e lui mi ha detto di lasciar perdere, che non posso farci niente se le nostre aure sono incompatibili. Non mi resta che passare oltre».
No, aspetta un attimo.
«Megan, hai appena detto di aver consultato un angelo?», le chiedo scandendo le parole.

«Non un angelo qualunque», mi corregge Megan alzando gli occhi dai fiori. «Il mio angelo custode».

«Ah», dico.

«Darcy, non c'è bisogno di spaventarsi, tutti ne abbiamo uno. Solo che alcuni scelgono di usarli e altri no. Ma gli angeli sono fantastici: se ne stanno nascosti e ti lasciano fare la tua vita. Però se hai bisogno di loro, ci sono sempre. La maggior parte delle persone li usa tutti i giorni senza nemmeno saperlo».

«Ma davvero?»

«Ah ah».

«Come?».

Megan ci pensa su. «Per esempio, pensa a tutte le volte che un'idea ti viene all'improvviso così, dal nulla. È il tuo angelo che ti aiuta».

«Tu dici?», le chiedo dubbiosa.

«Certo», annuisce convinta. «Non te ne accorgi perché non sei in collegamento con lui. Puoi crederci o no, ma questo posto è pieno».

«Pieno di che?»

«Di energia spirituale. L'ho sentita appena sono arrivata. Una volta aperta la porta, ti accorgi sempre della loro presenza».

«Che vuoi dire?»

«Tutte le cose che già fate», dice, saltando giù dal muretto. «Le lezioni di *reiki* e di *tai chi*. È molto spirituale».

«Ma sono cose che potresti trovare ovunque, Megan, non vuol dire che ci sia qualcosa di speciale a Tara».

«Oh, *c'è* qualcosa di speciale, Darcy», insiste Megan guardandomi dritto negli occhi. «Solo che tu non hai ancora aperto la mente tanto da accorgertene. Sei ancora chiusa come una fortezza». Megan mi parla come se fosse lei l'adulta che si rivolge a una bambina. «Trova il tempo di pensare a quello che ti ho detto, e capirai di cosa sto parlando». Solleva una perfetta corona di margheritine e me la sistema intorno al collo.

La guardo a bocca aperta mentre comincia a correre giù per il sentiero. «Adesso dove stai andando?», le domando mentre si allontana.

«Giù da papà», risponde. «Tu resta qui e pensaci su. Apri la mente, Darcy, e apri gli occhi. Sarai sorpresa di quello che succederà».

Dermot, questa ti darà del filo da torcere, penso guardandola correre verso il nostro villaggio. Una testa antica su spalle così giovani. È come se avesse vissuto su questa terra per centinaia di anni invece che per meno di dodici. Salto giù dal muretto e mi guardo intorno tra le vecchie rovine. Non sono mai arrivata a capire che cosa fossero un tempo. È un tale peccato che debbano restare così, inutilizzate.

Raggiungo l'arco d'ingresso in cui ho sostato tante volte venendo quassù con i cani, per ripararmi dalle inclemenze del tempo o semplicemente per godermi la vista spettacolare che il sito offre. Mi fermo sotto l'arco, chiedendomi quante persone prima di me abbiano fatto altrettanto. Forse lo stesso Finn McCool, quando soggiornò qui per rimettersi in sesto. Che cosa ci ha raccontato Eamon? Gli abitanti dell'isola si presero tanto cura di lui che quando finalmente fu tempo di andare, avrebbe voluto restare e un pezzo del suo cuore rimase qui con il suo tesoro. È un racconto così bello; chissà se c'è qualcosa di vero? Stare vicino a queste vecchie rovine mi ha sempre trasmesso un senso di calma, di sicurezza. Forse è successo anche ad altri, prima. E ora, guardando l'orizzonte lontano, capisco perché Finn si sia innamorato di Tara, o perché si sia innamorato di qualcuno che viveva qui, o forse entrambe le cose.

È così che mi viene in mente l'idea che potrebbe cambiare per sempre il destino di Tara.

Poso le mani sulla corona di margherite fatta da Megan. «Potresti aver ragione su tutte quelle cose, Megan. È certo che da sola un'idea del genere non mi sarebbe mai venuta in mente». Lascio il guscio protettivo della vecchia costruzione per osservare la mia idea da una diversa angolazione. Può davvero funzionare?

È così che lo vedo per la prima volta. Corro sotto l'arco e scosto un po' del fitto fogliame che si è intrecciato intorno alla struttura, quasi nel tentativo di preservarlo. E appena le piante cedono la presa scoprendo la pietra sottostante, eccola, la mia conferma definitiva, direttamente da zia Molly.

Trentadue

«Roxi», sussurro quella sera sporgendomi sopra il bancone del bar. «Ho bisogno del tuo aiuto».

«Che succede, tesoro?», risponde lei mentre si avvicina, ticchettando sulle scarpe di satin blu. Roxi insiste ancora, dopo tutto questo tempo, a portare i tacchi alti. Non so come ci riesca. Ma lei sostiene di non saper camminare con le scarpe basse e, dato che i suoi spostamenti sull'isola non vanno oltre il triangolo descritto da casa sua, il pub e O'Connell Street, pare riesca a farcela. Le uniche occasioni in cui desiste sono le sue regolari visite al cottage di Eamon, in occasione delle quali si fa prestare da Niall un paio di scarpe da ginnastica, per poter affrontare il "viaggio".

«Devi distrarre Caitlin per qualche minuto stasera», bisbiglio, lanciando occhiate all'angolo opposto del locale dove siedono Caitlin e Dermot.

«Perché?», domanda Roxi aggrottando la fronte.

«Perché devo parlare in privato con Dermot».

Gli occhi di Roxi si fanno grandi come due piattini da caffè. «Oh, sul serio?», dice portandosi le mani ai fianchi. «E Conor ne è a conoscenza?»

«Non in quel senso! Devo parlargli di una cosa, e Caitlin ultimamente non lo molla un attimo». Indugio con lo sguardo sulla sala. «Soprattutto se ci sono io nei dintorni», mormoro.

«Che hai detto?», dice Roxi chinandosi sopra il bancone.

«Ho detto: soprattutto se ci sono io nei dintorni. Non so cosa le sia preso, si comporta in modo strano con me».

Roxi raddrizza la schiena un momento per guardare Caitlin,

la bocca aperta in una grossa O rosa. «Ho capito», dice, con aria allusiva.

«In che senso hai capito? Che cos'hai capito?»

«Credo di essermi accorta che stava succedendo». China la testa da un lato e poi dall'altro. «Ma non volevo ammetterlo. Credo che Caitlin sia un po' gelosa».

«Di chi?»

«Di te, sciocca divoratrice di Mars. Del tuo rapporto con Dermot».

«Ma io e Dermot non abbiamo alcun rapporto. Non in quel senso almeno».

«Io lo so, Darce, e tu lo sai. Ma lei no».

Guardo di nuovo il loro tavolo e come per telepatia Caitlin se ne accorge e subito afferra la mano di Dermot. Mi nascondo la testa tra le mani e punto i gomiti sul bancone. «Merda! Vorrei solo scambiare due parole con Dermot senza che Caitlin sia presente».

«Perché?»

«Perché sì, Rox», la guardo negli occhi. «Non posso parlartene adesso. Ti prego, fidati di me».

«Baby, mi fido ciecamente». Mi prende la mano. «Quanto tempo ti serve?».

Le sorrido grata. «Più tempo possibile».

Roxi ammicca. «Bene, lascia fare a me. Torna qui fra un'ora e sarà tutto tuo».

Quando, passata un'ora, torno al Temple Bar, il locale trabocca di clienti. E a fare su e giù freneticamente dal bar ai tavoli reggendo pinte di birra e bicchieri di superalcolici non c'è solo Roxi ma anche Caitlin.

«Che hai combinato?», le chiedo approfittando di un secondo in cui si ferma a riempire una pinta di birra.

«Spargi la voce che si beve a metà prezzo, poi assicurati che Ryan abbia la serata libera con Siobhan. Paddy è già impegnato con Megan, perciò... oddio, sono disperatamente a corto di personale! E qui entra in ballo Caitlin. L'altra sera mi ha detto che ha lavorato nel bar di un albergo, una volta».

Scuoto la testa con un misto di ammirazione e senso di colpa, e la ringrazio per la centesima volta da quando la conosco ed è mia amica.

«Vai!», dice indicando Dermot con un cenno del capo. «Finché hai via libera».

Grazie, le dico a bassa voce mentre mi avvicino sgomitando a Dermot, che è ancora seduto al tavolo d'angolo. Beve tranquillo una pinta di Guinness, incurante del caos che lo circonda.

«Posso unirmi a te?», gli chiedo.

«È un'isola libera». Dermot scosta una sedia accanto alla sua dal tavolo, la stessa dove poco fa era seduta Caitlin.

Subito Caitlin si materializza di fronte al tavolo.

«Darcy, non ti ho vista tornare al pub, do una mano a Roxi per un po'». Guarda a turno Dermot e me. «Vi porto da bere?»

«Hai da fare, Caitlin. Grazie, ma non preoccuparti per noi».

«Nessun problema, davvero», insiste Caitlin, «qualunque cosa per il mio uomo!», e con un gesto protettivo mette la mano sulla spalla di Dermot.

«Allora prendo lo stesso che sta bevendo lui, per favore», dico indicando la pinta quasi vuota di Dermot. «Posso offrirti da bere, Dermot? Lo stesso di prima?»

«Se non fossi un gentiluomo ordinerei un doppio whisky», dice Dermot guardandomi dritto in faccia, poi sorride. «Sì, un'altra pinta di Guinness andrà benissimo, grazie, Caitlin».

«Torno fra un minuto», dice scappando verso il bancone.

«Allora, che ti serve?», chiede Dermot mentre si volta a guardarmi.

«Come sai che mi serve qualcosa?», replico con sguardo innocente.

«Di solito vai in giro per pub a offrire da bere agli uomini?», ironizza con un'alzata di sopracciglia.

«Va bene, va bene, sì. Voglio qualcosa da te». Mentre mi lancio nel discorso che ho accuratamente preparato, tengo d'occhio Caitlin che sta riempiendo due boccali di Guinness dietro il bancone. «Come ti trovi qui, Dermot?»

«Bene, Darcy, perché?», c'è una punta di divertimento nel modo in cui Dermot osserva le mie evoluzioni verbali.

«Non è che ti stai annoiando?»

«No». Dermot incrocia le braccia e si accomoda contro lo schienale.

«Me lo stavo chiedendo, ecco tutto. Ora che i lavori di ristrutturazione sono finiti e non resta che un po' di manutenzione, temevo che fosse al di sotto delle tue capacità».

Mi fissa con diffidenza. «E...?»

«E allora mi chiedevo se non avessi voglia di qualcosa di più interessante con cui tenerti occupato, e tenere occupati i tuoi attrezzi».

Sul suo viso non c'è nemmeno l'ombra di un sorriso; aspetta e basta. Poi solleva il bicchiere mezzo vuoto. «Ne vuoi un po', Darcy? Magari trovi il coraggio di dire quello che devi dirmi senza girarci tanto intorno».

Lo guardo con fare drammatico e gli tolgo il bicchiere di mano. Bevo qualche sorso prima di restituirglielo.

«Voglio costruire un centro di medicina olistica», dico, senza girarci intorno.

Dermot mi fissa per qualche secondo prima di bere anche lui un lungo sorso. «Dove?», domanda andando subito al sodo.

«Qui, a Tara, sulla collina, vicino alle vecchie rovine».

«Perché?»

«Perché è la cosa giusta, ecco perché. Dobbiamo attrarre visitatori sull'isola per tutto l'anno, non solo in primavera e in estate, e in questo modo avremo gente sempre, con il bello e il brutto tempo. Sto pensando a una specie di resort per le terapie olistiche, Dermot, con tutte le attività che già facciamo, più delle altre. Roba tipo yoga e cure alternative. Queste cose stanno andando per la maggiore. Di questi tempi la gente vuole disperatamente fuggire da tutto e rilassarsi in un posto tranquillo e silenzioso, e noi possiamo offrire tutte queste cose in un'unica sede».

Dermot ci riflette un istante. «Ma sarebbe un pugno in un occhio: un grosso edificio in cima alla collina...».

«Non se lo progettiamo come si deve. Non sto pensando a un mostro edilizio a cinque piani, ma a qualcosa che si fonda bene con la storia e con il paesaggio di Tara. Qualcosa che sia in armonia con le costruzioni tradizionali». Mentre parlo, vedo gli occhi di Dermot accendersi all'idea. «Pensaci», dico tracciando linee immaginarie con la mano. «Sarebbe un tuo progetto dall'inizio alla fine, un edificio tutto tuo».

«Non costerà poco», mi fa notare. «Se vuoi farlo come si deve, intendo».

È l'unica lacuna del mio piano: l'aspetto finanziario. Dopo la chiacchierata di stamattina con Niall, so bene che finanziare il progetto non sarà semplice. Ma questo piccolo ostacolo non mi fermerà. Mi inventerò qualcosa...

«Lo so», dico tutta eccitata, contenta di aver risvegliato il suo interesse. «Voglio che sia in armonia con la costruzione che c'era prima, qualunque fosse la sua funzione; magari addirittura ricostruirla, in modo che somigli all'originale. Ci vorranno delle ricerche per scoprire di che si trattava».

«Non so nemmeno se si trova più quel tipo di mattoni», osserva Dermot, pensando già ai vari problemi che dovrà affrontare se accetterà di realizzare il progetto.

«Sono certa che troverai qualcosa di adatto», gli sorrido con entusiasmo. «Allora, credi si possa fare?»

«Darcy, su questo non c'è mai stato alcun dubbio», dice con fermezza. «Resta il problema di cosa ne penseranno gli altri».

«Credo sia meglio non parlarne con nessuno, per ora», mi chino verso di lui con fare da cospiratrice. «Aspettiamo di avere ben chiaro quel che intendiamo fare. Poi ci penserò io a parlare, uno alla volta, con tutti quelli che dovranno essere coinvolti. Alla fine faremo un annuncio ufficiale per dire a tutti quali sono i nostri piani».

«E Conor?», chiede Dermot, distogliendo lo sguardo da me e prendendo di nuovo in mano il bicchiere. «A lui lo dirai?».

Ci penso su. Dirò a Conor quello che ho in mente? È stato

lui il primo a dirmi che dovevo trovare "qualcosa" per Tara, in modo da continuare ad attirare visitatori, perciò suppongo che dovrei parlargliene. Ma ultimamente non ho più molta voglia di condividere le cose con lui, e in più ci tengo ad avere Dermot dalla mia. «Non adesso, no».

Annuisce. «Bene», e rimette giù il bicchiere.

«Dunque siamo d'accordo?», gli chiedo sorridendo.

«Sì, Darcy». Dermot si volta, mi tende la mano sotto il tavolo e suggelliamo in gran segreto il nostro patto con una stretta solenne. «Siamo decisamente d'accordo, sì».

«Due pinte di Guinness», annuncia di punto in bianco Caitlin deponendo i bicchieri sul tavolo di fronte a noi.

«Grazie, Caitlin», mi affretto a lasciare la mano di Dermot e prendo il bicchiere.

«Allora, di che complottavate voi due?», domanda ansiosa. «Avrei dovuto portarvi da bere subito, ma sono stata impegnata al bancone».

«Oh, niente di che», dico sollevando il boccale e bevendo avidamente.

«Il tempo, più che altro», aggiunge Dermot, vuotando in un sorso il primo boccale e prendendo in mano il secondo.

«Capisco», dice Caitlin mordendosi il labbro inferiore.

«Davvero, Caitlin, si parlava di noiose questioni edilizie», la rassicuro, dicendo peraltro la verità.

Caitlin annuisce, ma non sembra molto convinta.

«Caitlin!», la chiama Roxi dal bancone. «Mi serve il tuo aiuto qui!»

«Arrivo», le risponde Caitlin. «Devo andare. Ma vengo subito se avete bisogno di me».

Quel che sta dicendo in realtà è: *Vi tengo d'occhio…*

«Certo. Se vogliamo qualcosa ti chiamiamo, grazie».

«Ce ne andiamo?», propone Dermot non appena Caitlin ci volta le spalle. «Non sarà facile tenere segreta la cosa qui, in mezzo a tanta gente, e se andiamo da te possiamo fare qualche ricerca su Internet».

Guardo l'orologio. «Il fatto è che devo vedermi qui con

Conor alle nove. Stasera aveva un po' di tempo libero ed è andato a pescare».

«Oh, be', non fa niente allora». Prende il boccale di birra e beve un lungo sorso. «Ne parleremo un'altra volta».

Cavolo, no, non voglio che Dermot perda interesse. Adesso che è così entusiasta del progetto, poi. «No, va bene. Conor si scorda del tempo che passa quando pesca, potrebbe non tornare prima di mezzanotte. Andiamo subito».

Sono sul punto di lasciare il locale, e mi chino sul bancone, con Dermot ancora al tavolo che cerca di mandar giù in fretta tutta la Guinness. «Rox», la chiamo, ma è impegnata a servire, così accorre Caitlin.

«Sì?», dice. «Posso aiutarti io?»

«Puoi dire a Conor, se più tardi dovesse cercarmi, che sono tornata a casa?»

«Certo», Caitlin sorride raggiante. «Va benissimo, Darcy. Glielo dico. Così stai andando via?»

«Sì, vado», guardo Dermot alle mie spalle. «Sei pronto, Dermot?»

«Sì», Dermot arriva, beve l'ultimo goccio dal suo boccale e lo posa rumorosamente sul bancone. «Complimenti, Caitlin, ottima birra. Ci vediamo dopo».

Riesco quasi a sentire i pugnali volare verso la mia schiena mentre lascio il pub in compagnia di Dermot e con Woody e Louis che ci trotterellano dietro, e mi ritrovo fuori a respirare con gratitudine un po' d'aria fresca.

Per strada, ci fermiamo a dare un'occhiata a Megan, che stasera è a giocare da Paddy e Niall, e quando dico giocare intendo *giocare*. Al nostro arrivo scopriamo che Paddy ha sistemato nel soggiorno due tende, fatte puntellando delle lenzuola sui mobili. Lui e Megan giocano a fare i cow-boy e gli indiani con addosso i costumi che hanno realizzato prima, mentre Niall siede tranquillamente in cucina a leggere un libro. E di nuovo mi stupisco di come Megan possa parlare come un adulto e un secondo dopo comportarsi come una normalissima bambina. Lasciamo casa di Niall e Paddy e proseguiamo su O'Connell Street verso il mio cottage.

Due ore buone le abbiamo passate davanti al computer ad annotare idee e a vedere i prezzi dei materiali. Finora abbiamo appurato non solo che il progetto costerà una mostruosa quantità di denaro, ma anche che l'edificio che vogliamo restaurare era usato dai locali come luogo di culto, insomma era la chiesetta dell'isola. Decidiamo di fare una pausa di qualche minuto e Dermot prende la bottiglia di whisky irlandese che abbiamo aperto ormai un'ora fa. Un altro regalo di un ospite entusiasta. A quanto pare la gente adora spedire bottiglie di whisky in omaggio: ne ho accumulata una discreta scorta. Dermot riempie entrambi i bicchieri.

«Si può sapere come ti è venuta quest'idea?», mi chiede mentre mi versa il whisky.

«In effetti, ci ho pensato grazie a tua figlia».

«Megan?»

«Quante figlie hai, Dermot? Ce ne sono altre in giro di cui non mi hai ancora parlato?»

«Mi pare che una sia più che abbastanza, tu che ne dici?», replica riempiendo il proprio bicchiere.

«È davvero speciale».

Sorride raggiante. «Puoi dirlo forte».

«Megan è una ragazzina notevole. È incredibilmente sveglia e per essere così giovane la sa lunga su un sacco di cose».

Dermot riavvita il tappo della bottiglia. «Se non ci sto attento, sarà lei a dirci come costruire il tuo centro, sta' a vedere».

Sposta alcune carte sulla scrivania per far spazio alla bottiglia. «Questo cos'è?», chiede sollevando un foglio su cui è stampata un'immagine scaricata da Internet.

«Non è niente». Cerco di toglierglielo di mano.

«Anelli, Darcy?». Dermot solleva il foglio in modo che non riesca a prenderlo. «Stai pensando di sposarti? Palle d'oro lo sa?»

«No», alla fine sono riuscita a togliergli di mano il foglio. «Veramente sono simboli *claddagh*. Un simbolo d'amore irlandese, dovresti saperlo».

«Significa amore, amicizia e lealtà, certo che lo conosco. Mio padre era irlandese, caso mai te ne fossi scordata. Se non ricordo male anche il modo in cui lo si indossa vuole dire qualcosa. Se lo porti sulla mano destra con il cuore rivolto verso l'esterno, vuol dire che non sei sentimentalmente impegnato. Se è messo al contrario vuol dire che hai una relazione o che il tuo cuore appartiene a qualcuno. Se porti l'anello sulla mano sinistra con il cuore rivolto verso l'esterno vuol dire che sei impegnato, girato al contrario, sei sposato. Ho detto bene?», conclude compiaciuto.

Ha detto bene. Avevo consultato quelle pagine web mesi fa, e pensavo di chiedere a Niall dell'anello di mia zia, ma come sempre a Tara, sono stata distratta da altre cose. Poi oggi pomeriggio ho cercato di nuovo la pagina, e dato che adesso ho una stampante, ho stampato tutti i dettagli per una ragione in più.

«Dato che sei così ben informato sul *claddagh* saprai anche che ce n'è uno inciso sul vecchio edificio in rovina».

«Quello in cima alla collina?».

Annuisco. «C'è un *claddagh* scolpito nella pietra sotto l'arco che guarda verso il mare. Negli anni è stato ricoperto dalla vegetazione, ma è ancora lì. L'ho visto stamattina».

Dermot annuisce. «Allora sembra che il vecchio edificio fosse utilizzato per qualcosa di più che qualche rito religioso».

«Che vuoi dire?»

«Se ha quel simbolo inciso sull'arco di ingresso, vuol dire che vi si celebravano matrimoni».

Ci rifletto. «Sì, deve essere così. È una struttura imponente, scommetto che la usavano per molti scopi. Deve essere stato un luogo cardine per la comunità, proprio come sarà per la nostra». Guardo Dermot che culla pensoso il proprio bicchiere, e passo un momento a chiedermi se sia il caso di dire quello che sto per dire. «In quel posto c'è qualcosa di speciale, lo sai? È una cosa che non ho mai provato prima d'ora. Quando mi trovo lì ho l'impressione che qualcuno mi conforti, che mi abbracci addirittura. Mi sento al sicuro. In effetti è così che mi sento a Tara, al sicuro».

Sorrido a un certo ricordo.

«La sera della cena Roxi mi ha detto che somigliavo a Audrey Hepburn. Ovviamente non era vero. Ma in *Colazione da Tiffany* è proprio così che si sente Holly Golightly quando entra da Tiffany: al sicuro».

Dermot mi fissa e per un istante credo davvero che stia per dire qualcosa di carino. «E tu provi queste cose per un'isola e delle vecchie rovine?», mi chiede con aria scettica.

Dovevo aspettarmelo.

«Sì, è così. Non mi aspettavo che capissi. Per te, un edificio è solo calce e mattoni; non pensi che possa avere una storia, dei ricordi, delle atmosfere». Bevo un sorso di whisky e poi mi metto a studiare l'interno del bicchiere, facendo girare nervosamente i cubetti di ghiaccio posati sul fondo.

Sospira. «Invece ti sbagli di grosso. È vero, adesso costruisco case nuove per vivere, ma quando ero al college studiavo storia e architettura. Per lavoro volevo restaurare edifici antichi, non costruirne di nuovi».

Lo guardo sorpresa. «Sei stato al college?».

Fa una smorfia. «Sì, non sono stato sempre un muratore».

«Ma che cosa è successo? Perché non hai fatto la carriera per cui hai studiato?»

«C'è stata Eileen, poco dopo la fine dell'università, e poco dopo è arrivata Megan, così Eileen e io abbiamo deciso di sposarci prima che nascesse. Dovevo cominciare a guadagnare decentemente e subito, ed ecco dove sono finite le mie conoscenze di architettura ed edilizia; ma io e Eileen non siamo mai stati compatibili. Non avremmo mai dovuto sposarci, però è così che si fa quando c'è un bambino in arrivo, no?». Alza lo sguardo su di me e sorride. «Perché credi che abbia tanti capelli grigi, alla mia età?». Si indica le tempie. «È un miracolo che non siano tutti bianchi!».

Penso ai miei genitori, e il coperchio di quella scatola

sepolta si solleva leggermente. «I miei hanno divorziato quando ero piccola», dico guardando Dermot, ancora assorto nei ricordi del passato. «Mio padre non si è fatto più vivo dopo il divorzio e mia madre è morta pochi anni dopo. Ecco come ho avuto l'isola. Ero la parente più prossima di Molly».

«Sapevo dei tuoi genitori», dice Dermot, mostrando un barlume di comprensione. «Me lo ha detto Roxi».

«Davvero?». Mi stupisce che Roxi ne abbia parlato; io gliene ho a malapena accennato, perciò mi sembra strano che lei ne abbia fatto parola con altri.

«Solo perché gliel'ho chiesto io. Ho immaginato che avessi dei problemi irrisolti».

«Che intendi per problemi irrisolti?», indago, cominciando a rizzare il pelo.

«Ehi, calma», dice Dermot sollevando la mano. «Volevo solo dire che la persona che ho incontrato la prima volta che sei venuta a Tara non è la stessa che mi siede di fronte ora». Si ferma un istante a riflettere. «È come se prima portassi una maschera, e adesso fosse venuta fuori la verità. Un po' come trovare Audrey Hepburn nascosta sotto un costume da Marilyn Monroe».

Ancora non so come prendere le sue parole.

«Va bene, cercherò di spiegartelo in un altro modo», fa Dermot dopo averci riflettuto qualche altro secondo. «Quando sei venuta a Tara la prima volta, eri nascosta dietro uno spesso strato di make-up, con quelle sciocche unghie, i capelli biondi tinti e i vestiti firmati. Era la Darcy che volevi mostrare al mondo, la tua versione di Darcy. Quella che non poteva mai farsi male. Ma da quando sei qui ho potuto conoscere la vera Darcy, quella dietro la maschera, ed è molto più bella così, senza tutti quei travestimenti».

Lo guardo. Tutte le parole gentili che ho appena sentito sono davvero uscite dalla sua bocca?

«Forza», dice alzandosi barcollante dalla sedia per prendere di nuovo la bottiglia di whisky sebbene il suo bicchiere non sia ancora vuoto. «Questo progetto non si farà da solo. Altro whisky?».

Faccio cenno di no con la testa. «Non sono l'unica ad aver portato una maschera prima di arrivare qui».

Dermot si riempie il bicchiere. «Che intendi dire?»

«Mi riferisco alla maschera che hai sempre portato tu. La maschera che grida al mondo: *Non me ne importa. Le cose sono bianche o sono nere. Non è affar mio.* La verità, Dermot, è che te ne importa eccome, te ne importa molto di un sacco di cose. Ti ho visto dedicare all'isola più tempo di chiunque altro, anche di me. Ti ho visto con gli altri, soprattutto con Paddy, ho notato la pazienza con cui gli spiegavi e rispiegavi come si costruiscono le cose, come si riparano. E, questione più importante di tutte, con Megan ti ho visto diventare un genitore solido e affidabile, e questa è probabilmente la cosa migliore che tu abbia mai fatto in vita tua. Perciò quando fingi che non te ne importi niente delle persone e delle situazioni, come senti spesso il bisogno di fare, indossi la tua maschera per nascondere le tue vere emozioni, né più né meno di questo».

Durante il mio discorsetto ho guardato Dermot starsene in piedi ad ascoltare con aria imperturbabile. Poi ha preso un lungo sorso dal suo bicchiere. «Si direbbe che Tara stia facendo uscire chi siamo veramente, eh? Sono in pochi a vedere oltre la mia corazza, Darcy».

«Sono in pochi anche a vedere oltre la mia».

Mentre lo guardo sento il nostro legame rafforzarsi, e il senso di disagio che ho provato negli ultimi tempi trasformarsi in qualcosa di molto più piacevole.

«Tara ha decisamente qualcosa di speciale, non credi?», commenta senza smettere di guardarmi.

«Sì», annuisco. «Anche Roxi è convinta che sia una calamita d'amore».

Dermot sorride. «Una calamita d'amore, niente male. La prossima idea sarà celebrare matrimoni nel nuovo edificio».

Lo fisso. «Dermot, non è affatto una cattiva idea».

«Stai scherzando!», replica sgranando gli occhi.

«No! Potrebbe essere un'altra freccia al nostro arco. Potremmo organizzare cerimonie di nozze in stile celtico, gli ospiti alloggerebbero nei cottage e serviremmo cibi locali e poi...»

«Oh, oh, fermati un attimo», frena Dermot, sollevando una mano. «Serve una licenza per fare questo genere di cose, e anche un sacerdote per celebrare il rito».

«Dettagli. Possiamo venirne a capo, ne sono sicura. Oh, Dermot, è perfetto!», esclamo battendo le mani. «Tara è fatta per questo, far nascere l'amore tra le persone e unirle per sempre».

Mi sorride con benevolenza. «Non ti facevo un tipo romantico».

«Normalmente non lo sono. Dopo la storia dei miei genitori e una vita sentimentale non proprio brillante, ero diventata allergica all'amore. Ma quest'isola ti cambia. Come hai detto tu prima, pare che Tara sia riuscita a cambiarmi, e non solo esteriormente ma anche dentro».

«Dopo la mia ultima esperienza mi ci vorrà un po' per convincermi che il matrimonio sia una bella cosa».

«Ma si può sapere che cosa hai visto in Eileen?», sbotto e subito me ne pento. L'ultima cosa che ho voglia di sentire sono i dettagli intimi della relazione di Dermot e Eileen.

Dermot mi fissa serio. «Sai una cosa, Darcy?»

«Cosa?», dico timorosa di quello che sta per rivelarmi.

«Qualunque cosa sia stata, non ne ho la più pallida idea», dice alla fine, con gli occhi che ridono.

«Dermot!», gli do un colpetto sulla spalla. «Non si fa così. Credevo fossi sul punto di rivelarmi chissà cosa!».

«E che ti aspettavi? Segrete rivelazioni sui miei sentimenti più profondi?». Sorride. «Credo di avertene già fatte abbastanza per oggi. Mi sembra di essere a una puntata del *Jeremy Kyle Show*[6]».

[6] Si tratta di un talk show molto discusso per la tendenza a spettacolarizzare i drammi personali dei suoi partecipanti (*n.d.t.*).

«No, tu non potresti andare da Jeremy Kyle», lo correggo con serietà.

«Perché?»

«Perché sei troppo noioso, Dermot O'Connell!».

«Ooh, *touché*, signorina McCall», cinguetta in un francese improbabile, poi prende un cuscino dalla sedia vicina. «Ma ora ho un'arma per difendermi dalle tue battute acide!».

«Hai intenzione di soffocarmi con quel cuscino?»

«No», fa lui lanciandomi un altro cuscino. «Risolveremo la questione a cuscinate. Mia figlia mi ha detto che non c'è niente di meglio e mi ha insegnato le mosse più utili».

Balza in piedi mentre io resto seduta con il cuscino in mano.

«Forza, Darcy», mi esorta. «Cerca di entrare nello spirito giusto».

«Perché?»

«Perché cosa?», replica lui, in piedi in mezzo alla stanza con un cuscino alzato a mo' di scudo.

«Perché dobbiamo farlo?»

«Perché è divertente, ecco perché», Dermot abbassa un attimo la guardia. «Dài, non mi dirai che non hai mai fatto una battaglia di cuscini da ragazzina?»

«No».

«Mai?»

«No, ero sempre da sola. Non avevo nessuno con cui giocare».

«Oh». E se ne torna tutto abbattuto alla sua sedia. «Mi dispiace, non ci ho pensato».

«Non hai pensato che sarei riuscita a fregarti?», e gli tiro addosso con forza il cuscino, balzando in piedi.

«Piccola strega!», grida lui scattando in piedi. «Va bene, l'hai voluto tu».

Corro strillando in cucina inseguita da Dermot e dai cani, svegliati dal trambusto. Ma il problema, a fare questi giochi in una casa così piccola, è che manca lo spazio per correre, così Dermot mi mette subito all'angolo.

«Ti ho presa...», dice immobilizzandomi contro il lavandino. «Che cosa ti faccio adesso?».

Guardo Dermot che mi sovrasta minaccioso con il cuscino a mezz'aria, ma in realtà non è per niente minaccioso a questa distanza, anzi è molto attraente, in quel suo modo un po' ruvido. Guardandolo da vicino mi accorgo che, a fine giornata, la sua mascella si è coperta di un fine strato di barba scura e che quei dolci occhi marroni, di solito adombrati dalle sopracciglia scure e un po' irregolari, contengono pagliuzze verde chiaro. E adesso che siamo così vicini e sento il suo respiro caldo e regolare sul viso, avverto anche il suo calore irradiarsi da sotto la camicia e mi torna in mente quella volta a casa sua, quando si è tolto una camicia simile ed è rimasto davanti a me soltanto con i jeans addosso.

Abbassa lentamente il cuscino. Ma non si allontana come credevo avrebbe fatto, resta lì a guardarmi negli occhi. E in quell'istante sento il nostro legame rafforzarsi ancora di più.

Sta chinando il capo verso di me quando sento una voce, ma stranamente non è la sua voce profonda e lievemente roca che sussurra il mio nome, ma quella cantilenante, irlandese, di Conor.

«Darcy, che sta succedendo?».

Dermot si volta ed entrambi ci accorgiamo all'improvviso di non essere soli in casa, perché nel vano della porta della cucina ci sono Conor e Caitlin.

«Conor, Caitlin», dico, sorridendo nervosamente. «Dermot e io ci stavamo divertendo un po'. Voglio dire... stavamo facendo un gioco. Una battaglia di cuscini».

Qualunque cosa possa dire suonerebbe fuori luogo.

Caitlin mi fulmina con lo sguardo e Conor si limita a scuotere il capo.

«Io e Darcy abbiamo bevuto un po' troppo, ecco tutto», dice Dermot. Si gira verso di me. «Credo sia ora di andare a prendere Megan, comunque. Possiamo continuare a discuterne domani?»

«Sicuro. Grazie del tuo aiuto».

«Non c'è problema», risponde Dermot avviandosi verso la porta. «Vieni anche tu?», chiede rivolto a Caitlin, che non sorride affatto. Prima di uscire passa il cuscino a Conor. «Vedi di insegnarle come si fa una battaglia di cuscini», dice sull'uscio. «Io stasera non ci sono riuscito. Ci si vede».

Conor prende il cuscino e guarda con freddezza Dermot che sta uscendo accompagnato da Caitlin, poi si volta verso di me. «Darcy, mi devi una spiegazione».

Trentatré

Nelle ultime settimane non ho fatto che dare spiegazioni.

Ho cercato di spiegare a Conor perché mai Dermot mi stesse inseguendo per la cucina con un cuscino in mano, e ho finito per dirgli del centro di medicina olistica che vogliamo costruire. Alla fine Conor ha accettato le mie spiegazioni senza fare troppo chiasso.

In effetti forse avrei preferito che si arrabbiasse un po' di più, vista la situazione. Avrebbe potuto mostrare almeno un briciolo di disappunto per il fatto che un altro uomo inseguisse la sua ragazza e poi la bloccasse contro il lavandino con l'evidente intento di baciarla. Ma Conor non fa queste cose: passato l'iniziale momento di gelosia ha subito ripreso il suo ritmo rilassato ed è andato oltre, mentre io comincio a farmi delle domande serie su di lui e sulla nostra relazione.

E che stava per fare Dermot quella sera in cucina? Voleva davvero baciarmi? Mi arrovello per trovare una risposta.

Dermot è cambiato da quando vive a Tara. È come se si fosse liberato della sua corteccia ruvida per lasciar uscire il vero Dermot che aveva nascosto tanto bene. È l'esatto opposto delle rovine sulla collina, che hanno il cuore inciso sulla facciata e visibile a tutti, mentre i muri interni sono sul punto di crollare. Dermot invece è sempre stato una persona solida e affidabile, ma tiene nascosto il cuore. Adesso so quello che ha dentro, e mi sto accorgendo che anche all'esterno non è messo affatto male.

Ma in queste ultime settimane i miei sentimenti altalenanti nei confronti di Dermot e Conor sono soltanto uno dei numerosi problemi. Mi è toccato spiegare a tutti il mio progetto per l'edificio in rovina e per l'isola, e le reazioni sono state diverse. Per fortuna, molti degli abitanti inizialmente scettici hanno aderito con entusiasmo al progetto una volta che li ho presi da parte, uno per uno, spiegando che ruolo avrebbero avuto. Solo Niall si comporta come il classico coniglio sotto la luce dei fari. Un coniglio con gli occhiali.

«Darcy, dove prenderai i soldi?», brontola. «Te l'ho già detto l'altro giorno. Sei prossima alla bancarotta».

«E io ti ho detto che mi inventerò qualcosa».

«Già, qualcosa che non richieda ulteriori spese, però».

«Andrà tutto bene», tento di rassicurarlo. «Quando Dermot avrà finito il progetto e dovremo comprare i materiali, avrò già trovato il modo di procurarmi i soldi».

Niall non sembra molto convinto, e al momento non lo sono neanch'io.

Eamon si mostra sorprendentemente favorevole al nuovo progetto.

«Se è questo che vuoi fare a Tara, Darcy», dice, «sono certo che lo farai come si deve».

«Vuoi dire che non hai intenzione di piantare grane?», gli domando, sorpresa. «Ero certa che l'idea ti avrebbe fatto arrabbiare».

Eamon punta il bastone da passeggio di fronte a sé e vi si appoggia con entrambe la mani. «Ormai non è più tempo che io dica la mia su quello che succede qui. Il futuro è nelle tue mani, Darcy. Il re è morto; lunga vita al re».

Lo guardo risalire la collina verso il suo cottage. Diventa più strano ogni giorno che passa.

Ma mentre tutti gli altri finiscono per accettare abbastanza di buon grado le mie spiegazioni, con Caitlin chissà perché non riesco a trovare un canale di comunicazione, e non per i motivi che credevo.

«Me ne vado, Darcy», mi annuncia un sabato mattina, quando mi affaccio al negozio per prendere il latte.

«Che cosa? Ma perché, Caitlin?»

«Le cose non stanno funzionando». Raddrizza alcune scatole di fiammiferi allineate sul bancone.

«Ma sì che stanno funzionando! Hai fatto un lavoro stupendo qui al negozio, come avremmo fatto senza di te?»

«Ve la sareste cavata», dice, evitando il mio sguardo.

«Ma perché proprio adesso? Non capisco».

«Ho deciso di mettermi in viaggio». Comincia a tirar fuori pacchi di biscotti da uno scatolone. «Devo andare via e vedere cosa c'è la fuori, e se non prendo in mano la mia vita subito finirò i miei giorni a riempire scaffali come sto facendo adesso». Sbatte uno dei pacchetti sul bancone e poi mi guarda in faccia per la prima volta.

«Hai parlato con Conor?», le chiedo, dato che mi pare di vedere il suo zampino in tutto questo.

«Può darsi».

«Ti ha convinta lui a prendere questa decisione?»

«No. Era da tempo che ci pensavo. È solo che prima non avevo la giusta motivazione o il coraggio di farlo. Credevo che venire a vivere su quest'isola sarebbe stata un'avventura, ma sto cadendo in trappole che conosco già. Faccio praticamente lo stesso lavoro di prima e anche la mia vita personale comincia a ripetersi uguale a se stessa». Abbassa di nuovo lo sguardo e si volta dall'altra parte.

«Parli di te e Dermot?»

«Se mai c'è stato qualcosa tra me e Dermot».

«Ma certo che c'è. State insieme da quanto...?», faccio un rapido calcolo. *Adesso siamo a metà settembre...* «Saranno tre mesi».

Così tanto? Sembra sia passato solo qualche giorno dalla sera della cena.

«Dopo tutto questo tempo si potrebbe pensare che siamo una coppia. Ma non credo che Dermot sia di questo parere». Adesso si è messa a sistemare le scatole di cereali accatastate alle sue spalle.

«Caitlin!», sbotto spazientita. «Parlami, sono tua amica!».

«Davvero?». Si volta di scatto. «Sei davvero mia amica?».

Sono sbalordita dall'improvviso cambiamento nel tono di Caitlin e dall'atteggiamento aggressivo che assume mentre mi fulmina con lo sguardo, tenendo le mani sul bancone.

«Non... non capisco cosa vuoi dire».

Caitlin si rilassa leggermente, ma è ancora alterata. «Non ho mai avuto la minima chance con te sull'isola». China il capo e inizia a fissare il bancone. «Non agli occhi di Dermot. E poi, quando Megan è venuta a stare qui per le vacanze estive, le cose sono andate ancora peggio».

Alza lo sguardo su di me, come aspettandosi delle giustificazioni.

Ma io non so nemmeno di che cosa dovrei giustificarmi. Non ho fatto niente di male, in fondo.

«Mi dispiace, Caitlin, ma non so davvero di che parli».

Caitlin stacca le mani dal bancone e drizza la schiena. «Ecco, questo mi fa stare peggio, Darcy», dice sospirando. «Davvero non lo hai capito?».

Scuoto la testa.

«Dermot è innamorato di te».

Cavolo. Questa non me l'aspettavo.

In cerca di qualcosa per sostenermi, poso una mano sul bancone del negozio.

«Non essere sciocca», dico debolmente, chiedendomi come le sia venuto in mente. C'è stato l'incidente dei cuscini qualche settimana fa, ma è stato un caso isolato e abbiamo dato un'ottima spiegazione: il troppo whisky. O no? «Dermot non è affatto innamorato di me. Come ti è venuta quest'idea?»

«Sua figlia».

«E perché mai Megan dovrebbe dire una cosa del genere?»

«Non lo so. Dimmelo tu».

Scuoto la testa, non so proprio che pesci pigliare; questo è davvero troppo. Non posso permettermi di pensare a Dermot in questi termini; la situazione si sta complicando oltre il lecito. Proprio non mi serve che qualcun altro ci metta del suo andandosene in giro a dire che è innamorato di me. C'è da pensare anche a Conor. Ho dei dubbi sulla nostra relazione, ma questo riguarda soltanto noi due; Dermot non c'entra niente.

Caitlin sospira. «Ma quello che dice Megan non ha importanza. La cosa era già evidente molto prima che arrivasse qui. Non potrò mai competere con te, per quanto mi sforzi. Sei una specie di divinità greca su quest'isola, Darcy, tutti ti considerano meravigliosa, non hai rivali».

Adesso siamo al ridicolo. Una divinità greca? Quando sono arrivata a Tara sembravo più un buffone di corte.

«Non dovresti prendertela tanto, Caitlin. Megan ha solo undici anni, non sa quello che...».

«Oh, piantala», taglia corto. «Megan sa tutto quel che c'è da sapere, non farti imbrogliare, Darcy. È sveglia, quella».

«Lo so. Ma non puoi mettere fine a una relazione solo perché la figlia del tuo uomo ha detto una stupidaggine. Probabilmente è solo un po' gelosa di Dermot. Non sarebbe la prima bambina a immischiarsi nelle questioni di cuore del padre».

Caitlin scuote la testa. «Non è solo Megan. Sei tu. È Dermot. Il modo in cui ti sta intorno, il modo in cui ti guarda. Non puoi non essertene accorta».

«No», dico sbattendo la mano sul bancone, «no, ti sbagli. Dermot non prova niente per me, siamo solo amici, e negli ultimi mesi abbiamo passato più tempo insieme per via del progetto di restauro, ecco tutto. E poi io sto con Conor».

Caitlin alza un sopracciglio. «E questo è esattamente il motivo per cui non ti accorgi di quello che sta succedendo ed è anche il motivo per cui Dermot non ti dirà mai niente. È troppo gentiluomo».

Ho sentito abbastanza.

«Mi dispiace che tu voglia lasciare Tara. E mi dispiace se pensi che la tua relazione con Dermot non stia funzionando. Ma non intendo prendermi la colpa di tutto questo e non credo che dovresti darla nemmeno a Megan». Per la prima volta dalla rivelazione di Caitlin stacco le mani dal bancone e le incrocio davanti al petto. «Quando vuoi partire?».

Caitlin sospira. «Appena possibile».

«Allora farò in modo che Conor ti porti in barca sulla terraferma domani stesso. Mi dispiace davvero che le cose non siano andate bene per te». Ammorbidisco il tono e rilasso le braccia. «Mancherai a molti di noi, me compresa».

Caitlin non dice nulla, così faccio per uscire dal negozio.

«Darcy», mi chiama quando sono già con un piede fuori.

Mi volto.

«Un giorno ti sarà chiaro», dice. «Quest'isola ha il potere di far capire alle persone quello che vogliono veramente nella vita. Almeno per me è stato così».

La saluto con un cenno mentre esco, e lo scampanellio della porta mi resta nelle orecchie mentre mi allontano per O'Connell Street.

Se le cose stanno così, Tara, quando ti decidi a praticare il tuo incantesimo anche su di me?

Trentaquattro

Caitlin parte all'indomani di una movimentata festa d'addio al Temple Bar, durante la quale alcuni abitanti dell'isola, sotto i fumi dell'alcol, hanno ballato allegramente sui tavoli. Dermot ha deciso di non partecipare, e ha trascorso la serata a casa sua, lavorando al nuovo progetto.

Non so che cosa si siano detti quella sera, né se Caitlin abbia confidato a Dermot i motivi per cui ha deciso di andarsene. Ma Dermot preferisce non parlarne con nessuno e l'ultima volta che li ho visti insieme è stato al porto, quando l'abbiamo salutata.

«Buona fortuna, Caitlin», le auguro, abbracciandola prima che salga sulla barca.

«Anche a te, Darcy», ricambia sorridendomi. «Ho la sensazione che ne avrai bisogno, per tenere in riga questa ciurma». Si china verso di me. «Ti ho lasciato un regalo», mi sussurra in un orecchio, «sotto il bancone del negozio. Solo per dimostrarti che non ce l'ho con te. So che saprai farne buon uso».

La guardiamo allontanarsi a bordo della barca insieme a Conor, poi ognuno torna a casa o al lavoro, e io vado a dare un'occhiata al negozio. E lì, come promesso, sotto il bancone, c'è una scatola blu con sopra un'etichetta: *Per Darcy. Un giorno capirai. Caitlin.*

Sollevo il coperchio della scatola e scopro una miriade di pietruzze colorate. Sono i cristalli che Caitlin teneva nel cestino.

«Lo spero, Caitlin», sussurro infilando le mani nella scatola e lasciandomi scivolare i cristalli tra le dita. «Lo spero tanto».

Con la partenza di Caitlin le cose sull'isola sono cambiate, al punto che quando Megan viene a trascorrere le vacanze di metà quadrimestre con noi, è Orla a gestire il negozio, ma con l'aiuto di Siobhan. Questo permette a entrambe di tenere le lezioni di *tai chi* e *reiki* e di fare regolarmente gli esercizi. Su mio suggerimento, Dermot ha proposto che sua figlia venisse a Tara anche per queste vacanze, e sia Megan sia Eileen hanno afferrato al volo l'occasione.

«Perché Caitlin è andata via?», mi chiede Megan una mattina in cui siamo andati alle rovine per un sopralluogo. Dermot è dentro a prendere delle misure, mentre Megan e io ce ne stiamo sedute sui resti del muro esterno ad aspettarlo. «Mi sembra una cosa un po' improvvisa».

«Ha deciso che voleva viaggiare e conoscere meglio il mondo», le spiego mentre mi tolgo il maglione. Siamo alla fine ottobre, ma è una giornata calda. «Non è stata una cosa poi così improvvisa».

«Mmh», fa Megan pensosa. «È che mi è sembrato così strano, quando papà me l'ha detto».

«Allora», dico cercando di cambiare discorso, «come vuoi festeggiare il tuo compleanno questa settimana? Ti piacerebbe una bella festa?».

Megan si stringe nelle spalle. «Non lo so. Cosa fate di solito per festeggiare i compleanni?».

Ben poco, in verità. Il mio compleanno è in gennaio, perciò non l'ho ancora festeggiato a Tara. Ma qualcuno degli altri invece sì, e perlopiù i festeggiamenti si sono limitati a una bevuta al Temple Bar con qualche brindisi. Paddy ha insistito perché facessimo di meglio per il compleanno di Niall a fine settembre, e abbiamo organizzato una cena, ma a parte questo e quello di Conor, che abbiamo festeggiato io e lui da soli con un picnic al chiaro di luna sulla spiaggia, i compleanni a Tara passano un po' inosservati.

«Non molto, veramente», dico, restando sul generico per non deluderla. «Ma con te sarà diverso. Che ne dici di una festa?»

«Tipo una festa a tema?», suggerisce tutta eccitata. «Con maschere e costumi?»

«Per i costumi non saprei. Forse non abbiamo il necessario per realizzarli».

«Non devono essere chissà cosa, potremmo ricavarli da quello che troviamo in giro o nelle case, potremmo prendere le cose in prestito dagli altri. Ho trovato: il tema della festa sarà il riciclo!».

«Sì, è una bella idea…». Lancio un'occhiata a Dermot. «Ma non credo che tutti saranno disposti a travestirsi».

«Ti prego, Darcy», mi guarda lei con occhi supplichevoli. «Non ho mai avuto una festa di compleanno come si deve. Solo cene organizzate dalla mamma in ristoranti di lusso».

«Va bene, allora», mi arrendo, sospirando, «immagino che ognuno troverà qualcosa con cui mettere insieme un travestimento».

«Fichissimo!», esclama Megan battendo le mani. «Papà, papà!», grida saltando giù dal muretto e correndo incontro a suo padre. «Indovina un po'? Darcy ha detto che potrò fare una festa in maschera per il mio compleanno».

«Ma è fantastico, tesoro». Dermot cinge con le braccia le spalle di Megan e la stringe a sé. Poi mi rivolge un sorriso tirato sopra la testa della bambina e alza gli occhi al cielo.

«Tutto fatto?», gli chiedo quando entrambi si incamminano verso di me.

«Sì», dice Dermot arrotolando le carte. «Sta andando bene, Darcy. Non spetta a me dirlo, ma credo che verrà davvero bene».

«Non ho mai avuto dubbi».

Mi sorride e i nostri sguardi restano allacciati per qualche secondo. Ci tengo a portare a termine questa impresa, soprattutto per lui; ha investito tante energie e molto tempo nel progetto di restauro. Ogni cosa è stata scelta in modo da ottenere una replica quasi perfetta dell'edificio originale, almeno all'esterno, con i mattoni e gli infissi e le finiture di ferro battuto. Solo l'interno sarà diverso: più comodo e lussuoso di come deve essere stato nei suoi giorni di gloria, ma con tracce dello stile originale.

«Che cos'avete fatto per il compleanno di papà?», domanda Megan per riportare la conversazione sull'argomento compleanni mentre camminiamo verso il villaggio.

«Ma non lo hai ancora festeggiato da quando sei qui, no, Dermot?».

Dermot resta in silenzio.

«Il compleanno di papà è il primo di maggio», precisa Megan. «È del Toro».

«Dermot», dico in tono risentito. «Non ci hai detto che era il tuo compleanno. Perché?»

«Non volevo fare tanto chiasso, e in più eravamo qui da poco».

«Dovevi dircelo lo stesso». Mi rattrista l'idea di Dermot tutto solo il giorno del suo compleanno.

«Ti cedo metà della mia festa, papà», dice Megan infilando la mano nella sua. «Non te la caverai tanto facilmente».

«Sei molto gentile, ma una festa in maschera per il mio compleanno è il peggior incubo che riesca a immaginare. Era già abbastanza dura da piccolo, quando per la mia festa si ballava intorno a pali decorati con i fiori».

Scoppio a ridere. C'è qualcosa di stonato nel fatto che Dermot sia nato in una giornata in cui si celebra la gioia per l'arrivo della primavera.

«In effetti il Calendimaggio era in origine una festività celtica», osserva Megan. «Segna la metà esatta dell'anno. Invece il mio compleanno è il giorno di Samain, una festa in cui si celebra l'inizio dell'anno celtico. Inizia il trentuno ottobre e finisce il primo novembre, con la fine del raccolto».

Dermot e io fissiamo Megan per un momento.

«Ma dove le impari tutte queste cose, Megan?»

«Su Internet, perlopiù», replica lei. «E dai libri».

«Non ti sarà sfuggito che i libri vengono al secondo posto», mi fa notare Dermot scuotendo la testa.

«Il Samain è il giorno di Halloween, allora?», chiedo a Megan, improvvisamente interessata.

«Sì, credo ci sia un collegamento. Però Halloween non mi piace. Ha rovinato tutti i miei compleanni».

«Non deve essere facile vivere in America e festeggiare il compleanno proprio quel giorno. Fanno delle cose pazzesche, vero?».

Megan annuisce. «*Dolcetto o scherzetto, dolcetto o scherzetto.* Nessuno che dicesse: *Buon compleanno, Megan*».

«Non preoccuparti», la rassicuro ridendo. «Faremo in modo che questo trentun ottobre sia tutto per te, senza streghe e zucche in giro».

«Potrebbe non essere semplice», obietta Dermot con aria dubbiosa.

«Perché?», gli domandiamo all'unisono io e Megan.

«Gli ospiti del cottage numero cinque hanno un'aria davvero spettrale».

«Mi pare di capire che stai organizzando una festa per il Samain», mi dice Eamon un paio di giorni dopo quando lo incontro fuori dal negozio.

«Sì, per il compleanno di Megan. Sarà anche il suo ultimo giorno qui. Eileen viene a prenderla l'indomani».

«Lo sai, vero, che il Samain è una festività celtica molto importante?», mi dice Eamon puntando il bastone da passeggio sul terreno di fronte a sé per appoggiarsi meglio.

Oh, santo cielo, quando fa così vuol dire che ne avrà per un bel pezzo.

«Sì, Megan mi ha detto che ha a che fare con Halloween».

Eamon spalanca gli occhi. «Oh, Darcy, è molto di più. Si ritiene che il Samain sia l'inizio dell'anno celtico; la fine della metà chiara e l'inizio di quella oscura».

«Splendido», ribatto, pensando all'inverno che sta per arrivare. Vivere qui è stato piacevole durante i mesi primaverili ed estivi, ma che succederà d'inverno, con il freddo e la pioggia? Di sicuro la prospettiva dei temporali e delle temperature glaciali non attirerà molti turisti e non pagherà le fatture. Devo trovare al più presto un modo per finanziare la nuova struttura.

«Le associazioni con Halloween risalgono alla festa dei morti. La gente si mette in costume per imitare gli spiriti o, secondo alcuni, per placarli».

«Un po' come una festa in maschera, allora, no? Ci travestiremo tutti», dico in fretta. «Tu verrai?»

«Darcy, non me la perderei per niente al mondo», replica Eamon con mia grande sorpresa. «Ho la sensazione che questo Samain sarà memorabile».

Trentacinque

«Che ci fa qui?», chiedo guardando la barca che si avvicina all'isola. «Credevo venisse domani a prendere Megan».

«È quel che credevo anch'io». Conor scruta il mare insieme a me. «Povera Megan. Non credo desiderasse sua madre qui a fare casino il giorno del suo compleanno».

Eileen – senza Geoffrey – arriva con una barca presa a noleggio sulla terraferma. Lo skipper la aiuta a scendere e scarica il suo bagaglio, dopodiché riparte rombando.

Eileen ha un look leggermente più adeguato oggi, una tuta color cammello, ma indossa ridicoli stivali di cuoio dal tacco alto. «Tesoro!», strilla Eileen buttando le braccia al collo di Megan. «Non avrai mica pensato che mi sarei persa il tuo compleanno!».

«Non sarebbe la prima volta», bofonchia Megan senza rispondere al suo abbraccio.

Eileen sfoggia un sorriso smagliante. «È successo una sola volta, lo sai. Sono rimasta bloccata alle Maldive», spiega a beneficio di tutti noi, che siamo venuti ad accoglierla al molo. «C'era stato un mini tornado e l'aereo non poteva decollare».

«Vabbe'», ribatte Megan.

«Ti ho portato un regalo, è nella valigia». Eileen si volta verso la valigia griffata appoggiata a una pila di pneumatici. «Se qualcuno fosse così gentile da portarla in uno dei vostri deliziosi piccoli cottage, potrò aprirla e dartelo».

«Il fatto, Eileen», le spiego, «è che credevamo che saresti venuta domani a prendere Megan. Abbiamo il pienone questa settimana, con le vacanze di metà quadrimestre».

«Oh». Eileen si volta a guardare la sua barca che ormai non è che un macchiolina in lontananza. «Se non c'è posto...».

«Può dormire nel mio letto per stanotte», dice Dermot incrociando le braccia con un sospiro.

«Ma tu dove dormirai, Dermot?»

«Mi arrangerò da Paddy. Lui ormai dorme quasi sempre da Niall. Sono certo che, per una notte, non gli dispiacerà».

«È davvero galante da parte tua, Dermot», cinguetta Eileen mostrandogli il bianco abbagliante dei suoi denti. «Non ricordavo che fossi così cavaliere quando stavamo insieme».

«Non provocarmi, Eileen», borbotta Dermot, mentre prende la sua valigia e tutti insieme risaliamo il pendio che conduce al villaggio. «Altrimenti dovrai dormire sotto le stelle, stanotte».

«È il miglior compleanno che abbia mai avuto!», mi dice Megan mentre si tuffa sull'ennesimo dolce portato da Aiden e Kathleen. «È tutto fichissimo: il cibo, le decorazioni, i costumi di tutti, persino il tempo è rimasto bello per me, stasera!».

Fichissimo è la parola giusta per descrivere la festa.

Tutti gli abitanti e anche alcuni degli ospiti hanno preparato e portato un'infinità di leccornie, ci sono decorazioni artigianali su tutta O'Connell Street e costumi incredibilmente originali, considerando le limitate risorse a disposizione sull'isola.

Megan è vestita come una specie di angelo del ventunesimo secolo. Porta alcuni dei suoi abiti di tutti i giorni: una maglietta a maniche lunghe con la scritta di lustrini Angel, pantaloncini di denim bianchi, un paio di Converse rosa e una spessa calzamaglia rossa. È riuscita persino a fabbricarsi un paio di ali da angelo con il fil di ferro e delle piume raccolte qua e là sull'isola. Quando vedo che Paddy e Niall hanno avuto la stessa idea per i copricapi dei loro costumi da pellerossa, mi domando se gli uccelli di Tara abbiano ancora qualche penna addosso per volare. Roxi sfoggia tacchi alti argentati, un abito di satin azzurro e tiene in mano un cilindro di cartone di un vecchio rotolo di carta igienica ricoperto di stagnola con una palla da tennis incollata sopra, per farci capire che per stasera è Beyoncé. A sorpresa Conor si è presentato in nero dalla testa ai piedi, con tanto di maschera nera e spada.

«Chi saresti?», gli chiedo. «E dove diavolo hai preso la spada?»

«Sono Zorro!», grida, brandendo la spada per disegnare una Z. «Eamon me l'ha prestata per la festa».

«E si può sapere dove l'ha presa Eamon?».

Conor si stringe nelle spalle. «Che importa? È bella, no?». Agita la spada ancora per un po', poi va a usarla per tormentare Roxi.

Io scuoto la testa: *questi ragazzi e i loro giocattoli*...

Per il mio costume mi sono ispirata ai mobili della mia camera da letto: ho fatto una lunga veste con il copriletto a motivi celtici, e con un po' dei miei gioielli e del fil di ferro sono riuscita a confezionare una corona piuttosto elegante. Spero che a Dermot non serva il fil di ferro nei prossimi giorni, perché con tutto quello che abbiamo "preso in prestito" per i nostri travestimenti dubito ne sia rimasto un centimetro sull'isola. Ci ho aggiunto i miei pantaloni neri più eleganti, di Hobbs, stivali di camoscio neri dal tacco alto e un maglione nero di cachemere con dettagli luccicanti neri e argento.

Nonostante stiano già cominciando a farmi male i piedi – sono proprio fuori allenamento con i tacchi – l'effetto complessivo mi sembra davvero regale, e anche se non è che un travestimento, è bello per una volta fare uno sforzo e mettersi un po' in ghingheri.

«Salve, ragazze!», ci saluta Dermot arrivando accanto a me e a Megan nella sua mise consueta: jeans, camicia a scacchi e una cintura porta-attrezzi attorno alla vita. Ha in mano l'elmetto giallo, come se fosse di ritorno da qualche lavoro in giro per l'isola.

«Dermot, è una festa in maschera», dico in tono risentito. «Uno sforzo potevi anche farlo».

«L'ho fatto», annuncia mettendosi solennemente in testa l'elmetto giallo. «Sono Bob Aggiustatutto».

Megan fa una smorfia imbarazzata.

«Non deve essere stato troppo difficile», dico. «Almeno io ci ho provato».

«E sei davvero una splendida regina». Dermot si toglie di nuovo l'elmetto per fare un inchino.

«Veramente sarei un re», lo correggo, guardandomi le gambe. «Non ho mai visto una regina in pantaloni».

Dermot guarda i due indiani intenti a ingozzarsi di sandwich a uno dei tavoli, poi mi sorride.

Scuoto la testa. «Credevo di essere un re dato che Tara è la mia isola, e si dice che sulla collina di Tara nella contea di Meath, tanto tempo fa, venissero incoronati i re d'Irlanda».

«Davvero?», fa Dermot. «Non lo sapevo. E tu come lo sai?»

«Me lo ha detto Roxi. Immagino che gliel'abbia raccontato Eamon durante uno dei loro pomeriggi a base di leggende».

«Proprio così», conferma Eamon fermandosi accanto a noi. Ha un bicchiere di whisky in una mano (tutti bevono birra o bibite analcoliche, ma a Eamon è stato concesso il suo solito cicchetto) e il fedele bastone nell'altra, ma invece dei consueti abiti in verde e marrone, porta una cravatta a farfallino nera e un completo che gli sta un po' grande, con i pantaloni troppo lunghi e la giacca troppo larga. È il suo modo di aderire al *dress code* della serata. «La collina di Tara era il luogo in cui avvenivano le incoronazioni dei re d'Irlanda. Vi si tenevano anche grandi raduni nel giorno del Samain, e si accendeva un falò in cima alla collina. Era un segnale per tutti gli irlandesi, che accendevano i fuochi per scacciare gli spiriti maligni e purificarsi spiritualmente».

«Perché non accendiamo anche noi un falò?», propone Megan. «Non voglio spiriti maligni alla mia festa».

Perfetto! Avevamo proprio bisogno di qualcuno che mettesse in testa a Megan altre idee strampalate.

«Qui non ci sono spiriti maligni, Megan», cerco di rassicurarla. «Non è vero, Dermot?».

Dermot lancia un'occhiata ad Eileen, che per la serata indossa un abito da cocktail rosso e nero.

«No», si affretta a rispondere. «Certo che no».

«Ma possiamo fare lo stesso un falò per precauzione, papà? Ti prego!», lo supplica Megan guardando Dermot con i suoi occhioni scuri, nei quali scopro per la prima volta le stesse pagliuzze verdi presenti in quelli di Dermot.

Dermot sospira. «C'è un albero mezzo marcio che ho abbattuto l'altro giorno. Potremmo usare quello». Abbassa di nuovo gli occhi su Megan. «Oh, va bene, se è questo che vuoi. Ma solo perché oggi è il tuo compleanno».

«Evviva!», esulta Megan.

«Forza, se proprio dobbiamo farlo, almeno aiutami a portare la legna. Torniamo subito, Darcy».

«Buona fortuna», sorrido, guardandoli uscire.

«È una bambina speciale», commenta Eamon. «Mi ricorda te alla sua età».

«Dunque c'eri anche tu quando venivo qui sull'isola?», dico voltandomi verso Eamon. «È che proprio non mi ricordo».

«E il tizio che portava te e tua zia fin qui in barca?». Eamon mi fissa.

«Intendi quello che mi dava le caramelle se con le onde mi veniva il mal di mare?», ribatto, ricordando un sapore dolce.

Eamon annuisce.

«Era proprio un tipo simpatico. Mi ricordo che saltava giù dalla barca con una cima in mano quando arrivavamo. Certe volte pensavo che non ce l'avrebbe fatta a saltare tanto in là, invece ci riusciva sempre».

«E per caso qualche volta vi portava il cestino da picnic su per la collina e poi alla spiaggia, se eravate già cariche di roba? Te lo ricordi, Darcy?».

Annuisco lentamente. «E la zia gli chiedeva di fermarsi con noi, ma lui rifiutava sempre». Guardo Eamon negli occhi. «Eri tu?»

«Ero io».

«Quando sono tornata per la prima volta a Tara, con Conor, lui è saltato giù dalla barca nello stesso modo, ecco perché mi sembrava familiare». Ripenso a quella volta. «Ma perché non me ne hai parlato prima?»

«Non era ancora il momento giusto», dice lui lentamente, appoggiandosi al bastone.

«E adesso invece sì?»

«Sediamoci». Eamon indica una delle panchine. «Alle mie vecchie gambe ultimamente non piace stare troppo in piedi».

Ci sediamo su una delle panchine che Dermot ha costruito all'indomani del nostro arrivo qui a Tara.

«Hai fatto un lavoro magnifico su quest'isola, Darcy, davvero», dice Eamon osservando gli altri che si divertono. «Quando sei arrivata qui mi sono chiesto cosa mai avresti potuto fare a Tara, con tutte le tue idee assurde, ma da allora hai affrontato molte situazioni difficili e hai superato brillantemente tutte le prove».

Sono quasi commossa. «Grazie. Ma non hai visto l'altra faccia della medaglia, standotene sul lato opposto dell'isola. Ti sei perso i numerosi drammi e tutti gli errori che ho fatto».

«Oh, mi è giunta voce», dice Eamon annuendo piano. «Sta' tranquilla. Il giovane Conor mi tiene informato su tutto quando mi porta la posta e le provviste».

Ma certo, dimenticavo che Conor continua a portare a Eamon la sua roba dalla terraferma, proprio come faceva prima che arrivassimo tutti noi.

«Immagino che tu conosca Conor da una vita, Eamon», dico sorridendogli. «Ti ricordi di lui quando era bambino e veniva in gita a Tara?».

Eamon mi guarda stranito. «No, Conor non viveva qui da bambino. L'ho conosciuto solo un paio di mesi prima del vostro arrivo, quando ha cominciato a portare la barca che prima portava il giovane Liam. Mi sono sempre chiesto come mai Liam abbia lasciato il lavoro, sembrava gli piacesse».

Che strano. Mi ricordo distintamente che Conor mi ha detto

di essere cresciuto contemplando il profilo di Tara all'orizzonte. Forse la memoria di Eamon sta cominciando a vacillare, proprio come il suo corpo. Ultimamente sembra così fragile.

«Però la mia memoria non è più quella di una volta», riflette Eamon, come leggendomi nel pensiero. «Forse mi sbaglio». Eamon ci pensa su un attimo. «Ma torniamo a parlare di tua zia, Darcy. È stato solo vedendo Megan che ho capito davvero il motivo per cui Molly voleva tanto che tu tornassi a Tara».

Vorrei tanto saperlo anch'io. «E qual è, Eamon? Tutti continuano a dire che Tara è speciale, che aiuta le persone a capire quello che vogliono fare nella vita. Ma se Molly ha voluto tanto che io venissi qui, che cos'è che ci teneva a farmi scoprire?».

«Sbrigati, Darcy, andiamo a preparare la torta adesso che Megan è fuori!», trilla Paddy correndo verso di noi sul prato. «Aiden ha fatto una torta da sballo. L'hai vista?».

Guardo Eamon con ansia.

«Vai», mi esorta lui con un cenno. «C'è bisogno di te, Darcy. Avranno tutti bisogno di te. E si tratta di Tara, come sempre».

«Che vuoi dire, Eamon?», gli chiedo facendo per alzarmi. Sono ansiosa di sapere cos'ha da rivelarmi Eamon.

«Forza, Darcy!», mi chiama di nuovo Paddy.

«Lo capirai quando sarà il momento», sentenzia Eamon. Mi tende la mano. «Però hai la mia benedizione, Darcy», dice, e sento sul braccio la stretta della sua mano ossuta, proprio come successe quel primo giorno in cui lo incontrai sulla scogliera. «Guarda dentro te stessa, fai sempre quello che ritieni giusto e non sbaglierai nella vita, ricordatelo».

«Certo, Eamon, lo farò», gli sorrido guardandolo in quegli occhi azzurro intenso. «Possiamo parlare ancora, più tardi? Vorrei tanto ricordare qualcosa di più di quando ero piccola e venivo qui, e sentirti parlare ancora un po' della zia».

«Fidati di me, Darcy: scoprirai presto la verità, su molte cose che riguardano quest'isola. Va' adesso».

Dopo aver fatto qualche passo, mi viene un'idea. «Eamon, mia zia portava un anello con il *claddagh*, vero?».

Mi risponde con un cenno affermativo.

«Che ne è stato, lo sai?»

«Presto, Darcy», dice misteriosamente. «Presto».

Mi precipito con Paddy nella cucina del pub, e lo aiuto ad accendere le dodici candeline sulla torta di compleanno di Megan. Sto ancora pensando a quello che ha detto Eamon, e all'improvviso mi viene in mente la posizione dell'anello sulla mano della zia…

Trentasei

La festa di compleanno di Megan si rivela un gran successo. Alla fine il falò lo facciamo davvero, e dopo esserci spazzolati gran parte dell'ottimo cibo a disposizione, cantiamo qualche canzone e giochiamo. Alcuni sono giochi classici, tipo mosca cieca o il gioco della sedia, che si conclude con un serrato testa a testa tra Conor e Ryan, e con la vittoria per poche lunghezze di quest'ultimo.

Poi passiamo a giochi meno noti, ma secondo Eamon tradizionalmente legati al Samain. Uno di essi consiste nello sbucciare una mela e nel buttarsi la buccia sulle spalle. Pare che la forma descritta dalla buccia sulla spalla indichi le iniziali della persona che sposerai.

Non mi sembra una grande idea, con tutte le coppie che già ci sono a Tara. Ma Niall e Paddy vanno in brodo di giuggiole quando vedono formarsi l'uno sulle spalle dell'altro un abbozzo approssimativo delle loro iniziali. La maggior parte di quelli che si uniscono al gioco vedono confermate le loro previsioni, anche chi è già sposato. Roxi si esalta quando la buccia di mela si dispone in una specie di W.

«Sposerò Will Smith! Sposerò Will Smith!», trilla, ballando e alzando le braccia verso il limpido cielo notturno.

«Non per fare il guastafeste», dice Dermot, osservando la buccia di mela, «ma non è già sposato?»

«Stammi a sentire, signor Cowell», fa Roxi gettando un'occhiataccia a Dermot. «Non si scherza con il vero amore».

«Roxi, perché insisti a chiamarmi signor Cowell?», le chiede Dermot, sostenendo lo sguardo scuro di Roxi con il suo, altrettanto bellicoso. «Non mi pare di somigliare a Simon Cowell».

Roxi lo fissa con aria decisa, poi arriccia il naso e si stringe nelle spalle. «In realtà non lo so. È una specie di mia fissazione. Più che a Simon Cowell, assomigli a George Clooney».

Non posso fare a meno di sorridere dell'espressione allarmata che si dipinge sul viso di Dermot.

«Ma non dire a nessuno che te l'ho detto», gli intima, con fare minaccioso.

Però, adesso che ci penso, Roxi ha ragione: Dermot somiglia un po' a George, solo un po' più robusto e muscoloso.

«Forza, Darcy», mi esorta Megan. «Tocca a te adesso!».

«Non sono certa di volerlo sapere», dico, prendendo in mano la buccia di mela.

«È un gioco, e manchi solo tu. Poi balliamo un po', magari. Pare che Seamus abbia scritto una canzone per me come regalo di compleanno!».

«E va bene!», sospiro alzandomi in piedi. Mi butto la buccia sulle spalle con un gesto rapido e poi mi giro. «Guarda, non si capisce che cosa sia», faccio osservando la buccia con sollievo. «È molto rotonda. Una O probabilmente».

«E se fosse una C?», suggerisce Roxi con gli occhi scintillanti. «Con le estremità quasi unite. Guarda, da questa parte non si toccano del tutto».

Non oso guardare Conor.

«No, non mi pare proprio una C, Rox», dico in fretta.

«Secondo me è una D», dice Megan, con il capo chino da una parte. «Guarda, il lato destro è più dritto del sinistro, che è ricurvo».

«Magari la D sta per Darcy e vuol dire che resterò single per il resto dei miei giorni», concludo raccogliendo in fretta la buccia. «E adesso: musica! Dov'è Seamus quando c'è bisogno di lui?».

Trascorriamo un'ora molto divertente, ballando le gighe e i vivaci balli irlandesi al ritmo delle canzoni del nostro musicista ufficiale, Seamus. Mi sono appena seduta a riprender fiato con in mano un bicchiere pieno, quando Eileen arriva e si siede accanto a me. Come di consueto, dopo due minuti si accende una sigaretta, e mentre il fumo comincia a levarsi in volute, mi consolo pensando che almeno ci troviamo all'aperto.

«Hai organizzato una gran bella festa per mia figlia stasera», dice, mentre osserva i ballerini volteggiare. Prende una lunga boccata ed espira il fumo dalla bocca producendo una lunga spirale tossica.

«Megan sembra contenta».

«Non solo», puntualizza Eileen, continuando a guardare un punto davanti a sé. «Mi ha appena fatto sapere che non vuole tornare a casa con me domani, e che desidera restare qui con te e Dermot per sempre».

«Che cosa?». Mi volto di scatto verso di lei. «Eileen, non ne avevo idea. Megan non ne ha mai parlato».

Adesso anche Eileen si volta verso di me. Mi investe con una nuvola di fumo, simile a un drago che soffia fiamme sulla sua vittima. «Non so quale sia di preciso il tuo gioco, Darcy, con la tua aria so-tutto-io e il bel teatrino che hai messo in piedi».

Spalanco gli occhi, per poi doverli chiudere e riaprire in fretta in modo da liberarmi del pizzicore del fumo. «Che vuoi dire?»

«Tu vuoi lui».

«Chi?». Adesso devo anche bere un sorso per togliermi dalla bocca il sapore del fumo.

«Dermot».

Per poco non sputo quel che ho in bocca in faccia ad Eileen, il che, considerando il modo in cui ha appestato l'aria intorno a me, non sarebbe poi tanto fuori luogo.

«E perché mai dovrei volere Dermot?»

«È quello che sto cercando di capire. Intendiamoci...», Eileen si gira verso Dermot, che parla fitto fitto con Orla e Daniel per scoraggiare qualunque tentativo di invitarlo a ballare, «è sempre un bell'uomo, se ti piace il tipo rude. E poi non può essere tanto male se anch'io un tempo ho visto qualcosa in lui».

Mi gratto la fronte spingendo indietro la corona. Perché tutti si sono messi in testa che io e Dermot siamo follemente innamorati l'uno dell'altra? Noi due siamo gli unici a non esserne al corrente?

«Eileen, ti sbagli di grosso. Io non voglio Dermot. E poi ho una relazione con Conor».

«In effetti questo mette un po' in crisi la mia piccola teoria», Eileen punta gli occhi su Conor. «Perché diavolo ti sei messa in testa Dermot quando hai a tua disposizione un così bell'esemplare?», e lo squadra da capo a piedi con palese ammirazione.

«Eileen», comincio a perdere la pazienza, «hai qualcosa di sensato da aggiungere a questa conversazione oltre a ridicole fantasie che esistono solo nella tua testa?»

«Sì», Eileen fa uno sforzo per staccare gli occhi da Conor per un momento. «Smettila di far divertire così tanto mia figlia. Da quando è tornata quest'estate non ho sentito parlare d'altro: Tara di qua e Darcy di là. Alla fine ero tentata di non farla tornare per queste vacanze».

Guardo Eileen incredula. «Ma non puoi impedirle di venire a stare da Dermot. È felicissimo che lei sia tornata a far parte della sua vita e anche Megan adora stare con lui».

«Be', adesso tutto dovrà tornare come prima». Eileen fa cadere della cenere grigia sull'erba di Tara. «Perché ho deciso di tornare negli Stati Uniti».

«Ma perché?», le domando, completamente spiazzata dal suo annuncio. «Vi siete appena trasferite in Irlanda. Avevi detto che avevi del lavoro da svolgere qui».

«Lavoro con una multinazionale in continua trasformazione. Certe volte bisogna cambiare i piani». Aspira un'altra lunga boccata prima di restituire lentamente il fumo all'atmosfera, inquinandola ancor più di quanto abbia fatto con le sue parole.

Scrollo il capo, costernata. «Ma non puoi farla piombare

nella vita di Dermot così e poi portartela via come… come una bustina di tè dentro e fuori da una tazza! Non è giusto».

«Io sono sua madre, Darcy, e faccio quello che mi pare».

Ora, mi è capitato di sentir usare l'espressione "vedere rosso". Ma solo adesso, per la prima volta, sento il mio corpo accendersi dalla testa ai piedi di un fuoco rosso intenso. Cerco di calmarmi stringendo il mio quarzo rosa, ma anche lui è impotente di fronte alla furia che si è scatenata in me, e una sensazione sconosciuta mi esplode dentro.

«Ma questo è precisamente ciò che una madre *non* deve fare», dico, voltandomi per averla di fronte, pronta a un duello all'ultimo sangue. «Una madre dovrebbe fare quello che è meglio per il proprio figlio, non quello che è meglio per lei. Dovresti pensare alla felicità di Megan prima che alla tua. Quando l'hai messa al mondo hai rinunciato al diritto di fare quello che ti pare, quando ti pare. Hai ceduto quel diritto a tua figlia, prendendoti l'impegno di vegliare su di lei fin quando non sarà abbastanza grande da prendere le sue decisioni».

Dopo la mia sfuriata, sul viso di Eileen si dipinge la massima espressione di sorpresa consentita dal botox. Fa per parlare, ma non ho ancora finito con lei. Ho ancora qualche cartuccia da sparare.

«E sai una cosa? Se tu fossi stata una madre come si deve, Megan non sarebbe costretta a decidere da sola dove vuole vivere. Ha dodici anni, Cristo santo, ma certe volte sembra ne abbia trenta per come parla! Che razza di madre non è capace nemmeno di comprare a sua figlia un regalo di compleanno che lei desideri davvero?»

«Ma… ma io credevo che le sarebbe piaciuto un buono per passare una bella giornata in una spa con le sue amiche!», balbetta Eileen.

«No, una bella giornata in una spa con le *tue* amiche è quello che piace a *te*, Eileen, non quello che desidera Megan. Tu non la conosci per niente. Se fosse mia figlia io saprei cosa le piace, saprei come essere una buona madre per lei, e sai perché?», le chiedo puntandole in faccia un dito accusatore.

Eileen si appiattisce contro la panchina. «No», dice con un filo di voce.

«Perché tratti Megan nello stesso modo in cui mia madre trattava me», sbotto sparando ogni parola come un proiettile mentre il fuoco che ho dentro comincia ad affievolirsi. «E se Megan vuole venire a vivere qui con suo padre, lontano da te, proprio come ho fatto quando sono venuta a stare qui in Irlanda con mia zia Molly, be', farò tutto quello che è in mio potere per aiutarla!».

Appena distolgo lo sguardo da Eileen, mi accorgo che ho parlato a voce così alta, nel dare libero sfogo alle emozioni che covavo da anni, che ho sopraffatto musica a schiamazzi, e adesso tutti hanno smesso di ballare e se ne stanno immobili come statue ad assistere alla lezioncina che sto impartendo ad Eileen.

E mentre mi fissano in silenzio, io non trovo di meglio da fare che saltar giù dalla panchina e correre nella direzione opposta, grata di non dover chiamare a gran voce Woody e Louis. Per la prima volta sono loro a corrermi dietro spontaneamente.

È una notte limpida, con una luna piena a illuminarmi il cammino come un faro mentre faccio il giro della casa e mi dirigo verso la spiaggia. Mi fermo in cima alla scogliera e mi tolgo gli stivali con il tacco alto per iniziare la discesa verso l'arenile. Poi mi infilo sotto una roccia in modo che nessuno mi veda, mi stringo le ginocchia al petto e, con Woody e Louis seduti al mio fianco, comincio a piangere come non mi era mai capitato prima. Lacrime che avrebbero dovuto scorrere anni e anni fa scendono copiose sul mio viso, cadono sulla sabbia formando un fiume che sembra infinito e che, dopo un po', comincia a mischiarsi con l'acqua salata che con ritmo regolare bagna la sabbia accanto a me.

Trentasette

Resto a lungo seduta sulla spiaggia, a guardare il mare frangersi sulle rocce e le onde fare su e giù sulla riva, e per tutto il tempo Woody e Louis mi tengono compagnia. Non se ne vanno in cerca di Dio sa cosa come fanno di solito, ma mi restano vicini dandomi occasionali leccatine o annusate, a seconda della quantità di lacrime che mi scorre sul viso.

E se prima, alla festa, ho visto rosso, adesso mi sento piuttosto immersa in una nuvola blu, mentre me ne sto sulla spiaggia a rimuginare tristi pensieri. In effetti, se non sono crollata addormentata una volta che le lacrime si sono esaurite e un'ondata di stanchezza mi si è abbattuta addosso, è perché ho la sensazione di qualcosa di stonato.

Woody e Louis rizzano d'un tratto le orecchie e si voltano verso il margine della spiaggia. Guardo nella direzione in cui stanno scodinzolando e vedo Dermot camminare lungo la spiaggia venendo verso di me.

«È qui che ti nascondi», dice una volta arrivato, chinandosi ad accarezzare i cani. «Ti stavamo cercando».

«Davvero?»

«Certo», si siede sulla sabbia accanto a me e tira fuori il walkie-talkie dalla tasca. «Niall, sono Dermot».

Dall'apparecchio fuoriesce una voce metallica. «Eccomi, Dermot, ancora niente? Passo».

«L'ho trovata, Niall. Sta bene. Me ne occupo io. Di' a tutti che la caccia è finita, e che possono andarsene a letto. Passo».

«D'accordo, Dermot. Passo e chiudo».

Dermot si infila in tasca il walkie-talkie e mi guarda. Alza un sopracciglio. «Mi sembrava avessi detto che non sei una regina... La scenata alla festa di Megan però mi è sembrata alquanto teatrale».

Mi copro la testa con le mani per la vergogna. «Come sta Megan?», gli chiedo con la voce impastata.

«Sta bene, Darcy. Credo le sia piaciuto vederti trattare Eileen in quel modo». Mi dà un colpetto. «*A me* è piaciuto vederti trattare Eileen in quel modo. Io non ne ho mai avuto il coraggio».

Adesso alzo gli occhi verso di lui e vedo che sta sorridendo.

«Davvero?», dico. «Non è arrabbiata con me per averle rovinato la festa?»

«Megan arrabbiata con te?», ride Dermot. «Stai scherzando? Megan ti adora. Tutti su quest'isola ti adorano, Darcy». Si volta rapido e sembra concentrarsi sulle onde che si abbattono sulla riva per poi ritirarsi.

«Non dovevo dire quelle cose ad Eileen, però, non ne avevo il diritto».

«Era ora che qualcuno gliele dicesse. Non ha senso che glielo dica io, perché non mi ascolta nemmeno». Dermot continua a fissare il mare. «Quel che è certo è che, dopo che sei corsa via, sono venute a galla un po' di cose. Mi ha detto quali sono le sue intenzioni».

«Avete parlato?».

Dermot torna a guardarmi e annuisce. «Sì. E abbiamo deciso di sederci e discutere del futuro di Megan come si deve, noi tre, domani, e di decidere quello che è meglio. Pare che debba ringraziare te, Darcy, non solo per avermi aiutato a far tornare mia figlia nella mia vita, ma anche per aver fatto sì che ci rimanesse». I suoi occhi vagano sul mio viso come cercando di coglierne ogni dettaglio nel chiarore lunare, e per un po' nessuno parla.

«Conor non è venuto a cercarmi?», chiedo d'un tratto, domandandomi che fine abbia fatto. Non dovrebbe esserci Conor seduto accanto a me su questa spiaggia a guardarmi come mi sta guardando Dermot?

Sentendo nominare Conor, Dermot si irrigidisce all'istante, come se fosse stato investito da un'ondata d'acqua gelida. «Non intendo mentire, Darcy», dice guardandomi di nuovo fisso negli occhi, ma stavolta nel suo sguardo c'è preoccupazione, non… qualunque cosa fosse quello che c'era prima. «Non ho più visto Conor dopo che sei corsa via».

Guardo Dermot incredula. «Ma dove può essere andato?». *E perché non è venuto a cercarmi come hanno fatto Dermot e gli altri?*

Dermot si stringe nelle spalle. «A pescare, magari? Hai detto che gli piace andarci di notte…». Ma non sembra molto convinto nemmeno lui.

«Forse. Può essere». Anch'io faccio fatica a convincermene.

«Non mi preoccuperei; dubito che si sia allontanato molto. E poi lui torna sempre». So che vorrebbe aggiungere *come l'erba cattiva*, ma si trattiene giusto in tempo. «Allora», dice alzandosi e porgendomi la mano. «Ce ne andiamo a letto?».

Non riesco a non arrossire quando prendo la mano di Dermot.

«Come hanno fatto gli altri, intendo», aggiunge mentre un lieve rossore gli si diffonde sulle guance e io mi alzo in piedi reggendomi alla sua presa salda.

«Certo», sorrido. «So cosa volevi dire».

Ma quando raggiungiamo lo stretto sentiero che porta in cima alla scogliera, mi accorgo che per tutto il tempo in cui abbiamo camminato sulla spiaggia ci siamo tenuti stretti per mano.

Per quel poco che resta della notte non dormo affatto bene. Infatti dopo che Dermot e io siamo tornati al villaggio e abbiamo sistemato Woody e Louis, ho dormito un paio d'ore, poi sono stata svegliata dai cani che abbaiavano. Ora mi rigiro nel letto e metto la testa sotto il cuscino aspettando che la smettano. Ma non smettono, anzi. Così mi trascino fuori dalle lenzuola per andare a vedere che succede.

La luce dell'alba si intravede appena dalla finestra mentre attraverso il corridoio e noto che i cani stanno grattando con forza la porta d'ingresso per uscire.

«Si può sapere che vi prende?», dico strofinandomi gli occhi. «Siamo tornati dalla spiaggia sì e no due ore fa; non avrete mica bisogno di uscire di nuovo, no?».

Ma loro continuano a premere il muso contro la base della porta, annusando e mordicchiando.

«Va bene, va bene, datemi un minuto», mi arrendo e prendo un maglione e degli stivali UGG da mettere sopra il pigiama.

Una volta vestita apro la porta aspettandomi che facciano pochi metri sul prato davanti a casa per fare i loro bisogni. Invece si mettono a correre giù per la collina in direzione di O'Connell Street.

«Ehi, aspettate!», li chiamo correndo loro dietro. «Dove state andando?».

Seguo i cani che sfrecciano di fronte alle case immerse nel sonno e poi attraverso la piazza deserta che poche ore fa risuonava di canti e di balli, e si dirigono verso il porticciolo. Appena il piccolo molo diventa visibile, mi rendo conto che non siamo gli unici ad andarcene in giro a quest'ora del mattino.

«Conor, Dermot, che ci fate qui così presto?», grido correndo verso di loro preceduta dai cani.

Entrambi si girano al suono della mia voce. Ma nessuno dei due sembra particolarmente contento di vedermi.

Conor è in piedi sulla tolda della barchetta rossa, circondato da casse di legno.

Dermot ha un piede sul fianco della barca e uno sul molo. Sembra sul punto di salire a bordo.

«Darcy, torna a casa», mi fa Dermot. «Me ne occupo io».

«Ti occupi tu di cosa?», gli chiedo avvicinandomi. «Che sta succedendo?».

Conor non apre bocca. Mi fissa e basta.

Woody e Louis siedono al mio fianco mentre aspetto, in piedi vicino al molo, che uno dei due uomini mi dia una spiegazione.

«Glielo dici tu o devo farlo io, Conor?», gli dice Dermot riportando il piede a terra.

Conor china la testa fissando il ponte della barca. «Dovevi proprio rovinare tutto, eh?», dice scuotendo la testa. Poi solleva lo sguardo e rivolge a Dermot uno sguardo astioso che mi raggela. «Non potevi farti gli affaracci tuoi».

Dermot incrocia le braccia e aspetta.

«Per favore, voi due, smettetela di bisticciare e ditemi che sta succedendo».

Dermot fa un sospiro. «Dato che Palle d'oro sembra non averle affatto, le palle, dovrò spiegartelo io». Guarda Conor che gli risponde con un'occhiata in tralice. «Il nostro Conor stava cercando di lasciare Tara con un bel po' di roba rubata».

Guardo Conor, che è ancora in piedi sulla barca a gettare occhiate malevole a Dermot. «Quale roba rubata? Di che sta parlando, Conor?».

Conor mi osserva con aria colpevole, ma continua a non dire una parola in sua difesa.

«Ancora niente?», lo apostrofa Dermot guardandolo con sdegno. «Sei ancora meno uomo di quanto credessi». Torna a rivolgersi a me. «Roba rubata dal cottage del nostro Eamon, a quanto sembra».

«Eamon? Ma che cosa può avere Eamon che valga la pena di rubare? E a prescindere da questo, come ti è venuto in mente di andare a rubare in casa sua, Conor?». Lo guardo dondolare sulla barca ormeggiata. Non posso credere che stia succedendo. Deve essere uno strano sogno da cui mi sveglierò fra qualche minuto. Tra un momento mi ritroverò nel mio letto, a pensare che devo scusarmi con Eileen per le mie parole oltraggiose e con Megan per aver rovinato la sua festa. Deve essere un sogno; non può essere vero.

«Oggetti di antiquariato», risponde Conor, rivolgendosi a me per la prima volta. «Eamon colleziona antichità irlandesi, soprattutto armi, spade, scudi, cose di questo genere. Ma anche gioielli e amuleti. Un vero tesoro per i collezionisti del genere».

«Ma tu li stavi… rubando?», faccio fatica persino a dirlo, non sono certa di volerlo sapere davvero. «E a Eamon, poi, un amico. E un uomo anziano. Che cosa ti ha fatto?». Sento le lacrime cominciare a salirmi agli occhi. E io che credevo di averle esaurite ieri sera. «Che cosa ti abbiamo fatto per meritare questo?»

«Darcy, non volevo fare del male a te». Conor fa un movimento verso il bordo della barca. Louis e Woody si mettono subito a ringhiare scattando in piedi alla mia destra e alla mia sinistra.

«Va tutto bene, ragazzi», dico accarezzandoli. Mi volto verso Dermot. «Dermot, puoi lasciarci soli un momento per favore?».

Dermot ha l'aria di volersi mettere a ringhiare anche lui da un momento all'altro. «Come vuoi», acconsente. «Ma ti tengo d'occhio», aggiunge rivolto a Conor mentre si allontana su per la collina per lasciarci un po' da soli.

Conor scende dalla barca e mi si mette di fronte, sul molo. Faccio fatica a stargli così vicino dopo quello che ha fatto, eppure ho bisogno di sentirlo dire da lui.

«Perché?», chiedo semplicemente guardando quei grandi occhi azzurri. Sento che dovrei essere arrabbiata con lui, gridare o fare qualcosa di eclatante. Ma il cuore mi batte talmente forte nel petto che mi sembra sia sul punto di uscirmi dal corpo. Mi sento completamente svuotata, come se non stesse succedendo davvero. «Perché l'hai fatto?»

«Perché è quello che faccio, Darcy», dice, mostrando almeno un po' di vergogna. «Io… non sono quello che credi tu. Sono un truffatore. Approfitto delle situazioni. Abbordo le donne e le convinco a darmi dei soldi. Tu dovevi ereditare quell'isola, così ho pensato…».

«Pensavi di prendere i miei soldi?». Non riesco a fare altro che fissarlo.

«Sì. Questa è la verità. Ma poi mi sono accorto che con te non sarebbe stato così facile. Sei più forte da quando sei qui,

Darcy». Si tamburella la fronte con le dita. «E mi sono reso conto che ti stavi innamorando dell'isola; non l'avresti mai lasciata. Ho capito che i soldi che avresti ereditato li avresti subito investiti a Tara, così…».

«Così qui non c'era più niente, per te», completo la frase al posto suo, e le parole mi colpiscono allo stomaco come pietre gelate. Per tutto questo tempo mi ha soltanto usata.

«Mi servivano soldi… ho dei debiti. Così ho pensato a Eamon. Sospettavo da tempo che tenesse qualcosa di prezioso in quel cottage. Dopo aver scoperto di che si trattava, ho messo a punto un piano. Dovevo solo aspettare il momento adatto per agire. Poi tu sei corsa via in quel modo, e tutti erano impegnati a cercarti: era il momento che aspettavo».

Guardo Conor, incapace di credere a quel che sentono le mie orecchie.

«Ma… come hai fatto a prendere tutta questa roba», indico le casse di legno, «senza che nessuno ti vedesse? E Eamon? Come hai fatto a non svegliarlo?»

«Ho aspettato che tutti fossero a letto. O meglio, *credevo* che tutti fossero andati a dormire», e lancia a Dermot un'altra occhiata malevola.

«Ma Eamon?», insisto. «Lo so che è anziano, ma non è sordo».

«È questo il punto», fa Conor con aria perplessa. «Eamon non c'era quando sono entrato in casa sua».

«E dov'era?».

Conor alza le spalle. «Non lo so. Forse a fare una passeggiata?»

«Nel cuore della notte?», esclamo.

«Ti sembrerà strano, Darcy, ma al momento non era questo il mio primo pensiero».

«Certo che no», ribatto sarcastica. «Me lo immagino». Ancora non riesco a credere che questa conversazione con Conor stia avendo luogo davvero. L'uomo con cui ho condiviso gli ultimi sei mesi della mia vita. *Conor*, persino il suo nome avrebbe potuto mettermi sull'avviso[7]. «Aspetta un attimo», sbotto all'improvviso. «Hai detto che volevi spillarmi i soldi che avrei ereditato dopo un anno trascorso qui, ma quando sei venuto a Tara non potevi sapere che avrei ereditato qualcosa. Nessuno sapeva del piano di Molly, a parte Niall e Dermot».

«E a parte un barista a cui una sera, a Londra, hai raccontato la storia della tua vita dopo essere stata esclusa dalla festa della tua amica. Ecco dei posti ottimi per incontrare belle donne piene di soldi: i bar».

Ci metto qualche secondo a capire. «Oh mio Dio, eri tu!», esclamo appena mi torna in mente la festa di Samantha in quel wine bar. «Ma quella sera ero completamente sbronza!».

«Lo so», sorride Conor, «ed eri anche molto loquace».

Adesso la mia mente galoppa veloce quanto il mio cuore. «Ho detto a Megan che anch'io, come lei, avevo avuto l'impressione di conoscerti già, quando ti ho visto per la prima volta».

Conor annuisce. «Allora pare che come attore sia più bravo di quanto abbiano voluto ammettere in quella soap opera americana. Fa parte del mio lavoro. Ma qui ho interpretato praticamente me stesso». Alza le spalle e si mette a guardare il paesaggio. Scruto gli occhi azzurri che prima avrei descritto come limpidi e invitanti. «Ma c'è stato un altro intoppo nel mio piano, Darcy, a parte il fatto che ti stavi innamorando di questa dannata isola».

Lo guardo furibonda.

«Ed è il fatto che mi sono innamorato di te».

L'ira cede il passo allo sbalordimento.

«È vero», dice guardandomi con quegli occhi azzurri. «Darcy McCall, tu hai qualcosa di speciale, su questo non c'è dubbio». Lancia un'occhiata a Dermot che se ne sta ancora in piedi sulla collina, poco distante da noi. «Vieni via con me,

[7] *Con* significa «fregatura», «imbroglio» (*n.d.t.*).

Darcy», sussurra accarezzandomi piano una guancia. «Possiamo ancora squagliarcela con la barca prima che Bob Aggiustatutto ci raggiunga. Questa roba vale una fortuna. Ce n'è abbastanza per vivere come nababbi per diversi anni. Lascia perdere Tara; potrai avere vestiti firmati a fare ogni giorno tutto lo shopping che vorrai. Vuoi mettere con una vecchia isola brulla e qualche ricordo sbiadito?».

Guardo di nuovo il ponte della barca carico di casse piene della roba di Eamon, poi il viso speranzoso di Conor in attesa di una mia risposta. Infine mi volto verso Dermot, che aspetta paziente sul pendio della collina.

«Dermot, è meglio se scendi», lo chiamo. «Palle d'oro si è beccato un cartellino rosso. Per favore, portalo via da quest'isola».

Senza farselo ripetere due volte, Dermot scende, salta a bordo e comincia a scaricare le casse con le cose di Eamon, mentre Conor si limita a guardarmi immobile, cercando di tanto in tanto di intercettare il mio sguardo. Ma io non glielo permetto e me ne resto in piedi sul porticciolo, impassibile, con Louis e Woody al mio fianco.

L'ultima immagine che mi resta dei due è quella della barca che finalmente si stacca dal porticciolo, con Dermot insolitamente seduto al timone. Mentre aspettavo, mi sono chiesta se non fosse il caso di avvertire la polizia sulla terraferma: dopotutto Conor stava derubando Eamon. Ma non ho voluto rendere le cose ancora più spiacevoli di quanto già non fossero. Eamon e gli altri ci resteranno malissimo quando scopriranno che Conor, con il suo gesto, ha preso in giro tutti noi; faranno volentieri a meno di dover rispondere alle mille domande degli agenti di polizia.

Non posso credere di esserci cascata. Sembrava così credibile, così vero. Come ho potuto essere tanto ingenua? Il tocco finale è stato il discorsetto con cui ha cercato di abbindolarmi poco fa, di lui che si è innamorato di me. Fino alla fine ha creduto di potermi blandire con le sue chiacchiere.

Forse, riguardo all'amore, avevo ragione prima di arrivare a Tara. Si sta meglio da soli. Le relazioni non portano che sofferenza e vanno sempre a finire male.

Abbasso gli occhi sulle casse impilate sul molo. Ormai è giorno, e tra poco Eamon si sveglierà e si accorgerà che le sue cose sono scomparse. Ma Conor ha detto che Eamon non era in casa quando lui è entrato a rubare. Dove può essere andato a quell'ora del mattino? Decido di prendere Woody e Louis e di andare a dare un'occhiata, anche per spiegare a Eamon quello che è successo.

Ci siamo appena avviati verso casa di Eamon, quando mi blocco e mi fermo un istante a guardare la baia e i delfini che nuotano tra le onde. «Guardate quanti ce ne sono!», esclamo rivolta ai cani che stanno annusando l'erba intorno ai miei piedi. «Non ne avevo mai visti così tanti».

Ma questi delfini sembrano diversi. Le altre volte giocavano e saltavano allegri nell'acqua. Questi invece si limitano a nuotare silenziosi in circolo. Sembrano molto calmi. Forse troppo calmi...

Riprendiamo il cammino e quando finalmente arriviamo a casa di Eamon non troviamo anima viva. La porta d'ingresso è aperta e il vento la fa sbattere di tanto in tanto. *Porca miseria, Conor*, penso, pervasa da un senso di repulsione. *Come hai potuto fare questo a Eamon?*

Chiudo la porta con cura e mi domando in che direzione può essere andato Eamon. Evidentemente sta facendo la sua passeggiata mattutina. Certo che è molto presto anche per lui. «Andiamo di qua», ordino ai cani, indicando il sentiero costiero che percorre spesso.

Mentre ci avviciniamo alla scogliera vedo un gruppo di rocce affacciate sul mare, e appoggiato a una c'è il suo bastone.

Si vedono due gambe davanti a uno dei massi più grandi, come se qualcuno si fosse seduto con la schiena contro di esso, a godersi il sole e la vista sul mare.

Finalmente, mi dico, dirigendomi verso l'altro lato della roccia. Ed eccolo lì, Eamon, seduto sereno e felice come forse non l'ho mai visto, con il sole del mattino che gli danza sul viso. Ha gli occhi chiusi, forse si è appisolato.

«Eamon», sussurro, sedendomi accanto a lui. «Eamon, sono io, Darcy».

Non sembra mi abbia sentito, così alzo la voce.

«Eamon, svegliati. Ti sei addormentato al sole».

Allungo un braccio per toccarlo, ma lo ritraggo subito perché la sua pelle al tatto non è calda come dovrebbe essere, ma fredda, molto, molto fredda.

«No!», grido, balzando in piedi. Non può essere, non può. Non dopo tutto quello che è successo. Scuoto freneticamente la testa. È un incubo ancora peggiore di quello di prima. Mi pizzico con forza il braccio, sperando di svegliarmi. Ma non succede.

«Eamon», ripeto con un fil di voce, guardandolo. «Per favore non lasciarci adesso. A Tara abbiamo bisogno di te. Io ho bisogno di te».

Ma Eamon non risponde.

Woody e Louis si spostano dall'altra parte del masso. Danno un'occhiata a Eamon e subito si accucciano al suo fianco, le code abbassate e la testa china.

Mi inginocchio anch'io accanto a lui, gli prendo la mano e la stringo nella mia. «Oh, Eamon», gemo, mentre le lacrime cominciano a scorrermi sul viso e a cadere sulla sua giacca di tweed. «Eri il mio ultimo legame con Molly. Eri tutto quello che restava della mia famiglia. E adesso non ci sei più».

Trentotto

«Credi davvero che io sia la persona giusta per farlo?», mi chiede Dermot mentre entriamo nel cottage di Eamon. «La cosa mi mette molto a disagio».

«Nemmeno io muoio dalla voglia di curiosare in mezzo alla roba di Eamon, ma dobbiamo scoprire se ha dei parenti prima del funerale la settimana prossima, e non c'è altro modo».

Dopo gli eventi traumatici di quella mattina fatale, il corpo di Eamon è stato rimosso dalla scogliera e adagiato in una semplice bara che Dermot e Paddy hanno subito realizzato dopo aver appreso la notizia. Il giorno dopo ci è toccato assistere al triste spettacolo della bara che veniva traghettata lontano da Tara, verso la terraferma, dove rimarrà in una camera ardente fino al servizio funebre che avrà luogo la prossima settimana, in una chiesa in città.

Sono tutti sconvolti.

«Per aver sempre vissuto un po' defilato dagli altri, Eamon ha segnato profondamente tutti noi», mi dice Niall.

«Non parlava molto», dico, immersa nei ricordi. «Ma le cose che diceva erano importanti».

Ci chiediamo se non sia il caso che per il momento Megan rimanga con Eileen. Ma Megan insiste per restare. In aggiunta al dolore e al lutto mi attende il complicato compito di spiegare a tutti il motivo dell'improvvisa assenza di Conor dall'isola. Alla fine racconto che il suo spirito vagabondo ha avuto il sopravvento e che ha deciso di andare via. La maggior parte degli abitanti sembra accettare questa spiegazione senza fare domande.

Ma Roxi no.

«I conti non tornano, Darce», dice quando cerco di propinarle la solita storiella sul perché della sua sparizione. «Quel tizio era pazzo di te».

«No, non lo era», sospiro rendendomi conto che a lei avrei dovuto dire subito la verità. «Era pazzo dei miei soldi, o almeno dell'idea».

Racconto a Roxi la triste storia.

«E lo hai lasciato andar via così?!», sbotta non appena ho finito. «Io gli avrei strappato quelle palle d'oro e le avrei appese a una bandiera nel punto più alto di Tara se avesse fatto una cosa simile a me e... al povero Eamon». Si fa il segno della croce e si asciuga una lacrima; Roxi ha preso molto male la notizia della morte di Eamon. Poi fa un respiro profondo. «Che verme schifoso».

Annuisco mestamente. «Sì, un verme schifoso. Ma non volevo rendere tutto ancora più complicato sbandierandolo ai quattro venti. Abbiamo già molto di cui occuparci, compresa l'organizzazione di un funerale».

«Forse hai ragione», commenta con un'alzata di spalle. «Oh, Darce». Mi butta le braccia al collo e per poco non mi stritola con la forza del suo abbraccio. «Mi dispiace che sia andata così male. Anch'io ero sicura che fosse un tipo a posto».

«Grazie», dico liberandomi poco alla volta dalla sua stretta. «Credo di aver chiuso con gli uomini, d'ora in poi».

«No!», mi ammonisce Roxi agitandomi un dito sotto il naso. «Questo non devi dirlo. Te lo prometto, Darcy, troverai il tuo Uomo Ideale».

«Sono anni che dici così, Roxi. Credo che ormai non mi importi più».

Roxi socchiude gli occhi con aria sicura. «Mmh, questo lo vedremo».

Quando tutti hanno avuto spiegazioni in merito alla scomparsa di Conor e sono stati presi i contatti necessari all'organizzazione del funerale, a me e Dermot non resta che andare a scoprire se Eamon avesse dei familiari da mettere al corrente della sua morte. Eamon non me ne ha mai parlato, ma questo non vuol dire che non ne abbia. L'unico modo per saperlo, concludiamo, è perquisire il suo cottage. Dobbiamo anche rimettere al loro posto le cose che Conor stava per rubare. Negli ultimi due giorni nessuno se l'è sentita di ritornare a casa sua, così appena arriviamo sul prato davanti al cottage ci ritroviamo circondati da casse di legno e scatoloni pieni di anticaglie.

«Forse avresti dovuto chiedere a Niall di accompagnarti», fa Dermot mentre giro la maniglia e apro la porta della casa.

«Niall ha da fare con le carte per il funerale».

«Che carte? Credevo te ne fossi occupata tu».

Nemmeno io so di preciso che cosa stia facendo Niall, ma ha detto che aveva delle cose da organizzare, così l'ho lasciato in pace.

«Non lo so esattamente, e comunque come uomo di fatica preferisco te».

«Grazie tante», replica Dermot con un sorriso ironico, mentre solleva una delle casse più grosse come fosse un pallone da spiaggia.

«Wow! Dài un'occhiata qui dentro!», esclamo, entrando in una delle piccole stanze.

«Cosa c'è?», chiede Dermot raggiungendomi. «Perbacco! Se Conor avesse provato a prendere tutto, la barca sarebbe colata a picco».

Due pareti della piccola stanza sono tappezzate dal soffitto al pavimento di scaffali stracolmi di vasi, brocche, calici, piatti e mille altri oggetti apparentemente antichi, mentre una terza parete ospita spade e scudi. Ci sono degli spazi vuoti, dove Conor ha preso alcuni degli oggetti, e mi sorprendo a rabbrividire.

«Che succede?», mi chiede Dermot accorgendosene subito. «Hai freddo?»

«No», dico, portando le braccia al petto, come per proteggermi. «È che non sopporto il pensiero che sia venuto qui a rubare mentre Eamon…». Mi giro dall'altra parte e vado alla finestra. Guardo fuori sforzandomi di non pensare a lui, tutto solo su quella roccia.

Dermot mi raggiunge e sento il suo braccio intorno alle spalle.

«Va tutto bene, fa questo effetto anche a me. È stata dura non prenderlo a pugni giù al porto, o anche dopo, mentre lo portavo sulla terraferma. E ancora non sapevo niente di Eamon».

Alzo gli occhi verso di lui. «Me lo immagino. E perché non lo hai fatto?»

«Perché sapevo che non era questo che volevi *tu*».

Perché quando sono così vicina a Dermot mi sembra sempre che tutto andrà per il meglio? Perché mi sento così al sicuro con le sue braccia sulle spalle?

«Comunque», dice d'un tratto, ritraendo il braccio. «Sarà meglio riportare dentro le altre scatole».

Mi lascia sola davanti alla finestra e subito quella stanza angusta torna a sembrare fredda e ostile.

Dermot comincia a riportare le scatole nella stanza disponendole in fila, mentre io le svuoto una per una. Non so bene il perché, ma mi sembra importante rimettere ogni cosa al suo posto. Per Eamon.

«Ecco spiegato perché Eamon aveva la connessione a Internet», dico a Dermot mentre sistemiamo gli oggetti sugli scaffali o sui chiodi vacanti fissati alla parete. «La usava per fare ricerche e comprare nuovi pezzi per la sua collezione».

«È probabile», replica Dermot mentre appende al muro un grosso scudo di ferro. «Questa roba deve valere un bel po' di soldi se Conor si è preso tanto disturbo per rubarla. Chiunque sarà a ereditarla si ritroverà fra le mani una collezione preziosa».

Stringo al petto la coppa che ho in mano. «Credi che cercheranno di venderla? È parte di Eamon; dovrebbe rimanere qui a Tara come una specie di reliquiario dedicato alla sua memoria».

Dermot si stringe nelle spalle. «Per adesso limitiamoci a rimettere tutto a posto, che ne dici? È il minimo che possiamo fare per lui».

Terminiamo di sistemare tutti i pezzi di antiquariato e ci mettiamo a esplorare quel che resta della casa di Eamon per cercare indizi dell'esistenza di qualche parente.

Nella camera dove teneva il computer troviamo altri scaffali, pieni di cartelle e faldoni. Dermot prende una cartella a caso e comincia sfogliarne il contenuto, mentre io accendo il computer.

«Che stai facendo?», mi chiede. «Non abbiamo tempo di navigare su Internet».

«Voglio controllare se ci sono dei contatti di posta elettronica. Se Eamon è stato capace di installare un collegamento Internet sull'isola è probabile che usasse l'e-mail».

«Bella idea», fa Dermot alzando un sopracciglio.

«Cavolo», dico constatando che serve una password per accedere al computer. Ci penso un attimo, poi digito la parola *Molly*.

Bingo.

«Che è successo?», domanda Dermot alzando gli occhi dalle carte.

«Oh, niente. È che serviva una password. Comunque ormai sono dentro».

«Vuoi dire che l'hai già trovata? Meglio evitare di tenerti nascosto qualcosa, allora».

Per i minuti successivi cerco qualche traccia nei file e nei contatti di Eamon mentre Dermot si mette a rovistare in alcune scatole. Ma sembra che Eamon usasse la rete solo per navigare e non per comunicare con il mondo esterno.

«Darcy, è meglio se vieni a vedere questo», dice a un tratto Dermot, sollevando una vecchia foto in bianco e nero.

«Che hai trovato?», gli chiedo inginocchiandomi accanto a lui sul pavimento, dove sta passando in rassegna le foto e le carte contenute in una grossa scatola marrone.

Mi porge la fotografia. «Riconosci qualcuno?», domanda.

Osservo l'immagine sbiadita di una giovane coppia negli

anni Cinquanta. «È mia zia Molly!», esclamo esterrefatta. «E lui sembra Eamon da giovane».

«È quello che pensavo», fa Dermot guardando di nuovo la foto. «Si conoscevano da molto tempo».

«Sì, e da molto prima che io venissi sull'isola, a quanto pare». Guardo attentamente l'immagine.

«Ce ne sono un sacco in questa scatola», dice Dermot estraendone una manciata. Me ne porge un po' e mi metto a scorrerle.

«Oh», esclamo sollevandone una. Questa volta si tratta di un'immagine a colori. Ritrae una signora non più giovanissima con una bambina, in piedi su una spiaggia.

«Sei tu quella?», intuisce Dermot dall'espressione sul mio viso.

Annuisco.

«Insieme a Molly?».

Faccio di nuovo di sì con la testa.

«Ti ricordi di quando è stata scattata?»

«Sì, e adesso ricordo anche *chi* l'ha scattata».

«Chi?»

«Eamon».

«Come ho potuto dimenticarmi di lui?», mormoro sconvolta, andando su e giù per la stanza. «Sono stata tutto questo tempo con lui sull'isola. Come ho fatto a non ricordarmene prima? Povero Eamon, e adesso non potrò più dirglielo, non potrò più chiedergli scusa!».

«Ma è stato tanto tempo fa». Dermot si siede di fronte a me. «I ricordi sbiadiscono. Sono certo che lo capiva».

«Ma perché non me lo ha detto? Insomma, me lo ha detto la sera prima di morire. Mi ha spiegato che lui era qui quando venivo sull'isola, ma ha detto solo di essere il tale che ci portava in barca, come faceva Conor per noi. Gli ho detto perfino che quando Conor è saltato giù dalla barca sul molo mi ha ricordato il modo in cui lo faceva lui!». Mi do un colpetto in testa con la mano. «Ma anche allora non mi ricordavo bene.

Adesso sì che mi ricordo». Mi precipito di nuovo accanto a Dermot e prendo in mano le foto. «Eamon era l'amico speciale di mia zia, così lo definiva lei quando venivamo qui. Ed era speciale davvero, Dermot, era adorabile. Ecco cosa ricordo di lui a quei tempi, che era un uomo davvero buono e gentile».

«Perciò Molly lo conosceva da molto tempo?», domanda Dermot, «Se quella foto risale agli anni Cinquanta e questa, vediamo...».

«Fine anni Ottanta o primi anni Novanta», completo la frase per lui. «Sì, si conoscevano da un bel pezzo».

«E sono stati insieme per tutto quel tempo?»

«No, mia zia è stata sposata per un po', alla fine degli anni Sessanta, ma lo zio è morto».

«Ma è chiaro che era Eamon l'amore della sua vita», osserva Dermot togliendomi di mano la foto e osservandola. «Ecco perché quest'isola contava tanto per lei. Era l'unico posto in cui poteva stare con lui».

Guardo Dermot. Per caso un lampo di tenero romanticismo ha fatto breccia nella sua ruvida corazza?

«Oppure Eamon era a caccia di soldi», aggiunge, non appena si accorge che sto sorridendo.

«Non credo proprio. E non lo credi nemmeno tu».

«Perché allora tua zia si è trasferita a Dublino negli ultimi anni della sua vita, se Eamon era tanto importante per lei?»

«Aveva bisogno di cure mediche speciali. Da queste parti non sarebbe stato facile».

Dermot e io ci soffermiamo a pensare che cosa doveva aver significato quella separazione per Eamon e Molly.

«L'altro giorno mi è tornata in mente anche un'altra cosa su mia zia. L'anello, quello con il *claddagh*, Eamon mi ha confermato che lo portava alla mano destra, ma poi mi sono ricordata anche di *come* lo portava».

«Col cuore rivolto verso l'interno e la corona verso l'esterno?», suggerisce Dermot conoscendo già la risposta.

Annuisco. «Il suo cuore era già impegnato, con Eamon».

«Che ne è stato dell'anello? Ce lo hai tu?».

Scuoto la testa. «No. Ho ereditato molti gioielli da Molly ma non so che cosa sia successo all'anello. Mi ripeto sempre di chiedere a Niall se ne sa qualcosa».

Dermot continua a rovistare nella scatola. «Questo cos'è?», dice estraendo una busta marrone da sotto le foto. «Non sembra così vecchia. Vuoi aprirla tu?», mi chiede porgendomi la busta.

«No, fallo tu», replico, prendendo altre foto che ritraggono Molly e Eamon da giovani.

Dermot apre la busta e comincia a leggerne il contenuto. «Oh», esclama storcendo il naso. «Oh, accidenti, questa non ci voleva!».

«Cosa?», faccio io alzando lo sguardo. «Che succede?».

Dermot esita; mi guarda incerto, come a volermi proteggere.

«Dimmelo e basta, Dermot».

«Per prima cosa si tratta di un documento in cui Eamon dice come vuole che si svolga il suo funerale. Chi è l'esecutore delle sue volontà e chi contattare per quanto riguarda gli invitati eccetera eccetera».

«Ottimo. Ci eviterà il compito di rivoltare tutta la casa».

«E questo», prosegue sollevando un secondo foglio di carta e guardandomi preoccupato, «è l'atto di proprietà di Tara».

«E perché mai l'atto di proprietà di Tara si trova tra la roba di Eamon?». Aggrotto le sopracciglia mentre cerco di capirci qualcosa. «Dovrebbe averlo in custodia Niall, finché non avrò completato il mio anno qui».

«Guardando queste carte, Darcy, sembrerebbe che tua zia non fosse la proprietaria legale di Tara».

«Mia zia non era la proprietaria… ma che stai dicendo, Dermot?», gli prendo il foglio di mano. «Ma se non era di Molly, allora di chi è?»

«Secondo questo documento, era di Eamon».

Trentanove

Non mi sono mai piaciuti i funerali.
È un momento in cui si dovrebbe celebrare la vita che uno ha vissuto, non starsene seduti, tristi e abbattuti. Ma è così che ci sentiamo più o meno tutti oggi, riuniti nella chiesetta affacciata sul mare in cui sorge Tara.

La nostra tristezza deriva dal fatto di dover dire addio al nostro caro amico Eamon. Ma per me si tratta anche, almeno in parte, del fatto che presto potrei essere costretta a dire addio anche a Tara.

Dopo aver trovato l'atto di proprietà, Dermot e io abbiamo passato diversi minuti a discutere della possibilità di fingere di non averlo mai trovato.

«Del resto», dice Dermot, «chi mai potrebbe venirne a conoscenza oltre a noi due?»

«Ma non possiamo insabbiare tutto. Quest'isola non appartiene più a me. E se non è mai appartenuta nemmeno a Molly, lei non aveva alcun diritto di lasciarmela in eredità».

«Ma come è potuto accadere?», si chiede Dermot, corrugando la fronte perplesso. «Non è possibile che non lo sapesse».

«Non ne ho idea. Dovrò parlarne con Niall. Quello che so è che se l'isola era di Eamon, starà alla sua famiglia decidere cosa fare di Tara, non appena saprà come stanno le cose».

Dermot sospira. «Non puoi arrenderti e basta, Darcy! Che ne sarà dei nostri progetti per Tara?»

«Diventeranno i progetti di qualcun altro, Dermot», replico stringendomi nelle spalle. «Si vede che non era destino».

Dermot scuote la testa esasperato. «Ma che mi dici di tutti

quelli che vivono sull'isola? Non puoi abbandonarli così. Che ne sarà di Niall, per esempio, e di Paddy e anche di Megan? Hai cambiato le loro vite. E adesso intendi tirarti indietro come se non te ne importasse niente di tutti noi».

Dermot mi guarda con sdegno, perfettamente cosciente del lapsus freudiano che gli ha fatto dire *noi* invece di *loro*.

«Certo che non voglio lasciarvi», dico, ricambiando il suo sguardo di sfida. «Se potessi fare qualcosa, sta' sicuro che lo farei. Ma Tara non è più mia. Perciò se devo andarmene, me ne andrò senza fare casino».

«Devi fare un casino!», dichiara Roxi battendo un piede per terra, quando le racconto le novità, e il tutto avviene all'aperto, quindi le tocca aggrapparsi a me mentre tenta di estrarre il tacco dal terreno umido. «Non puoi arrenderti senza combattere! Finn McCool si sarebbe battuto per Tara e tu devi fare lo stesso!».

«Che c'entra Finn McCool?», le chiedo confusa mentre si reinfila la scarpa.

Roxi fa una smorfia imbarazzata.

«Roxi?»

«Insomma, ti ricordi di quando andavo sempre da Eamon e lui mi raccontava tutte quelle storie di miti e leggende irlandesi? Dopo la volta in cui accennò a un collegamento fra questo Finn e Tara, gli chiesi di raccontarmi qualcosa di più, e poi ho fatto anche delle ricerche su Internet per conto mio, quando tu eri fuori».

«Tu hai cercato in Internet informazioni sulle leggende irlandesi? Credevo che fossi in grado al massimo di entrare nel sito del fan club di Will Smith!». Io ci rido, ma a pensarci bene l'idea di Roxi intenta alla lettura di qualcosa che non siano le ultime tendenze di moda o il gossip sulle celebrità è abbastanza strana.

Deve essere di nuovo l'influsso arcano di Tara.

Roxi spalanca gli occhi ironica. «Ah ah, davvero divertente. Devo dire che è stato interessante; ho raccolto anche altre informazioni storiche di recente. Chi l'avrebbe mai detto, Darce, che un giorno avrei trovato interessanti tutte queste chiacchiere di storia antica? Comunque», aggiunge puntandomi un dito contro, «torniamo a te, signorina. Non puoi immaginare quante cose abbiate in comune tu e questo Finn, perciò credo proprio che dovresti trarre esempio dalla storia e combattere per Tara».

«Quali sarebbero queste *cose in comune*?».

Roxi si mette a contare sulle unghie fucsia. «Per prima cosa pare che Finn avesse due cani come Woody e Louis, solo che i suoi erano dei levrieri irlandesi purosangue e non dei meticci come i tuoi. Secondo, prese questo gran pesce, Eamon lo chiamava il Salmone della Conoscenza, proprio come è successo a te il tuo primo giorno qui, e poi di colpo riusciva a fare cose che prima non era capace di fare».

Fisso Roxi senza capire.

«Tesoro, ma ti sei vista? Da quando sei a Tara sei molto più sicura di te. Proprio tu», ribadisce dandomi un colpetto sulla spalla. «Adesso te ne freghi se qualcosa non è perfetto. Quando eravamo a Londra, non lo hai mai fatto. Terzo...», prosegue tenendo alzata la mano su cui tiene il conto, «salvò il popolo di Tara da una malvagia creatura sputafuoco di nome Aileen». Mi scruta in viso alla ricerca di un barlume di comprensione. «La festa di Megan... Eileen e le sue eterne sigarette?», mi suggerisce.

«Credo che quella sera il mostro fosse piuttosto un tale di nome Conor. La tua teoria è un po' vaga, Roxi».

Ma Roxi non ha intenzione di arrendersi e pesta di nuovo i piedi. «Certo che è un po' vaga, Darce, deve esserlo. È una leggenda».

Ci rifletto un attimo. «C'è almeno una falla nel tuo paragone, Rox».

«Quale sarebbe?»

«Finn trovò l'amore della sua vita a Tara. A me non è ancora successo».

«A questo penso io», ammicca Roxi tamburellandosi una narice. «Finn e io ci stiamo lavorando».

Scuoto la testa rassegnata. Certe volte è inutile parlare con Roxi.

Se Roxi è andata su tutte le furie, la reazione di Niall è stata sorprendentemente pacata quando gli ho riferito il tutto e gli ho mostrato l'atto di proprietà e la lettera di Eamon.

«Non preoccuparti, Darcy», ha detto sistemandosi gli occhiali sul naso appena finito di scorrere i due documenti. «Risolveremo tutto. Sono un brillante avvocato, non ricordi?»

«Ma tu ne sapevi qualcosa, Niall?», gli ho chiesto, stupita dalla sua calma di fronte a una tale notizia. «Eamon non avrebbe dovuto chiedertelo prima di nominarti suo esecutore testamentario? E tutti quei documenti che avevi quella sera al pub? Quelli che cos'erano?».

Niall ha fatto un cenno affermativo con il capo. «Eamon mi ha chiesto in effetti di essere suo esecutore testamentario, non molto tempo fa. Ma per favore cerca di non preoccuparti troppo di tutta questa storia, Darcy. Andrà tutto bene. Te lo prometto».

Da quel momento in poi, ogni volta che sono uscita a fare una passeggiata con i cani ho pensato che potesse essere l'ultima. Ho riflettuto così tanto, in questi mesi, sulla possibilità di andarmene, e adesso che se ne presenta l'opportunità mi rendo conto che quest'isola mi mancherà tantissimo.

Un giorno, in piedi in cima alla scogliera, ho lasciato che il vento mi sferzasse il viso. Mi sono tolta il fermaglio che ormai, da quando sono qui, è una presenza quasi fissa sui miei capelli, in una forma o nell'altra. I capelli si sono sparsi sulle spalle, il vento li ha sollevati spettinandoli e sbattendomeli sul viso, ma non me ne importava. Mi sentivo talmente libera, circondata dal mare e dal cielo, con il rumore delle onde che si infrangevano contro le rocce sottostanti e il profumo salmastro dell'aria che mi riempiva i polmoni.

Ho guardato verso la baia e non ho più visto i delfini nuotare e saltare tra le onde. Sono scomparsi il giorno in cui Eamon se ne è andato. Era lui che erano venuti ad assistere, non me. Era lui che doveva essere messo in guardia perché un grande cambiamento era in vista. Eamon era il vero signore di Tara, e una volta scomparso lui, se ne sono andati anche loro.

Ho ripensato alle cose che sono successe dal mio arrivo qui. Quasi tutti hanno visto cambiare in meglio le loro vite. Per un po' ho creduto che stesse succedendo anche me, ma adesso ogni cosa sembra sfuggirmi di mano.

«Allora, Tara», ho gridato nel vento, «tra me e te abbiamo sistemato tutti quanti, pare. Io ti ho persino portato altra gente, in modo che non ti sentissi più sola. Perché non mi dai una prova del tuo potere e non fai qualcosa per me, in cambio? Così anch'io potrò credere in te».

Ho chiuso gli occhi e ho aspettato che il vento cambiasse direzione, soffiando su di me la sua magia.

Il funerale di Eamon è una cerimonia semplice ma toccante. La panche della chiesetta sono gremite dei suoi compagni di vita sull'isola e dei pochi conoscenti che si era fatto sulla terraferma nelle sue visite occasionali. Mentre il corpo di Eamon viene trasportato al crematorio, mi commuovo ancora di più sentendo le note di *Forty Shades of Green* diffondersi nella chiesa; uno degli ultimi desideri di Eamon era che venisse suonata in quest'occasione. E adesso capisco anche perché mia zia la amasse tanto: era una delle loro canzoni.

Dopo il servizio funebre, in uno degli alberghi della città, si tiene la veglia per Eamon. Era suo espresso desiderio che fosse una riunione vivace e senza lacrime. Perciò abbiamo fatto in modo di avere cibo e alcol in abbondanza, e anche un gruppo che suona musica tradizionale. Sono molto bravi, peccato che nessuno sia dell'umore giusto per ballare.

Sono nel bagno delle signore a ricompormi fingendo di dovermi lavare le mani, quando Paddy bussa alla porta.

«Darcy», dice in tono di scusa, aprendo la porta quel tanto

che basta a infilare la testa nello spiraglio. «Mi dispiace disturbarti, ma Niall vuole cominciare a leggere le ultime volontà di Eamon fra un minuto».

«Adesso?», faccio stupita. «Ma ci siamo solo noi dell'isola. Gli altri sono andati tutti via».

«Non so», replica Paddy con un'alzata di spalle. «Mi ha chiesto di venire a chiamarti. Tutti gli altri li ho già radunati».

Finisco di asciugarmi le mani e Paddy mi accompagna in un'altra stanza dell'albergo, dove Niall ha disposto delle sedie in un ampio circolo. Chiude il cerchio un tavolo con una sedia su cui Niall ha già preso posto. Quasi tutte le sedie sono occupate dagli altri abitanti dell'isola e io mi siedo sull'ultima rimasta. Mi guardo intorno: sembrano tutti confusi quanto me.

Niall sfoglia alcune carte dall'aria importante disposte sul tavolo di fronte a lui e si schiarisce la gola. «Vi ringrazio tutti per aver lasciato cibi e bevande ed essere venuti qui ad ascoltare la lettura ufficiale delle ultime volontà e del testamento di Eamon Patrick John Murphy». Niall ha sfoderato il suo tono ufficiale da avvocato. «Ho dato lettura di molti testamenti in qualità di avvocato, ma mi è stato fatto notare di recente che non tutti capiscono o apprezzano il gergo legale in queste occasioni», mi lancia un'occhiata affettuosa, «perciò d'ora in poi, se siete tutti d'accordo e dato che tutti qui ci conosciamo bene, vi metterò al corrente delle ultime volontà di Eamon con un linguaggio da profani».

«Benone», borbotta Paddy. «Io non capisco neanche quello».

Niall prende una busta dal tavolo e la apre.

«Più di una volta, quando già vivevamo sull'isola, Eamon è venuto a chiedermi consigli di ordine legale», ci informa Niall. «Ma ha voluto che agissi anonimamente a nome suo. Perciò ho dovuto, a malincuore, tenere segreto a tutti voi ciò che sarà rivelato nei prossimi minuti. Spero mi perdonerete per questo».

Niall studia nervoso i nostri volti. Si sistema gli occhiali sul naso anche se questa volta non gli sono scivolati.

Lo guardo ansiosa di conoscere il seguito. Poi vedo Dermot seduto poco lontano da me. Sembra altrettanto confuso e scuote la testa.

Niall ci sta ancora fissando; il suo sguardo si sofferma su di me per qualche secondo. Poi fa un profondo respiro e comincia a leggere la lettera di Eamon.

«"Se siete tutti seduti ad ascoltare questa lettera, allora vuol dire che sono morto, e spero che vi siate fatti una bella bevuta in mio onore. Soprattutto tu, Niall; hai bisogno di scioglierti un po'"». Niall arrossisce leggendo. «"Spero abbiate fatto una bella festa da qualche parte, con musica e balli in abbondanza. Seamus, se stasera non suoni la mia canzone preferita sappi che verrò a darti il tormento con quel tuo dannato zufolo"».

Seamus rivolge un saluto militare al cielo.

«"Aiden e Kathleen, voi preparate uno stufato irlandese eccezionale, uno dei migliori che abbia mai assaggiato. Perciò continuate a cucinare per tutti quelli che verranno a Tara"». Aiden e Kathleen drizzano le spalle orgogliosi. «"E tu, Daniel, deciditi a fare di Orla una donna onesta, non vedi che è la tua anima gemella? Finiscila di perdere tempo"». Orla arrossisce visibilmente mentre Daniel scuote la testa sorridendo.

«Credevo che voi due foste già sposati», dico loro sorpresa.

«Lo abbiamo detto solo perché temevamo che altrimenti non saremmo stati ammessi a Tara», ammette Orla. «Una volta arrivati, poi, ci è sembrato più semplice continuare a fingere».

C'è qualcosa che è come sembra, a Tara?

Uno a uno, Eamon rivolge parole di incoraggiamento e consigli a tutti coloro che hanno vissuto insieme a lui a Tara. Considerando che, stando alle mie impressioni, Eamon non ha mai interagito un granché con nessuno di noi, sembra conoscerci piuttosto bene.

«"E adesso veniamo a quelli di voi a cui intendo lasciare alcuni dei miei averi personali"», prosegue Niall sempre leggendo la lettera.

«“Paddy, a te lascio il mio computer e la mia parabola satellitare. Fanne buon uso, mio giovane amico, fa’ che sia utile alla causa di Tara e non potrai sbagliare”».

«Che mi venga un colpo!». Paddy si illumina tutto. «Alla tua salute, Eamon!», dice sollevando la bottiglia di birra.

«“Niall, mia fonte di consigli legali ed esecutore di questo testamento, ti lascio il mio bastone, o scettro della conoscenza, come mi piace chiamarlo. Che possa renderti ancora più saggio di come sei”».

Niall alza gli occhi al cielo con aria soddisfatta prima di proseguire.

«“Roxi, splendida amica. Grazie per aver ascoltato le mie storie. È stata una gioia condividerle con una ragazza di tale bellezza. Ti lascio la mia collezione di libri storici. Leggili con avidità, mia giovane allieva, e vedrai che i tuoi studi porteranno frutti”».

Roxi sorride con le lacrime agli occhi.

Niall interrompe un attimo la lettura della lettera. «E voleva anche che ti dicessi di andare subito, quando torniamo sull’isola, a casa sua a prendere un libro su Finn McCool. Dice che...», e torna a leggere la lettera, «“Ci troverai qualcosa che credo ti tornerà utile in futuro”».

«Lo farò, Eamon, lo farò», dice Roxi schioccando un bacio verso l’alto.

«“Dermot”», prosegue Niall, «“so che all’inizio non siamo andati sempre d’accordo, ma hai dimostrato di essere un lavoratore indefesso, un bravo artigiano e un uomo buono, sincero e d’onore. Perciò ti lascio tutti i miei attrezzi. Non saranno come le tue diavolerie moderne, ma sono cose ben fatte e affidabili, di cui sono certo saprai fare buon uso. Dermot, ho fiducia che in futuro saprai avere cura di ciò che più mi sta a cuore”».

Dermot annuisce. «Sta’ tranquillo, Eamon, ne avrò la massima cura». Stringe leggermente il pugno. «Amico mio».

«“Megan, gemma preziosa sulla nuova corona di Tara, a te lascio la mia stella”. Sai a cosa si riferisce, Megan?», le chiede

Niall, guardando la bambina da sopra la montatura degli occhiali.

Megan fa un convinto cenno di assenso. «C'è una stella luminosissima che tutte le sere si ferma sopra Tara sempre nello stesso punto. La si vede stando su una delle scogliere, Eamon una sera mi ha portato a vederla. Esaudisce anche i desideri. E adesso è tutta mia», proclama mettendo i piedi sulla sedia e abbracciandosi le ginocchia.

Tutti sorridiamo.

«"E, per ultima, Darcy"».

Fisso Niall. È il momento che aspettavo. Cosa mi dirà Eamon che possa spiegare le cose che sono successe?

«"Darcy, probabilmente te ne starai lì seduta a chiederti perché ti ho lasciato credere di essere la proprietaria di Tara. O se per caso è tua zia che ho ingannato, facendole credere che l'isola fosse sua"».

L'idea mi era passata per la testa.

«"Ma la verità è che ti abbiamo ingannata entrambi"».

Cosa?

«"Sono sempre stato io il legale proprietario dell'isola. La mia famiglia la possedeva quando ancora era abitata da piccole comunità. È così che ho conosciuto Molly, quando abitava a Tara da bambina. Ma la sua famiglia si trasferì all'inizio degli anni Cinquanta, quando Molly era una ragazzina. Purtroppo ci siamo rivisti solo molto più tardi, nel 1985, quando Molly tornò a stare qui. Ma allora lei era sposata con tuo zio. Molly amava Tara tanto quanto la amavo io e veniva a farmi visita regolarmente. Poi cominciò a portare anche te, quando andavi a stare con lei durante le vacanze. Non ho mai avuto figli, come adesso sai, e nemmeno Molly, ma lei aveva te, Darcy, e so che ti considerava una figlia"».

Niall fa una pausa per sbirciare la mia reazione.

Che non è delle migliori. Cerco di trattenerle, ma le lacrime mi scorrono sul viso e appena abbasso il capo cadono sul mio abito nero.

Mi appare sotto il naso un fazzoletto bianco. Alzo gli occhi e vedo Dermot in piedi di fronte a me. Prendo grata il fazzoletto e mi asciugo le lacrime mentre Dermot torna al suo posto.

«Tutto bene, Darcy?», chiede Niall, gentile.

«Sì, sto bene. Continua pure».

«"Il tempo è passato troppo in fretta"», dice Niall leggendo dalla lettera. «"Siamo entrambi invecchiati ed è venuto il momento di preoccuparsi del futuro dell'isola, in modo che quando noi ce ne fossimo andati qualcuno l'amasse tanto quanto l'abbiamo amata noi. Molly era convinta che, se solo avesse potuto portarti una volta a Tara, te ne saresti innamorata all'istante. Io non ne ero così certo; per tanto tempo non sei venuta nemmeno a trovare tua zia, figurarsi se saresti venuta sull'isola. Così escogitammo un piano piuttosto complicato. Abbiamo messo insieme dei falsi documenti secondo i quali Tara apparteneva a tua zia. E dobbiamo ringraziare il padre di Niall, un vecchio amico di Molly, se siamo riusciti a farli sembrare autentici senza infrangere alcuna legge. Questo voleva dire che quando Molly sarebbe morta, tutto avrebbe fatto pensare che tu avresti ereditato l'isola. Allora Molly si era già trasferita a Dublino per le sue cure e ormai veniva di rado a far visita a Tara e a me. I medici dicevano tante cose, ma sapevamo entrambi che non avrebbe vissuto ancora a lungo, perciò il tempo era tutto"».

«Ma perché darsi tanta pena? Perché Eamon non ha semplicemente intestato l'isola a mia zia?», mi chiedo, smettendo di piangere per esprimere il mio stupore di fronte a quanto ho sentito. Mi sembra tutto incredibilmente complicato. «Non sarebbe stato molto più semplice che creare dei documenti falsi?»

«Sta per chiarirsi tutto, Darcy», mi dice Niall indicando la lettera. «Devi solo avere un attimo di pazienza. Credimi, anch'io ci sono rimasto di stucco quando l'ho scoperto. Non credevo che mio padre potesse fare una cosa del genere».

«"Mi dispiace moltissimo di non essermi fidato di te all'inizio, Darcy"», prosegue Niall leggendo lo scritto di Eamon, «"ma se avessi intestato tutto a Molly e poi tu ti fossi rifiutata di venire a stare qui, Dio solo sa cosa sarebbe successo. Ma aveva ragione Molly, come sempre: tu hai raccolto la sfida e sei venuta a Tara. Così facendo non solo hai cambiato il tuo futuro, ma anche il futuro dell'isola, e per molti anni a venire"».

Penso a questa frase mentre Niall volta pagina.

«"Quando sei arrivata, mi sono chiesto in che mani stavo mettendo la mia isola, con tutte le tue idee moderne e le trovate bislacche. Ma una brezza di rinnovamento ha soffiato su Tara lasciando dietro di sé una scia di successo e positività. Tara ha un futuro, in cui altre persone potranno venire non solo a godere della sua bellezza ma anche a vivere un po' di quella magia che la contraddistingue. Tua zia sarebbe molto fiera di quel che sei riuscita a fare. Voleva più di ogni altra cosa che anche gli altri potessero approfittare della magia dell'isola, e adesso possono farlo. Hai dato prova di essere una leader capace, Darcy, una formidabile giovane donna e io sono fiero di averti conosciuto. Tara e io saremmo felici se tu continuassi a occuparti dell'isola per tutto il tempo in cui desidererai farlo. Dunque questo è quello che lascio a te, Darcy Fiona McCall, tutto il resto dei miei possedimenti inclusa la mia isola, la mia Tara"».

Siamo tutti ammutoliti, me compresa.

Poi un applauso spontaneo si diffonde per la stanza e le persone con cui ho vissuto gli ultimi sei mesi e senza le quali, di colpo, non riesco a immaginare di poter vivere si stringono tutte quante intorno a me.

Epilogo

«Cenere alla cenere, polvere alla polvere», dice Dermot guardando il cielo oltre la scogliera.

«Che stai dicendo, Dermot?», gli chiedo. «Questo si dice quando si seppellisce qualcuno, non quando si spargono le sue ceneri».

«Be', che ne so…», replica Dermot risentito. «Non lo avevo mai fatto prima. Che devo dire allora?»

«Devi dire qualcosa di profondo sulla persona che è mancata», gli risponde Megan sollevando l'orlo del berretto di lana così da guardarmi. «Giusto, Darcy?»

«Sì», le confermo. «È esattamente così, Megan».

«Forza, allora», fa Dermot cingendosi il petto con le braccia e strofinandosi con le mani guantate per farsi caldo. «Muoviti e di' qualcosa di profondo, Darcy. Fa un freddo cane a stare in piedi di notte, in pieno inverno».

Tra le ultime volontà di Eamon c'era che le sue ceneri venissero sparse dalla stessa scogliera da cui gettai quelle di Molly il giorno della mia prima visita a Tara. Con la differenza che avremmo dovuto farlo in una chiara notte di luna.

Così Dermot, Megan, i cani e io ci siamo incamminati sulla scogliera in questa gelida sera di dicembre, la prima notte serena che abbiamo a Tara da mesi.

Mentre sono lì a chiedermi cosa dire, vengo sorpresa da un ricordo.

«Ci sono. Mi è venuta in mente la cosa giusta da dire».

«Forza allora», mi esorta Dermot mentre il suo alito forma nuvole di impazienza nell'aria fredda della notte.

«Megan, hai già l'urna?», le chiedo.

«Sì, eccola qui», dice protendendo le mani coperte da mezzi guanti che reggono una semplice urna nera.

«Bene, allora procediamo». Mi scosto leggermente la sciarpa dal collo e mi schiarisco la gola.

> Possano le colline d'Irlanda accarezzarti.
> I suoi laghi e i suoi fiumi guidarti.
> Possa baciarti la fortuna d'Irlanda.
> Ti benedica san Patrizio.

È la stessa preghiera che recitò Eamon quando spargemmo le ceneri di Molly, quasi un anno fa. Ma stavolta, quando faccio cenno a Megan di rovesciare l'urna, sono le ceneri di Eamon a volare nel vento e a disperdersi nel cielo, come se andassero incontro a quelle di lei.

«Guarda», esclama Megan indicando un punto nel cielo. «È uscita la stella di Eamon».

«È la tua stella adesso», le rammento. «Eamon l'ha lasciata a te, non ricordi?»

«Esprimerò un desiderio», annuncia Megan stringendo forte gli occhi.

Mentre osservo la stella che splende nel cielo, sento una mano raggiungere la mia e togliermi con delicatezza il guanto. Poi, quando le nostre mani si stringono, mi sento pervadere da un senso familiare di sicurezza e benessere.

Sorrido a Dermot, nel chiarore della luna, e lui dà una stretta leggera alla mia mano.

«Che desiderio hai espresso, Megan?», chiede Dermot distogliendo lo sguardo da me per rivolgersi a sua figlia.

«Non può dirtelo, altrimenti non si avvererà», gli spiego, senza smettere di sorridere.

Megan ci guarda mentre ci teniamo per mano e sorride. «Sapete una cosa? Mi sa che si è già avverato».

Sento un crepitio improvviso nella tasca di Dermot e poi la voce di Roxi. «Come accidenti funziona questo affare… ah, ok, ci sono… signor Cowell, ci sei? Passo».

Dermot alza gli occhi al cielo. «Non c'è un attimo di tregua», dice prendendo il walkie-talkie. «Sì, Roxi, eccomi. Che succede?»

«C'è un problema qui di cui credo dovresti occuparti. Ehm... passo».

«Che genere di problema?»

«Uhm... non lo so». Per qualche secondo la voce di Roxi ci arriva ovattata, come se si stesse consultando con qualcuno. «Però credo che tu debba venire subito».

«Va bene. Dove sei?»

«Su alle vecchie rovine, ci vediamo fra poco. Passo e chiudo, vecchio mio».

«Roxi, non siamo in un film di guerra», la rimprovera Dermot, ma lei ha già chiuso la comunicazione.

«Che diavolo ci fa Roxi alle vecchie rovine a quest'ora?», gli chiedo mentre Dermot prende per mano me e Megan, e all'improvviso eccoci tutti in cammino verso la sommità della collina. Il restauro è ancora in corso e sta venendo molto bene, ma di solito non c'è nessuno quando è buio.

«Forse c'è qualche problema con i ponteggi», ipotizza Dermot mentre camminiamo a passo svelto.

Non è stata una decisione facile, ma alla fine ho venduto alcuni pezzi della collezione di Eamon per finanziare il progetto di restauro. L'abbiamo fatta stimare, ed è venuto fuori che valeva più di cinque volte il costo dei lavori. Così dopo averci pensato e ripensato, memore del consiglio di Eamon di fare sempre ciò che suggerisce il cuore, ho acconsentito a vendere alcuni pezzi in una casa d'aste di Dublino, e sono stati venduti a prezzi assai superiori a quelli di partenza. Così, oltre a finanziare il restauro dell'edificio, abbiamo deciso di trasformare il cottage di Eamon in un piccolo centro per i visitatori dedicato alla sua memoria e alla collezione, in modo che tutti quelli che verranno in visita a Tara possano ammirarla.

Appena ci avviciniamo all'ingresso, Megan corre dentro.

«Dove stai andando?», le grido dietro. «È buio, stai attenta!».

Ma è già sparita nella notte.

«Non dici niente?», chiedo a Dermot, guardandolo alla luce della luna e continuando a camminare.

Ma Dermot è insolitamente silenzioso.

«Ok», dico fermandomi. «Che sta succedendo?»

«Questo!», grida Roxi dall'interno dell'edificio mentre centinaia di piccole luci si accendono illuminando le grandi pietre celtiche come fossero un castello delle favole.

«Che stai facendo, Rox?», domando sbalordita nel vederla apparire sotto l'arco vestita tutta di bianco come una principessa russa, con manicotto e cappello di pelliccia in tinta. «Credevo ci fosse un problema quassù».

Roxi scuote la testa. «No, no. Nessun problema. Era solo una scusa per farti venire qui. Giusto, Dermot?»

«Tu lo sapevi?», gli chiedo voltandomi verso di lui.

Dermot annuisce.

«Lo sapevamo tutti!», trilla Megan eccitata mentre si fanno avanti anche Niall e Paddy vestiti da eschimesi. «Papà ha una cosa da darti».

«Basta così, Megan», la frena Dermot lanciandole un'occhiata eloquente. Poi mi prende di nuovo la mano e mi conduce sotto l'arco, mentre Roxi prende per mano Megan e la porta nel punto dove sono Niall e Paddy. «Per prima cosa voglio ringraziare Roxi per aver reso questo posto così magico», dice sorridendole. «È perfetto, Roxi».

«Sono il Michelangelo degli addobbi», scherza sorridendo.

«E anche per aver organizzato la parte seguente della cerimonia».

«No, per quella devi ringraziare Eamon», lo corregge Roxi, rivolgendo un'occhiata al chiaro cielo notturno. «È stata tutta un'idea sua. E io che credevo di essere l'unica organizzatrice di matrimoni da queste parti».

«Eamon?», faccio io guardandoli uno alla volta. «Non capisco».

«Darcy», dice Dermot prendendomi la mano, «quando Roxi è andata a leggere il libro su Finn McCool a casa di Eamon ha trovato qualcosa di più che qualche vecchio tomo consumato dal tempo. Ha trovato questo, nascosto tra le pagine del libro insieme a un biglietto». Dermot solleva con la mano un anello d'oro. «È l'anello con il *claddagh* appartenuto a tua zia. Pare che lei abbia voluto affidarlo a Eamon per sicurezza, perché lo desse a te al momento opportuno».

Osservo l'anello tra le dita di Dermot. Stento a credere che sia davanti ai miei occhi, dopo tutto questo tempo.

«A quanto pare l'anello è prezioso non solo per essere appartenuto a tua zia, ma anche perché ha un valore materiale ed è molto raro».

«Davvero? In che senso?».

Dermot rivolge lo sguardo a Roxi. Lei lo esorta a proseguire.

«Pare ci sia una leggenda legata all'anello, che è passato di generazione in generazione sull'isola per diversi secoli». Dermot esita di nuovo. «C'è chi sostiene che risalga addirittura al periodo del soggiorno di Finn McCool a Tara».

«Il tesoro!», esclamo. «Potrebbe essere l'anello il tesoro che Finn lasciò a Tara perché rimanesse al sicuro. Dopotutto era vero che Eamon aveva in casa sua il tesoro di Finn!».

Dermot annuisce. Sembra ancora a disagio e le sue guance si sono fatte più rosse nell'aria fredda. «Forse, se si vuol dare credito alla leggenda. Ma Eamon aveva un'altra richiesta». Si schiarisce la gola. «Eamon voleva… be' insomma, da uomo saggio, lui voleva che fossi io a porgerti l'anello».

Il cuore mi batte forte mentre aspetto che Dermot prosegua.

«Ti piacerebbe portare l'anello, Darcy?», mi chiede lui guardandomi intensamente.

Annuisco in silenzio e mi tolgo il guanto destro. Non riesco a credere che per tutto questo tempo Eamon abbia avuto in custodia l'anello di Molly. E che abbia voluto che fosse Dermot a darmelo…

Dermot scuote il capo. «No, Darcy, se devo darti questo anello, la mia condizione è che tu lo porti sulla mano sinistra».

Lo fisso. «Stai dicendo sul serio?»

«Credi di potermi sopportare?», sussurra, gli occhi fissi nei miei.

Gli accarezzo il viso, facendogli scorrere la punta delle dita sulla fronte corrugata e poi sulle guance per alleviare la sua ansia mentre attende la mia risposta. «Nell'ultimo anno me la sono cavata, non ti pare?», replico, sorridendogli.

Mentre ce ne stiamo sotto l'arco a guardarci negli occhi senza fare niente, a un tratto ci rendiamo conto di quello che tutti gli altri sembrano sapere già da tempo.

«È un sì?», chiede Megan impaziente.

Ci voltiamo entrambi verso di lei. «È un sì», dico sorridendo, mentre Dermot mi sfila il guanto sinistro e mi mette l'anello al dito.

«E vai!», grida la bambina fuori di sé dalla gioia mentre intorno a noi scoppia un applauso.

«La magia di Tara ha colpito ancora», dice sorridendo Roxi. «Con un piccolo aiuto da parte mia».

«E mia!», aggiunge Megan.

«E di Molly e Eamon», concludo, mentre due stelle cadenti attraversano insieme il cielo notturno.

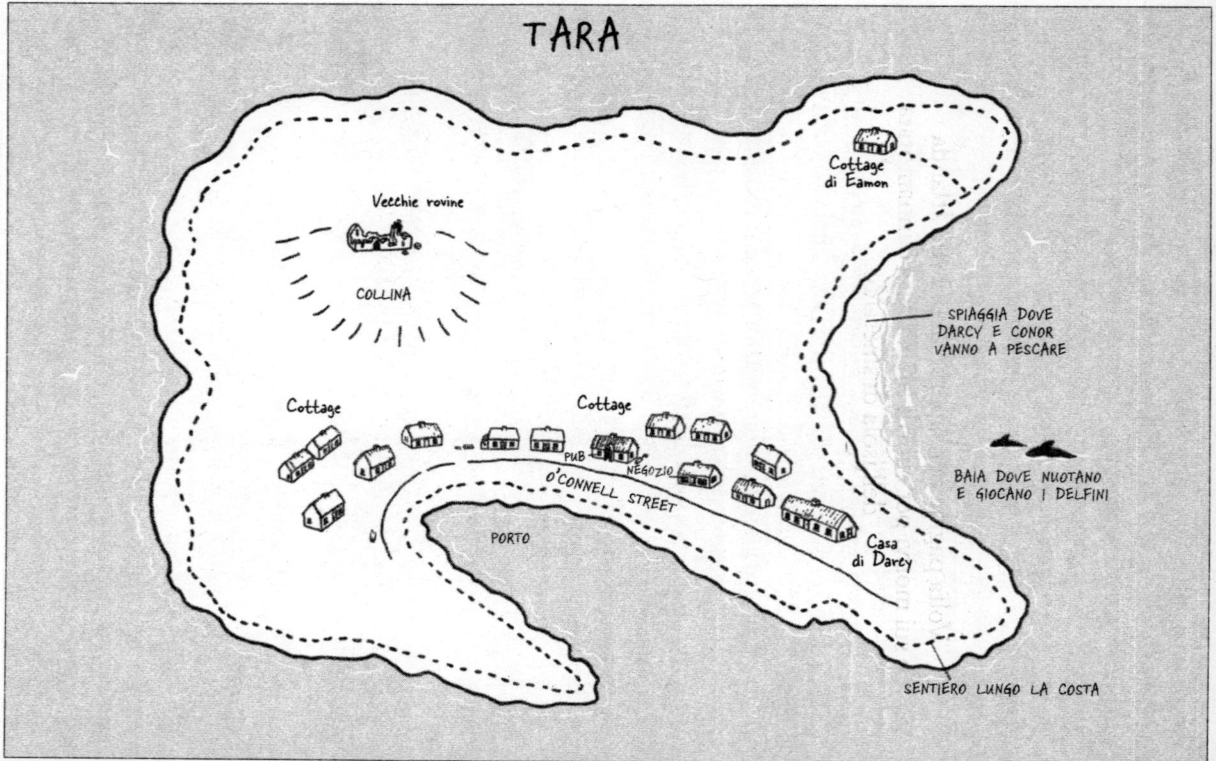
TARA
Vecchie rovine
COLLINA
Cottage
di Eamon
SPIAGGIA DOVE
DARCY E CONOR
VANNO A PESCARE
Cottage
Cottage
PUB
NEGOZIO
O'CONNELL STREET
PORTO
Casa
di Darcy
BAIA DOVE NUOTANO
E GIOCANO I DELFINI
SENTIERO LUNGO LA COSTA

Volta pagina per saperne di più sull'Irlanda
e sui motivi per cui Ali McNamara è innamorata
dell'isola di smeraldo.

Il mio amore per l'Irlanda

Adoro girare per l'Irlanda, è stata la meta prediletta dei miei viaggi negli ultimi dieci anni. In Irlanda ho trascorso vacanze in famiglia e week-end romantici, e in un paio di occasioni l'ho anche percorsa tutta a piedi insieme a una famosa rock star, per beneficenza! Ma perché sono innamorata di questa terra e quali sono le cose che più mi piace fare quando mi trovo lì?

Se si ha solo un fine settimana a disposizione, Dublino, la capitale, è un ottimo inizio. Non fatevi mancare una visita alla Guinness Storehouse – nel loro gravity bar potrete gustare la Guinness più deliziosa che abbiate mai assaggiato – e al Trinity College, dove si possono ammirare gli antichissimi manoscritti miniati del Libro di Kells, ma anche lo shopping in Grafton Street e Henry Street e una passeggiata lungo il River Liffey, fermandovi di tanto in tanto ad ammirare i vari ponti. E se una sola pinta di Guinness non vi basta, un giro tra i bar più malfamati di Temple Bar e sperimentare un po' della leggendaria baldoria irlandese è un must assoluto.

Durante il soggiorno a Dublino prevedete una sosta nella cittadina portuale di Malahide. Da lì con una spettacolare passeggiata di qualche chilometro lungo la costa, arriverete alla vicina città di Portmarnock, splendida da visitare in un giorno di sole ma tonificante anche nelle giornate uggiose, e se l'atmosfera di Temple Bar vi è sembrata chiassosa e troppo turistica, il pub Gibney di Malahide vi permetterà di farvi un'idea più precisa dell'ospitalità irlandese, magari di gustare ottimi piatti locali.

Per quanto riguarda la costa occidentale, il Ring of Kerry, coi suoi panorami mozzafiato, è una meta imperdibile. Sappiate

Il mio amore per l'Irlanda

Adoro girare per l'Irlanda; è stata la meta prediletta dei miei viaggi negli ultimi dieci anni. In Irlanda ho trascorso vacanze in famiglia e week-end romantici, e in un paio di occasioni l'ho anche percorsa tutta a piedi insieme a una famosa rock star, per beneficenza! Ma perché sono innamorata di questa terra e quali sono le cose che più mi piace fare quando mi trovo lì?

Se si ha solo un fine settimana di tempo, Dublino, la capitale, è un ottimo inizio. Non fatevi mancare una visita alla Guinness Storehouse – nel loro *visitor centre* gusterete la Guinness più deliziosa che abbiate mai assaggiato – e al Trinity College, dove si possono ammirare gli antichissimi, illuminati manoscritti del Libro di Kells, ma anche lo shopping in Grafton Street e Henry Street e una passeggiata lungo il River Liffey, fermandovi di tanto in tanto ad ammirare i vari ponti. E se una sola pinta di Guinness non vi basta, un giro tra i bar più malfamati di Temple Bar a sperimentare un po' della leggendaria baldoria irlandese è un *must* assoluto.

Durante il soggiorno a Dublino prevedete una sosta nella cittadina portuale di Malahide. Da lì, con una spettacolare passeggiata di qualche chilometro lungo la costa, arriverete alla vicina città di Portmarnock, splendida da visitare in un giorno di sole ma tonificante anche nelle giornate uggiose, e se l'atmosfera di Temple Bar vi è sembrata chiassosa e troppo turistica, il pub Gibney di Malahide vi permetterà di farvi un'idea più precisa dell'ospitalità irlandese, nonché di gustare ottimi piatti locali.

Per quanto riguarda la costa occidentale, il Ring of Kerry, coi suoi panorami mozzafiato, è una meta imperdibile. Sappiate solo che vi fermerete a ogni chilometro per scattare "solo un'ultima foto" dalle varie piazzole panoramiche. Appena a nord di Kerry c'è la penisola di Dingle, con la bella città di Dingle, famosa per la presenza di Fungie, un delfino tursiope che vive nelle acque del porto dal 1984. Un giro in barca per andare a vedere Fungie è un'esperienza che non dimenticherete. Raggiungendo l'estrema punta occidentale della penisola di Dingle potrete vedere l'isola di Great Blasket (di cui saprete di più leggendo le pagine successive), quella che ha ispirato *Colazione da Darcy*. Vi consiglio caldamente di concedervi una gita in barca per ammirare di persona quel panorama straordinario e incontaminato, punteggiato dai resti fatiscenti delle case dei vecchi abitanti.

Ci sono così tante cose da vedere in Irlanda che non finirei mai di raccomandarla come meta di viaggio. Non posso garantire che troverete un clima caldo e soleggiato, ma posso assicurarvi che riceverete una calorosa accoglienza celtica che vi rimarrà nel cuore anche dopo che avrete lasciato l'isola di smeraldo, e alla quale ripenserete con nostalgia al vostro ritorno.

ALI MCNAMARA

La realtà dietro il mito: i fatti dietro la finzione di *Colazione da Darcy*

Great Blasket Island

L'idea di ambientare una storia su un'isola immaginaria di nome Tara mi è venuta dopo una visita all'isola di Great Blasket, al largo della costa sud-occidentale dell'Irlanda.

Great Blasket è l'isola più grande di un piccolo arcipelago, le Blasket Islands, e ha una sua tradizione letteraria. Negli anni Venti e Trenta gli scrittori di Blasket (Peig Sayers, Tomás Ó Criomhthain e Maurice O'Sullivan, tra gli altri) scrivevano del paesaggio e dello stile di vita degli abitanti della loro isola. Le loro storie in gaelico sono considerate dei classici della letteratura.

Il declino di Great Blasket è iniziato quando i giovani abitanti hanno cominciato a emigrare in massa, finché negli anni Cinquanta l'isola si è spopolata quasi del tutto. Ancor oggi la sua popolazione, ancorché provvisoria, è costituita solo dai molti visitatori che vi si avventurano in barca. Great Blasket è un'isola selvaggia e aspra, eppure di estrema bellezza; poche ore non basteranno ad ammirarne le molte attrattive naturali.

La vera Tara

Si racconta che la collina di Tara, nella contea di Meath, sia il luogo dove un tempo venivano incoronati i re d'Irlanda, ecco perché mi è sembrato un nome particolarmente indicato per la mia isola immaginaria, che nella sua storia è appartenuta sempre a grandi leader.

Finn McCool

Roxy e Eamon raccontano a Darcy le avventure di Finn McCool – o Fionn mac Cumhaill, per chiamarlo con il suo vero nome – un leggendario guerriero della mitologia irlandese. In una delle storie più famose, il giovane Finn incontrò in riva a un fiume un druido dall'aspetto di un folletto. Erano sette anni che il druido cercava di catturare il Salmone della Conoscenza; secondo il mito, chiunque mangiasse quel salmone avrebbe acquisito tutta la conoscenza del mondo. All'improvviso il druido riuscì a catturare il salmone e chiese a Finn di cucinarlo per lui. Finn si scottò un pollice e lo portò istintivamente alla bocca, inghiottendo per caso un frammento di pelle del salmone. Così si impadronì di tutta la conoscenza del mondo, e nelle sue avventure future gli sarebbe bastato succhiarsi il pollice per poter attingere alla sapienza del salmone.

Medicina olistica

I personaggi di Caitlin, Orla e Megan parlano spesso di medicina alternativa e sono convinte che Tara emani un'energia speciale. Il *reiki*, la cristalloterapia e il *tai chi* sono tutte forme di terapia olistica. Adottare un approccio olistico nella cura di un disturbo fisico o emotivo significa considerare la persona nella sua interezza anziché concentrarsi sulla parte in cui si presenta il problema.

Tutti i personaggi che vengono a vivere sull'isola beneficiano in qualche modo delle sue proprietà curative. Alcuni di loro trovano qui la propria strada, altri ampliano gli orizzonti delle proprie conoscenze, altri ancora si innamorano. Ma chiunque vada a Tara vive un cambiamento… e sempre in meglio.

ALI MCNAMARA

Ringraziamenti

Un grazie alla squadra della Sphere e della Little Brown per l'aiuto e il sostegno ricevuti nel corso dell'ultimo anno, e un grazie anche alla mia impareggiabile agente, Hannah, per essere stata capace di "tirar fuori" da me le mie storie ☺.

Ringrazio la meravigliosa isola di Great Blasket, nella contea di Kerry, per aver ispirato questo libro, e ringrazio la mia famiglia per come sopporta stoicamente lo scompiglio di avere in casa una scrittrice.

E uno speciale ringraziamento è dovuto alla fonte di tutte le conoscenze tecniche di Dermot: mio marito Jim. Non sarei stata in grado di scrivere questo libro senza di te. x

Indice

p. 7 Capitolo uno
15 Capitolo due
18 Capitolo tre
30 Capitolo quattro
41 Capitolo cinque
49 Capitolo sei
54 Capitolo sette
69 Capitolo otto
79 Capitolo nove
96 Capitolo dieci
104 Capitolo undici
111 Capitolo dodici
120 Capitolo tredici
135 Capitolo quattordici
143 Capitolo quindici
150 Capitolo sedici
159 Capitolo diciassette
167 Capitolo diciotto
182 Capitolo diciannove
194 Capitolo venti
210 Capitolo ventuno
219 Capitolo ventidue
225 Capitolo ventitré
232 Capitolo ventiquattro
243 Capitolo venticinque
252 Capitolo ventisei
255 Capitolo ventisette
261 Capitolo ventotto
267 Capitolo ventinove
272 Capitolo trenta

p. 279 Capitolo trentuno
290 Capitolo trentadue
306 Capitolo trentatré
312 Capitolo trentaquattro
318 Capitolo trentacinque
326 Capitolo trentasei
332 Capitolo trentasette
343 Capitolo trentotto
351 Capitolo trentanove
362 Epilogo

371 *Il mio amore per l'Irlanda*
373 *La realtà dietro il mito: i fatti dietro la finzione di "Colazione da Darcy"*
375 *Ringraziamenti*

Paperbacks
sezione Gli Insuperabili
Pubblicazione settimanale, 2 maggio 2013
Direttore responsabile: Raffaello Avanzini
Registrazione del Tribunale di Roma n. 16024 del 27 agosto 1975
Stampato per conto della Newton Compton editori s.r.l., Roma
presso Puntoweb s.r.l., Ariccia (Roma)

Gli Insuperabili

1. Melissa Hill, *Un regalo da Tiffany*
2. Francesco Fioretti, *Il libro segreto di Dante*
3. Andrea Frediani, *Marathon*
4. Francesca Bertuzzi, *Il carnefice*
5. David Gibbins, *Il vangelo proibito*
6. Antonio Salas, *L'infiltrato*
7. Roberta Gately, *Le ragazze di Kabul*
8. Fiona Neill, *Il profumo del tè e dell'amore*
9. Lisa Beth Kovetz, *Le avventure erotiche di una ragazza perbene*
10. Federica Bosco, *Innamorata di un angelo*
11. Anna Jansson, *Il sacrificio*
12. Lorenza Ghinelli, *Il Divoratore*
13. Simon Scarrow, *Roma alla conquista del mondo*
14. David Gibbins, *Il sigillo maledetto dei Templari*
15. Jane Corry, *Il segreto della collana di perle*
16. Jon Trace, *La profezia vaticana*
17. Juliet Grey, *Il diario proibito di Maria Antonietta*
18. John Underwood, *Il libro segreto di Shakespeare*
19. Chris Paling, *Il pittore che visse due volte*
20. Laila al-Uthman, *Il messaggio segreto delle farfalle*
21. Simon Scarrow, *La legione*
22. Fabio Delizzos, *La cattedrale dell'Anticristo*
23. Federica Bosco, *Mi piaci da morire – L'amore non fa per me – L'amore mi perseguita*
24. Francisco J. de Lys, *Il labirinto sepolto di Babele*
25. Ted Dekker, *Il cimitero dei vangeli segreti*
26. Adam J. Epstein – Andrew Jacobson, *The Familiars*
27. Karen Swan, *Un diamante da Tiffany*
28. Denis Avey – Rob Broomby, *Auschwitz. Ero il numero 220543*
29. Amy Bratley, *Amore zucchero e cannella*
30. Marcello Simoni, *Il mercante di libri maledetti*
31. Andrea Frediani, *Jerusalem*
32. C.M. Palov, *La città perduta dei templari*
33. Kaui Hart Hemmings, *Paradiso amaro*
34. Roberto Fabbri, *Il tribuno*
35. Lisa Jane Smith, *Il diario del vampiro. Lo squartatore*
36. Federica Bosco, *Il mio angelo segreto*
37. Niamh Greene, *Ti amo ti odio mi manchi*

38. Simona Sparaco, *Lovebook – Il teorema del tempo perso*
39. Marek Halter, *Il cabalista di Praga*
40. Lorenza Ghinelli, *La colpa*
41. Leah Fleming, *La strada in fondo al mare*
42. Claudio Rendina, *La santa casta della Chiesa – I peccati del Vaticano – L'oro del Vaticano*
43. Lisa Jane Smith, *Il diario del vampiro. Vite parallele*
44. Roberto Masello, *333 La formula segreta di Dante*
45. Davide Mosca, *Il profanatore di biblioteche proibite*
46. Allegra Goodman, *La collezionista di ricette segrete*
47. Andrea Frediani, *La dinastia*
48. Ali McNamara, *Colazione da Darcy*
49. Roisin Meaney, *Cupcake Club*

Anagramma

Ultimi volumi pubblicati

Federica Bosco, *S.O.S. amore*
Federica Bosco, *Innamorata di un angelo*
Sara Shepard, *Giovani, carine e bugiarde*
Fiona Neill, *Il profumo del tè e dell'amore*
Sara Shepard, *Giovani, carine e bugiarde. Divine*
Federica Bosco, *Il mio angelo segreto*
Melissa Hill, *Un regalo da Tiffany*
Eva Clesis, *E intanto Vasco Rossi non sbaglia un disco*
Jane Corry, *Il segreto della collana di perle*
Laila al-Uthman, *Il messaggio segreto delle farfalle*
Leah Fleming, *La strada in fondo al mare*
Jean Thompson, *La casa dei racconti segreti*
Amy Bratley, *Amore zucchero e cannella*
Max Giovagnoli, *Il messaggio segreto delle stelle cadenti*
Najat El Hachmi, *La città degli amori infedeli*
Edeet Ravel, *Le parole segrete dei tuoi occhi*
Niamh Greene, *Ti amo ti odio mi manchi*
Sophie Flack, *Balla, sogna, ama*
Karen Swan, *Un diamante da Tiffany*
Allegra Goodman, *La collezionista di ricette segrete*
Rowan Coleman, *Baci segreti e lettere d'amore*
Julia Gregson, *Mille notti d'amore*
Anne Cherian, *La mia festa di famiglia indiana*
Karen Viggers, *Il colore del mare in tempesta*
Cora Harrison, *Come Jane Austen mi ha rubato il fidanzato*
Melissa Hill, *Innamorarsi a New York*
Daniela Grandi, *Cose da salvare prima di innamorarsi*
Ali McNamara, *Colazione da Darcy*
Allie Spencer, *Un'estate d'amore*
Rebecca Chance, *Donne con il tacco 12*
Anna Jean Mayhew, *Il colore dei fiori d'estate*
Helen Warner, *Quattro donne e un matrimonio*
Ersi Sotiropoulos, *Il sentiero nascosto delle arance*
Kaui Hart Hemmings, *Paradiso amaro*
Marjorie Hart, *I love Tiffany*
Fiona Neill, *Le cattive ragazze scelgono l'uomo giusto*

Roisin Meaney, *Cupcake Club*
Emma Pearse, *La seconda vita di un cane speciale*
Amanda Addison, *Taglia, cuci, ama*
Elizabeth Loupas, *La lettrice di fiori*
Federica Bosco, *Un amore di angelo*
Jane Corry, *La donna con l'anello di rubini*
Ami Sakurai, *Un mondo innocente*
Karen Swan, *Un regalo perfetto*
Cynthia Ellingsen, *Amori impossibili e fragole con panna*
Eleanor Prescott, *Seduzione, attrazione e tradimenti*
Marisel Vera, *Io credo nell'amore*
Sara Shepard, *Giovani carine e bugiarde. Perfette*
Daniela Farnese, *Via Chanel N°5*
Milly Johnson, *Un indimenticabile autunno d'amore*
Lucinda Carrington, *90 giorni di tentazione*
Mark Obmascik, *Un anno da leoni*
Allison Sherlock, *Domani mi sposo*
Dana Bate, *A cena dai suoi*
Trisha Ashley, *Cosa indossare al primo appuntamento*
Raj Kumar, *Il peccato*
Miranda Dickinson, *Iniziò tutto con un bacio*
Niamh Greene, *Sarà perché ti amo*
Jenny Nelson, *Love Kitchen*
Charlotte Betts, *Il giardino delle spezie segrete*
Dan Rhodes, *Il bello della vita*
Anna Premoli, *Ti prego, lasciati odiare*
Anna-Lou Weatherley, *La rivincita delle mogli*
Indigo Bloome, *Incontri proibiti. La Seduzione*
Indigo Bloome, *Incontri proibiti. La Tentazione*
Indigo Bloome, *Incontri proibiti. La Passione*
Evie Hunter, *L'iniziazione*
Lindsey Kelk, *I Love New York*
Vanessa Greene, *Biscotti, dolcetti e una tazza di tè*
Roisin Meaney, *Cose incredibili che facciamo per amore*

ALI MCNAMARA

INNAMORARSI A NOTTING HILL

Volume rilegato, pagine 384, euro 9,90

Scarlett O'Brien sogna una vita da film. Nel vero senso della parola: perché il cinema, e in particolare le sue amate commedie romantiche, sono molto più eccitanti della banale realtà di tutti i giorni accanto a un noioso fidanzato appassionato di bricolage. Ossessionata da Hugh Grant, Brad Pitt e Johnny Depp, Scarlett trascorre le giornate con la testa tra le nuvole, e le serate con la mano immersa in un sacchetto di popcorn, davanti allo schermo. Così, quando le si presenta l'occasione di trascorrere un mese in una villa di Notting Hill, scenario di uno dei suoi film preferiti, non ci pensa due volte: potrà capire così cosa desidera davvero per la sua vita e vivere le sue fantasie almeno una volta. Ma quando, a Londra, Scarlett conosce il suo nuovo vicino, l'affascinante Sean, si rende conto che il copione della sua vita sta per sfuggirle di mano… Forse il destino sta tramando come in *Serendipity*? O magari sta andando in scena il suo personale remake di *Se scappi ti sposo*? Ma qual è, in fin dei conti, il lieto fine che Scarlett desidera per se stessa? L'importante è deciderlo in fretta, perché il giorno delle nozze si avvicina…

NEWTON COMPTON EDITORI